S. F. Antony

BIOS

W0271937

Aus dem Buch

"Wir müssen die Aufgabe, mit der uns Mutternatur betraut hat, erfüllen. Wir müssen den irdischen Bios dort hinaustragen und ihn gedeihen lassen. Wir müssen die Arche sein, die das irdische Leben durch Protonenstürme und Sonnenwinde trägt und neue Planeten urbar macht. Wir müssen der Schild sein, der den irdischen Bios schützt vor dem Unheil, das dort draußen wartet. Denn die Unvereinbarkeit zwischen Mutternatur und der Aliennatur bewahrheitet sich ein ums andere Mal."

Der Autor

S.F. Antony studierte Politik und Geschichte, wobei er sich mit der politischen Transformation in Südosteuropa beschäftigte. Seine Forschung wurde mit dem Jean Monnet Preis ausgezeichnet. Er arbeitet heute in der Auswärtigen Kulturpolitik zusammen mit Menschen, die einen gesellschaftlichen Wandel in ihren Ländern erleben und gestalten. Auch seine SciFi-Geschichten drehen sich um diejenigen, die politische Umbrüche vorantreiben und um diejenigen, die davon mitgerissen werden, seien es Menschen oder Außerirdische.

S. F. Antony

BIOS

ScienceFiction Roman

Bibliografische Information der Deutschen Nationalbibliothek:
Die Deutsche Nationalbibliothek verzeichnet diese Publikation in der Deutschen Nationalbibliografie; detaillierte bibliografische Daten sind im Internet über dnb.dnb.de abrufbar.

Impressum

© 2023 Simon Ant

Naumburger Straße 33a | 07743 Jena
S.F.Antony@proton.me
Newsletter: ogy.de/sfantony

Lektorat: Katharina Glück, katharinaglueck.de

Korrektorat: Alexandra Gentara, lektorat-gentara.de

Cover: Giusy Lo Coco, magicalcover.de

Buchsatz: Simon Ant
gesetzt aus der EB Garamond und Changa (Google Fonts)
erstellt mit *SPBuchsatz*

Amazon Distribution GmbH

ISBN: 9798861703147

Inhalt

Kapitel I

Hinterland

1

Sektor Alpha 1.1.1 – Raumstation Gäa I

Es lief Gitarrenmusik, während am Tisch gegenüber 18-jährige Kadetten über toxische Beziehungen redeten.

Ich stürzte den Wodka runter, schüttelte mich und hielt der Kellnerin das Glas entgegen.

»Noch mal das Gleiche?«

»Ja.« Ich musste aufstoßen. Der Wodka brannte mir ein zweites Mal im Hals.

»Das geht aufs Haus, Sir.« Sie schenkte nach.

Meine Hand rutschte vom Tresen ab, und ich verschüttete den frischen Drink. »Oh Scheiße, tut mir leid.«

»Kein Problem, Sir. Lassen Sie nur, ich mach das.« Sie wischte den Wodka auf und füllte das Glas erneut.

»Der geht jetzt aber auf mich. Ich lade Sie ein. Kommen Sie! Heute feiern wir.« Ich klopfte auf meinen Veteranenorden an der Brust, ein orange-rötliches Ahornblatt.

»Ich habe die Übertragung gesehen, Major Winterwood.« Sie blickte den Tresen entlang zu den anderen Gästen, vor denen gefüllte Gläser standen, und schenkte sich dann einen halben Shot ein.

»Lassen Sie das mit dem Major. Wir sind alle Kinder von Mutternatur. Nennen Sie mich Arkes.«

Sie nickte.

Ich stieß mit ihr an, doch sie nippte nur an ihrem Getränk,

stellte es zur Seite und wandte sich einem anderen Gast zu. Ich kippte mir den Wodka in die Kehle, schob das Glas auf den Tresen und hielt mich wie an einem Knauf daran fest. Während ich mich mit dem Rücken an die Bar lehnte, versuchte ich, den obersten Knopf meiner Uniform zu öffnen, aber er ließ sich nicht durch das Loch bugsieren.

»Was es für Beziehungsdramen bei euch gibt«, sagte ein junger Kadett am Tisch vor mir zu seinen beiden Kameraden. Er schüttelte mitleidig den Kopf.

»Ja nee, ist klar. Bei euch auf Cibus ist heile Welt«, antwortete eine Kadettin.

»Alter, du zielst immer gleich unter die Gürtellinie.«

»Leute, entspannt euch«, sagte der Dritte.

»Monogam oder polygam, was soll das für eine Rolle spielen? Eure Beziehungen sind nicht weniger toxisch, weil ihr an einem antiken Der-Partner-fürs-Leben-Bullshit festhaltet. Mutternatur hat alle möglichen Beziehungsarten erschaffen. Schau dir Primaten an. Bonobos machen es in Gruppen, sich selbst oder beißen den Kerlen den Schwanz ab, wenn ihnen die ganze Sache zu bunt wird. Es gibt da keine Vorgaben von Mutternatur. Toxisch wird es, wenn Macht ins Spiel kommt. Fertig! Würden Beziehungen ganz auf die Fortpflanzung reduziert, ginge es allen besser.«

»Willst du mich fortpflanzen?«, fragte der Dritte. Die Männer am Tisch lachten.

»Halt doch dein dummes Maul!«, sagte die angesprochene Kadettin und trank.

»Gegenseitige Verantwortung spielt in deinen Beziehungen also keine Rolle?«, fragte der Erste.

»Kann, muss aber nicht. Wenn du mit Menschen aufwächst, die alle aufeinander achtgeben, brauchst du keine Familie.

Wenn du aber niemandem traust außer den unmittelbaren Blutsverwandten, ja, fuck, dann lebst du in einem Gefängnis.« Sie prostete den anderen herausfordernd zu.

»Jo, übertreib mal nicht«, sagte der Dritte.

»Ich verstehe ja, worauf du hinauswillst. Aber mal ehrlich: Wem kann man denn so richtig vertrauen?«, fragte der erste Kadett.

Die Kadettin wischte sich mit dem Handrücken Getränkereste aus den Mundwinkeln. »Mutternatur. Sie hat uns so geschaffen, wie sie uns braucht. Wir vertrauen darauf.«

Der Erste rutschte auf seinem Stuhl hin und her. »Das stelle ich ja nicht infrage, aber du musst doch sehen, dass sich Menschen manchmal nicht vertrauen. Kann es nicht sein, dass Mutternatur uns mit Absicht diese Skepsis mitgegeben hat?«

Die Kadettin schüttelte den Kopf und beugte sich vor. »Nein, im Gegenteil. Schau doch: Wenn du wieder irgendeinen Blödsinn von dir gibst, wirst du rot im Gesicht. Warum hätte uns Mutternatur so ein Handicap mitgegeben, wenn sie wollte, dass wir uns nicht vertrauen? Welche Tierart wird rot? Nur Menschen! Mutternatur hat uns mit Instrumenten ausgestattet, die uns helfen, uns zu vertrauen und zu kooperieren.«

»Da ist was dran. Auch die Sklera in unseren Augen ist weiß. Wäre sie schwarz, könnten wir unsere Absichten besser verbergen. So kann jeder jedem die Motive an den Augen ablesen«, sagte der Dritte und kratzte sich am Kopf.

Die Kadettin nickte zustimmend.

»Sklera?«, fragte der Erste.

»Na, der ganze weiße Teil von deinem Augapfel.«

»Mutternatur hat die Primaten domestiziert, und so sind wir entstanden. Wir sind offene Bücher füreinander und deswegen in der Lage, Raumschiffe zu bauen. Mit denen transportieren wir Mutternatur zu neuen Sonnen und beschützen sie vor Außerirdischen.«

»Jaja, schon gut«, sagte der Erste und rieb sich über die Stirn. »Trotzdem gibt es Streit.«

Die Kadettin schaute ihn an. »Was meinst du?«

»Mutternatur ins All tragen und schützen und so, alles klar, wir alle sind d'accord damit. Aber General Al Raschid und General Kazuki geraten einfach immer wieder aneinander. Und hinter denen …«

»Das ist halt Politik«, unterbrach ihn die Kadettin.

»Na, worüber reden wir denn hier?«, fragte der Unterbrochene.

»Leute«, sagte der Dritte.

»Über Mutternatur! Uns und die Menschen um uns.«

»Politik hat also nichts mit Mutternatur zu tun?«

»Leute!«

»Von wegen Politik! Du liegst uns gleich wieder mit deiner Schwärmerei für Al Raschid in den Ohren. Das kannst du dir sparen. Wir wissen, dass du mit einem Bild von Harun Al Alienhasser schlafen gehst. Ein richtiger Fanboy bist du.«

»Fick dich!«

»LEUTE!«

Endlich drehten die zwei sich zu ihrem Freund um.

»Was ist?«, fragte die Kadettin.

»Guckt«, hauchte der Dritte in der Runde und nickte hinüber zu mir.

Ich lächelte den dreien zu, während es mir endlich gelang, den Knopf zu lösen. Befreit reckte ich den Hals. »Noch einen«, sagte ich und hielt der Kellnerin mein Glas hin. »Wollt ihr auch was?«, fragte ich die Gruppe.

Sie starrten.

Als Erstes rührte sich die Kadettin. Sie streckte den Rücken durch. »Sir, gerne einen Airag.«

Die beiden Kadetten schauten zu ihrer Kameradin.

»Was denn, ihr Dumpfbacken? Wollt ihr was? Lasst ihn nicht warten«, sagte sie.

Die beiden gaben ihre Bestellungen auf und schielten dabei mit großen Augen von ihrem Tisch hoch zu mir.

Ich wollte mich zu ihnen setzen, aber eine Hand an meiner Schulter hielt mich zurück. Erschrocken fuhr ich herum. Das Gesicht, zu dem die Hand gehörte, strahlte mich an. Hübsch mit breiten Wangen, hoher Stirn und strahlend blonden Haaren. Sie trug sie kurz und in strubbeligen Strähnen, wie Stroh.

»Oh, entschuldigen Sie.« Sie streckte mir die Hand hin. »Diese förmliche Begrüßung, daran gewöhne ich mich nie.«

»Wir kennen uns?« Ihr Grinsen war breit und ihre Augen offen wie bei einem Kind, das vor Vorfreude auf die Geburtstagsgeschenke zu platzen droht. Sie hatte Körperkontakt hergestellt und dann war da noch mein Alkoholpegel. Sie sah nach mehr Party aus als die drei Kadetten, also drückte ich mich auf den Barhocker und sie setzte sich dicht neben mich.

»Ich bin Abeba.«

»Abeba, ja?«

»Ja, einfach Abeba. Am besten füllen Sie die Kadetten nicht ab. Die schiffen morgen mit der Orca aus.«

Sie wies mit dem Daumen über ihre Schultern zu den dreien.

»Mit der Orca? Das ist also die Elite?«

»Das kann man wohl sagen. Und es geht direkt an die Front.« Sie deutete auf meinen Orden. »Glückwunsch, übrigens!«

Ich schüttelte den Kopf. »Ach, da wird nur der Schnee von gestern aufgewärmt. Ich meine ... Sie wissen schon, was ich meine.«

»Na, kommen Sie. Das Blechding würden Sie ja nicht tragen, wenn's Ihnen so egal wäre.«

Ich wiegte den Kopf hin und her. »Na ja, wir sind auf der After-Show-Party. Wäre unverschämt, mich heute nicht damit zu präsentieren. Außerdem nutzen charmante Menschen das Blechding, um mich anzusprechen.« Ich lächelte sie an.

Sie beugte sich vor, legte ihre Hand auf meinen Arm und schaute mir in die Augen. »Wo sehen Sie hier charmante Menschen?«

Ich ließ den Blick schweifen. Ein Ballsaal, edel im Stil irgendeines vergangenen Jahrhunderts eingerichtet, mit Kronleuchtern und sonstigem Schnickschnack. Hinter einem breiten Außenfenster funkelten die Sterne, die am rechten Rand vom Planeten Avena überdeckt wurden, der als Halbkreis in die Aussicht hineinragte. Avena leuchtete in Blau, Grün und Weiß, während wir in der Raumstation Gäa I Avenas Orbit folgten. Vor dem Fenster standen und saßen Militärs in Gardekleidung: die planetaren Soldaten in ihren dunkelgrünen und weißen Uniformen, die Marine in Dunkelblau und die Apex-Soldaten des Informationsdienstes in Schwarz. Sie waren in Gruppen zusammengekommen, unterhielten sich, gestikulierten wenig, nickten und nippten an ihren Cocktails, manche mit neonfarbenen Schirmchen und üppigen Früchten bestückt, was gepaart mit den ernsten Gesichtern und den schlichten Uniformen wie eine Kostümparty mit langweiligem Motto aussah. Für nicht wenige hier war es eine Pflichtveranstaltung.

»Wo sind die Zeiten hin, als Exzess noch positiv konnotiert war?«

»Immerhin versuchen Sie, die Kadetten zum Trinken zu animieren. Schauen Sie sich die drei an. Die werden wochenlang überall erzählen, dass Sie sie eingeladen haben. Wo wir gerade beim Thema sind.« Ihr Blick senkte sich zum Tresen, wo nur mein Getränk stand.

Ich lachte. »Was wollen Sie?«

»Zapadorischen Eiswein.«

Ich nickte anerkennend. »Und Sie? Schiffen Sie auch aus an die Front? Eine letzte Zecherei, bevor es in den Krieg geht?«

Sie legte den Kopf zur Seite. »Sind wir nicht ständig an der Front?«

Ich runzelte die Stirn.

Sie winkte ab. »Nein, es geht nicht in den Alpha-Oktanten. Es geht in den tiefen Theta-Oktanten.«

»So richtig tief?« Ich verkniff mir ein besoffenes Lächeln und wandte meinen Blick zum Glas.

»Oh ja, so richtig tief.« Sie lächelte. »Bis zu den Randwelten.«

»Das ist am Arsch der Heide. Keine zehn Raumfaltschiffe würden mich da freiwillig hinbekommen.«

»Das Leben in den Kernwelten macht bequem, nicht?«

»Da könnten Sie recht haben. Was verschlägt Sie in die Randwelten? Tiefenraumforschung? Oder einfach keine Lust mehr auf Zivilisation?«

»Nein, ich bin Pilotin. Ein General befiehlt und ich fliege.«

»Und die schicken Sie in die Randwelten. Was gibt's denn dort? Ressourcen von Kreptus für die Rüstungsschmieden? Das liegt doch weit draußen?«

»Nicht dieses Mal. Ein Vertreter des Generalstabs muss nach Zapador.« Sie lächelte mich erwartungsvoll an.

Wäre ich nicht betrunken gewesen, hätte ich sie gefragt, welche Droge sie genommen hatte. Aber ich war einfach froh, Gesellschaft zu haben, die mich nicht wie einen Helden behandelte.

Ich deutete auf ihren Wein. »Zapador gehört zu den Randwelten? Und die stellen den Eiswein her? Was man nicht alles lernt.« Schelmisch lächelte ich mit einem Mundwinkel und zog die Augenbraue auf der gleichen Seite hoch, musste dann jedoch ungewöhnlich heftig aufstoßen, presste die Faust an den Mund und nuschelte: »Sorry.«

»Sie sollten ihn probieren.« Abeba nickte zum Weinglas.

Ich hob meinen Wodka. Sie zuckte mit den Achseln.

»Und was will der Generalstab dort?«, fragte ich.

»Die Versammlung der krezoktischen Randplaneten besuchen.«

»Spannend.«

Wir lachten.

»Eher nicht«, sagte sie.

»Wem sagen Sie das. Ich kenne ja nichts anderes. Seit Jahren gibt's für mich nur Konferenzen. Mal gebe ich den harten Kämpfer«, ich spannte die Gesichtsmuskeln an und zog die Augenbrauen zusammen, »und mal den lustigen Kriegsveteranen, der den Kindern Lust auf die Alienjagd macht.«

»Sie sind wirklich zu bemitleiden.«

Ich lächelte ertappt. »Eigentlich bin ich dankbar. Die Front ist nicht so meine Stärke. Eher die Arbeit dahinter.«

»Ja, das sehe ich Ihnen an.«

Ich lachte. Frech war sie.

Eine neue Runde wurde serviert. Wir stießen an und ich stürzte mein Glas runter. Sie nippte an ihrem zapadorischen Wein.

»Ich war heute auf der Verleihung. Ihr Auftreten hat mir gefallen«, sagte sie.

»Ach ja?«

Sie legte den Kopf schief. Ihre Augen tasteten mich ab. »Ich bin mir nicht sicher. Ich kannte Sie bisher nur von Aufnahmen. Live wirken Sie irgendwie ehrlich. Das macht Sie sympathisch. Kein Wunder, dass die Leute Sie mögen.«

»Wohl eher, weil ich heute keine Rede gehalten habe.«

»Das hat bestimmt geholfen.« Sie lachte und trank. »Ich glaube, bei Ihnen vergisst man den ganzen Streit. Sie sind gelassen, als ob Sie keine politischen Ambitionen hätten.«

»Danke?«

»Das kam etwas falsch rüber.«

Ich lächelte amüsiert. »Kam es das?«

»Man hat einfach den Eindruck, dass Sie sich politisch nicht positionieren. Wissen Sie, was ich meine?«

Ich stellte mein Glas ab und drückte den Rücken durch. »Wir stehen alle im Dienste von Mutternatur. Ich positioniere mich da ganz klar. Daran habe ich hoffentlich nie einen Zweifel gelassen.«

Sie fuchtelte mit den Händen. »Jaja, natürlich. Das meine ich nicht. Aber alle betonen doch ständig, dass sie hinter General Al Raschid oder eben hinter General Kazuki stehen. Jeder will Flagge für ein Lager zeigen. Aber Sie, man hat den Eindruck, Sie stehen einfach drüber.«

Ich blies die Backen auf. »Ach, wissen Sie, wollen wir wirklich darüber reden?«

Sie rutschte auf ihrem Hocker hin und her. Irgendwie niedlich. »Nein, ich sagte ja, ich finde es sympathisch, dass Sie sich nicht auf eine Seite stellen. Ich wollte Sie nicht dazu verleiten, das zu ändern.«

»Gute Einstellung.« Ich zwinkerte ihr zu. »Allerdings lasse ich mich gerne dazu verleiten, neue Getränke zu testen.« Ich griff nach ihrem Glas und trank es mit einem Zug leer. »Gar nicht so schlecht.« Ich hielt mir erneut die Faust an den Mund

und mit der anderen das Glas der Kellnerin entgegen. »Können wir davon noch mal zwei haben? Und noch einen Wodka.« Alles drehte sich. Es war ein schönes Drehen. »Sympathisch, sagten Sie? Danke, das ist nett. Aber sympathisch hört sich wie der jungfräuliche Zwilling von Ich-gähne-mich-zu-Tode an.«

»Ja, sympathisch.« Sie sagte es, als wollte sie eine Grenze zwischen uns aufzeigen. Ihr Glas leer zu trinken, kam scheinbar nicht gut an. Sofort baumelte ein Gewicht an meiner Laune. Ich wollte mir aber nicht den Abend von meiner Eitelkeit versauen lassen.

Die Getränke wurden serviert. Ich griff nach meinem Wodka, aber Abeba war schneller und kippte ihn runter.

»Bah!« Sie hustete. »Es gibt schnellere und schönere Wege, sich umzubringen.«

Ich lachte. Es war ein ehrliches, betrunkenes Lachen. Morgen würde ich natürlich Schmerzen wegen der ganzen Peinlichkeiten haben. Aber jetzt war ich dankbar für ihre Geste, die sagte, dass aus uns beiden keine Bettgeschichte werden würde, aber sie Lust hatte, mit mir einen draufzumachen.

»Lassen Sie den Scheiß mit Zapador. Melden Sie sich krank und trinken wir die Nacht durch«, lallte ich.

Abeba lächelte ernst. Es war zu früh für betrunkene Geschichten über wirkliche oder aufgeplusterte Schicksalsschläge. Warum also dieses ernste Gesicht?

»Was überlegen Sie? Die finden schon eine armselige Gestalt, die an den Rand des Spiralarms tuckert«, sagte ich.

»Wir werden das sicher bald wiederholen.« Sie zog eine Augenbraue hoch und deutete auf die Gläser.

»Na, aber nicht, wenn Sie in zwei Standardstunden Raumfalten erzeugen, um nach dem begrabenen Hund zu suchen.«

Sie umfasste einen hauchdünnen Ring an ihrem linken

Ringfinger. Wahrscheinlich aktivierte sie ihre UMA, um Kontaktdaten mit mir auszutauschen. UMAs, ultramobile Assistenzen, ließen sich inzwischen in jeder x-beliebigen Form drucken. Meine UMA – ich hatte sie direkt in mein visuelles Interface integriert – lag in einer Kontaktlinsen-Lösung auf meinem Zimmer. Ich wollte heute Abend nur trinken und mich berieseln lassen und nicht durch Nachrichten, die mir durchs Sichtfeld flitzten, abgelenkt werden.

»ACHTUNG!«, brüllte einer der Kadetten.

Stühle rückten. Die versammelten Militärs sprangen auf und nahmen Haltung an. Ich zuckte, mein Barhocker schwang nach hinten und ich griff nach der Theke.

Ein General betrat den Ballsaal, umringt von Personenschutz und Beratern. Er schüttelte Hände und hielt kurze Small Talks. Endlich wandte er sich dem Saal zu und gab ein Zeichen, dass man weiterfeiern könne.

»General Kazuki«, sagte ich zu Abeba.

Nicht alle mochten ihn. Einige wandten ihm demonstrativ den Rücken zu. Er würdigte sie keines Blickes und lächelte jenen zu, die ihn anhimmelten.

Ich rieb mir den Kopf. Generäle verursachten bei mir nach all den Jahren immer noch Stress. Das war so ein Hierarchieding.

Ich lehnte mich zu Abeba. »Stützen Sie mich, falls ich noch mal zur Seite kippe? Generäle hatte ich heute genug. Ich will jetzt bloß keine Aufmerksamkeit erzeugen.« Ich kicherte, aber der Schwindel sorgte jetzt für Übelkeit.

»Daraus wird nichts«, erwiderte Abeba und nickte in Richtung Kazuki. Er steuerte auf uns zu.

»Scheiße!«

Der General war etwas kleiner und dicker als der Durchschnitt. Seine grauen Haare trug er mit Seitenscheitel, und seine

Haut war faltig. Kein Anzeichen, dass er sich hatte verjüngen lassen. Er sah aus, wie man in seinem Alter aussah – er war irgendwas um die 80. Er lächelte nett und streckte mir die Hand entgegen. Ich ergriff sie. Sicher klebte meine Haut, doch er ließ sich nichts anmerken.

»General!« Ich neigte ehrfürchtig den Kopf.

»Schön, dass ich Sie hier noch treffe. Ich habe einen Auftrag für Sie. Sie haben die Nachricht sicher gesehen.« Sein Lächeln schwand. Zweifelsohne erkannte er meinen gläsernen Fischblick.

»Sir, ich hatte noch keine Gelegenheit, meine Nachrichten abzurufen.«

Er schaute zweifelnd von mir zu Abeba, lächelte mich dann aber wieder an. »General Al Raschid hat Ihnen heute das Veteranen-Ahorn verliehen. Ich gratuliere.«

»Danke, Sir.« Ich neigte wieder den Kopf und ermahnte mich, das nicht noch mal zu tun.

»Nun denn. Die Krezoktische Konferenz findet auf Zapador statt. Der Generalstab wird kein Mitglied dorthin entsenden, aber wir müssen dennoch Sichtbarkeit zeigen. Sie werden diese Sichtbarkeit sein und den Generalstab vor Ort vertreten. Ihre Vorgesetzten in der Medienanstalt sind informiert. Es geht hauptsächlich um Repräsentationsaufgaben. Das können Sie ja.«

»Natürlich, Sir.«

»Mir liegt aber auch daran, Ihre persönliche Einschätzung über die Randwelten zu erhalten. Wie ist die Stimmung auf Zapador? Was sind die drängendsten Fragen der Randwelten? Verstehen Sie?«

Ich räusperte mich. »Ich bin mit den Randwelten wenig vertraut, Sir. Da gäbe es sicher qualifizierteres Personal.«

Kazuki schüttelte den Kopf. »Nein, Sie sind genau der Richtige. Ich brauche jemanden mit einem neutralen Blick. Nicht so einen Liebhaber für exotische Orte. Ich will kein Gesäusel hören. Ich will eine ehrliche Einschätzung, wie es um die Randwelten steht. Was sind die Themen, die hinter der Fassade besprochen werden? Wo drückt sie der Schuh? Müssen wir uns dort mehr engagieren? Außerdem haben Sie genug Flugzeit, um sich vorzubereiten.«

Ich zögerte. »Selbstverständlich, Sir.«

»Und wie ich sehe, haben Sie Ihre Pilotin schon kennengelernt.«

»Sir? Ich habe einen Piloten.«

»Nicht mehr. Er wurde versetzt. Fliegen wird Sie Fähnrich Abeba Chuckwagon. Sie ist mit den Randwelten besser vertraut. Sie haben 90 Standardminuten bis zum Abflug. Alles Weitere entnehmen Sie den Einsatzdaten. Ich erwarte Sie für eine Nachbesprechung in einigen Monaten zurück. Wenn mich keine dringenden Angelegenheiten woanders hinführen, treffen Sie mich hier auf Gäa I.« Er schaute zu Abeba und wieder zu mir. »Haben Sie eine gute Reise. Viel Erfolg!« Dann marschierte Kazuki davon.

Ich kniff die Augen zusammen und drehte mich langsam zu Abeba um. Sie presste die Lippen aufeinander und zog die Augenbrauen hoch. »Ich dachte, Sie hätten Ihre Einsatzpläne schon gelesen und das wäre so eine Art Begrüßungsritual.«

Ich schaute durch sie hindurch. »Bei der heiligen Muttererde, diese fucking Randwelten. Was für eine Scheiße!« Ich trank meinen Eiswein leer und torkelte in mein Zimmer, um zu packen.

2

Ich verzog das Gesicht und hielt mir die Hand vor die Augen. Vor mir flackerte eine Holoprojektion von Medienoffizier Georg Hornburp.

»Bei Mutternaturs Asche! Jetzt bringen Sie die Übertragung zum Laufen!« Hornburps Projektion hatte sich grimmig nach hinten gewandt, um einen seiner Mitarbeitenden zur Schnecke zu machen. »Wenn Sie innerhalb der nächsten fünf Minuten kein scharfes Bild hinkriegen, wird die Zeitverzögerung zu groß. Dann können wir alles in die Tonne kloppen!«

»Oberstleutnant Hornburp?« Meine Stimme klang kratzig.

Hornburp wandte sich ruckartig zu mir um. »Haha!«, schallte mir sein aufgesetztes Lachen entgegen. Er formte mit seinen Zeigefingern ein Viereck um mich. »Na also, da sind Sie ja!« Seine Silhouette schärfte sich. Er trug einen silbern glitzernden Facettenanzug, was in einem extravaganten Kontrast zu seiner orangefarbenen Perücke im Pompadourstil stand. Auf seinem Gesicht war keine Falte oder Pore sichtbar, und der wasserstofffarbene Vollbart war so akkurat, dass er mit einem Laserskalpell geschnitten sein musste.

»Wissen Sie was? Wirklich unpassend, dass General Kazuki unserem großen Interview morgen dazwischenfunkt.« Er rollte mit den Augen. »Generäle und ihre ach so wichtigen Missionen.« Kämpferisch ballte er eine Faust. »Wann verstehen die endlich, dass ohne eine gezielte und durchschlagende«, er schwang die Faust, »Öffentlichkeitsarbeit ein noch so fähiger General auf seinem Weg scheitern wird?«

Ich rieb mir die Schläfe. Obwohl ich mir eine halbe Schachtel Sober-X eingeworfen hatte, fühlte ich mich ausgelaugt wie ein vom Urgroßvater geerbter Fernsehsessel. Ich sollte jetzt zugedröhnt in meinem Luxushotel auf Gäa I liegen. Stattdessen flog ich nach Zapador, und dieses beschissene Interview mit Hornburp war vorgezogen worden. Denn solange wir uns noch nahe genug an Gäa I befanden, konnte er mich in Echtzeit interviewen. Deswegen saß ich nun in einem Holoraum auf der Korvette, die mich nach Zapador brachte. Hornburp hatte mir zwar erklärt, dass eine Holoübertragung kein physisches Interview ersetzen könne, nur um dann genau das von mir zu verlangen. Und so starrte ich nun auf seine leicht flimmernde Projektion. Ich wollte es hinter mich bringen und mich in meine Koje verkriechen.

»Wissen Sie, Oberstleutnant, jeder hat seine Stärken und Schwächen«, antwortete ich.

»Hahaha, und die beiden Herren Generäle Kazuki und Al Raschid verstehen sich am besten darin, die Menschheit gegeneinander aufzuwiegeln.«

Nicht schon wieder das Thema.

»Bei allem Respekt für unsere militärisch-politische Führung, aber dieses Gezanke zwischen Kazuki und Al Raschid bringt uns in Schwierigkeiten. Al Raschid strebt angeblich Vollmachten unter Paragraf 14 an.«

Ich zuckte die Achseln und schaute müde zur Seite. Konnte er nicht einfach mit dem Interview beginnen?

»Die Menschen sind beunruhigt. Und nun darf die Medienanstalt das geradebiegen. Wir müssen die Menschheit auf Kurs halten. Wir müssen zusammenstehen. Dazu muss diese unsägliche Auseinandersetzung öffentlich im Licht eines politischen Diskurses dargestellt werden. Diesen verschwörerischen

Stimmen, die von einem Aufbrechen des Konflikts und – Mutternatur bewahre – von einem Bürgerkrieg faseln, muss ganz schnell das Wasser abgegraben werden. Verstehen Sie?«

»Ähm, also, ja …«

Hornburp formte ein Viereck mit Daumen und Zeigefingern. »Hören Sie mir zu: Wir machen unser Interview wie besprochen, aber ich möchte zum Schluss noch eine Frage zu dem Konflikt zwischen Al Raschid und Kazuki stellen. In Ordnung? Und Sie geben eine Antwort der Hoffnung. Eine Antwort, die die Menschen an die Hand nimmt. Das Volk soll das Band spüren, das uns als Kinder von Mutternatur zusammenhält.« Er klatschte in die Hände. »Einverstanden?«

Ich tupfte mir Schweiß von der Stirn. »Jaaa … ja, warum nicht, sicher.«

»Hahaha, sehr gut!« Hornburp drehte sich um. »Na los jetzt! Wir fangen an!« Dann drehte er sich wieder zu mir.

Er atmete tief durch, formte ein kleines Viereck in der Luft. Seine Miene hellte sich schlagartig noch mehr auf, er faltete die Hände vor der Brust, legte den Kopf etwas schief, und mit einem Mal klang seine Stimme beinahe liebenswürdig, als er sagte: »Hach, herzlichen Glückwunsch! Lass mich dir sagen, du hast das mehr als verdient.«

Ich stutzte kurz, musste mich erst wieder daran erinnern, dass wir uns in der Öffentlichkeit duzten.

»Meiner Meinung nach war das ja längst überfällig«, ergänzte er.

»Danke, es ist in der Tat eine besondere Ehre. Ich möchte aber hier noch einmal betonen, dass sie nur symbolisch für unser aller Einsatz zur Verbreitung des irdischen Bios in der Milchstraße stehen kann«, las ich ruhig den Text ab, der mir über meine UMA-Linse ins Sichtfeld eingespielt wurde.

Hornburp beugte sich nach vorne, schaute verzaubert auf meine Brust und zeigte mit beiden Zeigefingern auf den Orden. »So viel Bescheidenheit angesichts einer so gewichtigen Auszeichnung. Mutternatur vergisst ihre Helden nicht. Mit dem Ahorn zeichnet die Irdische Union Menschen für ihre Verdienste zum Erhalt von Mutternatur im Universum aus. Du weißt sicher, in wessen Gesellschaft du damit bist. Nur um unseren Zuschauern ein paar Eindrücke zu vermitteln: Zu den Trägern gehört zum Beispiel Frieda Schmackzucker, die ein Pestizid entwickelt hat, das eines der tödlichsten Aliengestrüppe hier auf Avena eliminiert hat. Oder Lill Pongkong, deren Tiefenraumforschung im Jing-Nebel Beweise für die Existenz der Weporaner geliefert hat und damit für eine zweite intelligente Alienspezies neben den Axinen. Oder auch Abubakar Chakwuma, der zwei Jahre lang auf sich allein gestellt Axinen die Köpfe eingeschlagen hat.« Hornburp schaute zu mir und nickte anerkennend. »Das ist ein ganz schönes Gewicht, das man dir da angesteckt hat.« Er lächelte neckisch.

»Das Gewicht besorgt mich weniger als der Umstand, dass ich der einzige lebende Preisträger bin.«

Hornburp lachte laut. »Haha! Umso mehr unterstreicht es deine Leistungen für Mutternatur.« Er las etwas von einem Display ab. »Vor fast auf den Tag genau 20 Jahren standest du den Axinen während der Schlacht auf Nobos gegenüber und hast einen wichtigen Sieg errungen, der heute als der entscheidende Wendepunkt im Krieg gegen die Axinen betrachtet wird. Bis zu diesem Tag sah sich Mutternatur mit ihrer eigenen Ausrottung konfrontiert. Aber seitdem dringen unsere Verbände Jahr für Jahr weiter in das axinische Hinterland vor. Auch wenn das allein die Auszeichnung rechtfertigt, das ist nicht alles.«

Er zwinkerte mir zu. Da jedes Kind die Geschichte über

meinen Einsatz auf Nobos kannte, wollte Hornburp meine Arbeit für die Medienanstalt in den Vordergrund stellen.

»Seit deinem heldenhaften Einsatz auf Nobos hast du dich unermüdlich für die Sache von Mutternatur starkgemacht. Im vergangenen Standardjahr hast du über 50 Welten besucht und dir vor Ort ein Bild gemacht, ob der irdische Bios gedeiht oder ob es noch mehr Anstrengungen braucht.« Hornburp schaute auf. »Die Menschen, denen du begegnest, berichten, dass du zuhörst. Du kennst ihre Sorgen, du spendest Trost, du honorierst mit deiner Anwesenheit Erfolge, und die Menschen spüren, dass du einer von ihnen bist.« Er ließ seine Worte einen Moment wirken. »Du hast so viele Einblicke gewonnen. Lass mich fragen: Wo steht der irdische Bios heute im Vergleich zu vor 20 Jahren?«

Meine feuchten Finger klebten in dem flauschigen Cord der Sessellehnen, aber ich lächelte. Ich wusste ja, was ich zu sagen hatte. Hornburps Büro hatte mir die Texte vorab zukommen lassen.

»Weißt du, Georg, das ist eine gute Frage. Denn auch ich stelle sie mir fast täglich. Ich könnte jetzt auf die Statistiken verweisen, die unsere kontinuierlichen Fortschritte unterstreichen. Und das tun sie. Unsere täglichen Entbehrungen für Mutternatur tragen schwere Früchte.« Ich atmete tief ein, drückte meinen Rücken durch und hob mein Kinn leicht. »Das Eindrücklichste aber sind die Begegnungen mit den Menschen dort draußen, Georg. Menschen, die die Erde fremder Planeten formen und urbar machen, mit ihren bloßen Händen. Menschen, die die Atmosphäre von Himmelskörpern umwandeln, damit eine grüne Fauna sprießen kann. Menschen, die sich mit all ihrer Kraft gegen das Außerirdische stemmen, um Mutternatur Raum zum Gedeihen zu geben. Das zu sehen, erfüllt mich mit viel mehr Zuversicht als jede Statistik.« Ich faltete die Hände. »Lass mich dir ein Beispiel geben. Eine Reise hat mich nach Lontano geführt. Die Siedlungen auf Lontano wurden vor über 80 Standardjahren gegründet. Sie entwickeln sich auf allen Kontinenten gut. Umgeben von Ozeanen gibt es aber die kleine Insel Eden. Der Name könnte nicht widersprüchlicher sein, denn auf ihr wuchert ein Aliengewächs, ein krauses, kniehohes, wollknäulartiges Gestrüpp, das sich rasend verbreitet und alles andere Leben zerstört.

An der Küste von Eden steht ein kleines Steinhaus. Dort lebt Doamna Pupici. Seit 70 Standardjahren ist sie auf der Insel. Sie ist in ihrer Jugend mit einer Gruppe von Siedlern gelandet, die dem Gestrüpp den Garaus machen und eine neue Heimat für den irdischen Bios ebnen wollte. Die Siedler fackelten das Aliengeschwulst ab und pflanzten Gemüse und Getreide an. Aber nach wenigen Tagen war alles erneut überwuchert von dem Zeug. Gleichzeitig gediehen die Siedlungen auf dem Festland prächtig. Deswegen haben viele Menschen Eden verlassen und sich den anderen Kolonien angeschlossen, die ein einfacheres Leben versprachen. Nur Doamna Pupici blieb. Seit 70 Jahren verlässt sie täglich ihre Steinhütte und bekämpft die fremde Fauna. Als irgendwann die Maschinen nicht mehr zu reparieren waren, griff sie nach einer Hacke und kämpfte mit bloßen Händen für den irdischen Bios. Irgendwann stellte sie fest, dass größere Lavendelsträucher dem Aliengestrüpp widerstanden.

Als mein Schiff an ihrer Küste landete, wehte mir der intensive Duft von Lavendel entgegen. So weit ich blicken konnte, erstreckten sich von der Küste bis in die hochgezogenen, zerklüfteten Hänge hinauf lila-blaue Büsche. Ein betörender Duft. Ich bestaunte Doamna Pupicis Gemüsegarten, den sie weitläufig um ihr Steinhaus angelegt hatte, geschützt inmitten eines Meers aus Lavendel. Ich habe Doamna Pupici gefragt, ob sie in ihrem Alter nicht in eine der Städte ziehen oder zumindest um Hilfe bei der Ausrottung des Gestrüpps bitten möchte, jetzt, da die Kolonien genug Ressourcen haben.« Ich schüttelte den Kopf. »Sie griff nach einer zweiten Hacke, reichte sie mir und schritt voran. Durch die Hügel, bis zum Rand der Lavendelplantage, wo das graue, geschwulstartige Gestrüpp wucherte. Doamna Pupici fing, ohne ein Wort zu sagen, an zu hacken und entfernte Reihe um Reihe des Gestrüpps.« Mit meiner flachen Hand schnitt ich vor mir durch die Luft. »Dann griff sie in ihren Beutel und ließ Lavendelsamen in den freigewordenen Boden fallen.« Ich tat so, als würde der Samen durch meine Finger rieseln, und hielt einen Moment inne. »Der Lavendel kann diesem Gestrüpp widerstehen, aber er kann es nicht besiegen. Daher hat Mutternatur uns Menschen erschaffen. Wir entfernen die Gefahr für den irdischen Bios und schaffen Raum, damit Mutternatur gedeihen kann. Und deswegen kann ich diesen Orden«, ich tippte auf das Ahornblatt auf meiner Brust, »nicht als eine Anerkennung nur für mich begreifen. Sie gilt auch Menschen wie Doamna Pupici.« Ich nickte langsam.

Hornburp zog ergriffen die Lippen zusammen und wischte sich eine Träne aus dem Auge. »Wow, unglaublich.« Er sog langsam Luft ein, sodass sich sein Oberkörper aufrichtete. »Doamna Pupici, meine Damen und Herren.«

Er machte das gut, den Ergriffenen zu spielen, obwohl er die Geschichte von Lontano und Doamna Pupici kannte; er hatte sie selbst für mich erfunden.

Dann neigte er den Kopf wieder zur Seite und fragte: »Diese Grenze zwischen Lavendel und dem Aliengestrüpp, hat es dich zurückversetzt zu deinem Einsatz vor 20 Jahren auf Nobos?«

Ich schaute ernst. »Damals auf Nobos habe ich unseren Feinden gegenübergestanden, genau so wie Doamna Pupici das heute auf Eden tut.« Ich nickte. »Ja, Georg. Sie kämpft denselben Kampf, den auch ich einst gekämpft habe: den Kampf zwischen irdischem und außerirdischem Bios im All.«

Hornburp nickte abwägend. »Arkes, wir alle wissen, dass Mutternatur aus einem inneren Kreislauf immer wieder aufersteht und gedeiht. So wachsen auf der Asche von Bäumen neue Wälder und so ernährt sich die Fauna von der Flora.« Er schaute ernst. »Du, Arkes, du bist jemand, zu dem wir alle aufschauen. Daher möchte ich dir gerne eine Frage stellen. Eine Frage, die auch mich nachts nicht schlafen lässt.« Er sah aus wie ein Welpe, der auf den Arm genommen werden wollte. »Es gibt Stimmen, die glauben, wir stünden vor einer internen Erneuerung. Einem Konflikt, der vieles von dem, was wir erschaffen haben, zu Asche werden lassen könnte. Teilst du diese Ansicht?«

Ich nickte verständnisvoll. Auf meiner UMA-Linse las ich den Text ab, den Hornburp vorbereitet hatte.

»Lass es uns beim Namen nennen, Georg. Du spielst auf die Meinungsverschiedenheiten von General Harun Al Raschid und General Minho Mitsuaki Kazuki an.« Ich öffnete meine Hände. »Die beiden führen uns nicht deswegen, weil sie sich mit Fallobst begnügen. Beide zeichnet ein unnachgiebiger Wille aus, Mutternatur dort draußen«, ich hob den Zeigefinger, »zur Blüte zu bringen. Und zwar so lange, bis auf jedem Himmelskörper der irdische Bios floriert oder bis sie im Kampf für den irdischen Bios ihren letzten Atemzug tun und in Mutternaturs Arme zurückkehren.« Ich schwieg einen Moment und nickte zuversichtlich. »Wir müssen dankbar dafür sein, diese Männer an unserer Spitze zu wissen. Ich bin es! Georg, ich bin dankbar dafür, jeden Tag.« Ich lächelte. »Was wir auch anerkennen müssen: Solche herausragenden Kämpfer für Mutternatur sind es gewohnt, mit harten Bandagen zu kämpfen. Sie sind keine Experten darin, auf Nuancen zu achten, wie du es bist, Georg. Daher kann ihre Auseinandersetzung zuweilen etwas ruppig wirken. Aber ich kann dir sagen: Beide Generäle stehen, wenn es darauf ankommt, fest an der Seite von Mutternatur. Genau wie ich es tue, genau wie Doamna Pupici es tut. Die Unvereinbarkeit von außerirdischem und irdischem Leben hat uns immer geleitet, und Mutternatur mahnt uns, dass wir zusammenstehen müssen. General Kazuki und General Al Raschid leben diese Einheit, auch wenn sie in den Details nicht davor zurückschrecken, auch mal auf den Tisch zu hauen. Am Ende des Tages stellen sie sich geschlossen vor Mutternatur als Schild gegen das Außerirdische.« Ich deutete mit dem Zeigefinger auf Georg. »Das, Georg, verspreche ich dir und allen anderen, die an der untrennbaren Einheit Mutternaturs zweifeln.«

Hornburp schaute mich mit feuchten, großen Augen an. »Danke, Arkes. Ich danke dir.« Er atmete ein. »Es tut gut, das von dir zu hören. Angesichts der Gefahren, die dort im Weltall lauern, bin ich dankbar, dass uns diese beiden Generäle anführen.« Er formte ein Viereck. »Und mit diesen Schlussworten gebe ich weiter zu meiner reizenden Kollegin Magda Lisowski von Fauna-Focus! Magda, welche Schlagzeile hast du heute für uns?«

Georgs Projektion hatte sich zur Seite gedreht. Ich erkannte Magdas Stimme von Fauna-Focus: »Oh, Georg, auf Gäa I wird heute frenetisch das Auslaufen der Orca gefeiert! Das mächtigste Schiff soll den Krieg gegen die Axinen ein für alle Mal beenden. Alle waren ...« Hornburps dreidimensionales Bild flackerte auf und verschwand.

Na endlich. Ich rieb mir den Kopf.

»Nicht schlecht. So wie du vorhin aussahst, hätte ich nicht gedacht, dass du das Interview hinkriegst.«

Die schon wieder. Das war Abebas neckische Stimme.

Ich drehte mich zur Holoraumtür, in deren Rahmen sie lehnte, und deutete mit der freien Hand auf die Wand zwei Schritte neben ihr.

Abebas Augen wurden groß, als sie mein Gesicht sah. Mir war speiübel. Sie hechtete zur Wand und drückte dagegen, sodass diese aufklappte und ein Mülleimer hervorkam. Abeba zog ihn aus der magnetischen Halterung und reichte ihn mir.

Ich übergab mich. Die Reste eines überhasteten Snacks, den ich mir vor dem Interview einverleibt hatte, flossen glibberig schwarz am Rand des Mülleimers hinab. Der Beluga-Kavier war doch keine gute Idee gewesen. Der salzige Geschmack ließ mich erschaudern. Ich wischte mir mit dem Ärmel die Reste vom Mund. An meinem Kragen versuchte ich, den Knopf zu öffnen, riss ihn aber schlussendlich einfach auf. Zusammen mit dem Knopf klirrte der Ahorn-Orden auf dem Boden. Abeba beugte sich, hob ihn auf und hielt ihn mir hin.

Ich winkte ab. »Der ist verbogen. Ich habe noch ein paar Ersatzdinger dabei.«

»Soll ich dir Sober-X besorgen?«

Ich schüttelte den Kopf und hielt ihr die Hand hin. »Würdest du mal?«

Sie zog eine Augenbraue hoch.

Ich folgte ihrem Blick und erkannte die Essensbröckchen auf den Fingern. »Bitte.«

Abeba atmete aus und zog mich auf die Beine.

»Danke.«

Ich bugsierte mich durch die Tür hinaus auf den Gang. Abebas Schritte hörte ich dicht hinter mir.

»Wo willst du hin?«

Schweigend bog ich links in die kleine Kantine der Korvette ein. Es saßen zwei Gefreite an einem Tisch und schaufelten sich ihr Frühstück rein. Als sie mich sahen, erhoben sie sich und nickten mir zu. »Major!«

Ich nickte und stapfte zum Getränkeautomaten.

»Arkes!«, hörte ich Abeba hinter mir.

Bei Mutternatur, kann man nicht einmal seine Ruhe haben?

Ich bediente den Getränkespender. Er gab vier Sektgläser aus. Ich nahm sie auf einmal, drehte mich zu Abeba um und hielt ihr zwei Gläser hin.

Sie schaute fragend hoch zu mir.

»Ach, dann halt nicht«, sagte ich, ging zu den den Gefreiten und stellte ihnen zwei Gläser hin.

»Danke, Major!«, sagten sie freudig.

»Arkes, wir haben etwas zu besprechen«, sagte Abeba.

Die Gefreiten schauten betreten von ihr zu mir.

Ich atmete müde aus. »Stört dich hoffentlich nicht, wenn ich dabei frühstücke.« Ich prostete ihr zu und kippte mir eines der verbliebenen Gläser in die Kehle.

Wir setzten uns.

»General Kazuki wollte, dass ich dich auf Zapador vorbereite. Ich bin dort aufgewachsen, weißt du?« Sie strahlte mich an und neigte sich vor.

»Mhhm.« Ich nippte an meinem Glas.

»In den Randwelten läuft nicht alles wie auf Gäa I ab.«

Ich hob eine Hand. Abeba hielt inne und runzelte die Stirn.

»Hör zu, ähm, Schätzchen. Ich weiß, was du willst.«

»Ach ja?« Abeba verschränkte die Arme, lehnte sich zurück und lächelte.

»Du willst Kazuki in den Arsch kriechen.«

Sie schob ihren Unterkiefer nach vorne, sagte aber nichts.

»Du bist jung und willst aufsteigen, Karriere machen. Versteh mich nicht falsch. Du tust, was du tust. Das stört mich alles gar nicht.« Ich machte eine wegwerfende Handbewegung, musste dann kurz nachdenken, was ich eigentlich sagen wollte. »Ähm, aber lass mich dir mal meine Sicht der Dinge darlegen. Jeden Tag bin ich umgeben von Leuten, die mir zeigen wollen, was sie draufhaben. Alle glauben, Mutternatur hat sie auserwählt, Großes zu vollbringen.«

»Nun, es kann sicher nicht jeder zum Helden geboren sein wie du.« Abeba lächelte.

Diese kleine …

»Darauf will ich gar nicht hinaus.«

»Sondern?«

»Kazuki hat dir den verdammten Auftrag gegeben, mich nach Zapador und wieder zurückzubringen. Mir hat er die Aufgabe gegeben, auf Zapador ein paar Hände zu schütteln und ihm dann zu berichten. Mehr nicht!«

»Na, es schadet aber doch nicht, dass du weißt, worauf du dich eigentlich einlässt.«

Ich tippte mir an die Schläfe. »Alle Sprüche, alle Reden, die du dir ausmalen kannst, sind hier abgespeichert. Eine breite Palette von Monologen, die ich einfach auf meiner UMA-Linse einblenden kann. Also mach dir mal keine Sorgen.« Ich öffnete die Hände. »Außerdem bin ich hier draußen dein Vorgesetzter, und wenn du mich beeindrucken willst, dann entspann dich mal.« Ich schob ihr das noch halbvolle Sektglas hin.

Sie schaute von dem Glas zu mir, ergriff es langsam und ließ mich dabei nicht aus den Augen. Ich musste kurz erschaudern. Dann aber setzte sie wieder ein Lächeln auf.

Na also. Ich drehte mich zu den beiden Gefreiten. »Hey,

holt ihr mal Nachschub? Wir feiern unsere neue Pilotin Abeba Chuckwagon von Zapador.« Ich lachte.

3

Sektor Theta 7.9.9 – Zapador

Zapador war eine weiße Kugel im All, die in einer elliptischen Bahn um ihre Sonne rollte. Der Planet reflektierte das Licht grell gegen das Vakuum, strukturlos wie ein weißer Punkt auf schwarzem Grund. Erst in einem tieferen Orbit zeichneten sich Konturen von Wolkenmassen ab. Sie verschleierten die Oberfläche und walzten über den Globus. Graue Partien kräuselten sich gegen hellere Formationen, und auch bläuliche Schlieren konnte man bisweilen erkennen.

Aus dem Orbit gesehen, ließen die Wolken Zapador erleuchten, über die Oberfläche allerdings spannten sie sich wie ein globaler Sonnenschirm. Dort unten war es grau und trist. Im Winter puderten Schneeböen die Landschaft. Im Sommer verwandelte sich der Planet in ein von Regen getränktes Sumpfgebiet, überwuchert von stummeligen Bäumen. Unbeeinflusst von Jahreszeiten hingen die Wolken bis tief über den Boden und erzeugten eine neblige, alles einhüllende Wand. Von Horizont zu Horizont zu blicken, galt auf Zapador als Naturspektakel.

Von dieser Landschaft hob sich Farol, die Hauptstadt Zapadors, ab. Inmitten der Kargheit erstrahlte ein monumentaler gläserner Kegel, der sich Hunderte Meter in die Höhe streckte. Eingehüllt von den Wolkenmassen glomm er aus der Ferne wie ein alter Leuchtturm in der Brandung. Die Bewohner

Zapadors nannten ihr Heim auch die Gläserne Kuppel. Bis in die Spitze war sie durchzogen von gläsernen Brücken und Plateaus, ganze Wohnblöcke errichtet in schwindelerregender Höhe. Farol war eine Großstadt, die sich auf viele Etagen verteilte. Ein Monument strahlender Zivilisation über einer dunklen Wildnis.

Und hier war ich nun seit zwei Standardwochen. Ich lag in meiner Einzimmerwohnung direkt an der Innenseite der Kuppel. Ein praktisches Zimmer mit allem, was man hier brauchte. Ich hatte mich eingerichtet. Auf dem Fußboden lag mein blaues Gewand vom Vorabend. Über dem Schreibtischstuhl hing mein Bademantel. Auf dem Tisch standen vier Teller mit angetrockneten Essensresten. Eine Sandale lugte halb unter dem Bett hervor, von der zweiten keine Spur. Auf dem Nachttisch und daneben lagen ein paar Tabletten. Auf dem Boden hatte ein Weinglas seinen Inhalt in den Teppichboden gekippt. Lediglich ein winziger Rest hing in der Rundung, die den Boden berührte.

Ich lag quer mit dem Bauch auf der Bettdecke und starrte aus dem Außenfenster in die Wolken. Sie hypnotisierten mich. Ich suchte nach Mustern und freute mich, wenn ich ein Geschlechtsorgan entdeckte.

Schließlich rieb ich mir die Schläfen, griff nach dem Weinglas und würgte eine Tablette runter. Das Glas ließ ich wieder auf den Boden gleiten und drehte mich auf den Rücken.

»Transparenz der Decke auf 100 Prozent.«

Nicht nur die Außenwand Farols bestand aus Glas, sondern auch die Wohnungen selbst. ZaporGlas nannten sie es. Es waren Bildschirme, die das zeigten, was man sehen wollte, und ich wollte durch die Decke sehen. Das ZaporGlas gab den Blick auf die nicht enden wollende Glaskuppel frei. Ein kleines Kind, das auf einer gläsernen Brücke einige Meter über mir herumhampelte, schaute an seinen Füßen vorbei zu mir hinab. Ich winkte. Es winkte zurück und lief lachend zu einer Frau, die es hochhob und auf die Wange küsste. Sie warf mir einen flüchtigen Blick zu, nickte zur Begrüßung, als würden wir uns auf der Straße begegnen. Ich kratzte mir die Stirn. »Ähm, sagen wir, 50 Prozent.«

Ich strampelte, sodass meine Bettdecke auf den Boden fiel, und schwang mich auf die Beine. Ein kurzer Schwindel setzte ein. Ich reckte mich, gähnte und widerstand der Versuchung, zurück ins Bett zu fallen. Mein Magen knurrte. Ich kratzte mich im Schritt und ging duschen. Anschließend lehnte ich zähneputzend im Türrahmen des Bads und schaute durch das Zimmer raus in die Wolkenmassen. Ich atmete tief ein. Dieser Planet war ein Hort der Entspannung. Keine Frage, es war die Provinz der Provinz, aber meine Erwartungen bezüglich der Randwelten waren so unterirdisch gewesen, dass ich positiv überrascht war. Hier ließ es sich für ein paar Wochen aushalten. Zumindest in Farol. Der Hinflug war lang gewesen, hatte sich aber aushalten lassen. Ich hatte den Eindruck, dass ich mich gut mit Abeba verstand.

Im Kleiderschrank schob ich die kitschigen Gewänder hin und her. Milde Farbtöne, die zu diesem Ort passten. Selbst ein Zen-Meister konnte auf Zapador sein Karma boostern. Ich griff mir eines der Kleidungsstücke, legte die Zahnbürste auf den Schreibtisch, wischte mir die Zahnpasta mit einer Serviette vom Mund und warf sie zur Zahnbürste, wobei beides vom Tisch neben die Sandale rutschte.

Auf einem Bein hüpfte ich durch das Zimmer, während ich das Gewand über das andere zog. Als ich beide Füße wieder am Boden hatte, begutachtete ich mich in einem Spiegel: *Wie ein Heiliger*. Ich zwinkerte mir zu.

Ich wollte die Tür öffnen, als mein visuelles Interface mir einen Anruf von Abeba einblendete.

»Hallo«, setzte ich gut gelaunt an.

»Wo bist du?«

Ich runzelte die Stirn. »In meinem Zimmer. Wieso?«

»In deinem ZIMMER!? Das Podium hat angefangen.«

»Was? Moment, das kann nicht sein!« Ich prüfte die Zeit. »In zwei Stunden. Ich bin gerade auf dem Weg zum Frühstück.«

»Wie viel Uhr ist es deiner Meinung nach?«

»Kurz vor neun.« Ich kratzte mich am Kopf.

»In welcher Zeit?«

»Ähm!«

»Du hast wahrscheinlich Gäa-Standardzeit mit der lokalen Zeit durcheinandergeworfen. Das hättest du nach zwei Wochen auf dem Schirm haben können. Egal. Das Podium hat begonnen und dein Platz ist leer. Ich habe den Leuten gesagt, du bist in einer Unterredung und verspätest dich. Sieh zu, dass du hier hinkommst. Die Besucher sollen zumindest dein Gesicht gesehen haben. Es ist ein öffentliches Podium. Wäre nicht gerade optimal, wenn die Leute im Gedächtnis behalten, dass der Generalstab durch einen leeren Stuhl repräsentiert wird.«

Ich prüfte die Zeit erneut. »Ach, Scheiße, verdammt! Scheiße, Scheiße, Scheiße! Ich bin auf dem Weg.«

Ich beendete den Anruf, riss mir das Gewand vom Körper, zwängte mich in meine Uniform, rückte das Ahornblatt zurecht und zuckte zusammen.

»Oh, verdammte Scheiße!«

Ein Fettfleck war neben dem Orden eingesickert. Ich stolperte ins Badezimmer und formte mit der Hand eine Schale unter dem Wasserstrahl. Dann schwappte ich das Wasser auf die Uniform. Den Fleck traf ich erst beim vierten Mal.

»So eine Kacke!«

Ich machte es nur schlimmer, also ließ ich es sein. Stattdessen steckte ich das Ahornblatt über den Fettfleck, stolperte zur Tür, riss sie auf und stürzte hinaus in die schwüle Luft, die unter der Kuppel herrschte.

Mir rann der Schweiß über die Stirn. Mein Anzug klebte an meiner Haut und ich wollte mir die Achseln gar nicht erst ansehen. Abeba sah ich mit ihren blonden Strohhaaren sofort. Sie winkte mir zu und kam von der gegenüberliegenden Seite des Plateaus angerannt. Der Platz war weitläufig mit Gästen gefüllt, die auf Stühlen saßen. Schnell, aber diskret eilte Abeba hinten an den Reihen vorbei. Sie legte eine Hand auf meinen Rücken und schob mich zwischen den Zuschauern in Richtung Podium. Einige schauten sich zu mir um, was die Rednerin aus dem Konzept brachte. Sie schielte zu mir rüber, was ein Fehler war. Immer mehr Gäste folgten ihrem Blick, bis die gesamte Aufmerksamkeit auf mir lag.

Das lief mal wieder hervorragend. Mit verkrampftem Lächeln zwängte ich mich auf den freien Podiumsstuhl. Ich hatte das Bedürfnis, mir mit dem Ärmel über die Stirn zu wischen, lehnte mich stattdessen lässig im Stuhl zurück und nickte in die Runde, als liefe alles nach Plan.

Die Rednerin hatte abgebrochen, da ihr niemand mehr zuhörte, und so übernahm die Moderatorin. Sie saß zwischen den vier Gästen, von denen ich einer war, und wandte sich nun zu mir.

»Eine Freude, Sie bei uns begrüßen zu dürfen. Wir sind nun bereits beim letzten Programmpunkt angelangt, der offenen Fragerunde. Jeder von unseren Gästen hat zuvor einen Input aus seinem Fachgebiet gegeben. Ich denke aber, dass es Interesse gibt, auch eine Vorstellung von Ihnen zu erhalten, bevor wir fortfahren mit der Fragerunde. Daher übergebe ich gerne das Wort an Sie, Major.«

Scheiße! Ich suchte über mein visuelles Interface nach einer passenden Rede. Alle starrten mich an.

»Ähm, ja …«

Ich scrollte im Interface herum. Ach, scheiß drauf! Ich schloss das Interface.

»Ich freue mich außerordentlich, auf der Krezoktischen Konferenz auf Zapador als Repräsentant des Generalstabs vor Ort sein zu können. Für mich ist es das erste Mal auf Zapador und unter der Kuppel. Farol ist außergewöhnlich, genauso wie seine Bewohner.« Ich lächelte in die Runde. »Sie haben sich einen Ort geschaffen, der ein Zuhause ist für den irdischen Bios. Unter der Kuppel haben Sie ein Biotop zum Erblühen gebracht, das Mutternatur mit Entzücken erfüllt. Und diesen Hort müssen wir schützen. Als Repräsentant des Generalstabs möchte ich Ihnen versichern, dass der Schutz aller Kolonien gegenüber den Axinen ohne Einschränkung Priorität hat. Die krezoktischen Planeten – Kreptus, Zapador und Okeanos – schließt das genauso ein wie jede einzelne Siedlung, die die irdische Natur beherbergt. Jede Zelle des Bios wird unter den schützenden Schild der Gemeinsamen Planetaren Verteidigungsarmee genommen. Die GVA steht auch Ihnen zur Seite. Um dieses Versprechen zu bekräftigen, bin ich hier.«

Die Besucher verzogen keine Miene. Eine Person hob auffällig die Augenbrauen und senkte die Mundwinkel. Eine andere zuckte mit den Achseln und drehte sich zur Seite. Ich hatte mit Beifall gerechnet, höflichem Beifall allemal, wie ich es gewohnt war. Es blieb still. Ich ließ mir nichts anmerken und lächelte zur Moderatorin.

»Herzlichen Dank. Ich bin gerne bereit, Fragen zu beantworten«, sagte ich.

Die erste Person aus dem Publikum hatte graue Haare, einen krummen Rücken und tiefe Falten, war dünn, aber nicht mager. Sie schaute mich grimmig aus der dritten Reihe an. »Was uns Sorgen bereitet, sind nicht die Axinen, sondern die Generalität selbst. Ich dachte nur, das sollte Ihnen einmal jemand sagen. Das traut sich ja sonst niemand. Aber ich bin ja alt, wissen Sie, mir ist das ja egal. Alle haben ja Angst vor der Generalität. Aber ich, in meinem Alter, wissen Sie, das macht mir nichts. Die Generalität wird uns noch ins Verderben stürzen.«

»Vielen Dank! Wir bitten die Besucher, Fragen zu stellen«, regte die Moderatorin an.

»Das werde ich ja.« Die Alte stampfte mit einem Gehstock auf den Boden. »Wenn man mich aussprechen lassen würde.«

Die Moderatorin lächelte und wartete.

»Also, die Frage ist, was wird getan, um einen Bürgerkrieg zu verhindern? Wenn Sie mich fragen: nicht genug! Dieser Al Raschid ist ein ganz Dreister. Er bringt uns alle noch ins Grab! Ich sage Ihnen auch ...«

»Vielen Dank für die Frage«, schritt die Moderatorin ein, »die ich gleich weiterreiche an den Vertreter des Generalstabs.«

Ich spürte eine Schweißperle auf meiner Stirn. Sie juckte so sehr, dass ich nachgab und mich kratzte. Vorsichtig schielte ich zu Abeba. Sie zog die Augenbrauen hoch und zuckte mit den Achseln.

Bei Mutternaturs grauer dampfenden Asche, was für eine hysterische Schachtel. Dass es immer gleich der Weltuntergang sein muss.

»Vielen Dank für die Frage. Zuallererst noch ein paar Worte zur Einordnung, da Sie von der Generalität und damit von der

Gesamtheit aller Generäle und Admiräle der GVA sprachen. Der politische Teil der Generalität koordiniert und diskutiert das gemeinsame Vorgehen der Menschheit im Faunarat auf Gäa I zusammen mit Vertretern der Irdischen Union. Der Generalstab setzt die Planung in die Tat um. General Al Raschid ist im Übrigen Mitglied in beiden Gremien. Als Generalstabsmitglied leitet er außerdem das Büro für Alienprävention und Exploration; einige von Ihnen werden es unter dem Namen Apex-Kommando für Spezial- und Geheimoperationen kennen.«

Ich ließ meinen Blick über das Publikum schweifen. Wer mich provozieren wollte, hatte eine Blabla-Antwort verdient.

»Die Aufgabe der Generalität ist es, das Überleben und Ausbreiten des irdischen Bios im Spiralarm und in der Milchstraße sicherzustellen. Ich selbst habe in der GVA im Alpha-Oktanten gedient. Ich stand den Axinen gegenüber.« Theatralisch legte ich die Hand auf meine Brust über dem Ahornorden. »Jederzeit würde ich es wieder tun. Nun diene ich Mutternatur, indem ich mich dem Wirken der Generalität hinter der Front verschrieben habe; auf den vielen Welten, auf denen der irdische Bios inzwischen gedeiht. Es ist die größte Ehre für mich, der Generalität und damit Mutternatur zu dienen. Ich stehe durch diese Tätigkeit in direktem Kontakt mit dem Generalstab. Bitte lassen Sie mich Ihnen versichern, dass es keinen Bürgerkrieg geben wird.«

Ich lachte leise, um zu unterstreichen, wie absurd der Gedanke war. Niemand im Publikum regte sich.

»Die Generalität hat von jeher für die Einheit des irdischen Bios in der Galaxie gestritten, und auch der zivile Arm die Irdische Union wirkt daran mit.«

Ich lächelte zur alten Schachtel in der dritten Reihe, die erbost den Kopf schüttelte.

»Das interessiert mich nicht! Ich will wissen …«

Doch die Moderatorin würgte sie ab. »Danke sehr! Eine weitere Meldung sehe ich dort drüben. Ja, genau Sie. Bitte.«

Ein junger Mann lächelte. »Hören Sie, der Generalstab bauscht die Gefahr durch die Axinen auf. Seit zwei Jahrzehnten werden sie zurückgedrängt. Seien wir ehrlich: Die Axinen sind keine existenzielle Bedrohung mehr für uns, wie sie das einst waren. Aber der Generalstab nutzt diesen Krieg, um sein Machtmonopol zu legitimieren. Das macht er, weil es ohne die vermeintliche Gefahr durch die Axinen, ohne einen Feind von außen, keinen Grund mehr gibt, dass sich die Menschheit hinter dem Militär vereint. Al Raschid will notfalls mit Gewalt die Einheit nach innen garantieren. Kazuki will den Weg in eine Föderation ebnen. Wir wollen von Ihnen wissen, wer von den beiden sich durchsetzen wird, Al Raschid oder Kazuki. Und was bedeutet das für Randwelten wie uns?«

Mein Blick ruhte einen Moment auf diesem unverschämten Bengel. Dann sendete mir Abeba eine Nachricht. Ich las sie über mein Interface.

»Du siehst bleich aus. Lass dich nicht provozieren. Auf Zapador sind die Leute es gewohnt, offen zu sprechen.«

Sollte das eine Hilfe sein?

»Sir?«

Ich schaute zur Moderatorin. »Ja, ähm, danke für diese Frage. Ich möchte Ihnen mit zwei Dingen antworten. Erstens möchte ich Sie einladen, Gäa I zu besuchen. Genau wie es für mich sehr erhellend – geradezu bereichernd – ist, auf Zapador zu sein, bin ich davon überzeugt, dass auch Gäa I einiges Interessantes für Sie zu bieten hat. Das Zentrum der GVA und der Irdischen Union zu sehen und sein pulsierendes Wirken zu erleben, schärft verzerrte Perspektiven. Sie werden feststellen, dass die Einheit des irdischen Bios so fest wie noch nie ist. Die Bios-Doktrin bildet dabei unsere immer verbindende Grundlage.

Darüber hinaus möchte ich Ihnen von den mutigen Kadetten berichten, denen ich auf Gäa I salutiert habe, als sie mit unserer neuen Schiffsklasse, der Orca, in den tiefen Alpha-Oktanten ausgelaufen sind, um die Axinen ein für alle Mal zu eliminieren. Wäre dieser Krieg schon entschieden, würden wir doch nicht mehr solch mächtige Waffen konstruieren.«

»Geschenke an die Rüstungsschmieden der RomkiCorps«, hörte ich die Nervensäge aus der dritten Reihe brabbeln.

Ich ignorierte sie und öffnete die Arme zum Publikum. »Wir sollten unseren tapferen Soldaten den Rücken stärken, indem wir in Demut ihrer Opfer gedenken. Das tue ich täglich.« Ich ballte eine Faust. »Glauben Sie mir, für Mutternatur sind sie bereit, alles zu opfern.«

In der ersten Reihe klatschten einige Gäste, was sich auf den Rest übertrug. Ich winkte lächelnd. Die Moderatorin nickte mir zu und übernahm wieder das Wort. Sie bedankte sich bei uns und den Gästen und schloss die Veranstaltung.

Das Publikum erhob sich, und dann kam noch eine Gruppe Drittklässler zur Bühne. Schüchtern hielten sie Bilder von mir vor sich. Die Lehrer ermutigten sie, zu mir zu kommen. Sie hielten mir Hefte, Karten und sogar Müslipackungen entgegen, auf denen ich abgedruckt war.

Ich fragte die Kleinen nach ihren Namen und kritzelte mit einem Edding drauflos: »Ihr seid die Früchte von morgen!«, »Die GVA wartet auf euch.« oder »Lasst eure Träume erblühen! Die GVA steht euch zur Seite.« Und natürlich der Klassiker: »Mut, Tapferkeit, Zusammenhalt! Die GVA dient Mutternatur.«

4

Ich lehnte mich über die Brüstung, spähte in den Schlund der Kuppel und beobachtete die Menschen, die hier überall in ihren luftigen Gewändern entlangschlenderten.

Nach dem Podium hatte ich gelächelt, Hände geschüttelt und mich nach dem süßen Wein, den man auf Zapador ausschenkte, gesehnt. Aber ausgerechnet daran hatte man gespart. Von einem Sektempfang keine Spur. Das Gute daran war, dass ich zügig verschwinden konnte. Ich hatte keinen Nerv, mir das Gemecker irgendwelcher Hobby-Experten anzuhören, die mir entrüstet erklärten, dass doch bitte jeder entrüstet sein müsste, weil irgendetwas nicht so läuft, wie es ihnen passt. Warum hatten Menschen immer das Bedürfnis, sich mitzuteilen?

Mein Magen knurrte, also drückte ich mich von der Brüstung ab und schloss mich dem Strom der Passanten an. In der schwülen Luft bewegte man sich gemächlich. Niemand schien in Eile zu sein. Also schlenderte auch ich behäbig eine der vielen Glasbrücken entlang und ließ meinen Blick durch die Kuppel schweifen. Wenn man versucht hätte, über eines der Geländer zu springen, wäre man kaum bis zum Grund durchgefallen. Man wäre auf einer der unzähligen Brücken, einem Tunnel oder Plateau aufgeschlagen.

Auf einem Plateau plätscherte ein künstlicher Bach. Er war überwuchert von Moosen und zierlichen Wasserpflanzen, die sich an dem grottenähnlichen Wasserlauf ausdehnten. Ein Teppich aus Drachenwurz spross an einem Ufer. Feste grüne Blätter rahmten die weißen Blüten ein. Ihr Vanilleduft drang in meine Nase. Um den Bach lachten und schrien Kinder, die sich mit Wasser bespritzten.

Ich bog links auf eine abschüssige Brücke ab, wodurch sich ein weiter Blick in das Innere des Bauwerks vor mir auftat. Menschen spazierten in ihren Gewändern umher, tropische Pflanzen gediehen und draußen fielen ein paar Schneeflocken. Es war belebt, aber nicht überlaufen. Durch die offene Struktur sah ich überall Bewohner. Viele der Wohnungen hatten ihr ZaporGlas auf milchig gestellt, sodass man nicht hineinblicken konnte, aber immer wieder gab es Wohnungen, die großzügige Einblicke erlaubten. Ich beobachtete einen älteren Mann, der auf seiner Couch mit weit offenem Mund ein Nickerchen hielt. In einer anderen Wohnung entfernte eine Frau mit einer Ultraschallbürste Plaque von den Zähnen. Ich nahm mir vor, Abeba bei Gelegenheit zu fragen, wie es die Menschen hier mit der Privatsphäre hielten.

Ein älterer Mann, der mit einem Kind an der Hand spazieren ging, winkte mir zu. Ich lächelte und winkte zurück.

»Wäa wa d'n dat?«, hörte ich das Kind fragen.

Der Besuch eines Promis sprach sich auf einem spärlich besiedelten Planeten wie Zapador rum. Die meisten hier waren nett, nicht aufdringlich. Die Zapadoren hatten einen Hang zur Tiefenentspannung. Man kannte sich, grüßte sich, als würden sie alle in einer großen WG leben. Genau das, wonach ich suchte. Das Förmliche hatte ich fürs Erste auf dem Podium gelassen.

Eingelullt von Farols Atmosphäre ging ich auf ein Plateau, an dessen Rande sich Essensstände reihten, sodass in der Mitte Tische zwischen Pflanzen und kleinen Springbrunnen standen. Das Wasser plätscherte und die Gäste unterhielten sich unaufgeregt.

Die Essensausgaben erinnerten mich an eine Kantine. Die

Gäste gingen zu den Ständen, bestellten oder nahmen ihr Essen gleich mit, wenn es schon vorbereitet war. Ich ging an den Ständen entlang und versuchte, die Namen zu entziffern, die auf Schildern oberhalb der Ausgaben standen. Einige waren in den GVA-Standardsprachen geschrieben. »Zur feurigen Tomate« und »Grimoalds Fermentiertes«, las ich. Aber in den Randwelten gab es Sprachen und Dialekte, die ich nicht entziffern konnte. Andere waren ein Kauderwelsch aus vertraut Klingendem und Unbekanntem. Ich blieb vor »D'Gromperenzopp« stehen, dann fiel mein Blick aber auf ein Weinfass, das am Nachbarstand aufgestellt war. »À l'Asticot qui fume«, stand auf dem Namensschild in gelben Buchstaben, die sich schön geschwungen umeinander wanden. Hinter der Ausgabe stand ein Bursche und stützte den Kopf auf die Hand. Er schaute müde ein paar Jugendlichen zu, die sich mit altertümlichen Skateboards an einer Rampe versuchten.

Ich wollte frühstücken, ließ mich von dem Burschen beraten und hoffte, dass das, was auch immer ich bestellt hatte, seinen Zweck erfüllen würde.

»Und einen«, ich deutete auf das Fass hinter ihm, »Wein.«

Der Bursche schaute zu dem Fass und schüttelte bedauernd den Kopf. »Das ist Eistee.« Er nickte dann aber aufmunternd. »Er ist richtig gut. Eine neue Mischung.«

Ich zeigte meine Enttäuschung nicht und winkte ab. »Immer her damit!«

Aus Gewohnheit streckte ich meine UMA hin, um das Essen per InterCredit-Transfer zu bezahlen, doch der Bursche schüttelte den Kopf.

»Stimmt ja. Kein Geld, alles gehört allen. Jaja. Ich bin nicht von hier.«

Ich rieb mir müde durchs Gesicht, ließ mich an einen der

Tische fallen und atmete tief ein und aus. Der letzte Rest Ärger über die hysterischen Fragen auf der Veranstaltung glitt aus mir hinaus und dieser friedliche Ort hüllte mich ein.

Einfach für den Rest des Tages nichts machen.

Ich lächelte und beobachtete mit leerem Blick und tief im Stuhl hängend die Jugendlichen. Einem rutschte sein Brett in voller Fahrt auf der Rampe weg. Er flog ohne das Skateboard über die Rampe und schürfte sich Arme und Knie auf. Es blutete heftig. Die Gäste starrten. Es wurde getuschelt. Zwei Frauen eilten zu dem Verunglückten, um den sich die Jugendlichen versammelt hatten.

»Das solltest du reinigen lassen«, raunte jemand in mein Ohr.

Ich zuckte zusammen. Abeba hatte ihren Wuschelkopf zu mir runtergebeugt. Hinter ihr standen zwei Gestalten, die ich nicht kannte. Den gesamten Hinflug hatte Abeba mir in den Ohren gelegen, wie »bombig« es auf Zapador sei. Ihre »bääästen« Freunde seien dort und sogar eine Tante. Sie schien es hier zu genießen; zumindest, wenn ich nicht gerade meine Termine verpennte.

Ich warf einen Blick nach unten auf den Fettfleck. »Ich hatte mir eigentlich überlegt, auf den Kleidungsstil von Zapador umzusteigen.« Gemütlich streckte ich meine Arme aus.

»Darüber unterhalten wir uns noch mal. Stört dich sicher nicht, wenn wir uns dazusetzen.« Sie zog einen Stuhl zurück, ohne auf eine Antwort zu warten. »Zoya Cud'Pioche und Oyibo O'Donohoe«, stellte Abeba die beiden vor. Dann schwenkte sie ihre Hand zu mir. »Ihn muss ich ja nicht vorstellen, oder?«

Ich lächelte und bot die freien Plätze an.

Oyibo lehnte sich tief in seinem Stuhl zurück und ließ die Mundwinkel hängen. Seine Arme lagen verschränkt auf seinem Bauch. »Ich habe Sie auf der Cornflakes-Packung meiner

Tochter gesehen. Ich habe die Kiste nicht dabei, sonst hätten Sie sie signieren können.«

»Eines meiner Lieblingsmotive. Unglaublich, was ein Maskenbildner da alles rausholen kann.« Ich deutete auf mein Gesicht. »Ich sende Ihrer Tochter gerne bei Gelegenheit eine signierte Packung zu.« Ich nickte zu Abeba. »Wir haben doch noch welche von den Dingern an Bord?«

Sie reckte den Kopf nach vorn und fuhr sich durch ihre blonden Haare. »Du hast gelernt, deinen Namen zu schreiben?«

Ich kratzte mich im Ohr. »Ja, zum Zeitvertreib, als du mich lahm wie ein kreptischer Frachter umhergekarrt hast.«

»So eine Anspielung in Gegenwart einer Krepte?! Wo ist dein Anstand geblieben?« Abeba schnalzte mit der Zunge und nickte zu Zoya, die ihre getönten Brillengläser zurechtrückte.

»Schon okay. Ein kreptischer Frachter mag nicht der schnellste sein, sein Ziel findet er aber immer. Auch in den unwirtlichsten Gegenden.«

Sie verzog keine Miene und machte auch keine Anstalten, die Brille abzunehmen. Eine Krepte eben. Ich öffnete den Mund und überlegte erst dann, was ich sagen könnte; mir fiel nichts ein.

Abeba stieß mich mit der Außenseite ihrer Hand an. »Hör mal, du kannst auf Zapador kein Frühstück bestellen.«

»Das habe ich aber gerade.«

»Ja, die Leute sind nett zu dir. Es gibt hier aber keine Tageszeiten. Deswegen auch kein Frühstück.«

»Ein Leben ohne Frühstück, wie bedauerlich.« Ich hielt die Luft an, um ein Gähnen zu unterdrücken. Wie gerne hätte ich etwas Stärkeres als Eistee gehabt.

»Wir richten uns nach dem Bauchgefühl.«

»Gut. Es ist eindeutig Essenszeit für mich.« Ich trommelte auf meinem Bauch.

Der Kellner kam mit einem Tablett und servierte. Ich beugte mich über den zapadorischen Salat, wollte schon zulangen, doch etwas auf dem Teller bewegte sich.

»Oh nein!«

Zoya brachte ihren Oberkörper auf Distanz.

Abeba beugte sich vor. »Frische Madenernte. Die fettesten Exemplare verwendet man frisch.«

»Haben Sie schon gefrüh ... etwas gegen Ihren Hunger unternommen?« Ich schaute in die Runde. »Bedienen Sie sich. Ich schaffe das nicht alles. Ich fange mit dem Brot an.«

Mit ihrer Gabel durchstach Abeba dunkelrote Mizunablätter und spießte den Leib einer Made auf. Ich schob ihr den Teller rüber, denn die anderen lehnten ab, und biss in das Brot.

»Sagen Sie, bevor ich hier in weitere Fettnäpfchen trete«, ich nickte kauend zu Zoya, und dann zu Oyibo, »sind Sie auch von Kreptus angereist?«

»Nein. Aber Sie sollten sich nicht über Fische lustig machen. Ich komme von Okeanos.«

»Stimmt es, dass Ihre Kinder Flossen haben und Seefahrern Angst einjagen?«

»Unsere Kinder sind Seefahrer und jagen uns Angst ein.«

Ich nickte und biss in mein Brot. Oyibo rührte sich nicht, nicht einmal seine runtergezogenen Mundwinkel. Zoya schien mich durch ihre getönten Gläser zu beobachten.

»Ich hatte dir ja auf dem Hinflug erzählt, dass wir drei uns von der Bios-Akademie kennen«, sagte Abeba.

Da habe ich dir nicht zugehört, meine Gute. »Mhhm«, brummte ich.

Abeba nickte. »Nach der Akademie haben sich unsere Wege

getrennt. Zoya hat einige Jahre in der Infanterie gedient. Dann ging sie zurück nach Kreptus, um im Olympus-Asteroidenfeld und auf Raumstationen ihr Glück zu versuchen. Du kennst vielleicht die Station Kobold 9? Ein trauriger Schrotthaufen, aber die Dunkelweltmenschen sind Sturköpfe und mögen das harte Leben.«

Zoya berührte Daumen und kleinen Finger und streckte die Geste Abeba entgegen. Die lächelte Zoya an.

Ich trank Eistee, verzog das Gesicht und musterte das Getränk mit zusammengekniffenen Augenbrauen. Es schmeckte bitter wie Salbeitinktur, die eine pelzige Taubheit hinterließ.

Abeba nickte zu Oyibo. »Und er war bei den nautischen Landeoperationen der Coral. Hat im Planungsstab auf der Brücke Karriere gemacht. Aber Oyibo ist ständig gelangweilt. Er hat sich zur nautischen Forschungsabteilung auf Okeanos versetzen lassen. Dort forscht er an Bomben und allerhand Spielzeugen für den Unterwasserkampf.«

Ich schob den Eistee weit von mir weg, schaute zu Abeba, die langsam eine Augenbraue hob, und setzte mich auf.

»Die Coral, ja?« Ich räusperte mich. »Das Flaggschiff für nautische Operationen, richtig? Eine ziemliche Karriere haben Sie da gemacht. Beachtlich. Warum sind Sie kein Kapitän?«

Oyibo wiegte den Kopf hin und her, ohne eine Miene zu verziehen. »Wie Abeba schon sagte, ich arbeite jetzt an Rüstungsprojekten.«

Ich runzelte die Stirn. »Sie hätten sicher bei einer der Orbitalwerften in den Kernwelten einen Fuß in der Tür gehabt oder sogar bei den Schmieden der RomkiCorps. Die Manufakturen auf Okeanos stellen Kleinwaffen her, oder?«

»Okeanos hat mich dringender gebraucht.« Oyibo hatte weiterhin seine Arme verschränkt. Er nickte zu Abeba. »Und über ihre Karriere als Militärpilotin sind Sie ja sicherlich im Bilde.«

Ich nickte, wollte etwas sagen, musste mich aber schütteln, weil sich eine Made an meinem Gaumen wand. Abeba hatte während des Hinflugs von ihrer Kindheit auf Avena erzählt. Das Zentrum der Irdischen Union und der Gemeinsamen Interplanetaren Verteidigungsarmee, der GVA. Dennoch hatte sie sich eine Verbundenheit mit ihrem Geburtsort Zapador bewahrt. Kein Wunder, dass sie sich auf der Akademie mit anderen Krezokten angefreundet hatte. Die Bewohner dieser drei unwirtlichen Randwelten hielten schon seit der ersten Besiedelung zusammen. Nach der Ausbildung hatte sie einen Orbitalbomber fliegen wollen, hatte sie behauptet. Dafür hatte es allerdings nie gereicht. Bis vor Kurzem hatte sie verschiedene Jobs für den Generalstab erledigt und war schließlich dazu verdonnert worden, mich durch die Gegend zu kutschieren. Sie hatte ihr Schicksal akzeptiert, genau wie ich. Ich zwinkerte ihr zu.

»Leider treffen wir uns selten. Diesmal fehlt Aleeke. Du kennst ihn, oder? Aleeke Tajo? Er ist zum Kapitän der Portia aufgestiegen und kämpft inzwischen an der Front.«

»Ähm, ja, ich glaube schon«, log ich und schaute die verschiedenen Tresen entlang. Wenn es keine Tageszeiten gab, konnte man sicher an einem ein Glas Wein bekommen. Das würde diesen Netzwerk-Talk bekömmlicher machen.

»Er war mit uns auf der Bios-Akademie. Er ist auf Zapador aufgewachsen, ist aber ständig im Alpha-Oktanten.«

Ich blickte mich um und holte mit den Armen aus. »Zapador ist ein Ort, für den es sich zu kämpfen lohnt.« Diese Floskel glitt wie eine stumpfe Routine über meine Lippen. Auch in den räudigsten Siedlungen kam sie gut an, gerade weil sie stumpf war.

Abeba schüttelte den Kopf. »Wir tauschen Nachrichten aus. Es ist aber nicht dasselbe, wie mit euch hier zu sein«, sagte sie zu ihren beiden Freunden.

»Seit der Akademie sehen wir uns selten. Die Krezoktischen Konferenzen sind eine Gelegenheit, um sich wiederzusehen. Dass General Kazuki Sie schickt, ist für uns ein Glücksfall. So können wir auch Abeba treffen«, sagte Oyibo.

»Ja, ein wahrhaftiger Glücksfall«, erwiderte ich. Stille folgte und ich räusperte mich. »Schade nur, dass sie sich einen zugeschneiten Planeten ausgesucht haben, um sich zu treffen. Hat Okeanos nicht ein milderes Klima?«

»Sie scheinen sich doch hier auch ganz wohlzufühlen.«

Ich drehte den Kopf zu Zoya, die gesprochen hatte, und dann auf die Schalen mit Speisen vor mir. »Das ist der Diplomat in mir. Zeigen Sie Interesse für die Kultur der Gastgeber. Und die fängt beim Essen an. Warten Sie, bis ich mein zapadorisches Gewand trage.« Ich grinste breit.

Abeba schnaufte und schüttelte den Kopf. Oyibo rieb sich durchs Gesicht und lehnte sich nach vorne auf den Tisch.

»Wir machen einen Ausflug. Raus aus Farol. Begleiten Sie uns?«, fragte er.

Ich hob die Hände und wollte dankend ablehnen. Das Eis mit den beiden war noch lange nicht gebrochen, und ich hatte den Eindruck, dazu würde ein Eispickel nötig sein. Dann musste ich aber an General Kazukis Worte denken: *Ich brauche Ihre persönliche Einschätzung über die Randwelten. Wie ist die Stimmung auf Zapador?* So was in der Art hatte er gesagt. Ich rang mit dem inneren Schweinehund, der schon Getränke kaltgestellt hatte und die Couch warmhielt. Alle schauten mich mit meinen gehobenen Händen an, also nickte ich langsam.

»Ja sicher, warum nicht?«

5

Teodald van Fliesenfels war ein glatzköpfiges und lachendes Gesprächsbündel. Sein roséfarbenes Gewand spannte über seinem fülligen Leib. Wenn er lachte, und das tat er am laufenden Band, warf er den Kopf in den Nacken, öffnete den Mund weit, und seine Stimme dröhnte in tiefen Stößen. Dabei schwang sein Körper im Rhythmus mit. Es war ein ansteckendes Lachen. Zugegeben, so früh nach dem Aufstehen hätte ich darauf verzichten können. Hinzu kam, dass er ausholte, wenn er sprach, so weit, dass er vom Thema abkam und nicht wieder zurückfand. Es war nicht einfach gewesen, herauszufinden, was seine Aufgabe war. Er arbeitete für den ersten Minister Zapadors. Laufbursche ging nicht weit genug, rechte Hand traf es zum Teil. Er genoss ein enormes Vertrauen und Ansehen in Farol und war durch und durch Zapadorer.

Oyibo hatte uns zu Teodalds Wohnung geführt und er versicherte, ihm stünden alle Türen auf Zapador offen, er sei daher ein ausgezeichneter Touristenführer. Bei *alle Türen* setzte ich ein Stoßgebet an Mutternatur ab, dass er das nicht als Ankündigung für eine minuziöse Sightseeingtour meinte.

Ich schielte zu dem dunkelgrünen Rasen, der Teodalds Apartmentblock umgab. In regelmäßigen Abständen standen hier Mandarinenbäume, die nahezu identisch wuchsen. Kugelrund geschorene Kronen mit gelben und orangefarbenen Früchten. *Jetzt ein Verdauungsnickerchen auf der Wiese.* Ich unterdrückte ein Gähnen.

Teodalds dicker Leib füllte den Türrahmen aus. Er fing sofort an zu lachen. »Schön, dass Sie da sind! Sie kommen wegen der Führung, richtig?«

Oyibo bejahte, und Teodald verlor keine Zeit. Angeführt von den beiden marschierten wir zum Fuß der Kuppel hinab. Teodald grüßte nahezu jeden Passanten, wobei er jedes Mal seine Hände herzlich auf seinen Wanst fallen ließ. Das unterbrach ständig seinen Redefluss, was ihn aber nicht zu stören schien. Seine Erläuterungen wurden so zu fragmentarischen Geschichten über Farol.

Daher kam es mir gelegen, dass wir am Fuß des Glaskegels eine Schleuse passierten, die uns raus aus Farol und in einen direkt benachbarten Gewächshausring führte.

Ich blinzelte über die sich endlos ausbreitenden Felder. Artischocken, Bohnen, Auberginen, Möhren, Zucchini, Brokkoli und Salate in den unterschiedlichsten Formen: spitzer Zuckerhut neben rundem Radicchio und krausem Frisée. Die irdischen Pflanzen gediehen prächtig. Mutternatur erblühte.

»Energie beziehen wir aus den tieferen Schichten des Planeten. Damit heizen wir Farol und die Treibhäuser. Über Turbinen erzeugen wir Strom. Den nutzen wir für die künstlichen Lichtquellen, das ZaporGlas. Das Licht der Sonne reicht nicht. Die Wolken lassen nicht genug durch. Alles in allem produzieren wir damit mehr Nahrung, als wir brauchen, und senden an die GVA, was wir können.«

Aus Gewohnheit nickte ich. Ständig legte man sich in meiner Gegenwart ins Zeug, die eigenen Opfer im Krieg gegen die Axinen hervorzuheben.

»Ein unbedeutender Anteil. Unsere Kolonie ist winzig.«

Er nickte den Gang entlang und ich kniff die Augen zusammen. Der Gang war schnurgerade und so lang, dass ich das Ende nicht sah. »Der Weg führt durch die Plantage, bis ans Ende des

Gewächshausrings und damit an das Ende dieser Kolonie, raus in den Nebel«, sagte Teodald.

Ich sah den Maschinen zu, die an Magnetschienen an der Decke entlangglitten. Sie senkten sich durch mechanische Arme hinab zu den Pflanzen, versorgten sie und ernteten die reifen Früchte und Blätter ab.

»Wie kam es, dass sich hier Kolonisten niedergelassen haben, wenn man all das benötigt, um zu überleben? Warum nicht einen wirtlicheren Planeten wählen?«, fragte ich.

»Das waren meine Vorfahren viele Generationen vor mir, die die nötigen Mittel gesammelt haben, um das Kuppelprojekt zu verwirklichen. Eine Unternehmung unter Tausenden, die es in jener Epoche gab. Jeder träumte davon, eine neue Kolonie zu errichten. Eine andere Art zu leben zu erproben. Die Probleme auf der Erde hinter sich zu lassen. Das war der Trend der Zeit.« Wir spazierten gemächlich den Gang entlang. »Die Stimmung war richtig, um die Kolonistenwellen auszulösen, aber der entscheidende Faktor waren natürlich die technischen Entwicklungen. Die neu ausgemessenen Routen für die Faltantriebe der Raumschiffe ließen uns entfernte Systeme erreichen.« Teodald schmunzelte. »Die Erde war gebeutelt. Die Ressourcen aufgebraucht, die Atmosphäre schlecht, die habitablen Zonen wurden kleiner, die Bevölkerung zu groß und so weiter und so fort.« Er strich sich über die Wampe. »Viele Menschen hatten nichts, was sie auf der Erde hielt, und da draußen schien es auf einmal Welten im Überfluss zu geben.« Er umfasste seinen Bauch, als wäre er einer der Planeten. »Es herrschte kein Mangel da draußen, es existierten keine Grenzen. Benachbarte Systeme standen den Menschen offen.« Er lachte. »Es gab viele Spinner und Träumer in dieser Zeit, das kann man sich heute nicht mehr vorstellen. Worauf wollte ich hinaus? Ach ja, warum meine Vorfahren Zapador auswählten. Sie schlossen sich einer Gruppe von Träumern an, die eine von Grund auf neue Zivilisation erschaffen wollten. Dieser Planet war unberührt. Seine Abgelegenheit und das Klima hielten die breiten Kolonistenströme fern. Dabei ist Zapador nicht vollends unattraktiv. Seine Luft ähnelt der auf der Erde. Sauerstoff und Stickstoff machen den Großteil aus. Leider ist die Konzentration von Argon und Kohlenstoffdioxid erhöht. Wenn Sie sich ruhig verhalten, bleiben Sie 15 Minuten bei Bewusstsein. Nach einer Stunde erklärt man Sie für tot. Die Anziehungskräfte sind vorteilhaft. Sie wiegen hier neun Zehntel von dem, was Sie auf der Erde wiegen.« Teodald griff sich an den Wanst und lachte.

Mein Blick glitt über das Feld. Teodalds Geschichtsstunde war nicht sonderlich lehrreich. Die Ereignisse kannte man gemeinhin. Die Erfindung der ersten Raumfaltantriebe hatte für Abenteuerstimmung gesorgt, was als der Große Aufbruch in die Geschichtsbücher eingegangen war.

Obwohl die Menschheit heute verstreut war, blieb sie durch die Bios-Doktrin und die Generalität verbunden. Und der Generalstab lehrte an seinen Bios-Akademien auch Geschichte. Dort wurde den Kadetten eingetrichtert, dankbar für die Existenz des militärischen Apparats zu sein.

Fuck, wenn das so weitergeht, wird das eine dröge Tour und ein kurzer Bericht für Kazuki.

Ich glaubte zu wissen, über was Teodald als Nächstes referieren würde. Geschichtslehrer an den Bios-Akademien hatten an dieser Stelle Gänsehaut: Auf den Großen Aufbruch folgte – Trommelwirbel – der Überfall der Axinen. Und dann stellten Dozenten die wichtigste Frage: »Warum war der Überfall der Axinen so schlimm?« Die Schleimbeutel aus der ersten Reihe rissen dann die Hände hoch und quiekten: »Weil die Menschheit in viele Fraktionen zersplittert war und wir keine Generalität hatten, die uns einte.«

Es war dieselbe Story, die ich auf einem Podium erzählte, wenn mir absolut nichts Passendes mehr einfiel. Die Geschichte von der ewigen Einheit durch die Generalität und die Bios-Doktrin. Das ging immer. Und selbst der letzte Randweltler würde wissen, dass er an dieser Stelle meiner Rede klatschen musste.

Ich sehnte mich nach dem Plateau mit den Essensausgaben – wenn auch nicht nach dem l'Asticot qui fume. Vielleicht konnte ich Teodald zuvorkommen. Dann hätten wir es hinter uns.

»Gut, dass sich die Menschheit ausgebreitet hat. Aber diese Zersplitterung war ja nicht so gut. Wir können froh sein, dass uns heute die Generalität mit der Bios-Doktrin eint«, sagte ich, lächelte siegessicher und wartete auf das zustimmende Gemurmel.

Stattdessen sagte Teodald etwas Ungewohntes: »Na ja, das stimmt zum Teil. Es gab kein gemeinsames Führungsgremium. Jede Gruppe gestaltete ihre eigenen Regeln. Es gab keine Autorität, die der Menschheit eine einzige Stimme gab.« Er zögerte.

Zoya beugte den Kopf vor. »Teodalds Punkt ist: Die Axinen kamen und hatten leichtes Spiel. Sie haben versprengte Kolonien aufgerieben. Die Menschheit muss geeint im Weltall auftreten oder geht zugrunde.« Sie rückte ihre Sonnenbrille zurecht.

Teodald holte Luft, lächelte diplomatisch und entgegnete zuerst an Zoya, dann an uns alle gewandt: »Dabei vergessen Sie, dass zu jener Zeit Menschen bereit waren, andere Wege einzuschlagen, Experimente zu wagen. Konventionen wurden infrage gestellt. Neue Antworten gesucht. Wir täten gut daran, aus den Erkenntnissen dieser Epoche zu lernen. Stattdessen sollen wir sie verteufeln und uns blind hinter die Doktrin der Generalität stellen.«

Eine heikle Diskussion, schließlich repräsentierte ich hier den Generalstab und damit die Spitze der Generalität. Nicht, dass mir danach war, Teodald zu maßregeln, aber ich konnte auch nicht einfach wegsehen.

Die Sichtweise der Generalität war eindeutig: Das Fehlen einer zentralen Autorität war als Urkatastrophe gebrandmarkt. Erst die Zersplitterung der Menschheit hatte sie zu einem leichten Opfer für die axinischen Überfälle werden lassen. Woher die Axinen vor fast 50 Jahren gekommen waren und was sie antrieb, war bis heute nicht bekannt. Im Angesicht der Auslöschung des irdischen Bios waren diese Fragen von geringer Relevanz. Die verbrannten Welten, die die Axinen hinterlassen hatten, hatten für den nötigen Zusammenhalt gesorgt, der die Menschheit hinter der Autorität des Militärs vereint hatte. Und das war mehr an der Vernichtung des Gegners als an dessen Erforschung interessiert. Es sei denn, Letzteres erwies sich für Ersteres als nützlich.

Zoyas Sicht passte zur Argumentationslinie der GVA. Teodald bewegte sich mit der Aussage, dass man sich blind hinter die Doktrin der Generalität stellte, gelinde gesagt auf dünnem Eis. Er trug seine Sichtweise mit aller Offenheit vor, und das schien niemanden außer mir zu verwundern. Abeba inspizierte ein Blatt einer Bananenstaude, das sie abgezupft hatte, und Oyibo schielte griesgrämig wie immer zu Zoya rüber.

Immerhin hatte ich für einen Moment die Theke vergessen. »Nun, Herr Van Flies …«

Er unterbrach mich. »Aber nennen Sie mich doch Teodald.«

»Teodald. Wenn Sie sagen, dass Experimente gewagt wurden, was bedeutet das konkret?«

Er schaute zu mir rüber. »Ich zeige es Ihnen. Folgen Sie mir.«

6

Er führte uns durch einen Seitengang innerhalb des Gewächshausrings, der auf einer Hebebühne mündete. Teodald betätigte eine Konsole, und wir bewegten uns eine Etage abwärts. Ich kniff die Augen zusammen und wischte mir mit den Ärmeln über die Stirn. Unterhalb der Gewächshäuser spannte sich eine ebenso ausgedehnte Fläche, die gedimmt beleuchtet war. Das schwüle Klima blieb. Ich erblickte nichts außer Boxen in Größe von Bienenkästen, eng aneinandergereiht. Wie zuvor auf der Gewächshausetage glitten Maschinen an der Decke hin und her. Sie senkten sich hinab zu den Kästen, entnahmen einzelne Schubladen und entleerten den Inhalt in ein Behältnis, das sie mit sich trugen. Andere Ernteroboter füllten die Kästen auf.

Teodald zog eine Schublade heraus und hielt sie mir entgegen. Sie war mit einem Netz bespannt. Mit Daumen und Zeigefinger pickte er eine dicke Made und hielt sie mir unter die Nase. »Greifen Sie zu!«

»Och, so frisch.« Ich würgte sie hinunter, ohne zu kauen, und schüttelte mich.

Zoya verschränkte die Arme und zog den Kopf zurück.

Oyibo musterte eine Made zwischen seinen Fingern. »Ich esse lieber nicht zwischen den Mahlzeiten.«

»Gib her«, sagte Abeba und streckte ihre Hand aus. Er ließ die sich krümmenden Maden hineinfallen.

Teodald betätigte ein Bedienfeld, das an der Seite des Gangs angebracht war. Sofort senkte sich eine der Maschinen von der

Decke zu uns hinab. Sie hatte ein Transportbehältnis dabei. Teodald griff hinein und holte eine Handvoll braun-rötlicher Pampe hervor.

»Damit füttern wir unsere Maden.«

Ich beugte mich vor. »Und das ist?«

Er hob das Kinn. »Es besteht aus einer Pflanze, die auf Zapador wächst. Sie wuchs hier schon, als der erste Mensch diesen Planeten betrat, und sie wächst bis heute hier.«

Ich rieb die Pampe zwischen den Fingern. Die Konsistenz war matschig, und es roch nach Süßholz. »Maden, die von der Erde abstammen, füttern Sie mit dieser Alien-Pampe?«

»Ganz recht«, sagte Teodald.

Ich machte eine geistige Notiz für den Bericht. Das musste ich Kazuki melden. Man mischte Alienflora und irdische Fauna. Schlimmer noch, man nutzte außerirdische Gewächse zur Erzeugung von Nahrungsmitteln. So etwas sollte es in dem von Menschen besiedelten Teil des Universums nicht geben. Das dauerhafte, systematische Nutzen von fremdem Leben bedurfte einer direkten Genehmigung durch die Generalität. Das Problem war kein landwirtschaftliches. Es ging um eine grundlegende ideologische Frage. Seit dem Krieg gegen die Axinen galt die Bios-Doktrin als Leitlinie des menschlichen Handelns im Universum. Nach dieser Doktrin konkurrierte außerirdisches Leben mit dem Leben, das von der Erde stammte.

Ich schaute die Pampe in meiner Hand an. In einem militärischen Handbuch zur Bios-Doktrin würde ich einen Ratschlag finden, wie man diese Pflanze am effizientesten atomisierte. Machte es mich zum Komplizen, das hier zu wissen? Ich musste es melden. Oder sollte ich jetzt schon entschieden einschreiten? Ich hatte ehrlich gesagt keinen Nerv, Teodald eine Standpauke zu halten. Bei so was sah ich nie glaubwürdig aus. Kazukis Auftrag war, zu beobachten und zu berichten. Also würde ich das tun. Ich schüttelte den Kopf und schmiss die Pampe zurück in die Maschine, die wieder an die Decke sauste. Teodald winkte uns zu, und wir folgten ihm.

Wir hatten es geschafft und endlich das Ende des Gangs erreicht. Teodald öffnete eine Tür mit einem elektronischen Schlüssel. Wir betraten eine Garage. In der Mitte standen ein Schneemobil und ein Quad mit riesigen Reifen und tiefem Profil. Die brauchte man in der Regensaison, vermutete ich. An der Wand waren Spinde angebracht. Durch eine Schleuse mit massiven Schotts, die auch Fahrzeuge passieren konnten, gelangte man nach draußen. Sie bildete die letzte Begrenzung zwischen dem von Menschen besiedelten und dem unwirtlichen Teil Zapadors.

»In den Schränken finden Sie Schneeanzüge. Suchen Sie sich einen aus. Zapador erscheint friedlich, aber ohne die Anzüge überleben Sie draußen nicht lange.« Er griff in seine Innentasche. »Am wichtigsten sind die Luftfilter.« Er entnahm zwei Stöpsel und steckte sie in die Nase. »Die steuern Sie über das Display im Ärmel der Anzüge. Achten Sie darauf, durch die Nase zu atmen, sonst könnte Ihnen schwindelig werden. Wem das zu kompliziert ist, der verwendet die Option Schneesturm. Der Anzug schließt sich dann nach außen ab und versorgt Sie mit gefilterter, aufgewärmter zapadorischer Luft. Ich empfehle aber die Nasenfilter. Verschließen Sie sich dem Planeten nicht!«

Ich steckte mir die Stöpsel in die Nase und fragte mich, wer die schon benutzt hatte. Über die Anzeige am Ärmel des Anzugs aktivierte ich sie. Selbstständig glitten sie tiefer in meine Nase und passten sich automatisch der Nasenhöhle an. Das Atmen wurde nicht beeinträchtigt. Ich würde es mit den Stöpseln versuchen. Nur Zoya entschied sich für die Schneesturm-Funktion ihres Anzugs. Man hörte ein kurzes Zischen, und aus ihrem Kragen floss eine metallisch schimmernde Flüssigkeit ihren Hals hinauf. Sie umschloss ihren Kopf und verhärtete sich zu einem Helm. Das war Romki-Technologie, wie sie bei leichten Kampfanzügen des Militärs verwendet wurde. Der Anzug war nicht für den Kampfeinsatz konzipiert, aber die technologischen Grundlagen waren ähnlich.

»Und ziehen Sie sich Schneeschuhe an, damit Sie nicht einsinken.«

Teodald legte die Hand auf einen Sensor, das Innenschott öffnete sich und wir betraten die Schleuse. Hinter uns glitt das Schott wieder zu, die Luft wurde ausgetauscht und wir spähten durch die vier Bullaugen raus in das Schneegestöber Zapadors. Dann rollte das Außenschott schwerfällig aufwärts. Die dicken Schneeflocken wehten mir ins Gesicht und ich atmete die frostklirrende Luft ein.

Vor uns erstreckte sich ein Wald, durch den sich ein schmaler Weg schlängelte. Die Bäume ließen sich mit zwei Händen umfassen. Sie wuchsen krumm, sahen mitgenommen aus, und die größten Exemplare reichten gerade mal vier Meter in die Höhe. Eine dicke Schneeschicht bedeckte ihre zarten Äste und ihre kreisrunden rötlichen Blätter.

Der Anblick war nicht spektakulär und doch atemberaubend. Es waren die Ruhe und die Kälte gepaart mit der Schlichtheit des Ortes. Die Bäume und der Schnee. Das Knirschen und der dampfende Atem. Die Nebelwand und das Zwielicht.

Wir marschierten schweigend in einer Kolonne.

Vor einem der Bäume hielt Teodald an und klopfte an den Stamm. »Eine Schüttelpalme. Es ist die einzige Pflanze, die es auf Zapador gibt, abgesehen von den Gewächsen, die wir mitgebracht haben, natürlich. Obwohl die Temperatur zwischen minus 50 und plus 10 Grad schwankt, gedeiht dieser Baum auf der Oberfläche. Er versetzt uns bis heute in Staunen. Äußerlich ähnelt er den verholzten Pflanzen auf der Erde. Er nutzt ebenfalls Sonnenlicht, und wie Sie sehen, besitzt die Schüttelpalme Blätter.« Teodald stupste eines an. »Damit der Schnee die Blätter nicht verdeckt, schütteln die Bäume ihn von Zeit zu Zeit runter. Schauen Sie hier.«

Die Blätter baumelten schlaff an den Stängeln. Teodald entnahm aus einer Jackentasche eine Omniklinge, aktivierte sie und schnitt ein dunkelrotes Blatt ab.

»Die Blattoberfläche ist hart und unflexibel.«

Er hielt uns die Handfläche mit dem Blatt entgegen. Wie bräunlicher Sirup glänzte eine Flüssigkeit an der Schnittstelle.

»Sie welken nicht. Der dünne Stängel allerdings fängt an, sich zu kringeln, erschlafft und kippt unter der Last des Schnees ab, wenn ihm Wasser fehlt. Dabei fällt der Schnee runter. Aber es schneit ja unablässig. Irgendwann sind die erschlafften Blätter wieder mit Schnee bedeckt. Deswegen speichert die Schüttelpalme in ihren Wurzeln Wasservorräte, bis ein gewisser Druck erreicht ist. Wird dieses Level überschritten, öffnet der Baum seine Schleusen und das Wasser schießt in die Blätter. Sehen Sie nur!«

Wie auf Kommando ging ein Beben durch den Baum neben uns. Die Blätter rotierten von unten nach oben, sodass der Schnee zu allen Seiten davonstäubte und die Blätter wieder aufgerichtet waren. Mit dem aufwirbelnden Schnee sah es tatsächlich aus wie ein sich schüttelnder Baum. Ein Raunen ging durch die Runde.

Eine Weile beobachteten wir die Bäume und machten einander auf sich schüttelnde Palmen aufmerksam. Dann marschierten wir weiter. Der Weg führte uns weg von Farol, tiefer in den Wald hinein. Wir genossen die Ruhe und die knisternden Schneeflocken. Teodald hatte recht, man war hier draußen Zapador näher. Die Kälte floss bei jedem Atemzug in meine Lungen und das Schneegestöber umschwirrte mich. Der Nebel erlaubte uns von Zeit zu Zeit einen tieferen Blick in den dichten Wald.

Ich hörte ein leises Brummen. Es näherte sich und kam von vorne.

Teodald nickte in die Richtung des Geräuschs. »Schauen Sie zum Himmel.«

Eine Drohne raste in den Wolken über uns hinweg.

»Erntedrohnen. Sie pflücken die Blätter der Schüttelpalmen ab. Wir verwenden sie zur Fütterung der Maden. Mit den Drohnen müssen wir keine Schneisen in die Landschaft schlagen. Eine Palme braucht Jahre, um sich von einer Ernte zu erholen. Die Blätter wachsen langsam. Der Ernteradius ist entsprechend ausgedehnt.«

»Sie haben sich hier ein effizientes System geschaffen«, sagte Oyibo.

»Ob das die GVA auch so sieht?«, fragte Zoya.

Oyibo wandte sich zu ihr, sagte aber nichts. Sie hatte meine Bedenken über das systematische Nutzen der Schüttelpalme für die Nahrungsproduktion ausgesprochen.

Teodald wandte sich zu mir. »Sie haben mich vorhin gefragt, welche Experimente meine Vorfahren gewagt haben. Die Antwort ist dieses System, das wir uns auf Zapador geschaffen haben. Wir sind ein Bündnis mit den Einheimischen des Planeten eingegangen.«

»Was haben denn die Schüttelpalmen von diesem Bündnis?«, fragte ich.

Teodald lachte. »Eine gute Frage. Lassen Sie mich Ihnen das auch noch zeigen.«

7

Wir waren Stunden gewandert. Teodalds Gerede über Zapador und seine Schüttelpalmen war zu einem Rauschen im Hintergrund geworden. Wir stapften dahin, umgeben von Schnee und Nebel, umringt von Bäumen mit rotierenden Blättern. Auf dem immer schmaler werdenden Weg schlängelten wir uns durch den Wald.

Ich verlor mich in Gedanken, träumte von den vergangenen Jahren. Von den Reden, die ich gehalten hatte. Von dem Eismond Nobos, auf dem die Axinen mir beinahe das Leben genommen hatten. Von meinen Exzessen, die auf meine Heimkehr gefolgt waren.

Erinnerung vermischte sich mit Fiktion, während ich stumpf durch den Schnee stapfte. Ich träumte von einer Ausstellung, die ich auf Avena besucht hatte. Sie hatte den Überlebenskampf des irdischen Bios gezeigt, des Lebens von der Erde gegen das Fremde. Ich war der Protagonist der Ausstellung gewesen. Auf Bildern posierte ich in Kampfmontur und mit Sturmgewehr auf einer fremden Welt, verschwitzt, umgeben von wilden Pflanzen. Das Bild sog mich in sich hinein. Ich blickte in die Kamera und atmete die schwere, schwüle Luft einer Tropenwelt. Um mich herum dieselben Kameraden, die einst vor vielen Jahren neben mir auf dem Eismond Nobos gestorben waren, während ich mich verkrochen hatte. Nur marschierten wir in meinem Traum nicht durch eine zerklüftete Eislandschaft. Diesmal war es ein Dschungel. Ich spürte die Hitze auf meiner Haut, doch in meinem Bauch wummerte die Kälte, in die mich Nobos einst eingehüllt hatte.

Der Schweiß rann mir über die Stirn. Das Gewehr lag schwer in meiner Hand, und Schritt für Schritt schleppte ich mich weiter, vor und hinter mir Soldaten. Nie hatte ich auf einer Tropenwelt gekämpft, und doch war es keine reine Erfindung. Das Gepäck und die Angst fühlten sich an wie damals, als ich gegen die Axinen auf Nobos gekämpft hatte. Es war eine tiefe Erinnerung, die ich vergraben hatte. Im Schneegestöber von Zapador kam sie aus dem Zwielicht gekrochen.

Jemand schrie. Soldaten ließen sich in das Gestrüpp fallen, verließen die Formation. Links und rechts bewegte sich der Wald. Fremde Wesen huschten durch das Dickicht. Meine Kameraden kreischten erschrocken. Ich presste mir die Hände an die Ohren. Diese Welt hatte nichts mit dem Amazonas gemeinsam, den wir aus Geschichten von der Erde kannten. Das war eine fremde Welt, voller außerirdischer Lebewesen. Die ersten Salven wurden abgegeben. Dann feuerte die ganze Einheit. Ich stemmte mein Gewehr in die Hüfte und schrie mit weit offenem Mund, während ich den Abzug drückte. Ich riss die Waffe hin und her, durchpflügte den Wald, zielte auf Wesen, die in den Gebüschen kauerten. Auf Wesen, die von Baum zu Baum sprangen. Auf Wesen, die erstarrt einander umklammerten. Wir bekämpften alles Fremde, alles Außerirdische. Ich orderte Bomber und Artillerie, die diese Welt in ein Inferno verwandelten; ein Gemetzel, das zur Apokalypse ausartete.

Durch die Rauchschwaden begutachteten wir unser Werk. Glimmende Alienwälder, totes organisches Material, so weit ich sehen konnte. Wir löschten die fremde Fauna aus, dabei waren wir die Fremden auf diesem Mond. Aber wir waren nicht die einzige invasive Spezies hier. Die Axinen warteten im Unterholz. Sie hatten uns beobachtet, während wir uns an der wehrlosen Alienfauna des Mondes abgearbeitet hatten.

Mit dem Visier zoomte ich heran. Ein Dutzend Slobs, wie wir die axinischen Infanteristen nannten, bewegte sich flink durch das brennende Terrain. Sie rannten auf zwei bis vier Gliedmaßen und hielten ihre Waffen in zwei weiteren Gliedmaßen. Die Sinnesorgane saßen oben auf dem Torso unweit der beiden Arme, die die Waffe hielten. Etwas wie einen Hals besaßen sie nicht. Dafür konnten sie mit den Sinnesorganen fast 360 Grad abtasten. Die meisten hier hatten einen gelblichen Farbton, aber es gab sie in allen möglichen Farben. Wie wir hüllten sie ihre Körper in Anzüge, die über eine adaptive Camouflage verfügten und sich der Umgebungsstruktur und -farbe laufend anpassten.

Hinter ihnen stampfte schwerfällig eine Fatso, eine Axine mit schweren Panzerplatten und einem Geschützturm auf dem Rücken. Sie sah aus wie eine Kreuzung aus Elefant und Marienkäfer. Die grau-bräunliche Panzerung war übersät mit Kerben, Wulsten und Schlamm. Der Anblick sog mir die Kräfte aus den Adern.

Wir hatten auf alles auf dieser Welt geschossen, nur nicht auf unsere eigentlichen Feinde, die Axinen. Genau wie wir waren sie Fremde auf dieser Welt, gekommen, um sie zu beherrschen. Gekommen, um mit uns Krieg zu führen.

»Sie haben uns bemerkt! Fuck!«, sagte Ada, unsere Truppführerin.

Dass ich noch lebte, verdankte ich ihr. Sie hatte mich aus unserem brennenden Landungsschiff in ein Shuttle geschleift, mit dem wir auf diesem Albtraum von Mond gelandet waren.

»Okay, keine Zeit für lange Reden. Seht ihr die zwei Hügel?«, fragte sie mich und eine andere Soldatin.

Ich schaute auf zwei Erhöhungen, die links und rechts von uns lagen, doch Ada wartete nicht auf Antworten.

»Ihr bringt eure Ärsche da hoch und bedeckt diese hässlichen Fratzen mit Kugeln. Beschäftigt sie! Vielleicht schaff ich's nah genug ran.« Sie rollte Granaten in ihren Händen. »Los!«, brüllte sie.

Wir sprangen auf und rannten. Meine Stiefel sackten im schlammigen Boden ein. Mir rann Schweiß in die Augen. Ich kämpfte mich Schritt für Schritt weiter. Es war nicht mehr weit. *Nur noch ein paar Schritte.* Mein Visier warnte mich vor Geschossen, die in meiner Nähe einschlugen. Ich ließ mich zu Boden fallen.

Was mache ich hier? Was bei Mutternatur mache ich hier? Ich hatte einen fauligen Geschmack im Mund, würgte und schaute zur Kuppe. Dann spähte ich nach unten. Ada kroch einen schlammigen Bach entlang, der ihr minimalen Schutz bot. Die andere Soldatin hatte es auf den Hügel geschafft und eröffnete das Feuer. Die Axinen schluckten den Köder und flankierten die Erhöhung, von der sie beschossen wurden. Ich hätte Zeit gehabt, die Kuppe zu erreichen, kauerte aber zitternd am Boden, presste mir die Hände an den Kopf und zog die Beine an mich wie ein Käfer.

Ada pirschte sich an die Einheit heran. Nur noch ein paar Meter und sie konnte sie in die Luft jagen. Dann legte die Fatso an und feuerte. Sie wankte vom Rückstoß ihres Geschützes. Die Soldatin auf dem Hügel riss es in Stücke. Teile von ihr beschrieben einen langen Bogen, platschten in den Abhang und purzelten ein paar Meter weiter.

Die Axinen nutzten die Gelegenheit, um sich neu zu formieren. Sie fächerten sich zu einer breiten Feuerformation auf. Es gab niemanden, der sie jetzt noch ablenkte. Ich schabte Schlamm zusammen und versuchte mich, damit zu bedecken. Vielleicht hatten sie mich doch nicht bemerkt.

»Verdammt, Arkes! Du musst schießen! Wo bist du?« Adas Stimme in meinem Helm kippte ins Schrille.

Die Fatso legte an.

»Arkes!«

Ein stumpfer Schlag ertönte, die Fatso schwankte zurück und ihr Geschütz dampfte. Eine Fontäne aus Gehölz und Schlamm hing in der Luft. Wo Ada hätte sein sollen, war jetzt ein Krater. Langsam sickerte das Wasser aus dem Bach hinein.

Die Fatso stampfte über den Bach hinweg und die Axinen formierten sich neu. Ich schluckte, aber der Kloß verschwand nicht. Sie flankierten meine Position. Ich machte mich klein, versuchte, im Boden zu versinken. Es war erbärmlich. Die Fatso legte an und schoss. Der Untergrund bebte und wirbelte in die Luft. Ich schrie, mein Bein glühte.

Dann hörte ich das dumpfe Brüllen von Stratosphärenbombern. Sie warfen Bodenraketen ab. Ich erkannte sie am schrillen Kreischen: Raketen der Pechvogelklasse. Sie detonierten über den Axinen und übergossen sie mit Feuer, das auf sie niederging wie ein Flammenwerfer auf Spielzeugsoldaten. Ich schützte mein Gesicht vor der Hitze, schmeckte die heiße Asche, verbrannte Axinen und menschliches Fleisch.

Ich hustete, dann kauerte ich. Es wurde still und kalt. Nichts rührte sich. Ich öffnete vorsichtig die Augen und schaute mich um. Nichts war übrig, keine Axinen, keine Kameraden. Verödeter, verkohlter Boden. Eine sterilisierte Welt. Nur ich lebte.

Ich rollte mich auf den Rücken und schaute in den Himmel. Weißer Ascheregen legte sich über mich wie Schnee. Zwischen den Flocken bemerkte ich einen rötlichen Punkt. Er wurde langsam größer, tanzte im Wind hin und her, senkte sich mir entgegen. Ich blinzelte. Ein Ahornblatt! Leise glitt es auf meine Brust.

Ich hustete. Das Blatt war schwer. Es drückte. Ich hustete erneut. Zu schwer. Ich konnte nicht mehr atmen. Es musste weg. Aber es ließ sich nicht bewegen. Es war wie eingebrannt.

Ich warf mich zur Seite, stieß die Waffe in den Staub und kämpfte mich auf die Knie. Ich griff nach einem schwarzgebrannten Ast, der krumm zu mir ragte, und versuchte, mich daran hochzuziehen. Er brach und ich landete in der Asche, die weiß und trocken um mich herumwirbelte wie die Schneeflocken Zapadors.

Abebas Blick kreuzte meinen und brachte mich zurück. Sie hatte sich vergewissern wollen, ob wir Schritt hielten, und drehte sich nun wieder nach vorne und flüsterte Teodald etwas ins Ohr. Er hörte auf zu reden, wandte sich zu uns und öffnete lächelnd die Hände.

»Wer hat Hunger?« Er musterte mich. »Achten Sie auf Ihre Atmung. Wenn Sie zu lange mit offenem Mund atmen, lässt die Filterwirkung nach und Sie fangen an, zu halluzinieren.«

Er winkte uns, ihm zu folgen, stapfte noch ein paar Schritte durch den Schnee und tippte dann auf sein Armdisplay. Zwei Schiebetüren, die vor uns in den Boden eingelassen waren, schoben sich langsam zur Seite. Der Schnee, der sie bedeckte, gab nach, sackte in den Spalt und landete auf einer Treppe, die in die Tiefe führte.

8

Teodald ging voran und wir folgten ihm die 70 oder 80 Stufen hinab. Ich schluckte und rieb mir die Schläfe. Vielleicht war es der abrupte Übergang von der Wildnis Zapadors in diesen engen Treppenschacht, oder es war eine Vorahnung, dass auf Zapador Dinge vor sich gingen, die meinen Rang als Major und Maskottchen des Generalstabs überstiegen.

Die Treppe mündete in einen Raum, der eine Halbkugel formte. Anstelle von Decke und Wand – die es in dem Sinne nicht gab – spannte sich der runde Teil der Halbkugel über uns. Die flache Unterseite ergab den Boden. Alles in Betongrau; eine praktische Konstruktion ohne Ästhetik.

In die gewölbte Wand waren sechs Türen eingelassen. Über eine hatten wir den Halbkugelraum betreten. In der Mitte des Raums verband eine metallene Säule Decke und Fußboden. Sie summte leise, was auf eine technische Funktion hindeutete.

Teodald wies uns an, ihn durch eine der Seitentüren zu begleiten. Wir gelangten in einen Schlafsaal mit dreistöckigen Hochbetten. Er war darauf ausgelegt, viele Menschen zu beherbergen, nicht für einen Wellnessurlaub. Doch das spielte keine Rolle. Beim Anblick des Bettenlagers überrollte mich die Müdigkeit. Die lange Wanderung forderte ihren Tribut.

»Sie haben die freie Auswahl an Plätzen.« Teodald breitete lachend die Arme aus.

Ohne meinen Blick von den Betten zu wenden, fragte ich: »Was ist das hier für eine Einrichtung? Sie haben sie nicht erwähnt.« Im Grunde war ich mir nicht sicher, ob er diesen Ort nicht erwähnt oder ob ich ihm nicht zugehört hatte.

»Es ist eine Forschungseinrichtung und ein Basislager. Wir haben ein Netz solcher Stationen aufgebaut. Es sind unsere Außenposten, von denen aus wir die Erschließung Zapadors vorantreiben.«

Abeba ging auf Teodald zu. »Wir haben noch was zu tun.«

Er nickte. »Entschuldigen Sie uns. Wenn Sie etwas brauchen, fühlen Sie sich ganz wie zu Hause.« Dann verließen die beiden den Schlafsaal.

Zoya runzelte die Stirn, schälte sich aus ihrem Anzug und zog sich nackt aus. Ich musterte sie erschöpft. Sie legte sich in eine Koje und verschränkte die Arme hinter dem Kopf. Ich wandte mich zu einem der Betten und machte mich müde daran, ebenfalls die Klamotten auszuziehen.

»Habt ihr keinen Hunger? Ich sehe mich mal in der Küche um«, sagte Oyibo.

»Macht ihr, was ihr wollt. Ich penne. Und lasst das Licht aus, wenn ihr wiederkommt«, sagte Zoya.

Mein Magen knurrte. »Ich könnte eine Portion vertragen.«

»Kommen Sie mit.«

Wir gingen zurück in den Halbkugelflur. Eine Tür war geöffnet. Teodalds Stimme war von dort zu hören, doch von der hatte ich für heute genug. Sollte sich Abeba damit herumschlagen. Wir öffneten die nächste Tür und hatten Glück, dahinter eine geräumige Küche zu finden, voll ausgestattet mit einem Industriemixer, Messern und Arbeitsplatten. In der Mitte standen metallene Esstische. An der Seite ging es – wie sollte es anders sein – in ein kleines, begehbares Gewächshaus mit eigenem Klimasystem und einem Roboter an der Decke, der wie in den Ringgewächshäusern die Pflanzen versorgte.

»Schauen Sie, was Sie im Gewächshaus finden. Ich suche nach Kohlenhydraten und Proteinen«, sagte Oyibo.

Ich pflückte ein paar schwere Krim-Tomaten und eine Handvoll gelber Tindindogo-Tomaten. Zu den Auberginen schielte ich erschöpft rüber und ließ sie stehen. Oyibo hantierte derweil mit eingeschweißten Proteinwürfeln.

»Gepresste Madenwürfel, was wünscht man sich mehr?«

Ich fing an, die Tomaten zu zerkleinern. Die dicke Schale musste ich regelrecht aufhebeln. Ich zerdrückte ein Stück zwischen den Fingern und hielt es unter die Nase.

»Sind das hier Krim-Tomaten?« Ich hielt ihm ein Stück hin. »Schauen Sie mal die Schale an. Sind das überhaupt Tomaten?«

Oyibo legte einen tropfenden Proteinwürfel zur Seite und griff eine Tomate.

»Erinnern Sie sich an die Blätter der Palmen?«, fragte ich.

»Es war schwer, sie zu übersehen.«

»Darum geht es nicht. Was soll das hier sein?« Ich fuchtelte mit der Tomatenschale herum.

In diesem Moment betrat Teodald den Raum und musterte unsere Bemühungen. »Wie ich sehe, haben Sie die modifizierten Tomaten entdeckt.«

Bevor er weiterplapperte, fragte ich geradeheraus: »Ist das ein Ergebnis Ihrer Forschung? Was ist das hier für eine Tomate? Eine Schüttelpalmentomate?« Ich hielt ihm das tropfende Stück entgegen.

»Schüttelpalmentomate? Das trifft es recht gut. Wobei sie eine Fehlentwicklung ist. Sie gedeihen nicht dort draußen.« Er zeigte nach oben zur Planetenoberfläche. »Auch ist der Ertrag gering. Die Schale muss großzügig entfernt werden. Einige Kollegen schwören darauf, dass sie ein einzigartiges Aroma entwickeln. Daher finden sie noch Exemplare im Kantinen-Gewächshaus.«

Ich rieb mir müde über die schweren Augenlider. »Lassen Sie mich das zusammenfassen: Sie führen nicht nur die Flora Zapadors in die Nahrungskreisläufe ein, Sie kreuzen auch noch irdische Flora damit? Sie bewegen sich im Zuständigkeitsbereich der GVA, das ist Ihnen sicher klar. Das ist es doch, oder? Ich frage mich nämlich, ob ich Ihnen die Grundzüge zwischen illegal und legal noch mal aufzeigen muss.« Ich hielt mir die freie Hand auf den knurrenden Magen.

Teodald legte nur den Kopf schief.

Ich betonte die folgenden Worte, als würde ich sie aus einem Buch ablesen. »Tritt außerirdisches Leben auf, ist das nicht mehr Ihre Zuständigkeit. Selbst das Experimentieren in diese Richtung unterliegt Restriktionen. Geschweige denn, dass das systematische Nutzen fremden Lebens ohne die Aufsicht der GVA vollzogen werden darf.« Ich deutete auf Teodalds Brust. »Erklären Sie mir doch mal, was ich dem Generalstab über meinen Aufenthalt hier berichten soll?«

Oyibo ignorierte mich und bereitete die Alientomaten zu.

Teodald nickte. »Es ist richtig, wir forschen an Möglichkeiten, die Stärken der irdischen und der zapadorischen Natur zu kombinieren. Wir sind Zapadoren. Dies ist unsere Heimat. Gleichzeitig sind wir als Menschen auf der Erde entstanden. Wir verbinden beides und machen es uns zunutze. Wir haben nie an die Bios-Doktrin geglaubt, wohl aber an den gemeinsamen Kampf der Menschheit um das Überleben im Weltraum. Sehen Sie, es ist, wenn Sie so wollen, eine andere Auslegung der Bios-Doktrin. Wir haben nie die GVA als Beschützerin des irdischen Lebens infrage gestellt, aber wir lehnen ab, wie die Bios-Doktrin derzeit ausgelegt wird. Es entspricht nicht unserer Art, zu leben. Wir sind Teil von Zapador, mit allem, was dazugehört.« Teodald fing wieder an, versöhnlich zu lächeln. »Ich verstehe

Ihr Unbehagen. Wir sind müde und hungrig. Lassen Sie uns das aufgreifen, nachdem wir gegessen und geschlafen haben.«

Ich setzte an, etwas zu erwidern, atmete dann aber erschöpft aus. »Ja, wie auch immer.« Ich griff nach einem Teller und sehnte mich nach einem richtigen Buffet.

9

Ich war der Letzte. Die anderen hatten den Schlafsaal schon verlassen, doch ich hatte mich immer wieder im Bett umgedreht. Nachts hatte ich kaum ein Auge zugetan und mir im Halbschlaf vorgenommen, dass ich den dreien maximal einen Tag geben würde. Das ließ mir genug Zeit, um Informationen für Kazukis Bericht zu sammeln. Dann wäre Schluss. Ihr ketzerisches Gehabe stresste mich. Das brachte nur Ärger. Ich musste den Absprung schaffen und mit Abeba von hier verschwinden.

»Wo bleiben Sie? Haben Sie überhaupt schon gegessen?« Zoya stand in der Tür.

»Immerhin bin ich schon angezogen.« Ich lächelte diplomatisch.

Sie zog eine Augenbraue hinter ihrer Brille hoch. »Bravo.«

»Wie gefällt Ihnen die Tour?«, fragte ich.

»Gut.« Die knappe Antwort entsprach dem Klischee der kargen Dunkelweltmenschen. Sie schien mein Amüsement zu bemerken und verlagerte ihr Gewicht. »Also, diese Schneelandschaft ist ganz schön. Auf Kreptus gibt es das nicht.« Sie fummelte ungeduldig in ihrer Jackentasche.

»Sicher ist es mir entgangen: Sind Sie als Vertreterin von Kreptus auf der Konferenz, oder besuchen Sie in erster Linie Ihre Freunde?«

»Ich bin nicht nur wegen meiner Freunde hier.«

Ich wartete, ob noch mehr kommen würde, aber es kam nichts mehr. »Na, dann müssten Sie ja eine offizielle Meinung zu Maden haben, die sich von Alienpflanzen ernähren.«

Sie musterte mich hinter ihren getönten Brillengläsern. Vermutlich scannte sie mich mit dem Ding.

»Wenn Sie erwarten, dass ich Zapador wegen des Umgangs mit der Bios-Doktrin verpfeife, dann vergessen Sie es.«

Ich lächelte über diese Direktheit. Sie stand in erfreulichem Kontrast zu Teodalds Gesäusel.

»Das war nicht meine Frage.« Ich hob beschwichtigend die Hände. »Ich hatte nur den Eindruck, dass Sie nicht immer die Sichtweise von Oyibo und Teodald teilen, wenn es um die Auslegung der Bios-Doktrin geht. Ich habe mich einfach gefragt, ob Sie das persönlich so sehen oder ob das ein oft debattierter Punkt zwischen den drei krezoktischen Welten ist.«

Zoya sah über ihre Schulter und atmete aus.

»Hören Sie, Sie wissen nichts über die Randwelten des Theta-Oktanten. Sie führen ein betuliches Leben in den Kernwelten, und nun sind Sie hier und glauben, das alles in wenigen Tagen beurteilen zu können. Können Sie das?«

»Noch bin ich ja hier und kann mir ein Bild machen.«

»Die GVA ist in diesem Teil der Galaxie nicht präsent. Der Feind, die Axinen, ist weit entfernt im Alpha-Oktanten. Wir sind der Rand des Hinterlandes. Der Einfluss der GVA kommt hier an seine Grenzen. Auf unseren Welten haben wir einen Ersten Minister, den wir selbst einsetzen. Es gibt hier keine Statthalter des Generalstabs. Die Krezoktischen Konferenzen dienen allein dem Zweck, die Balance zu halten zwischen unserer Eigenständigkeit, die wir schätzen, und dem absoluten Machtanspruch der GVA als Schützerin des irdischen Bios.«

»Und auf Kreptus fühlt man sich zu abhängig von der GVA?«

Zoyas Augenbrauen zogen sich zusammen, sie fuchtelte mit einer Hand herum. »Die GVA ist einfach unflexibel. Ein heterogenes Gebilde wie das der irdischen Gemeinschaft braucht mehr Spielraum. Der Generalstab eint die Menschheit, indem er den Kampf gegen das Außerirdische heraufbeschwört. Das ist für viele der von Menschen besiedelten Planeten unterstützenswert. Denken Sie an die Kern- und Kornwelten. Man hat sich dort neue Erden geschaffen. Es gibt keinen Grund, die Bios-Doktrin anzuzweifeln.

Aber was ist mit den abgeschiedenen Welten? Viele von ihnen haben das Extraterrestrische lange Zeit nicht als feindlich betrachtet und waren sogar abhängig davon. Und schauen Sie mich an.« Zoya zog den Ärmel hoch und deutete auf ihren Unterarm, weiß wie Magermilch. Auch in ihrem Gesicht sah man unter der Haut die Äderchen pulsieren. Die wenige natürliche Sonneneinstrahlung auf Kreptus hatte dazu geführt, dass der Teint der Einheimischen von milchig bis leichenweiß schwankte. Außerdem hatten Krepten Eulenaugen, überproportioniert im Gesicht und empfindlich gegen Licht, mit denen sie sich aber im Dämmerlicht auf Kreptus gut zurechtfanden. »Die Menschen von Kreptus sind eines Tages selbst die Außerirdischen. Die Bios-Doktrin mag für die Erde hilfreich sein, für uns ist sie das nicht. Das Fremde verändert uns, und wir leben damit. Die krezoktischen Planeten haben alle für sich etwas an der Bios-Doktrin auszusetzen. Das bringt uns zusammen. Wir sind unterschiedlich, aber wir fühlen uns alle im System der Irdischen Union, das von der GVA dominiert wird, nicht aufgehoben.«

»Sollen die Krezoktischen Konferenzen ein Gegengewicht zur irdischen Gemeinschaft darstellen?«, hakte ich nach.

»Nein, selbstverständlich nicht. Die GVA würde uns mit einem Fingerschnipsen ins Jenseits schicken. Nennen Sie es Interessenvertretung oder Lobbygruppe.«

»Lobbygruppen hofieren Entscheidungsträger. Am Madenbuffet der Konferenz wimmelt es nicht gerade davon.«

»Sie sind hier.«

Ich legte den Kopf zur Seite.

Zoya schaute wieder kurz über ihre Schulter. »Wir stehen mit dem Generalstab in Kontakt, und offiziell sind Sie der Gesandte, oder nicht?«

»Und was haben Sie bisher beim Generalstab erreicht? In der Öffentlichkeit ist davon jedenfalls nichts angekommen.«

»Das erklären Ihnen die anderen. Gehen wir rüber ins Labor. Gegessen wird erst danach. Sie sollten sich das ansehen, damit Sie begreifen, was die krezoktischen Planeten derzeit umtreibt und uns keine Ruhe lässt.«

10

Im Halbkugelflur öffnete Zoya die Tür gegenüber und wir betraten einen Vorraum, in dem es eine Tür zu einer Dekontaminationsschleuse gab. Durch diese gelangten wir in das Labor. Eine weitere Tür führte in einen gläsernen Beobachtungstunnel, der um das Labor herumführte. Wir betraten den abgedunkelten Tunnel und blickten durch die Scheibe in das grell ausgeleuchtete Laborinnere. Es war eng mit technischen Apparaturen ausgestattet. An den Wänden standen Holoprojektoren, die dreidimensionale Graphen in die Luft zeichneten. Kontinuierlich änderten sie ihre Form und Farbe. Ihnen gegenüber lagerten Glasröhren mit Flüssigkeiten und Gasen. Einige fluoreszierten rot-orange, andere gelb und blau. An der Decke hingen Lüftungsschächte, Sensoren und Manipulatoren. Letztere bewegten sich an mechanischen Gelenken präzise über einem Objekt, das sich in der Mitte des Raums befand.

Teodald und Oyibo standen, bekleidet mit sterilen Kitteln, im Labor. Abeba hielt sich im Beobachtungsgang auf und schaute durch die Scheibe. Zoya und ich stellten uns neben sie. Gemeinsam starrten wir auf einen weiß schimmernden, schwebenden Gegenstand. Um ihn herum ging Oyibo und schien jedes Detail in sich aufzusaugen. Teodald hatte die Hände hinter seinem Rücken gefaltet und reckte seinen dicken Bauch vor. Er gewährte uns Zeit, damit wir den Gegenstand studierten.

Es sah aus wie ein weißer Ball mit einem Durchmesser von

einer Armeslänge. Er veränderte kontinuierlich die Form, wie ein Fluss, der sanft über Steine fließt. Dadurch bildeten sich immer wieder Ausbuchtungen, die sich im nächsten Augenblick wieder der sphärischen Oberfläche anglichen. Auch teilte sich die milchige Oberfläche vereinzelt und gab einen Blick ins Innere frei. Dort schwammen weiße Fäden wie ein sich ständig veränderndes Netz aus Udon-Nudeln. Dann zog eine sanfte Welle der milchigen Oberfläche wieder darüber hinweg und schloss die Lücke.

Ich hielt Ausschau nach dünnen Fäden, an denen das Ding hätte hängen können, aber da war nichts. Es schwebte? Nur wie?

Ich kniff die Augen zusammen. Hell fluoreszierte das Ding besonders zum Boden hin, wie mir jetzt auffiel. Konnte das eine Art Düse sein, die gegen die Schwerkraft Zapadors drückte und so den Gegenstand auf der Stelle balancierte? Aber der Abgasstrom hätte uns übertönen und lose Einrichtungsgegenstände des Labors aufwirbeln müssen.

»Das ist es also. Unglaublich. Ein Antigrav-Generator in dieser Größe. Beeindruckend. Sie müssen einen enormen Entwicklungsvorsprung haben«, sagte Oyibo, ohne den Blick von dem Gerät zu wenden. Seine Stimme kam aus einer Box an der Decke des Gangs.

»Sie hätten das Ding nicht mit nach Zapador bringen dürfen. Sie hätten es vor Ort untersuchen sollen«, sagte Zoya.

»Auf Wepor-Theta hätten wir nicht lange Zeit gehabt. Es ist ein V-Klasse-Planet. Außerdem hatten wir dem Kapitän der Viburno den Befehl gegeben, Beweise für die Präsenz von intelligentem Leben im Theta-Oktanten zu sammeln«, sagte Teodald.

»Ich habe von Anfang an gesagt, dass wir zu leichtfertig

vorgehen. Am Ende ist es nicht der Generalstab, der einen Krieg anzettelt, sondern wir selbst.« Zoya war lauter geworden.

Oyibo drehte den Kopf halb zu ihr und wischte ihren Einwand mit der Hand weg. Er wendete sich zu Teodald. »Sie sind sicher, dass diese verlassene Siedlung auf Wepor-Theta nicht von Menschen oder Axinen stammt?«

Teodald zuckte die Achseln. »Mir liegen die gleichen Ergebnisse vor wie Ihnen. Es gab keinerlei Hinweise, dass sie von Axinen errichtet wurde.«

Oyibo nickte. »Gut. Die Mannschaft der Viburno ist mit der Situation vertraut. Sie soll sich startbereit machen und sich auf eine Erstkontaktmission vorbereiten. Die Suche geht weiter.« Er schritt zu Zoya ans Fenster. »Wir kommen einer Kontaktaufnahme im Theta-Oktanten durch die GVA zuvor. Es muss uns gelingen.« Er ballte die Hand zur Faust.

Sie blickte ihn einen Moment steif an, lockerte dann ihre Miene und nickte. Überzeugt schien sie nicht, aber sie vertraute auf das Urteil ihres Freundes.

Es lag ein Kribbeln in der Luft, als würde Großes entschieden, doch das war mir egal. Was mich störte, war, dass ich nicht schnallte, was hier vor sich ging. Ich hatte aber im Urin, dass es nichts Gutes war. Dass es nicht im Interesse der GVA war. Dennoch hatte ich nicht vor, etwas Provokantes zu sagen. Ich stellte eine aus meiner Sicht naheliegende Frage. »Wurde der Generalstab über diesen Fund … was auch immer das ist … informiert?«

Oyibo musterte mich von unten bis oben, als hätte er mich gerade erst bemerkt. Zum ersten Mal fiel mir eine emotionale Bewegung seiner Mundwinkel auf. Sie formten sich zu etwas zwischen einem Lächeln und Ekel. »Der Generalstab hat uns seine Elite geschickt, und die wird gerade eingeweiht.«

Punkt an dich, Arschloch.

»Nun denn. Bitte, fahren Sie fort. Was ist das?« Ich zeigte auf den Gegenstand.

Oyibo musterte mich abschätzend. Es war Zoya, die sprach.

»Oyibo, wir können keinen Rückzieher mehr machen.«

Er schaute zu ihr, nickte und wandte sich zu Teodald. »Da General Kazuki seinen Repräsentanten nicht vorbereitet hat, übernimmst du das.«

Teodald schritt mit einem Lächeln auf mich zu. »Es ist kein Zufall, dass Sie die drei beim *l'Asticot qui fume* in Farol getroffen haben. Nichts, was Ihnen auf Zapador passiert ist, war Zufall. Wir haben Sie erwartet. Wir haben uns ein Bild von Ihnen gemacht und wir haben Sie hierhin mitgenommen, damit Sie dieses Artefakt sehen.«

Teodald aktivierte ein holografisches Feld. Eine dreidimensionale Karte breitete sich hinter ihm aus: Die Sektoren des Theta-Oktanten; abgelegen, unerschlossen, unerforscht und weit entfernt von den axinischen Frontlinien des Alpha-Oktanten.

»Vor neun Jahren haben wir eine unserer Aufklärungssonden tiefer in den Theta-Oktanten geschickt. Alle Werte, die sie aufzeichnete, waren unspektakulär, bis auf eine einzige Messung, die uns zu denken gab. In Sektor Theta 6.5.9 haben wir das Isotop Cäsium-137 entdeckt.«

Teodald steuerte die Konsole, und ein Sternen-Hologramm baute sich auf und zoomte in ein leeres Gebiet von Theta 6.5.9. Ein lang gezogenes Feld war rot markiert.

»Die Sonde hat das Isotop hier gemessen.«

Ich kniff die Augen zusammen. »Eine andere Sonde mit einem Atomantrieb?«

»Wir hatten zwar mit keiner anderen Sonde gerechnet, aber

ja, das war ebenfalls unsere Schlussfolgerung. Eine Sonde mit einem atomaren Antrieb hätte leckschlagen können. Wir haben recherchiert und rekonstruiert, wann sich welches menschliche Flugobjekt dort aufgehalten hatte. Die Liste war überschaubar. Keines der Objekte war in die Nähe von Theta 6.5.9 gekommen. Unsere Sonde war die erste. Wir trugen alles zusammen, was wir über Axinen und Weporaner an Daten fanden. Fehlanzeige. Nach allem, was wir wissen, siedeln beide Völker im Alpha-Oktanten. Die Front mit den Axinen ist gut überwacht und es liegen viele Daten vor. Auch die Weporaner siedeln im Alpha-Oktanten, allerdings hinter dem Jing-Nebel. Dieses Gebiet ist als Sperrzone deklariert, und nur die Apex-Einheiten überwachen die Aktivitäten der Weporaner. Nach allem, was wir wissen, dürfte keines der Völker auch nur in die Nähe des Theta-Oktanten gelangt sein.«

Meine Augen zuckten zwischen der Projektion und Teodald hin und her. »Sie haben eine neue Spezies entdeckt?«

Teodald wiegte den Kopf. »Das dachten wir zuerst. Eine neue Spezies, die Spuren von Cäsium-137 hinterlässt.«

Mein Blick ruhte auf Teodald. »Eine intelligente Spezies.«

»Vor fünf Jahren haben wir diese Schlussfolgerung gezogen, ja.« Er lächelte. »Eine unbekannte intelligente Spezies, die im Theta-Oktanten siedelt.«

Ich zeigte auf den Antigrav-Generator. »Und das ist von diesen Aliens?«

Teodald bediente erneut die Konsole, und die Grafik schwenkte zu einem viele Lichtjahre von der Cäsium-137-Fundstelle entfernten Planeten, der die Aufschrift *Wepor-Theta* trug. Er sah unwirtlich aus. Eine dicke Wand von Stürmen überzog ihn.

»Vor dreizehn Monaten hat eines unserer Schiffe eine verlassene Siedlung auf diesem V-Klasse-Planeten in Sektor Theta

6.6.9 entdeckt.« Er zeigte auf die Animation. »Sie gab uns Rückschlüsse auf eine hoch technisierte Spezies. Vermutlich ein Außenposten, der schlagartig aufgegeben wurde. Eine unkontrollierbare Klimaveränderung spricht dafür. Es ist kaum etwas übrig. Dieser Antigrav-Generator war das einzige Objekt, das über eine künstliche Energiesignatur verfügte. Dadurch konnten wir die Siedlung aufspüren.«

Ich schüttelte ungläubig den Kopf, schaute in die Runde und musste lachen. »Sie haben vor fünf Jahren Hinweise auf eine intelligente Spezies in Theta entdeckt? Vor dreizehn Monaten fanden Sie ...« Ich deutete energisch auf den Antigrav-Generator. »Und erst jetzt kommen Sie auf die Idee, den Generalstab zu unterrichten, und das auch noch über mich?« Es war höchste Zeit, den vieren klarzumachen, dass das eine Nummer zu groß für mich war.

Teodald nickte ernst. »Der Bereich, in dem wir das Cäsium-137 vor fünf Jahren entdeckt haben, grenzt an die krezoktischen Welten. Weit weg von der axinischen Front im Alpha-Oktanten. Wir waren uns einig, dass, wenn der Generalstab, geschweige denn der Faunarat, offiziell von unserer Theorie über Außerirdische erfährt, sie eine Kampfgruppe senden würden. Die GVA schützt die Menschheit gegen alles Fremde, das wissen Sie genauso gut wie wir. Das Militär ist dabei das erste Mittel der Wahl. Wenn es intelligente Außerirdische hier gibt, hieße das Krieg, so unsere Schlussfolgerung: Krieg vor unserer Haustür. Auf dieser Annahme haben die krezoktischen Planeten vereinbart, ohne die Führung durch den Generalstab nach weiteren Spuren der Spezies zu suchen.«

Ich schluckte. Das roch gewaltig nach Staatsverrat, und ich wurde eingeweiht. Mir wurde zunehmend mulmig. Ich hatte wenig Lust, in irgendetwas verwickelt zu werden, das mich in eine Strafkolonie bringen konnte. Dafür genoss ich mein Leben zu sehr.

»Diese Entscheidung lag nicht in Ihrer Befugnis. Sobald nicht irdisches Leben auftritt, endet Ihr Mandat. Die Verantwortung liegt sofort beim Generalstab. Die Bios-Doktrin ist glasklar. Stattdessen haben Sie fünf Jahre lang auf eigene Faust nach den Außerirdischen gesucht?«

Oyibo zog sich die Ärmel hoch. »Seien Sie nicht albern. Die krezoktischen Planeten stellen keine Flotte auf, um einen ganzen Sektor zu durchkämmen. Wir haben kaum genug Mittel, um ein paar Tiefenraum-Satelliten zu starten. General Kazuki unterstützt uns. Er hat dafür gesorgt, dass wir eine Handvoll Forschungsschiffe erhalten und eine Flotte von Satelliten.«

Deswegen hat General Kazuki meinen Einsatzbefehl ausgestellt. Aber warum lädt er nicht einfach einen von den dreien zu sich ein?

Teodald nickte zögerlich. »Uns ist bewusst, dass wir in die Autorität der GVA eingreifen. Aber was bleibt uns anderes übrig? Wenn wir offiziell um Unterstützung bitten, tauchen schwere Flottenverbände auf. Wir haben uns für informelle Kanäle zum Generalstab entschieden.«

»Lobbyarbeit über General Kazuki.« Ich blickte zu Zoya und schluckte bei dem Gedanken, dass Kazuki in etwas verwickelt war, das ihn zu Fall bringen konnte und mich als Kollateralschaden mitriss.

Teodald nickte. »Er hat immer betont, dass wir unser militärisches Vorgehen auf die Axinen beschränken müssen. Dass wir uns nicht in einen Zwei- oder Mehrfrontenkrieg begeben dürfen.« Er streichelte über seinen Bauch. »Das natürlich mit Blick auf die Weporaner.« Er räusperte sich. »Genauso wenig will er aber einen weiteren Krieg gegen irgendeine uns noch unbekannte Spezies anzetteln. Zumindest, solange der Konflikt mit Axius anhält. Also haben wir Kontakt aufgenommen. Oyibos Rückzug von den Streitkräften nach Okeanos war der Vorwand. Er hatte eine tadellose Akte und legte dar, dass er in einem von General Kazukis Verbänden dienen möchte. Die Bedingung war eine Unterredung mit Kazuki persönlich. Oyibo war ein überdurchschnittlicher Soldat. Er ist die Offizierslaufbahn geradezu hochgesprintet. Daher gewährte man ihm drei Minuten mit Kazuki. Als Oyibo unsere Erkenntnisse vortrug, bekam er mehr Zeit.« Teodald lachte über diese Anekdote. »Kazuki hat sich überzeugen lassen. Er sicherte uns Mittel für die Erkundung zu, wenn wir im Gegenzug über die Funde Stillschweigen bewahren. Er ließ das Cäsium-137 als ein natürliches Phänomen abhaken und der Bericht verschwand in den Akten. Die Mittel zur Vermessung stellte Kazukis Büro bereit.« Teodald strich von den Seiten über seinen Bauch, bis seine Hände sich über seinem Nabel trafen, wo er sie faltete. »Aber Kazuki ließ uns noch etwas zukommen.« Er aktivierte ein Display, auf dem eine Aufnahme eingeblendet wurde. »Ich sagte bereits, dass Aufzeichnungen über die Weporaner schwierig zu bekommen sind, da die Gebiete entlang des Jing-Nebels nur Apex zugänglich sind. Als General hat Kazuki ganz andere Möglichkeiten und konnte uns einige streng geheime Aufzeichnungen aus dem Jing-Nebel zukommen lassen.«

Ich kniff die Augen zusammen. Die Aufnahme war nicht sonderlich gut, aber unverkennbar lag ein ovales, weißes Objekt im Weltall. Die Oberfläche war überzogen von Wellen und den weißen Udon-Nudel-Netzen.

»Heilige Mutternatur«, entfuhr es mir. Ein Schauer rann mir über den Rücken. Ich musste mich zwingen, von der Aufnahme zu der weißen Kugel in der Mitte und dann zu Teodald zu schauen. »Wie haben Sie … ? Sie haben Weporaner entdeckt? Das ist keine unbekannte Spezies. Es sind Weporaner?« Ich schluckte. »Wie kann das sein?«

Teodald schüttelte langsam den Kopf. »Wir wissen nicht, wie sie in den Theta-Oktanten gelangt sind. Aber ja, wir gehen inzwischen davon aus, dass die Weporaner sich zumindest vor langer Zeit schon einmal im Theta-Oktanten aufgehalten haben.«

»Wenn das«, ich deutete auf die Kugel, »von den Weporanern ist, dann muss Apex informiert werden.«

»Wir finden im Theta-Oktanten ein Artefakt von den Weporanern und das Erste, was Ihnen einfällt, ist, Apex zu informieren?« Oyibo lachte verächtlich.

Fassungslos musterte ich ihn für einen Moment. »Natürlich ist es das Erste, an das ich denke. Die Weporaner sind eine außerirdische Spezies und damit eine Gefahr für Mutternatur. Apex Aufgabe ist es, Gefahren zu dokumentieren und Maßnahmen zum Schutz von Mutternatur einzuleiten. Jeder Kontakt mit außerirdischem Leben muss Apex gemeldet werden. Sie kennen das Gesetz!« Den letzten Satz presste ich wütend hinaus.

»Was erwarten Sie, was los ist, wenn ein Hardliner wie General Al Raschid und seine Apex-Leute von diesen Funden erfahren?« Oyibo schleuderte die Hand wütend in Richtung des Artefakts.

Ich schluckte. General Al Raschid stand für eine reine Auslegung der Bios-Doktrin. *Er würde die Schüttelpalmen aus diesem Planeten reißen, ihn terraformen und danach vorsorglich jedes Weporaner-Artefakt atomisieren.* Aber ich griff lieber auf eine meiner Floskeln zurück. »Die Taten eines Generals zu hinterfragen, steht mir nicht zu.«

»Das habe ich mir gedacht. Aber sehen Sie sich vor. Al

Raschids Agenten stehen an jeder Ecke. Und wenn er an der Macht ist, taucht vielleicht in Ihrer Akte auf, dass Sie sich mit den abtrünnigen Krezokten getroffen haben, um ohne Apex ein Weporanerartefakt zu begutachten. Rückgrat täte Ihnen gut.«

Was für ein Scheißtag.

Ich räusperte und verschluckte mich, musste kurz husten. »Hören Sie, Oyibo, wenn Sie mir drohen wollen, nur zu. Sie wissen ja, wen ich repräsentiere.«

Ich musste eine klare Linie ziehen. Ich war der Repräsentant des Generalstabs und der Bios-Doktrin verpflichtet. Wenn ich mich daran hielt, sollte ich aus dem Schneider sein. Die Krezokten hatten ihren Karren in die Scheiße gefahren, ich ließ mich nicht mit reinziehen.

Oyibo warf einen entnervten Blick zu Zoya.

Teodald schritt ein. »Nun, gesendet hat sie General Kazuki. Das Artefakt haben Sie mit eigenen Augen gesehen. Ich denke, das genügt für den Moment. Wir besprechen das Weitere in Farol. Das Klima dort trägt zu einer freundlicheren Arbeitsatmosphäre bei. Dieser Bunker schlägt aufs Gemüt.« Er lächelte mir zu, ließ dabei seine Hände langsam über seinen Bauch gleiten und stemmte sie dann in die Hüften.

»Lassen Sie uns einen letzten Zwischenstopp einlegen. Ich kann Ihnen nicht alles zeigen, aber dieser Stopp lohnt sich. Es ist wichtig, dass Sie Zapador und seine Anliegen begreifen.« Er nickte einladend.

Ich atmete schwerfällig aus und schielte zu Abeba. Ich musste zurück nach Farol, mit ihr zum Hangar und mit unserer Korvette von diesem Planeten verschwinden. »Ein Zwischenstopp«, sagte ich mit hochgezogenen Augen. »Ein kurzer!«

Teodald lächelte. »Es liegt auf dem Weg.«

Ich machte eine wegwischende Handbewegung. »Jaja, schön. Von mir aus.«

11

Teodald führte uns durch den runden Flur in einen weiteren Raum des Bunkers. Es war ein Hangar, den man ebenfalls unterirdisch angelegt hatte. Er bot Platz für einen X-Pod-Transporter, einen kleinen Hubschrauber, der von oben aussah wie ein X. In der Mitte saß die Gondel, in der wir Platz nahmen. Abeba und Teodald im Cockpit übernahmen das Steuer. Am Ende der Arme des X waren die Propeller angebracht.

Die Decke des Hangars klappte nach oben auf und Abeba steuerte den X-Pod raus und beschleunigte. Zwei Stunden lang rasten wir knapp über die krummen Baumkronen durch das Schneegestöber. Draußen schien sich nichts zu ändern: Schnee, Schüttelpalmen und Nebel. Ich war aufgezehrt, erschöpft von alledem, was ich seit dem Vortag erfahren hatte. Schweigend starrte ich aus dem Bullauge.

Als der X-Pod abbremste, erwachte ich aus der Starre und blinzelte. Durch den Dunst sah ich, dass die Schüttelpalmen anderen Pflanzen wichen. Sie waren kleiner und wuchsen in Reihen, als wären sie angelegt.

Abeba landete den X-Pod am Rande des Feldes und wir stiegen aus. Ich stapfte zu einem Gewächs, das mir bis zur Hüfte reichte, und schluckte. Es trug vereinzelt dunkelrote, rundliche Früchte. Ich wollte nach einer Frucht greifen, zuckte aber zurück. »Bei Mutternatur«, raunte ich und starrte über die Gewächse hinweg.

»Das ist das erste aussichtsreiche Feld von zapadorischen Tomaten«, erklärte Teodald. »Glauben Sie mir, das war eine

Plackerei. Es hat Jahrzehnte gedauert, bis wir Teile der Schüttelpalme mit Tomaten verbinden konnten. Schauen Sie hier.« Er erntete vier der Früchte ab und gab sie uns. »Sie haben die harte Schale, ähnlich den Blättern der Schüttelpalme. Sie bezieht ihre Wärme aus tieferen Schichten des Planeten, wie die Palmen. Der entscheidende Punkt ist, dass die Palmen alle zu einem einzigen Organismus gehören. Der größte Teil dieses Wesens breitet sich unterirdisch aus. Es hat ein den gesamten Globus umfassendes Netz entwickelt. Die Wärme in den unteren Schichten transportiert es nach oben und versorgt seine Ausläufer an der Oberfläche, die Palmen, die zusätzlich die Sonne zur Energiegewinnung nutzen. Der Organismus hat verschiedene Methoden in sich vereint, um auf Zapador zu gedeihen. Keine Evolution wie auf der Erde. Die Spezies haben sich verbunden und Überlebenstaktiken kombiniert. Sie haben ein Netzwerk geschaffen, das jedem zugänglich ist. Eine andere Art von Survival of the Fittest. Diejenigen, die bereit waren, zu kooperieren, haben überlebt. Daraus ist im Laufe von Jahrmillionen Sapor, wie wir diesen Organismus nennen, entstanden. Was wir mit diesen Pflanzen«, er wies mit dem Arm über die Plantage, »geschafft haben, ist die Herstellung einer Verbindung zwischen den Tomaten und Sapor. Sapor versucht ständig, seine Umwelt in sich zu integrieren. Dadurch überleben diese modifizierten Tomaten hier draußen.«

Ich fragte mich, wie Sapor es finden würde, wenn es anstelle der Schüttelpalmen nur noch Tomatensträucher gäbe.

»Erinnern Sie sich an die Energieversorgung in Farol und an die im Bunker? Anstatt, dass wir bis in extreme Tiefen gebohrt haben, haben wir das Netz von Sapor angezapft. Durch dieses versorgen wir alle Bauten mit Wärme und Energie. Unser

Überleben auf Zapador liegt damit in den Wurzeln von Sapor. Wir sind abhängig davon.«

»Wenn Sie Sapor anzapfen, sind Sie nicht ein Schmarotzer? Nach der Evolutionslogik von Zapador werden Sie früher oder später ausgesondert, da Sie nichts zum Überleben des Organismus beitragen, sondern nur von ihm profitieren«, wandte Oyibo ein.

»Ja, darüber gibt es in der Forschung Streit. Bereiche des Wurzelsystems versiegen, nachdem wir sie angezapft haben, und wenn wir die Bohrungen einstellen, werden sie wieder aktiv. An anderen Stellen passiert das nicht, und Sapor ist eine dauerhafte Energiequelle. Womit das zusammenhängt, wissen wir zurzeit nicht. Aber es stimmt nicht, dass wir Schmarotzer sind. Wir bieten Sapor Schutz. Schutz vor dem Übergreifen der Bios-Doktrin. Hätten wir die Doktrin befolgt, dann hätte die GVA Sapor vernichtet.«

»Teodald, kommen Sie schon. Sapor wird wohl kaum die Zusammenhänge der Bios-Doktrin kennen«, wandte Oyibo ein.

»Jaja, schon gut.« Teodald hob die Hände. »Was Sie verstehen müssen: Sapor spielt eine zentrale Rolle für uns Zapadoren und wir sehen es als unsere Pflicht, es zu schützen.«

Mein Blick schweifte über die Plantage und blieb dann an den vieren hängen. Sie mischten sich in die Autorität der GVA ein. Sie brachen geltendes Recht, zumindest aus meiner Perspektive. Die offizielle Linie der Generalität wurde in jeder Schule, an jeder Universität, in jeder Sendung, die man im Intersolnet abrief, vermittelt. Diese Dissonanz war gefährlich. Sie eröffnete Spielraum für Intervention, für eine Neuausrichtung von Machtverteilungen, sie konnte sogar Gewalt legitimieren.

Ich hatte genug gesehen und wollte dieses ganze Saporgestrüpp nur noch hinter mir lassen.

12

Teodald hatte angekündigt, dass es zwei Stunden bis Farol seien. Ich döste im X-Pod, als mich ein greller Signalton weckte. Ich registrierte sofort die Unruhe im Cockpit, in dem Teodald und Abeba saßen. Teodald rief: »Was ist …«, bevor es an Backbord eine Explosion gab, die uns für einen Moment in eine graue Rauchwolke hüllte, bis wir auf die Seite kippten und ins Trudeln gerieten. Adrenalin schoss in meinen gerade erwachten Körper. Ich schlug mit dem Kopf gegen den Sitz vor mir, so heftig erzitterte der X-Pod. Krampfhaft krallte ich mich fest, erhaschte einen Blick aus dem Fenster. Die Schüttelpalmen kamen näher, wir kreisten dem Boden entgegen, dann schlugen wir auf und ich verlor das Bewusstsein.

Als ich die Augen wieder öffnete, fehlte mir jede Orientierung. Ich lag halb im Schnee, halb auf Trümmerteilen, flach mit dem Gesicht nach unten. Eine Palme vor mir war umgeknickt und brannte. Es schneite. Ich versuchte, mich aufzustützen, brach aber zusammen und japste nach Luft.

»Scheiße, die Filter!«

Mein Blick flimmerte. Panik kam in mir auf. Ich keuchte. Das Luftgemisch war tödlich. Was hatte Teodald gesagt? Fünfzehn Minuten, bevor man das Bewusstsein verliert? Es waren panische Gedanken, die mir durch den Kopf rasten.

Ich ersticke.

Ich schaute auf meinen Ärmel und drückte zitternd auf dem Display rum. Die Schneesturmfunktion des Anzugs konnte mich retten, aber die Anzeige war tot, zerbrochen beim Absturz. Mein Blickfeld verengte sich zu einem Kreis, der wie ein alter Fernseher flimmerte.

Ich griff nach der Brusttasche, um die CO_2-Filter herauszuholen, doch ein stechender Schmerz flammte in mir auf. Ich sah an mir herab. Ein Metallsplitter ragte aus meiner Brust. Er hatte sich tief in mich gebohrt und die Halterung für die CO_2-Filter durchgebrochen. Adrenalin brodelte durch meine Adern.

Wenn ich nicht ersticke, verblute ich.

Ich senkte den Kopf.

Die anderen! Wo sind die anderen?

Ich stemmte den Kopf nach oben und blinzelte in das Schneegestöber. Oyibos verrenkter Körper lag ein paar Meter von mir entfernt mitten im Schnee auf dem Rücken, Arme und Beine in unnatürlicher Form von sich gestreckt. Dort, wo sein Kopf hätte sein sollen, ragte ein Propeller aus dem Boden. Er hatte Oyibos Haupt mit aller Wucht zertrümmert. Blut, Hirn und Schädelsplitter lagen verteilt um den Rest seiner Leiche.

Ich stemmte die Unterarme in den Boden. Fast wäre ich wieder zusammengebrochen.

Komm schon!

Ich krabbelte in Richtung Oyibo. Der Metallsplitter in meiner Brust verkeilte sich im Untergrund und spreizte die tief klaffende Wunde auf. Dickes, dunkles Blut quoll aus meinem Leib. Es schmolz den Schnee, und die zwei Flüssigkeiten mischten sich. Ich hinterließ eine breite, rote Spur in der weißen Landschaft. Das Metall spürte ich wie durch einen Schleier. Mein Körper ließ mich den Schmerz ignorieren, weil der Tod durch Ersticken vor dem Verbluten eintreten würde. Nach Luft ringend zog ich mich vorwärts.

Ich brach neben Oyibos Leiche zusammen und trieb das

Metall dabei tiefer in meinen Körper. Der stechende Schmerz ließ mich zusammenzucken. Ich griff nach Oyibos Arm, der wie ein krumm gewachsener Ast einer Schüttelpalme von seinem Leib abstand, drückte auf sein Display und der Anzug öffnete den Behälter in seiner Brusttasche. Ich langte hinein und spürte die Filter in meinen Händen. Gleich würde ich das Bewusstsein verlieren. Die Filter glitten mir aus den Fingern in den Schnee. Ich tastete blind nach ihnen, denn ich konnte nicht zwischen den Konturen unterscheiden. Schneegestöber und Boden verschwammen zu einer flimmernden Fläche. Ich fühlte nicht mehr, wonach ich griff, steckte mir etwas in die Nase, von dem ich nicht wusste, ob es Schnee, Nasenstöpsel oder sonst was war. Ich drückte auf Oyibos Display auf *Aktivieren* und verlor wieder das Bewusstsein.

Ein stechender Schmerz ließ mich auffahren. Der Schnee um mich herum war feucht und klebrig. Ich musste weit mehr als einen Liter Blut verloren haben, aber ich lebte. Ich bekam kaum Luft, weil das Metall in der Brust bei jedem Atemzug stach. Ein röchelndes Geräusch drang aus dem Torso. Mein Körper hatte nun die Verletzung als die lebensbedrohlichste Gefahr ausgemacht, und die Qualen waren kaum zu ertragen. Tränen schossen mir bei jedem Atemzug in die Augen, flossen auf die Wange und froren dort. Ich wollte schreien, konnte aber nicht, die Schmerzen waren zu stark.

Ich zwang mich zur Konzentration; ich musste denken, die Qualen hinnehmen, mich auf die Stimme in meinem Kopf fokussieren: *Du wirst sterben. Du wirst sterben. Du brauchst Hilfe. Ohne Hilfe wirst du in jedem Fall sterben. Versuch dein Bestes. Du lebst noch! Es hätte dich erwischen können wie Oyibo. Alles, was noch kommt, ist ein Bonus. Streng dich gefälligst an!*

Es half. Ich fasste an meine Nase. Einer der Stöpsel funktionierte. Den zweiten hatte ich quer hineingestopft, sodass er das Nasenloch verstopfte. Ich schob ihn in die richtige Position, und er aktivierte sich automatisch und passte sich der Nasenform an.

Ich drehte mich sachte auf den Rücken und betastete die Brust. Überall war Blut. Mir wurde übel. Ich erbrach in den Schnee, drückte mich hoch, stemmte mich auf die Beine und suchte Halt an dem Propeller, der Oyibo enthauptet hatte. Gekrümmt stand ich da, konnte mich nicht ganz aufrichten. Besser so, denn es hemmte die Blutung.

Ich wendete langsam den Kopf, um nicht durch eine abrupte Bewegung wieder in Ohnmacht zu fallen. Einen Fuß setzte ich vor den anderen und stützte mich am Propeller entlang. Mein Stiefel verhedderte sich in Oyibos Armen. Mit einem Ausfallschritt fing ich mich ab. Dabei stieß ich mit der Schulter gegen ein Bruchstück der Hülle des X-Pods, die sich qualmend in den Schnee gewühlt hatte. Vor Schmerz biss ich die Zähne zusammen, als sich der Metallsplitter verschob. Ich drückte mich an der Hülle entlang und schaute um die Kabine herum. Überall lagen nur brennende Trümmerteile. Bei dem Gedanken, ohne den stützenden Propeller das Trümmerfeld nach irgendwas Brauchbarem für mein Überleben zu durchsuchen, wollte ich aufgeben. Ich war am Ende.

Ein leises Brummen war zu hören. Ich begriff nicht, was es war oder woher es kam.

Jemand stieß hinter mir hervor: »Runter!«

Ein Schlag riss mich nach vorne zu Boden. Einen Augenblick später donnerte etwas über meinen Kopf hinweg und schlug vor mir im Wald ein. Abeba hatte mich heruntergerissen und damit davor bewahrt, ein ähnliches Schicksal wie Oyibo zu erleiden.

Mein Kopf war noch an meinem Torso und nicht in mikroskopisch kleinen Teilen im Schnee verteilt. Eine Erntedrohne war knapp über uns gerauscht und krachend abgestürzt. Auf diesem gottverlassenen Planeten nach einem Absturz erschlagen von einer abstürzenden Erntedrohne. Hätte ich die Kraft gehabt, ich hätte gelacht.

Abeba kniete neben mir und drehte mich auf den Rücken. Sie musterte mich von oben bis unten. Ich schaute sie an und verlor zum dritten Mal mein Bewusstsein.

Ich wachte wieder auf, als sie einen Injektor aus meiner Schulter zog. Sie schaute mich an mit einem Blick, den ich noch nie gesehen hatte; analytisch und ohne jede Emotion.

»Kannst du mich verstehen?«

Ich nickte benommen, griff mir an die Brust.

»Nicht anfassen. Die Blutung ist gestoppt. Ich habe dir Syntoform gegeben. Das hilft gegen Schmerzen und Bewusstlosigkeit. Außerdem Biobot-Liquid. Das wird allerdings nicht reichen. Du musst operiert werden. Der Lungenflügel muss ersetzt werden. Das können die Biobots nicht leisten. Wann wir operieren können, weiß ich nicht. Das heißt, entweder du hältst durch oder du stirbst. Verstanden?«

Ich war wach, hatte keine Schmerzen mehr, blieb aber geschwächt. Das Metall hatte Abeba entfernt und die Wunde mit Neo-Fibrinkleber gespült, was die Blutung stoppte und in der Brust ein klaffendes Loch hinterließ. Dank Abebas Chemiecocktail spürte ich nur Gleichgültigkeit in mir. Ich nickte.

Abeba bediente ihr Armdisplay. Eine metallene Flüssigkeit floss aus ihrem Anzugkragen, umschloss ihren Kopf und verhärtete sich. Ihr Visier wurde undurchsichtig und weiß wie der Schnee. Der Anzug versteifte sich ebenfalls. Das war eine militärische Ausführung. Es erstaunte mich, dass ihre Montur über diese Funktion verfügte. Aber dank der Umstände war mir nicht danach, sie auf ihren Kleidungsstil anzusprechen.

Ich spähte an ihr vorbei zu den Trümmern, die immer noch qualmten. Wenige Meter hinter ihr sah ich einen Teil des Cockpits. Die Frontscheibe war durchbrochen. Teodalds Kopf baumelte aus der Cockpitgondel, während sein fülliger Körper weiter im Inneren hing. Sein Hals lag auf den Glasresten des Fensters, die spitz nach oben standen und seine Kehle durchtrennt hatten. Sein Blut verklebte die Splitter, die metallene Gondel und den Schnee, wo sich eine gefrorene Lache gebildet hatte.

»Ich werde dich stützen und führen. Mach immer das, was ich sage.« Durch die Lautsprecher an Abebas Helm klang ihre Stimme dünn und künstlich.

Ich nickte.

Sie half mir auf die Beine, ich legte meinen Arm um ihre Schulter. Sie betätigte ihr Anzugdisplay und aus einer Seitentasche an der Hose entnahm sie eine Handfeuerwaffe. Mit dem anderen Arm stützte sie mich. Ich versuchte, mit ihr Schritt zu halten, aber im Grunde schleiften meine Füße mehr über den Boden, als dass sie mich trugen. Wir bewegten uns weg von dem Trümmerfeld in den Wald hinein, bis wir wieder von Schneegestöber, Nebel und sich schüttelnden Bäumen umgeben waren und die tiefe Ruhe Zapadors zurückkehrte.

13

Abeba zerrte mich nur Minuten durch den Wald, bis wir auf Zoya trafen, doch mir war es durch die Anstrengung wie eine Ewigkeit vorgekommen. Zoya hatte sich neben einer Schüttelpalme in den Schnee gebuddelt. Als sie uns erkannte, stand sie auf, kam uns entgegengerannt und nahm mich aus Abebas Armen.

»Einen dreißigminütigen Fußmarsch von hier entfernt gibt es einen weiteren Bunker. Wir müssen dorthin. Ihr geht hinter mir in zwei Metern Abstand«, befahl Abeba.

Zoya sah mitgenommen aus, nickte aber entschlossen. Sie hatte eine Platzwunde an der Schläfe, die versorgt worden war. Energisch stützten und schleiften sie mich hinter Abeba her, die mit ausgestreckter Pistole durch die Nebelschwaden huschte. Wir folgten ihr schweigend. Sie war die neue Anführerin der Gruppe – es gab keine Einwände.

Nach 20 Minuten verlor ich erneut das Bewusstsein. Abeba injizierte mir eine weitere Dosis des Aufputschmittels. Ich sah alles verschwommen und fühlte mich, als würde ich träumen. Das Mittel trieb meinen Kreislauf voran und gestattete ihm nicht, stehen zu bleiben. Wie lange ich das durchhalten konnte, wusste ich nicht, und es war mir in diesem Moment gleichgültig.

Abeba kniete vor mir und musterte mich. Sie vergewisserte sich, dass das Mittel anschlug. Wer war diese Person? Sie erinnerte mich mehr an die Spezialeinheiten, die auf sich allein gestellt hinter den feindlichen Linien operierten. Diese

Einheiten verzeichneten enorme Ausfallraten, genossen aber uneingeschränkten Respekt in allen Truppenteilen. Diejenigen, die ich kennengelernt hatte, hatten denselben analytischen Blick, mit dem mich Abeba anschaute. Sie hatte ihr Visier auf transparent gestellt, sodass ich ihr in die Augen sehen konnte. Da war nichts. Keine Wut, keine Trauer, keine Angst, bloß ein konzentriertes Gesicht, das meine Überlebenschance las. Dann wurde der Gesichtsschutz wieder weiß wie ihr Anzug.

»Wir gehen weiter.«

Sie drehte sich um und marschierte voran. Ich lebte, vorerst. Abeba hatte das entschieden. Das war jahrelange Routine, die sie hier abspulte. Eine Routine, die sie gekonnt verborgen hatte, bis sie sie brauchte.

Wir hörten ein leises, rhythmisches Brummen, das immer näher kam. Abeba gab Anweisungen, uns hinter zwei Schüttelpalmen zu verstecken und mit Schnee zu bedecken. Ich fiel auf den Boden und Zoya schaufelte Schnee über mich. Ich nahm ihn kaum wahr, wandte mich auf den Rücken und starrte in die Wolken. Es klarte auf. Ein rares Schauspiel auf Zapador. Ein schmaler Streifen des blauen Himmels war zu sehen. Ich schaute an den Wolkenmassen vorbei. Weit vor mir sah ich durch die Baumkronen Farol in die Höhe ragen. Was für ein Anblick. Diese majestätische Kuppel thronte über dieser Welt und schimmerte in den sanften Strahlen der Sonne. Es wäre nicht der schlechteste Moment gewesen, um zu sterben. Aber der Tod geduldete sich.

Das Brummen stieg an, und von rechts hinten schob sich ein langsam in Richtung Farol gleitendes Flugobjekt in mein Blickfeld. Es flog 100 oder 200 Meter über uns. Ich hatte keinerlei Orientierungspunkte, um das einzuschätzen. Es sah imposant aus. Die Turbulenzen, die es verursachte, ließen den Schnee aufwirbeln, und die Schüttelpalmen bogen sich hin und her. Es war oval, und über die weiß leuchtende Oberfläche zogen sich Wellen. Sie flossen in gleichmäßigen Impulsen in Flugrichtung am Schiff entlang. Auf der unteren Seite leuchtete es heller als auf dem Rest.

»Weporaner«, keuchte Zoya neben mir.

Das Schiff glitt weiter über uns hinweg. Ein Knistern lag in der Luft. Eine Stelle an der Unterseite flackerte auf. Dann fielen zwei längliche Gegenstände aus diesem Bereich des Schiffs.

Raketen!

Sie stürzten dem Boden entgegen. Dann gab es zwei laute Knalle und die Geschosse jagten davon, steuerten auf Farol zu und rissen dabei den Nebel auseinander. Zwei weitere Knalle durchfuhren uns, als die Raketen die Schallmauer durchbrachen. Als sie die Kuppel erreichten, hüllten sie sie in eine runde Wolke aus roten und gelben Flammen ein. Das ZaporGlas explodierte und veranstaltete eine letzte spektakuläre Show, zersplitterte in unzählige Teile und glitzerte durch die Wolkenmassen. Farol stürzte wie in Zeitlupe in sich zusammen, sackte einfach zu Boden. Das Klirren war bis zu unserer viele Kilometer entfernten Position zu hören. Das Schiff flog währenddessen einfach weiter im gleichen Tempo auf die Kuppel zu.

Niemand von uns wagte, zu sprechen. Wir blieben minutenlang regungslos liegen und beobachteten, wie sich Rauch und Staub anstelle Farols in die Luft erhoben und das Schiff von uns weg glitt. Neue Wolkenberge zogen auf und versperrten die Sicht, als hätten sie uns dieses brutale Schauspiel nicht vorenthalten wollen und ließen nach der Vorführung die Vorhänge wieder sinken.

Abeba entfernte sich von ihrem Baum, kniete sich hin und griff in eine Seitentasche des Anzugs.

»Was zur Hölle war das? Und warum hat uns das Ding nicht bemerkt?«, fragte Zoya aufgebracht.

Abeba warf drei faustgroße Feldaufklärer, einen nach dem anderen, über die Baumkronen in Richtung Farol. In der Luft öffneten sie sich und Propeller schnellten hervor. Dann sausten sie zur Glaskuppel davon. Sie entnahm ihrer Tasche ein weiteres Gerät.

»Das Tarnkappenmodul verschleiert die Biowerte. Daher hat uns das Flugobjekt nicht entdeckt.«

»Du meinst, die Weporaner haben uns nicht entdeckt. Ich habe euch gesagt, dass wir dieses Fundstück nicht nach Zapador bringen sollen.«

»Zoya …« Über Abebas Gesicht huschte einen Augenblick lang Entsetzen, doch sofort kehrte ein neutraler Ausdruck zurück. »Wir gehen weiter. Der Eingang zum Bunker ist gleich da vorne.«

Sie drehte sich um und marschierte voran. Zoya hievte mich auf. Ich spürte meine Beine nicht mehr, und die Arme waren taub. Dass ich es so weit geschafft hatte, verdankte ich Abeba und ihren Medikamenten. Ein Hoch auf die Drogen. Ich ließ mich schleppen.

Der Bunker, den wir betraten, war nach einem ähnlichen Bauplan wie der vorige konstruiert. Abeba stieg die Treppe hinab. Zoya schleifte mich hinterher. Es ging direkt in den Hangar. Dort stand ein Kurzstreckentransporter der Heuschrecken-Klasse. Ein altes Modell, das für interstellare Reisen nur zu gebrauchen war, wenn es durch ein Hibernationsmodul erweitert wurde. Seit der Massenproduktion der Raumfaltantriebe verzichtete man auf das interstellare Reisen in einem solchen Modul. Dieser alte Kahn hatte zu Zeiten gedient, als die Erweiterung durch einen solchen Behälter fortschrittlich gewesen war. Jetzt konnte dieses Ding mir das Leben retten.

Abeba betätigte ein Steuerpult neben dem Schiff, wodurch die Stromversorgung ansprang. Aggregate, Prozessoren und Kühlelemente fingen schwerfällig an zu zischen und zu brummen. Die Heuschrecke erwachte aus einem Winterschlaf und öffnete die Einstiegsluke, wobei Dampf und Staub aufwirbelten. Es war ein alter Schrotthaufen, den wir bestiegen.

Abeba ging direkt zum Hibernationsmodul. Es ähnelte einem metallenen Sarg, an den Röhren und Schläuche angeschlossen waren und der auf einem Podest thronte. Sie klappte einen metallenen Hebel zur Seite, wodurch die Abdeckklappe zischend zur Seite glitt.

»Zieh ihn aus«, sagte sie und reichte Zoya eine Schere.

Die fing an, mir die Kleider vom Leib zu schneiden. Ich lag da und röchelte vor mich hin. Sie kniete sich seitlich neben mich, begutachtete den Verband, entfernte ihn mit Vorsicht und verzog das Gesicht, als sie die verstümmelte Brust sah. Sie schaute mich an und wandte sich dann zu Abeba.

»Die Luftfilter.«

Abeba kniete sich neben mich und tippte auf ihrer UMA. Die Filter in meiner Nase lösten sich, Zoya zog sie heraus. Dann griff sie unter meine Arme.

»Heb ihn an den Beinen an!«

Zoya half ihr und sie ließen mich in den Behälter gleiten. Er war mit einer dicken, süßlichen Flüssigkeit gefüllt, die mir ins Gesicht schwappte. Ich hatte ein solches Modul zuvor schon gesehen und mich davor geekelt. Jetzt fühlte es sich fast gemütlich an.

Abeba nahm einen Injektor aus einem Schrank, befüllte ihn und spritzte mir den Inhalt in den Hals. Dann umfasste sie den metallenen Griff und stemmte ihn zur Seite. Es klapperte mechanisch und der Deckel des Behälters glitt zu. Die Flüssigkeit kühlte ab und floss mir über das Gesicht. Ich japste nach Luft und wollte schreien, aber nur ein Röcheln kam aus meinem Mund. Ich schluckte und hustete. Schläuche fuhren von der Innenseite des Deckels zu meinem Körper herab. Ich wollte sie wegdrücken, aber meine Muskeln reagierten nicht mehr. Dann fiel ich in den Winterschlaf, aus dem die Heuschrecke gerade erst erwacht war.

Kapitel II

Im Moloch

14

Zoya keuchte, glitt zu Boden und rieb sich Reste der Hibernationsflüssigkeit an der Hose ab. Sie blickte zu Abeba, die sich wieder einem Arbeitsterminal zugewandt hatte und ihre Finger über die Tastatur fliegen ließ.

»Was machen wir jetzt?«, fragte Zoya.

Abeba reagierte nicht und starrte auf den Bildschirm. Eine Videosequenz wurde abgespielt.

Zoya drückte sich auf die Beine und schaute auf die Bilder. »Was ist das?«

»Die Aufnahmen und Sensorwerte der Feldaufklärer, die ich abgesetzt habe. Sie sind dem Schiff gefolgt und haben ein erstes Paket übermittelt.«

Zoya betrachtete die Wiedergabe einen Moment lang, dann fuhr sie sich mit der Hand an den Mund. »Grundgütige Mutternatur. Das ist nicht möglich. Das kann nicht sein.« Fassungslos schüttelte sie den Kopf.

Sie starrten minutenlang schweigend auf die Aufnahmen. Schließlich sprach Zoya als Erste. »Wir müssen diese Daten nach Gäa I schaffen. General Kazuki muss sie erhalten.« Sie wartete nicht auf Abebas Zustimmung und bereitete den Start vor.

»Die Heuschrecke ist ein Kurzstreckentransporter. Damit kommen wir nicht bis nach Gäa I. Und falls doch, dann viel zu spät. Ohne Raumfaltantrieb wirkt sich die Zeitdilatation voll aus«, wandte Abeba ein.

Zoya hielt inne und nickte. »Wir müssen von Zapador verschwinden. Je länger wir hierbleiben, desto eher werden wir gefangen oder getötet.« Sie deutete auf die Aufnahmen. »Wir haben keine Mittel, um uns hier zu verteidigen. Nicht gegen diesen Gegner. Diese Daten müssen runter von Zapador. Nur Kazuki kann uns noch helfen.«

Abeba nickte. »Ich fliege mit der Heuschrecke nach Kreptus. Dort kriege ich ein Raumfaltschiff. Die Lebenserhaltungssysteme der Heuschrecke sind nicht für längere Flüge mit mehreren Personen ausgelegt. Die Chancen sind höher, wenn ich allein fliege.«

»Was? Abeba, du kennst dich auf Zapador besser aus. Wenn jemand hierbleiben sollte, dann du. Ich komme von Kreptus. Ich werde dorthin fliegen und du besorgst dir hier das nächste Schiff.«

Abeba schüttelte den Kopf. »Nein, wir haben keine Zeit für Diskussionen.«

Zoya schob den Kiefer nach vorne, sagte aber nichts. Sie dachte an Kreptus. Sie würde dort mit Sicherheit ein Faltschiff finden. Sie hatte Familie und Kontakte, die ihr vertrauten und bereit waren, zu helfen. Dennoch wandte sie ein: »Mit Normalraumantrieben brauchst du fast ein Jahr bis Kreptus. Und das nur, wenn du dir ununterbrochen Antigrav-Gel spritzt. So viel Zeit bleibt uns nicht. Verdammt, diese Aufnahmen müssen sofort zu Kazuki. Al Raschid hat seine Gegner abserviert, wenn wir erst in anderthalb Jahren auftauchen. Wir haben die Zeit nicht.«

Abeba hielt inne. »Farol inklusive des Hangars ist zerstört. Du hast es auf den Aufnahmen gesehen. Dort gibt es kein Schiff mehr.« Sie öffnete die Arme. »Oder siehst du das anders? Hm?«

Sie wartete. Zoya sagte nichts.

»Es gibt keine Alternative. Und es wäre ohnehin Selbstmord,

nach Farol zu gehen. Also, falls du eine Idee hast, dann raus damit.«

Zoya nickte langsam. »Kobold 9.«

Abeba runzelte die Stirn. »Die alte Raumstation?«

»Ja. Die Heuschrecke kann es in drei Monaten dorthin schaffen. Das sind selbst mit zunehmender Zeitdilatation weniger als vier Monate.«

»Unwahrscheinlich, dass wir dort Unterstützung erhalten. Und es ist fraglich, ob ein Faltschiff bereitstünde. Das ist zu riskant.«

Zoya senkte den Kopf und presste hervor: »Die Herrscherin von Kobold 9 ist eine Bekannte, eine Freundin.« Sie zögerte. »Ich habe zusammen mit ihr auf der Station angefangen. Das weißt du.«

Abeba musterte sie skeptisch. »Wie sicher bist du, dass sie dir ein Schiff gibt?«

»Sie wird mir eins anvertrauen. Sie ist es mir schuldig. Ohne mich würde sie heute nicht mehr leben.«

Zoya erkannte, dass Abeba die Idee nicht gefiel.

»Du bist dir sicher?«

»Ja, es wird funktionieren. Es ist unsere beste Option.«

Abeba schaute auf die Konsolen und schlug mit der Faust darauf. Dann nickte sie bitter, drückte sich von den Konsolen ab, marschierte in den Stauraum und kam mit einem Koffer zurück.

»Die Aufnahmen dürfen niemandem außer Kazuki in die Hände fallen. Überspiel sie auf ein Datenimplantat. Wenn jemand anderes diese Aufzeichnungen in die Finger bekommt, könnte damit etwas losgetreten werden, das nicht mehr kontrollierbar ist. Alles könnte auseinanderfallen.«

Zoya nickte und wollte das Gerät entgegennehmen, aber Abeba gab es ihr nicht. Zoya schaute ihr in die Augen.

»Zoya, verdammt! Wir können uns keine Fehler mehr erlauben.«

Zoya senkte den Kopf und dachte an Oyibo. Sie biss die Zähne zusammen. »Ich sorge dafür, dass Kazuki alles erhält. Wir ziehen Al Raschid zur Rechenschaft.«

Abeba atmete aus. »Gut. Hier!« Sie gab ihr das Datenimplantat. »Und pass auf deine Fracht auf. Sie muss zusammen mit den Aufnahmen zu Kazuki gelangen.« Abeba deutete auf den Hibernationsbehälter.

»Das werde ich.«

»Du weißt, dass wir ihn brauchen.«

»Ja, natürlich.«

Die beiden schauten sich an. Es blieb keine Zeit für Trauer um ihre Freunde, für Worte des Abschieds, für Emotionen. Zoya drückte Abeba hastig an sich.

»Pass auf dich auf!«

Abeba lächelte erschöpft. »Du auch.« Dann verließ sie die Heuschrecke.

Zoya aktivierte die Startsequenz.

15

72 Standardtage später
Sektor Theta 7.9.8

Die Abdeckplatte öffnete sich einen Spalt breit, als Zoya dagegenschlug. Sie fuhr mit ihrem Arm hindurch. »Na, komm schon.« Vorsichtig tastete sie an einer Röhre und zog die Hand schnell zurück. »Aua.« Den blutenden Finger steckte sie sich in den Mund und blickte auf ihre UMA, die auf ihrem Schoß lag.

»Warnung! Kühlungsleck entdeckt«, informierte sie das Display.

»Hab ich dich!«

Zoya wollte nach einem Kühlpad greifen, stattdessen bemerkte sie, wie Blut auf die UMA tropfte.

Nicht schon wieder!

Sie drückte sich stöhnend auf die Beine, als stemmte sie ein Gewicht in die Höhe. Die Schalttafeln, die das gesamte Cockpit auskleideten, dienten ihr als Stützhilfe. Als sie den Cockpitstuhl erreichte, ließ sie sich hineinfallen, sodass er knackte. »Wie hoch sind die g-Kräfte?«

Aus ihrer UMA ertönte eine helle Männerstimme. »Das Bremsmanöver erzeugt 2,3 g. Es wird empfohlen, die Leistung der Primärtriebwerke zu reduzieren. Gesundheitliche Schäden …«

»Jajaja, das hatten wir schon«, sagte Zoya. »Wenn wir die

Triebwerke drosseln, segeln wir an Kobold 9 vorbei. Bereite eine Dosis Antigrav-Gel vor.«

»Das wäre die dreiunddreißigste Ampulle innerhalb eines Zeitraums von ...«

»Ja, verdammt! Mach es einfach.«

Sie griff nach einer fingergroßen, leeren Ampulle, von der einige verstreut auf dem Steuerelement vor ihr und auf dem Boden lagen. Sie rollte das Gefäß in ihren Fingern und las den rot umrandeten, fett geschriebenen Text. *Nicht für den dauerhaften Einsatz geeignet.*

»Antigrav-Gel bereit«, sagte die UMA.

Zoya zog die Nase hoch, krempelte den rechten Ärmel etwas nach oben und legte den Arm auf die Lehne. »Dann rein damit.« Sie spürte einen kurzen Stich und es zischte.

»Injektion abgeschlossen.«

Zoya atmete tief ein. Das Gewicht auf ihren Schultern und ihrer Lunge verschwand. Einen Augenblick schloss sie die Augen, sackte tiefer in den Stuhl und rieb sich durchs Gesicht. »Wie lange noch bis zur Kobold 9?«, fragte sie matt.

»49 Standardstunden, zwei Minuten.«

»Ist das die subjektive Zeit der Heuschrecke?«

»Ja«, antwortete die UMA und ergänzte: »Aufgrund der relativen Geschwindigkeiten zwischen Heuschrecke und der Kobold 9 kommt es zu einer Zeitdilatation.«

»Wie stark ist die Abweichung?«

»Die Abweichung beträgt circa 34 Standardminuten. Nach subjektiver Koboldzeit kommen wir in 49 Standardstunden und 36 Minuten an.«

Zoya strich sich über den kleinen Einstich an ihrem Handgelenk, der ein taubes Gefühl hinterlassen hatte, das aber bereits nachließ. Bevor sie aufstand, sollte die Taubheit komplett verschwunden sein. Sie pumpte mit der Faust und tippte nervös mit der anderen neben ihrer UMA auf ihrem Oberschenkel herum. »Wie lange bräuchten wir nach Gäa I?«

»Für diese Entfernung können keine Berechnungen durchgeführt werden.«

»Geschätzt?«

»Etwa 790 Jahre.«

»Wie lange in subjektiver Zeit auf Gäa I?«

»Für diese ...«

»Eine Schätzung!«

Es dauerte einen Augenblick. »Es ist möglich, dass bei Ankunft auf Gäa I dort 5.600 Jahre vergangen sind. Die Zeitdilatation ist jedoch von vielen Faktoren abhängig. Änderungen der Geschwindigkeit von beispielsweise 99 Prozent auf 99,1 Prozent der Lichtgeschwindigkeit reduzieren die subjektive Zeit um etwa 40 Jahre. Außerdem spielen weitere Faktoren wie Schwerkraftsenken, Beschleunigungs- und Bremsphase sowie ...«

»OKAY! Danke.«

Zoya atmete ein, drückte sich auf die Beine und schmierte die überhitzten Leitungen mit Kühlpads ein.

Vierzig Stunden später lief Zoya ein Schauer über den Rücken, als die Kameras ein Livebild von Kobold 9 einblendeten. Sie hatte Abeba überzeugt, dass die alte Raumstation ihre beste Option war. Nur hatte sie ihr nicht die ganze Geschichte erzählt. Sie hätte diesen Ort am liebsten gemieden; sie hasste ihn. Aber Zoya hatte abgewogen und entschieden, dass der Zeitgewinn wichtiger war. Und so hatte sie versichert, dass sie ein Schiff mit Faltantrieb besorgen konnte. *Sicher* war im Hinblick auf Kobold 9 allerdings weit mehr als ein Euphemismus.

Kobold 9 war eine rostige Raumstation, eine Stadt, die im Weltraum driftete. Die Besatzung war keine straff organisierte Crew, sondern eine Bevölkerung, eine ganze Gesellschaft, die auf Kobold 9 lebte. Sie übte auf manche Menschen eine Faszination aus und ließ anderen einen Schauer des Ekels über den Rücken laufen. Dieser im All liegende Schrotthaufen zog alles Gesindel an, das sich Drogen, Glücksspielen und sonstigen fragwürdigen Zeitvertreiben hingab, von denen viele auf anderen Welten verboten waren. Man suchte einen kurzen Kick, das schnelle Geld oder wurde dorthin verschleppt, drogenabhängig gemacht und gefangen in einem System, das Menschenhandel, Prostitution und Mord als Naturgegebenheiten betrachtete.

Zoya kannte diesen Ort gut, denn sie war eine der Gründerinnen. Sie hatte ihn jedoch hassen gelernt, weil er einst einen Menschen verschlungen hatte, der ihr viel bedeutet hatte. Und den sie heute verachtete. In diese Person setzte Zoya nun ihre ganze Hoffnung. Ob man ihr hier helfen würde? Sie würde einen Weg finden, wie sie es immer getan hatte. Das hoffte sie zumindest.

»Hier Raumfrachter H8G3P, bitte um Andockgenehmigung«, kontaktierte Zoya die Raumstation.

»Hier Kobold 9, nutzen Sie Dock 35«, war die schlichte Antwort.

Sie runzelte die Stirn und gab die übermittelten Koordinaten in den Bordcomputer ein.

»Kobold 9, mein Name ist Zoya Cud'Pioche. Bitte tragen Sie Sorge, dass Madame Jen Kruud erfährt, dass ich an Board komme. Ich muss in einer dringenden Angelegenheit mit ihr sprechen.«

Sie wartete einen Moment.

»Kobold 9, bitte bestätigen Sie, dass Sie meine Nachricht empfangen haben.«

»Bestätige, bestätige. Am besten, du pfeifst dir ein paar Koboldsticks rein, dann kommt Madame Kruud schon ganz von allein zu dir.« Ein Lachen war zu hören und die Verbindung wurde getrennt.

Zoya hatte befürchtet, dass man sie nicht zur Herrscherin der Station durchlassen würde, aber einen Versuch war es wert gewesen. Ihr Alternativplan war weniger schön, würde aber funktionieren.

Sie schaute aus dem Cockpit und musterte die Station. Das Konstrukt ähnelte einem Planeten, der durch seine Gravitation Ringe um sich gebildet hatte, ähnlich der des Saturn. Im Zentrum lag eine gigantische rotierende Kugel. Um diese herum drehten sich die drei Sektionen; Ringe in unterschiedlichen Größen, alle genau über dem Äquator der zentralen Kugel. Ganz symmetrisch war sie nicht mehr. Auf den einzelnen Abschnitten waren allerhand Raumschiffswracks montiert worden, sodass es Ausbuchtungen und improvisierte Anbauten gab.

Die Heuschrecke dockte an und die Einstiegsluke glitt auf. Dock 35 lag auf der äußersten Sektion. Sie wartete vergeblich auf die Ausstiegseuphorie, die man nach gut zwei Monaten Flug in einer Schrottkiste wie der Heuschrecke erwartet hätte. Aber dieser Ort ließ Abscheu in ihr aufsteigen. Sie wollte das hier schnell hinter sich bringen.

»Willkommen auf Kobold 9!«, krächzte ein in die Jahre gekommener Roboter mit blecherner Stimme. »Sie fühlen sich eingezwängt von Gesellschaft, Politik, von Gesetzen und bürokratischem Wahnsinn? Sie halten nichts von Moral, Religion und gesellschaftlichen Ideen, die den Wenigen dienen und Ihre eigenen Stärken unterdrücken? Sie haben das altruistische Geplärre, das an jeder Ecke des Universums zu finden ist, entlarvt? Sie möchten die Lorbeeren Ihrer Arbeit selbst einfahren?

Sie möchten von Ihrem geistigen Genie profitieren? Von der Kraft Ihrer Muskeln? Von der Macht Ihres eigenen Willens? Dann treten Sie ein! Kobold 9 toleriert nur eins: individuelle Freiheiten in jeglichem erdenklichen Maße. Seien Sie frei, zu machen und zu lassen, was Sie wollen!«

Zoya starrte den Roboter an, der seinen Monolog beendet hatte und sie gespannt anschaute. Er hielt ihr ein Display hin, auf dem die Kobold 9 abgebildet war. Sie tippte auf den Kern und zuckte zurück, als die blecherne Stimme wieder losplapperte.

»Der Kern! Das Zentrum von Kobold 9! Es erwartet …«

»Blechkiefer zusammenhalten!«

Der Roboter schien einen Moment zu brauchen, um eine Reaktion auf Zoyas Aussage zu generieren, dann lächelte er wieder erwartungsvoll. Sie wusste selbst, wie sie zum Zentrum gelangte. Also ließ sie den Roboter stehen und marschierte in den nächsten Gang hinab. Es roch nach kaltem Schweiß.

Der Korridor schien verlassen. Aus der Ferne hörte sie Gelächter, Gestöhne und einen Brei aus verschiedenen Musikrichtungen. Beim Vorbeigehen warf sie einen kurzen Blick in einen der Seitenräume, dessen Tür offen stand. Auf dem metallenen Boden lag ein wimmernder älterer Mann mit grauen Haaren, wie ein Embryo eingerollt, sein Kopf in Erbrochenem. Er war nackt. Eine Person saß neben ihm. Kunstvoll hochgesteckte Haare, dunkelblau geschminkte Augen, dunkelrote Lippen und sparsam bekleidet; der typische Stil auf der Kobold 9. In der einen Hand hielt sie ein dampfendes Getränk in einem runden Glas, die andere steckte im Anus des Kerls. Die Person schaute Zoya mit wachem Blick an, verzog keine Miene und führte ihren Drink an die Lippen. Zoya wandte sich wieder geradeaus.

Sie hörte Schritte und blieb stehen. Zwei Muskelprotze schleiften ein ausgedörrtes, bewusstloses Kerlchen hinter sich her. Er hatte nur ein dünnes Band um die Taille, in das ein Ring eingearbeitet war. Das Band hatte Striemen an seiner Hüfte hinterlassen. Er hatte das Bewusstsein verloren oder war tot. Zoya machte Platz. In der äußersten Sektion war die Grenze zwischen Leben und Tod schmal. Diejenigen, die es sich leisten konnten, bezahlten einen Bodyguard, der sie begleitete. In den inneren Decks hielten sich Menschen auf, die wohlhabender waren und mit ihrem Geld quasi alles kaufen konnten.

Je weiter Zoya kam, desto voller waren die Gänge. Geschäfte und Märkte, Trink-, Spiel-, Fresshallen und Bordelle reihten sich aneinander. Die Leute, die sich hier herumtrieben, waren leicht bekleidet. Man begab sich von einem Exzess in den nächsten. Zoya drängte sich durch die Menschenmenge auf der Suche nach der nächsten Schleuse.

Eine schmale Frau mit krausen Haaren, großen Augen, kurzer, fransiger Hose, einem bunten flattrigen Hemd und einer langen Narbe im Gesicht sprang ihr in den Weg. Zoya fuhr mit der Hand instinktiv zu ihrem Messer, das sich in ihrer Jacke verbarg. Die Frau schien keine Gefahr zu wittern und plapperte vergnügt los.

»Du bist neu hier! Lust auf eine Runde Koboldsticks?«

Zoya ließ ihre Hand auf der Klinge und musterte sie.

»Na, was ist? Nicht so verklemmt. Oder bist du hier, um dir die Landschaft anzuschauen?« Sie hatte ein breites Grinsen im Gesicht, das ihre Zähne inklusive Lücken präsentierte.

Zoya wollte sie stehen lassen, als die rote Notbeleuchtung aufflackerte und wieder erlosch. Sie schaute zu den Lampen hoch.

»Ach, du willst zur Arena. Die Show beginnt in zwei Stunden.

Hast du genug InterCredits? Ich kann dich ins Zentrum bringen. Für eine Entschädigung, versteht sich.«

»Credits?« Zoya erinnerte sich nicht daran, dass das Passieren der Schleusen besteuert wurde, schon gar nicht mit InterCredits. InterCredits waren die wichtigste Währung auf den Kern- und Kornwelten. Warum sollte sich die Herrscherin der Kobold 9 abhängig von einem Währungssystem machen, das sie nicht kontrollierte? Zoya runzelte die Stirn.

»Für 100 Credits bringe ich dich in die Arena. Das ist ein Freundschaftspreis. Ich mag dich, weißt du. Du bist nicht so zugedröhnt wie die anderen.«

»Einverstanden!«

»Dann mal her mit den Credits.«

»Du kriegst sie im Zentrum.«

»Du hast dir also doch was reingezogen? Aber na ja, sagen wir 50 jetzt, den Rest in der Arena.«

»Schon gut, aber nicht hier. Komm mit.«

Zoya marschierte zurück.

»Hey, warte. Das interessiert doch eh keinen, wie viel du hast!«, rief ihr die Fremde hinterher und verzog das Gesicht.

Zoya wusste, dass das nicht stimmte. In den äußeren Ringen wurde wegen einer Handvoll Koboldsticks getötet. Die Schlaksige zögerte kurz und rannte dann fluchend hinter Zoya her. Die erhöhte das Tempo und bog in den Raum ein, in den sie zuvor einen Blick geworfen hatte. Sie achtete darauf, dass ihre Verfolgerin sie abbiegen sah. Ihre getönten Gläser zog sie ab und huschte in eine schummrige Ecke des Raums. Der Mann am Boden nahm sie nicht wahr, die andere Person hingegen beobachtete sie neugierig, nippte noch mal an ihrem Drink, blieb aber stumm.

Ihre Verfolgerin hielt im Türrahmen inne, kniff die Augenlider zusammen und spähte umher. »Hey, ihr zwei Hübschen. Hier ist nicht zufällig eine Dame hereingestürmt? Dunkle kurze Haare, Sonnenbrille, silbernes Oberteil, schwarze Hose? Wie Frischfleisch von Kreptus?«, fragte sie.

Die Person mit dem Getränk wandte den Kopf zu einer Ecke des zwielichtigen Raums. Die Schlaksige trat behutsam ein und schaute in die dunklen Ecken.

»Aber Madame, warum diese Geheimniskrääää …«

Sie zuckte kurz zurück und krächzte. Zoya hatte ihr einen Synapsenblocker seitlich in den Hals gerammt. Sie krampfte und brach auf dem Boden zusammen. Zoya schaute zu der Person hinüber, die alles beobachtet hatte. Die nippte an ihrem Glas. Die andere Hand steckte noch immer im Anus des Alten. Er bewegte sich nicht mehr.

»Vorsichtig!«, sagte die Person plötzlich. Ihre Stimme klang leise und rau.

Zoya schaute auf und hielt den Zeigefinger an ihre Lippen. Hastig durchsuchte sie den bewusstlosen Körper, fand ein paar Koboldsticks und warf sie der Person hinüber.

»Du sollst vorsichtig mit ihr umgehen. Wenn du sie umbringst, fliegst du aus einer Schleuse.«

Zoya schaute die Person an und runzelte die Stirn. »Ist sie eine Freundin von dir? Sie hat einen ganz entzückenden Eindruck auf mich gemacht. Du musst dir keine Sorgen machen, sie wird wieder ganz die Alte.« Zoya wühlte weiter in den Taschen. »Ich brauche nur etwas zum Bezahlen, mehr nicht.«

»Du kannst ihr nicht alles nehmen. Im äußeren Ring kann es dein Todesurteil sein, mit leeren Händen dazustehen.«

Zoya sagte nichts, wühlte unter dem Hemd herum und steckte alles ein, was sie fand: 80 Credits und allerhand Drogen.

Dann hielt sie inne und schaute zu der Person. »30 Credits sollten reichen, damit sie ihr Geschäft wieder zum Laufen bringt.« Sie steckte der Frau 30 Credits in die Hose. Dann jagte sie dem verkrampften Körper zwei Cybercocktails in die Blutbahnen und entfernte den Synapsenblocker. Die Frau fing sofort an, zu zittern.

Zoya schaute wieder zu der Person. Deren Blick wanderte hinab zu der zitternden Frau.

»Du scheinst nicht gerade eine Medizinerin zu sein.«

Zoya folgte ihrem Blick. Blasen quollen aus dem Mund ihres Opfers.

»Scheiße!«

Sie wischte den Schaum auf und tupfte die Schweißperlen von der Stirn. Dann zog sie die Frau auf die Seite, winkelte ein Bein und einen Arm an, sodass sie stabil lag. Speichel tropfte langsam aus ihrem Mund auf den Boden.

Zoya wandte sich wieder zu der im Halbschatten sitzenden Person. »Keine Sorge, sie muss sich nur ausschlafen.«

Die Angesprochene nickte und faltete ihre Hände im Schoß. Ihre Augen verengten sich und sie beugte sich leicht nach vorne. »Wer bist du? Wir kennen uns doch!?«

Zoya schüttelte den Kopf. »Wir kennen uns ganz sicher nicht. Und ich rechne auch nicht damit, dass wir uns wiederbegegnen.«

Zoya wollte sich zur Tür wenden, aber der Alte fuhr mit einem Ruck hoch, riss Augen und Mund weit auf und sog Luft ein. Ein blauer Schimmer drang aus seinen Augen.

Zoya schüttelte erneut den Kopf und ging zur Tür.

»Warte!«, sagte die Person. »Was willst du hier? Du bist nicht zum Spaß hier. Was hast du vor?«

Doch Zoya antwortete nicht und sah zu, dass sie davonkam.

Als sie zügig den Gang entlangeilte, begegnete ihr eine Gruppe

Sicherheitspersonal, die einen Passanten unsanft verhörten. *Nicht das auch noch.* Sie nahmen den gesamten Gang ein. Zoya hatte kein Interesse, dass sie sie bemerkten. Stattdessen drückte sie ein Lüftungsrohr, das an der Wand angebracht war, ein Stück zur Seite und quetschte sich dahinter.

»Also, wo hast du sie gesehen?«, fragte der Security-Mann und hielt den Passanten am Kragen fest.

»Da hinten entlang. Bitte, bitte, ich habe nichts gemacht. Ich habe nichts mit dem Blaudampf zu tun.«

»Na also, da hinten lang, ja? Gut gemacht.« Er schlug dem Passanten fest auf die Schultern. »Nehmt ihn mit.« Dann blickte er zu den beiden anderen. »Und wir schnappen uns die Blaudampfdealer. Los! Laufschritt!« Die Gruppe lief los und an Zoya vorbei, ohne sie zu bemerken.

Sie kam hinter den Röhren hervor, klopfte sich Staub von der Kleidung und ging zügig den Gang entlang, bis es immer voller wurden und sie sich durch das Getümmel drängen musste.

Es dauerte, bis sie endlich die nächste Schleuse fand. Neben dem Übergang saß eine Wächterin und ließ sich von einem hünenhaften Nackten mit erigiertem Glied bequatschen. Zoya trat zielstrebig auf den Wachposten zu.

»Ich muss in die nächste Sektion.«

Die Frau schaute kurz rüber zu Zoya und spuckte etwas, worauf sie gekaut hatte, vor Zoyas Füße. »Musst du das?« Sie schnaufte angestrengt und richtete sich auf. »Zehn Credits. Stell dich da hin. Warte, bis sich der Fahrstuhl öffnet.« Sie zeigte auf eine Schiebetür hinter ihr, die über eine Treppe erreichbar war. »Kletter hoch und hindurch.«

»Was ist mit dem Fahrstuhl?« Zoya deutete auf die Schotts hinter der Wächterin.

»Defekt. Willst du nun hoch oder nicht?«

Zoya warf ihr zehn Credits auf den Tisch und die Wachfrau wandte sich wieder an den Hünen. »Und du. Wenn du mit dem Ding das anstellen kannst, was du behauptest«, sie zeigte auf das Glied, »dann erwarte ich dich heute Abend.«

Sie lachte vergnügt, der Hüne verneigte sich kaum merklich mit einem listigen Lächeln und machte sich davon.

Das Schott glitt auf, Zoya kletterte die Leiter hinauf und sah die nächste Sektion. Sie rotierte schneller als die äußerste, in der sie sich befand. Um ähnliche Fliehkräfte auf den Sektionen zu erzeugen, waren diese Unterschiede der Rotation notwendig, ansonsten hätte die künstliche Gravitation abgenommen, je weiter man sich dem Zentrum der Kobold näherte.

In bestimmten Intervallen trafen die Leitern aufeinander, sodass man von einer Ebene in die nächste gelangte. Zoya kletterte hinauf und wartete, bis eine Leiter der zweiten Sektion das Segment, auf dem sie stand, kreuzte. Die Leitern waren an Schienen montiert und verhakten sich für die Übergangsphase. Dadurch konnte Zoya trotz der unterschiedlichen Rotation die Leiter hinauf in die zweite Sektion steigen. Sie musste sich festhalten, da sich die Fliehkräfte veränderten. Die verklebten Reste von Erbrochenem an der Wand waren eine Warnung. Der Fahrstuhl hätte die Sache vereinfacht.

Als sie den Übergang passiert hatte, lösten sich die Leitern voneinander und ihr Segment beschleunigte, sodass es dieselbe Geschwindigkeit wie Sektion 2 erreichte. Sie spürte die etwas stärkere Fliehkraft, kletterte aber behände weiter und stieg durch ein Deckenschott, an dem sich ebenfalls Wachen positioniert hatten. Die würdigten sie jedoch keines Blickes, und so gelangte sie in den Hauptkorridor der zweiten Sektion.

Der Korridor verlief im Kreis durch die gesamte Sektion, genau wie in den anderen Ringen. Allerdings waren hier alle Stockwerke durchbrochen, sodass sich Zoya ein Blick bis an die Decke eröffnete, wo sich die Schotts zur nächsten Sektion anschlossen. Zu beiden Seiten waren balkonartige Wege, Plateaus und Netze angebracht, auf denen sich Menschen tummelten. Neongrelle Hologramm lockten mit Angeboten und luden in die Spelunken ein. Ein Affenhaus, das es zu durchklettern galt.

Zoya war nicht hier, um die historische Architektur der Kobold 9 zu bestaunen. Zielstrebig suchte sie die Schleuse zu Sektion drei. Sie quetschte sich Balkon um Balkon hinauf. Ständig sprachen sie Menschen an, die ihr Dienste und Konsum anboten. Sie ließ sie alle stehen und passierte die nächsten Schotts und Sektionen.

Es kostete sie Stunden, um von Schleuse zu Schleuse Richtung Zentrum zu gelangen. Wie sie erwartet hatte, akzeptierten die Wachen Cybercocktails und Koboldsticks anstelle von Credits. Als Zoya die letzte Schleuse zum Kern durchschritt, atmete sie auf.

Das Leben spielte sich im Kern entlang des Äquators ab. Allerdings bewegte man sich auf der Innenseite der Kugel und nicht wie auf einem Planeten auf dessen Oberfläche. Wie in den anderen Sektionen erzeugte die Fliehkraft der rotierenden Kugel eine künstliche Schwerkraft. Die volle Wirkung entfaltete sich entlang des breiten Äquators. Der Unterschied zwischen dem Kern und den Ringen war, dass die Kugel entlang des Äquators hohl war, was einen erstaunlichen Blick erlaubte. Zoya schaute am Äquator entlang und vollzog die Krümmung nach. Sie sah in der Ferne, wie der Äquator sich in die Höhe krümmte, und weit über sich sah sie die Lichter, die auf der anderen Seite der

Kugel leuchteten. Insgesamt war es dämmrig und sie sah die Menschen nicht, die über ihr in Hunderten Metern Entfernung dahinspazierten.

Zoya quetschte sich durch das Gedränge, bis sie den weiträumigen Freiheitsplatz erreichte, in dessen Mitte sich ein rundes Gebäude ausdehnte. Leuchtelemente blitzten hektisch, sodass es Aufmerksamkeit auf sich zog. Es war umgeben von einem Wasserbecken, was den Eindruck eines Festungsgrabens erweckte.

Durch ein Eingangsportal gelangte Zoya hinein. Sie stieg Treppen hinauf, bevor sie an einer Fensterfront anlangte, durch die sie einen Blick in das Innere der Arena werfen konnte. Der Kessel war zu allen Seiten mit Rängen gesäumt. Der Wettkampf war in vollem Gange.

An den Scheiben drängten sich die Menschen. Einige kreischten hysterisch, andere sabberten und wieder andere starrten ungläubig auf das Schauspiel. Dieses Ereignis brachte die ganze Abscheulichkeit dieser Gesellschaft zum Vorschein.

In der Arena stand ein nackter Kerl auf einem Bein auf dem Spielfeld. Er lehnte mit dem Rücken an der Wand, schaute lachend und mit gläsernen Augen zur Decke. Eine Spielerin kniete vor ihm und massierte schwungvoll mit beiden Händen sein Glied. Das andere Bein des Spielers lag in der Mitte der Arena. Es musste während des Spiels abgetrennt worden sein. Aus dem Stumpf spritzte Blut über den Kopf der Spielerin, die vor ihm kniete. Es floss ihr die Stirn und Wangen hinab bis zu ihren Lippen, von denen sie es leckte.

Zoya schaute zu den Rängen, bis sie die Haupttribüne sah. Darüber lagen die Logen, einzelne, großzügig ausgelegte Kabinen, die golden und mit bunten Metallen und Marmor verziert waren. Nicht alle waren geöffnet. Wenn die Besucher, die hohe Preise für diese Plätze bezahlten, Privatsphäre brauchten, zogen sie die Vorhänge zu. Dahinter wurde alles Mögliche getan und besprochen. Zugang hatte, wer es sich leisten konnte. Zum Vergnügen buchte niemand eine Loge. Es war der Ort, an dem sich die wirtschaftliche Elite der Kobold 9 traf und Geschäfte einfädelte. Das Machtzentrum der Raumstation.

Zoyas Blick glitt zur Empore über den Logen. Ein Adrenalinstoß fuhr ihr durch den Magen.

Dort saß der Grund für ihren Zwischenstopp auf Kobold 9: Madame Jen Kruud. Sie war die Herrscherin der Station. Es war kein Zufall, dass die Empore über den Logen lag. Damit untermauerte Madame Kruud symbolisch die Unterordnung aller Geschäftsleute unter ihre Regentschaft. Umringt war sie von ihren Gnomen, dem Wachpersonal, das niemanden zu nahe an sie heranließ. Mit ihrer Hilfe herrschte Madame Kruud über die Kobold 9. Zoya erinnerte sich zu gut an das martialische Vorgehen der Gnome.

Sie eilte den Gang entlang und fand den Eingang in die Arena, wollte eintreten, doch ein Gnom stieß sie grob weg.

»Verpiss dich, es ist voll.«

Sie raffte sich auf. »Und wenn ich extra bezahle?« Sie griff in ihre Brusttasche und öffnete die Hand vor ihm.

Er schaute auf das bunte Sammelsurium auf ihrer Handfläche: grün und blau schimmernde Cybercocktail-Injektoren, gelbbraune Koboldsticks und rot-schwarze Hellballs. Alles, was sie noch hatte. Der Gnom griff zu, ohne sie eines Blicks zu würdigen, und machte ihr Platz. Sie huschte durch den Eingang und war umringt von grölenden Menschen. Der Einbeinige sprang inzwischen hinter der Spielerin her, bückte sich nach jedem Sprung runter, griff nach etwas und steckte es sich in den

Mund. Die Spielerin hielt das abgetrennte Bein in der Hand, schnitt Streifen für Streifen heraus und warf sie dem Spieler hin. Der verspeiste genüsslich sein eigenes Fleisch.

Zoya drängte sich durch die Menschenmenge, wobei sie fast eine Schlägerei provozierte. Sie wusste, dass sie niemals zu Madame Kruud durchkommen würde. Sie konnte froh sein, dass es diese Festspiele gab. Ansonsten ließ sich Madame Kruud nicht öffentlich blicken. Daher hatte sie einen anderen Plan, um zu ihr zu gelangen. Einen simplen, riskanten und dummen Plan. Aber Pläne waren nur dann wirklich dumm, wenn sie schiefgingen. Sie musste das Risiko eingehen. Ihr fehlten Alternativen.

Sie tippte einem doppelt so breiten, einen Kopf größeren Kerl grob auf die Schulter. Der bemerkte es gar nicht, also schlug Zoya ihm in die Rippen und brüllte: »Hey! Du stehst im Weg!«

Der Kerl wandte sich um. »Was bei … ?«

Sie trat ihm mit Wucht gegen den Solarplexus, woraufhin er hustend auf die Menschen hinter sich stolperte und sie unter sich begrub. Zoya beschleunigte mit drei Schritten, sprang auf die Brust und den Kopf des Kerls, den sie umgetreten hatte, und von da auf einen Dickschädel, der gleich in der zweiten Reihe stand. Mit ausgestreckten Händen erreichte sie das obere Ende der Panzerscheiben, die das Publikum von dem Schauspiel abschirmte. Sie zog sich hinauf, hievte ihren Körper über die Absperrung und landete hart auf dem Arenaboden. Dann raffte sie sich auf und marschierte direkt vor Kruuds Blickfeld. Die Zuschauer grölten.

Madame Kruud war in ein Gespräch vertieft und schenkte dem Spektakel keine Aufmerksamkeit. Zoya brüllte und winkte. Die Gnome würden sie jeden Moment rauszerren oder gleich zu Brei schlagen. Sie musste vorher Kruuds Aufmerksamkeit erlangen, ansonsten würde sie in einer Zelle verrotten.

Zoya ging zielstrebig auf die Spielerin zu, trat ihr in einer flüssigen Bewegung gegen das Knie, sodass es knackte, sie zur Seite kippte und vor Schmerzen aufschrie. Dann sprang sie zu dem Einbeinigen und schubste ihn zu Boden. Sie zog ihr Messer aus der Jackentasche, kniete sich über seine Arme, drückte seinen Kopf grob zurück und stach ihm gezielt seitlich in die Kopfhaut. Sie zog die Klinge gleich wieder heraus, führte Daumen und Zeigefinger in die Wunde und ertastete das, wonach sie gesucht hatte: einen winzigen Emotionschip. Mit einer flüssigen Bewegung riss sie ihn raus. Ja, sie nahm damit irreversible Hirnschäden und einen emotionalen Schock des Einbeinigen in Kauf, aber seine Überlebenschancen waren in seiner aktuellen Lage ohnehin alles andere als rosig.

Sie streckte den Emotionschip zum Publikum. Ein Raunen ging durch die Menge, als sie begriff, was Zoya getan hatte. Der Einbeinige erbrach sich, sein Gesichtsausdruck wechselte von Wahnsinn über Unglaube hin zu Panik. Er tastete an seinem Beinstumpf entlang, Tränen bildeten sich in seinen Augen. Hilfesuchend sah er zu Zoya und zur Spielerin, die ihren Oberkörper wieder aufgerichtet hatte. In ihren Händen hielt sie das Bein, lächelte den Besitzer an und biss genüsslich hinein wie in ein großes Hühnerbein. Die Augen des Einbeinigen rollten nach innen und er kippte bewusstlos zur Seite. Von allen Ecken der Arena rannten Gnome auf Zoya zu.

Madame Jen Kruud, die den Tumult bemerkt hatte, sah mit halb zum Spielfeld gewandtem Kopf zu Zoya. Es dauerte einen Moment, bis sie aufhörte, zu sprechen und sich nach vorne beugte. Sie kniff die Augen zusammen. Zoya schaute Jen in die Augen. Sie hörte die Schritte der Gnome, dachte noch: *Das wird wehtun*, als einer der Gnome so hart zuschlug, dass sie zusammenbrach, bevor sie den Schmerz spürte.

16

Zoya erwachte mit brummendem Schädel. Sie brauchte einen Moment, um zu begreifen, wo sie war und was geschehen war. Sie versuchte, sich aufzurichten, doch eine Bettfixierung hielt sie zurück. Hektisch schaute sie sich um. In einer dämmrigen Ecke stand jemand. Sie kniff die Augen zusammen.

»Warum bin ich gefesselt?«

Die Person lachte leise. »Du hast dich verändert.«

»Mach mich los, Jen!«

»Äußerlich hast du dich verändert«, ergänzte Jen. »Ich habe nicht erwartet, dass wir uns wiedersehen.« Nach einem erneuten Zögern flüsterte sie: »Besonders nicht, dass du freiwillig hier aufkreuzen würdest, nachdem du mein Schiff gestohlen und die Station durchlöchert hast.«

Zoya schnaufte. »So siehst du das? Dein Schiff? Es war unser Schiff. Genau wie alles andere, was wir auf der Kobold erreicht haben.«

Jen kam aus der schummrigen Ecke an das Bett. Äußerlich hob sie sich von der Bevölkerung der Kobold 9 ab. Sie trug dunkelblaue, fast schwarze Kleidung. Ihr Jackett war schlicht gearbeitet und mit golden schimmernden Knöpfen bis unter das Kinn geschlossen. Ihre Hose war ebenfalls dunkel, ohne eine sichtbare Falte. Auf dem Kopf trug sie eine dunkelviolette Perücke im Kleopatra-Schnitt. Ihr Gesicht war breit mit schmalen Lippen und einer schmalen Stirn. Sie mutete unscheinbar an, weder aufwendig geschminkt noch extravagant gekleidet.

Es war der Kleidungsstil der Romki, dem Volk, das den

Weltraum seine Heimat nannte und dessen Raumflotten wie Heuschreckenschwärme in Systeme eindrangen. Mit Bergbauschiffen sprengten sie die Ressourcen aus Planeten und Asteroiden, mit orbitalen Hochöfen schmolzen sie das Material ein und verarbeiteten es in ihren Waffenschmieden, von deren Fließbändern Schiffe, Panzer und Kampfanzüge rollten. All das, was die GVA für ihre Einsätze brauchte. Der Krieg gegen die Axinen hatte die Romki steinreich gemacht.

Zoya wusste, dass sich Jen vor langer Zeit mit ihrer Familie überworfen hatte; einer mächtigen Romki-Dynastie. Sie lebten nach strikten gesellschaftlichen Regeln und Riten, etwas, gegen das Jen sich aufgelehnt hatte. Sie hatte alle Brücken abgebrochen. Aber nun trug sie die Romki-Mode wieder mit einer Selbstverständlichkeit, die nicht zu der Jen passte, die Zoya kannte.

Im Gegensatz zu ihrer unscheinbaren Mode glühten ihre Augen. Man las daraus, wer sie war. Sie strebte nach Macht, und gleichzeitig hasste sie Regeln, Gewohnheiten und nutzlosen Zeitvertreib. Sie war schnell gelangweilt. Eine gefährliche Kombination, insbesondere für eine Anführerin, deren Einfluss nicht über eine rostige Raumstation im Theta-Oktanten hinausging. Seit Jahrzehnten verteidigte sie ihre Stellung und war berüchtigt für die fantasiereichen Arten, mit ihren Gegnern kurzen Prozess zu machen. Das, was aus ihren Augen sprach, hatte sie dahin gebracht, wo sie heute stand. Sie war eine sich langweilende, skrupellose Herrscherin.

»Ich habe mich in dir getäuscht, Zoya. Ich dachte, ich hätte dir das gegeben, wonach du gesucht hast. Wir wollten etwas aufbauen. Du wolltest weg von Kreptus und seinen immer gleichen, sich endlos wiederholenden Routinen. Keinerlei Innovation, keine Entwicklung. Alles für die Gemeinschaft.«

Jen schmunzelte. »So ist es dort bis heute. Ich habe dir die Möglichkeit gegeben, etwas zu erschaffen. Etwas Neues. Wir haben für uns gearbeitet, genau wie jeder andere auch. Nicht für irgendeine höhere Idee.« Die zwei letzten Worte sprach sie mit Verachtung aus. »Wir waren besser und stärker. Ich habe das begriffen. Du nicht. Du hast mich mit unserem Projekt alleingelassen. Und ich habe es vollendet. Kobold 9 gehört mir.«

Sie schwieg einen Moment. Als sie schließlich weitersprach, klang ihre Stimme eine Spur milder.

»Ich bereue es, nicht früher erkannt zu haben, dass der kreptische Altruismus zu tief in dir verwurzelt ist. Du hast es nicht geschafft, ihn abzulegen.«

»Du hast uns zu Mörderinnen gemacht!« Zoya zerrte an ihren Fesseln.

»Ach, habe ich das?« Jen lachte. »Ab wann ist man ein Mörder? Und wann ist man ein freier Mensch? Diejenigen, die Macht und Geld haben, sind frei. Der Rest ist unfrei. Deine Familie hat in den Minen auf Kreptus Edelmetall gefördert und es in die Orbitalwerften gebracht, damit dort fette Arschlöcher Waffen und Gleiter für ihren Krieg produzieren können. Mit planetaren Großschmieden verpesten sie ganze Planeten, auf denen sie nicht leben. Die armseligen Würmer, die in dieser Hölle zurückbleiben, die all das ausbaden, um die schert sich niemand! Ein fetter General kümmert sich keinen Atemzug um sie. Warum auch?« Jens Lippen kräuselten sich zu einem verächtlichen Lächeln. »Aber wenn auf meinem Weg jemand stirbt, ist es Mord? Hör mir zu: Wir haben uns an dieselben Regeln gehalten wie diese Arschlöcher. Bis du aufgegeben und mich verraten hast. Ich habe weitergemacht. Ich habe mir eine Raumstation genommen, und die Kosten tragen andere. Genau wie das Arschloch mit seinen Waffen und Gleitern andere die

Scheiße ausbaden lässt. Frei ist der, der sich die Freiheit nimmt. Der Rest bezahlt. So war es zu allen Zeiten und so wird es bleiben. Ich habe mich entschieden. Ich werde nicht mehr bezahlen. Und komm mir nie wieder mit deiner dreckigen Doppelmoral. Dein Weg ist mit Toten gepflastert, genau wie meiner. Ich heuchle nicht, dass sie für was Größeres gestorben sind.«

Zoya erkannte die Bitterkeit in Jens Gesicht, doch ihre Körperhaltung blieb aufrecht und stolz. Der Anblick ließ in Zoya dieselbe Wut brodeln, die sie verspürt hatte, als sie von Kobold 9 verschwunden war. Damals hatte sie Jens Tod in Kauf genommen. Sie hätte diese ganze Raumstation in die Luft gejagt. Sie hatte die Abscheulichkeit dieser Welt nicht mehr ertragen. Sie hatte sich von den falschen Versprechungen blenden lassen. All das kochte nun in ihr, doch sie schluckte es hinunter. Sie erlaubte ihrer Wut nicht, die Oberhand zu gewinnen, wie es so oft geschah. Es stand zu viel auf dem Spiel.

»Ich bin nicht zurückgekommen, um dir die Kobold wegzunehmen. Sie gehört dir, du hast hart dafür gekämpft. Mach, was du willst mit dieser Raumstation und mit ihren Menschen.« Zoya atmete tief ein. Sie tat sich schwerer, als sie erwartet hatte. »Ich brauche deine Hilfe.«

Jen hob eine Augenbraue und schmunzelte amüsiert. »Was kann ich denn für dich tun?«

»Ich brauche ein Raumfaltschiff und ich habe eine verletzte Person an Bord der Heuschrecke, mit der ich gekommen bin. Die muss versorgt werden.«

»Deinen Passagier haben wir entdeckt. Eine richtige Berühmtheit in den inneren Sektoren. Er ist so gut wie tot.«

»Es ist wichtig.«

»Ist es das?« Sie lächelte hinterlistig. »Warum ist es denn so wichtig? Du kreuzt hier mit diesem Clown der Generalität auf und willst ein Raumfaltschiff. Warum das alles?«

Zoya biss die Zähne zusammen.

Jen wartete einen Moment, dann seufzte sie theatralisch. »Das habe ich befürchtet. Weißt du, die Menschen auf der Kobold wissen, dass ich alles aus ihnen herausbekomme, wenn ich es will. Deswegen sind sie ehrlich zu mir und erzählen mir die Wahrheit. Ich würde dir raten, dich an ihrem Beispiel zu orientieren.«

Zoya hatte gehofft, nichts preisgeben zu müssen, doch Jen schien nicht bereit, ihr ein Raumfaltschiff zu überlassen, ohne dass sie dafür Informationen erhielt.

»Es hat einen Anschlag auf Zapador gegeben. Wir müssen zu den inneren Sektoren, um Hilfe zu holen.«

Jen runzelte die Stirn. »Einen Anschlag? Von wem?«

»Das weiß ich nicht.« Zoya schüttelte den Kopf.

Jen verzog das Gesicht. »So ein Blödsinn. Du kreuzt hier mit einer Schrottkiste und einer halb toten Person im Gepäck auf, als wäre es ein sicherer Hafen für dich.« Sie kniff die Augen zusammen. »Das, was auf Zapador passiert ist, macht dir Angst, und zwar so richtig. So sehr, dass du es wagst, hier aufzutauchen. Du bist in die Enge getrieben.«

»Es gab eine Explosion in Farol. Wir konnten uns retten und mit der Heuschrecke verschwinden. Die Kobold war die einzige Option, die in unter einem Jahr erreichbar war. Das ist die ganze Geschichte. Ich weiß nicht, wer angegriffen hat.«

Jen musterte Zoya eindringlich, versuchte offensichtlich, die Wahrheit aus ihrem Gesicht herauszulesen. Als sie wieder sprach, tat sie es langsam, als würde sie an einer Hypothese basteln.

»Ich glaube, nicht nur das, was du auf Zapador erlebt hast,

hat dir Angst gemacht, sondern du fürchtest das, was noch kommt. Irgendwas ist hier im Gange, und du willst es mir nicht verraten.«

»Hörst du mir überhaupt zu? Mit der Heuschrecke eine so lange Strecke nach Kreptus zu fliegen, ist gefährlich. Da muss nur ein Bordsystem ausfallen, und das war's. Die Kobold war die logische Wahl.«

»Lassen wir das Warum für einen Moment außen vor. Wenn ich dich richtig verstehe, willst du ein Schiff von mir. Mit meinem Schiff willst du dann den Generälen die Info zustecken, dass irgendwelche Bekloppten die Gläserne Kuppel in die Luft gejagt haben. Weißt du, was dann passiert? Ich sag's dir: Sie schicken ein paar Kriegsschiffe mit Landungstruppen vorbei. Und wenn sie keine passende Erklärung dafür finden, warum Farol aufgekehrt werden muss, vergrößern sie ihren Suchradius. Und wo schauen sie dann wohl als Nächstes vorbei? Ganz genau: bei mir auf der Kobold, weil sie meinen, dass irgendein Junkie von hier für den Anschlag verantwortlich ist. Lieber begrabe ich die ganze Sache hier und heute, meine Liebe.«

Zoya schüttelte den Kopf. »Die interessieren sich nicht für die Kobold. Das Gegenteil ist der Fall. Wenn ihr Kriegsheld nicht bald bei seinen Generälen Bericht erstattet, werden sie den gesamten Sektor durchkämmen. Wenn ich ihn zurückbringe – hoffentlich lebend –, werden sie sich nicht die Mühe machen, zur Kobold zu kommen. Sie investieren nicht mehr Ressourcen als nötig in diesen Sektor. Der Krieg mit den Axinen tobt im Alpha-Oktanten. Es ist in deinem Interesse, dass du uns hilfst. Je länger du wartest, desto eher tauchen hier GVA-Truppen auf.«

Jen funkelte Zoya an. Dann entspannten sich ihre Gesichtszüge plötzlich. Sie schaute nachdenklich durch den Raum und biss sich auf die Lippe. »Doch bis dahin haben wir Zeit. Ist das nicht schön? Jetzt, da du hier bist und nirgendwo mehr hinkannst, werden wir viel, sehr viel Zeit zum Reden haben. Du solltest die Kobold wieder als dein Zuhause betrachten. Aber mir scheint, als kämen wir heute mit dem Reden nicht mehr weiter.«

»Hör mir doch zu! Wir haben keine Zeit. Nicht ich, nicht du. Es wird eine Reaktion kommen, früher oder später. Gib uns ein Raumfaltschiff, und niemand wird auf die Idee kommen, auf der Kobold vorbeizuschauen.«

Jen hielt inne und bedachte Zoya mit einem nachdenklichen Blick. »Du glaubst wirklich, dass du noch mal hier rauskommst? Faszinierend, wie verzweifelt ein Mensch sein kann.« Sie lächelte und hob die Augenbrauen. »Lass mich dir was zeigen. Du hast ja an die Lernfähigkeit der Menschen geglaubt. Zu meiner Schande gestehe ich, da ist mehr dran, als ich zugeben wollte. Ich habe das aufgegriffen.«

Jen trat zu einem Tisch, auf dem ein zylinderförmiges Behältnis stand, das blau fluoreszierte und wellenförmig dampfte. Sie ging mit dem Behälter auf Zoya zu und hielt ihn ihr hin.

»Illyrischer Blaudampf.«

Zoya riss panisch an ihren Fesseln.

Jen lächelte. »Nicht nur deine Zapador-Geschichte ruft mir noch die GVA auf den Plan. Sondern am Ende taucht sie wegen dieses verfluchten Blaudampfs auf. Das wäre das Letzte, was ich hier brauche.«

Sie schaute auf das Gefäß, das sie in der Hand hielt.

»Problematisch ist er schon, dieser Blaudampf. Seit Neustem schmuggeln ihn Ganoven auf unsere behagliche Raumstation. Und das ist ein klarer Verstoß gegen die Bios-Doktrin. Er ist als außerirdisches Wesen klassifiziert und muss daher vernichtet werden, wenn es nach der GVA geht. Schade eigentlich. Welche

Profite man hieraus ziehen könnte. Aber, nun ja, unter keinen Umständen dürfen wir ihn nutzen, so will es das Gesetz. Und bei der großen Mutternatur, es wäre unangenehm genug, wenn wegen deiner kleinen Story über einen Anschlag auf die Gläserne Kuppel eine GVA-Flotte nach Zapador springen würde; die kommen noch auf die Idee, in den nahe gelegenen Sektoren jeden Stein umzudrehen und nach außerirdischen Spuren zu suchen, die sie einäschern können. Die sollen schön in den Kernsektoren und im Alpha-Oktanten bleiben und ihren Krieg gegen Axius führen.«

Sie schaute mit einem ironischen Bedauern von dem Gefäß zu Zoya.

»Nun hat Blaudampf eine solch intensive Wirkung auf den menschlichen Organismus, dass immer mehr Koboldeanen die Nebenwirkungen in Kauf nehmen und den Dampf einatmen oder sich rektal einführen. Es ist schade, dass jeder Zweite hinterher nicht mehr derselbe ist und viele das Zeitliche segnen. Also werde ich erzieherisch tätig.«

Jen aktivierte einen Bildschirm, auf dem eine nackte Person zu sehen war. Ihr Körper war übersät mit Hämatomen. Gnome standen um sie herum, hielten sie fest und drückten sie mit dem Rücken zu Boden. Zwei davon pressten die Knie der Person auf ihre Brust, sodass ihr After frei lag. Einer hielt einen Behälter mit Blaudampf, an dessen Öffnung ein Schlauch angebracht war. Unsanft schob er ihn in den Anus der Person. Die wehrte sich nach Kräften und schrie jämmerlich. Die Gnome drückten sie zu Boden. Der Dampf glitt durch den Schlauch. Die Person riss den Mund auf und versuchte, gegen ihre Peiniger anzukämpfen, aber sie hatte keine Chance. Nach zwei Minuten Ringen und schmerzverzerrten Schreien beruhigte sie sich und blickte erstaunt umher. Endlich ließen die Gnome von ihr ab.

Sie bewegte sich und zuckte unnatürlich, stand auf und schaute in die Kamera, als würde sie Zoya erkennen. Ihre Augen fingen an, zu fluoreszieren, blau wie der Dampf. Jen schaltete den Bildschirm ab.

»Wenn die Person die Behandlung überlebt, reden wir noch einmal mit ihr. Gibt sie ihre Quellen preis, verschone ich sie vielleicht. Ich habe festgestellt, dass nicht jede rückfällig wird und man einigen Menschen helfen kann.«

Sie sprach mit dieser überlegenen Ironie, die Zoya nicht mehr ertrug, doch Jens Botschaft kam an. Sie würde mit Zoya spielen, bis ihr die Lust verging. Die Ausweglosigkeit ließ Panik in ihr aufsteigen. Ein seltenes Gefühl. In diesem Moment wünschte sie sich zurück auf die Heuschrecke. Sie hatte einen Fehler gemacht. Es war falsch gewesen, hierher zu kommen.

Jen musterte Zoya. »Also? Ist dir gerade doch noch eingefallen, was hinter dem Anschlag auf Farol steckt? Was du der holden Generalität so dringend berichten musst?«

Zoya schluckte, ihre Kehle schmerzte. »Ich habe dir alles gesagt. Wir haben keine Zeit mehr. Hilf uns! Bitte!« Sie zögerte. »Schau doch, was du erreicht hast. Ohne mich wärst du heute tot. Ich habe dir das Leben gerettet. Bedeutet das gar nichts mehr?«

Jen hielt inne. Sie stand da, rührte sich nicht, auch ihr Gesicht verriet nicht, was sie dachte, aber sie mied Zoyas Blick.

»Sieh uns an!« Zoya rüttelte an ihren Fesseln. »Was ist aus uns geworden? Ich hätte alles getan, um dich zu schützen.«

Jen fixierte sie. Einen Moment lang glaubte Zoya, Milde und vielleicht so etwas wie Sehnsucht in ihrem Blick zu sehen, aber einen Wimpernschlag später festigte sich ihr Blick wieder und sie setzte ein spöttisches Grinsen auf.

»Meine naive Zoya. Ich werde dir helfen, natürlich. Du wirst lernen, dich auf der Kobold wieder zurechtzufinden. Und das Erste, was du lernen wirst, ist, mir die Wahrheit zu sagen.«

Sie drückte auf den Türöffner. Zwei Personen betraten hinter Jen das Zimmer, ein stämmiger Gnom, der sich an der Tür positionierte, und eine Person in einem weißen Kittel. Die Letztere schob einen altertümlichen metallenen Rolltisch vor sich her, auf dem allerlei Geräte standen. Sie stellte den Tisch neben Zoya und trat wieder zurück zum Gnom.

»Was habt ihr vor?« Zoya rüttelte an ihren Fesseln.

Jen lächelte. Anstatt zu antworten, griff sie nach einem der Geräte und schaltete es ein. Zoya erkannte den Scanner. Sie wollten sie auf Implantate untersuchen.

»Ich mache diese Sachen kaum noch selbst. Wenn man es oft genug gemacht hat, wird es langweilig. Aber bei so speziellen Gästen wie dir lege ich gerne Hand an.« Sie hielt das Gerät über Zoya.

Die schüttelte sich hin und her. »Mach mich los, verdammt noch mal!«

»Bleib ruhig liegen, bis der Scan abgeschlossen ist. Wir haben dein ganzes Schiff auseinandergenommen. Keine brauchbaren Informationen, die uns weiterbringen. Du warst gründlich, wie ich es von dir kenne. Ich wette darauf, dass du ein Datenimplantat bei dir hast.« Vergnügen lag in ihrer Stimme.

»Mach mich los! Dann schieb ich dir den Scanner in deinen Arsch!«

Jen atmete augenrollend ein und nickte zu dem Gnom an der Tür. Der stapfte auf Zoya zu, die versuchte, einen der Griffe zu lösen; ohne Erfolg. Der Gnom entnahm der Liege weitere Gurte und spannte sie um Zoya. Er zog sie so fest, dass Zoya Schwierigkeiten hatte, zu atmen und ihr das Blut in den Kopf und die Augen drückte. Sie konnte sich nicht mehr bewegen, nur zuschauen, wie Jen sie lächelnd systematisch scannte. Es dauerte, und Zoya kämpfte um jeden Atemzug.

»Wenn ich an deiner Stelle wäre, hätte ich Beweise für meine Behauptungen dabei, um die Leute von den Kernwelten zu überzeugen, dass Zapador Hilfe braucht. Und wenn Zapador tatsächlich nur Hilfe braucht, hättest du mir die Beweise doch vorgelegt, nicht wahr? Es sei denn, es geht um etwas Größeres. Etwas, das die Generalität betrifft. Die irdische Union? Die RomkiCorps?« Jen schaute einen Augenblick hinauf in Zoyas Gesicht, die nach Luft rang. »Jedenfalls etwas, von dem du nicht willst, dass es in die falschen Hände gerät.« Sie hob eine Hand. »Und diese Hände scheinen für dich die Falschen zu sein. Hach, schade eigentlich. Aber nun gut. Das letzte Versteck wäre ein Datenimplantat. Oder würdest du es riskieren, die Informationen einfach im All zu verstecken?«

Zoya wollte sagen: »Ich schleuse dich ins All!«, aber ihr fehlte die Luft und es kam nur ein Würgen hervor. Sie schielte zur Seite des Raums. Auf einem Display wurde ihr Körper in verschiedenen Schichten dargestellt. Jen hatte den Scan abgeschlossen und schaute sich das Ergebnis sorgfältig an. Eine Stelle an ihrem Oberschenkel war dunkelrot markiert. Diese vergrößerte Jen und nahm sie in Augenschein. Sie drehte sich zu Zoya und tippte ihr auf den Oberschenkel.

»Hier hast du ein Implantat, nicht wahr?« Sie lächelte zufrieden.

In Zoya brodelte der Hass auf. Sie versuchte, zu antworten, hatte aber keine Luft mehr.

»Fehlen dir die Worte?«

Jen strich ihr über die Wange und lachte. Dann griff sie an den Gurt über Zoyas Brust und lockerte ihn. Zoya keuchte und hustete.

Einen Moment lang ließ Jen sie gewähren, dann tippte sie auf Zoyas rechten Oberschenkel. »Und? Welche Daten werde ich hier finden?«

»Fick dich!«

»Hm, sicher nicht«, antwortete Jen, griff zum Tisch, nahm ein Skalpell und ritzte Zoyas Hose auf.

Zoya rüttelte, so gut sie konnte, an dem Bett.

»Willst du dich nicht beruhigen, hm? Es wird die Sache weniger schlimm für dich machen.«

»Mach mich los, dann breche ich dir die Arme«, fauchte Zoya.

Jen stieß ein ironisches Seufzen aus und schüttelte den Kopf. Dann stach sie mit dem Skalpell in Zoyas Oberschenkel. Zoya schrie vor Schmerzen auf. Jen schnitt tief, sodass eine klaffende Wunde entstand, aus der Blut quoll. Aus Zoyas Augen rannen Tränen vor Schmerz und Wut. Ungerührt stocherte Jen mit dem Zeigefinger in dem Schnitt herum.

»Du krankes Stück Scheiße!«

»Du bist nicht du selbst, Zoya, Schatz.« Jen griff hinter sich nach einem altmodischen Wundspreizer.

»Macht dir das Spaß? Mit diesen Folterinstrumenten?«, presste Zoya hervor.

Jen hielt inne, schien nachzudenken und schaute sich die Klammer in ihrer Hand an. »Ja, ich denke schon. Es erfordert mehr Geschick, mit diesen Instrumenten Operationen durchzuführen. Das war alles Learning by Doing. Ich habe meine Technik über die Jahre verfeinert.«

»Na los, bringen wir es hinter uns!«, brüllte Zoya.

Jen runzelte die Stirn und setzte die Klammer in der Wunde an. Zoya starrte zur Decke und atmete in unregelmäßigen Stößen durch zusammengebissene Zähne. Blasen bildeten sich zwischen den Zahnlücken. Das Fleisch an ihrem Oberschenkel riss weiter auf. Der Schmerz stach von der Wunde durch ihren Körper. Sie hörte, wie das Skalpell seine Arbeit verrichtete.

»Viel zu viel Blut.« Jen griff nach einem Sauger. »Auch Profis machen mal Fehler. Da muss ich tiefer schneiden.«

Wieder schoss der Schmerz durch Zoyas Körper. Ihr Blickfeld verengte sich. Metallenes Scheppern drang an ihre Ohren. Sie nahm alles nur noch schemenhaft wahr. Immer wieder griff Jen nach neuen Instrumenten und führte sie zu ihrem Bein.

»So, da haben wir's.«

Zoya schaute auf, atmete schwer und hatte Schweißperlen auf der Stirn. Jen hielt mit einer Pinzette einen Streifen Fleisch in die Höhe. Sie blinzelte zu Zoya herunter.

»Du siehst ja ganz blass aus.« Sie wedelte mit dem Fleisch vor Zoyas Gesicht hin und her.

Zoya erbrach sich, konnte den Kopf aber nicht zur Seite legen. Das Erbrochene floss ihr übers Gesicht in die Nase, den Hals hinunter. Sie versuchte, es auszuspucken, um nicht daran zu ersticken.

»Pass auf das Datenimplantat auf. Nicht, dass du es noch vollkotzt. Früher warst du keine von den Dramatischen.«

Zoya schielte mit einem Auge zur Seite. Auf das andere Augenlid war Erbrochenes gespritzt. Sie beobachtete Jen, die das Stück Fleisch in eine Schale legte, eine Flüssigkeit darüber spritzte, die Schale einen Moment schwenkte und dann wieder mit der Pinzette danach griff. Das Fleisch war erstarrt. Sie legte es in ein Lesegerät neben dem Display. Auf dem Bildschirm erschienen sofort Daten, die sich in langen Kolonnen aufbauten.

»Wie zu erwarten: verschlüsselt«, sagte Jen und drehte sich zu Zoya. »Wir werden die Verschlüsselung früher oder später knacken. Also sag mir einfach, wie es sich entschlüsseln lässt. Na, wie wäre das?«

»Ich sage dir nichts.«

»Das hatte ich befürchtet.«

Sie kam zu Zoya hinüber. Die spannte sich an, als Jen mit dem Finger in die Wunde stach. Zoya biss die Zähne zusammen. Es tat weniger weh, als sie erwartet hatte. Sie war so festgespannt, dass sie ihr Bein nicht sah, aber sie hörte die Flüssigkeit auf den Boden tropfen.

»Was da an Blut rausfließt! Ich befürchte, ich habe zu weit geschnitten und eine Arterie erwischt. Hupps! Das kommt vor. Ich kann es natürlich schließen. Mit ein wenig Neo-Fibrinkleber.«

Jen schwenkte ein pistolenartiges Gerät in Zoyas Blickfeld. Ihr wurde schummrig. Sie musste bereits viel Blut verloren haben.

»Na? Willst du verbluten oder verrätst du mir den Schlüssel?«

»Dann habe ich es endlich hinter mir«, keuchte Zoya.

»Die armen Gestalten auf Zapador. Tot bist du ihnen keine Hilfe«, säuselte Jen.

Zoyas Bein war taub, sie nahm alles durch einen Schleier wahr. Fiebrig murmelte sie: »fGд3ß□?_eλo93r□i ...« Sie sog Luft ein und fuhr fort, Ziffer für Ziffer.

Jen lächelte und tippte die Kombination ein. Zoya hörte das ungeduldige Tippen von Jens Fingern neben der Konsole. Es dauerte. Es war ein komplexer Algorithmus.

»Na also«, sagte Jen schließlich. Nach einigen Momenten ergänzte sie: »Deine Daten sind nicht lesbar. Wahrscheinlich eine physische Beschädigung am Datenträger selbst.«

Zoya sah verschwommen, wie Jen sich zu ihr wandte und das Gesicht verzog. »Die Daten sind unbrauchbar!« Wut war in ihrer Stimme zu hören.

Zoya rang sich ein Lächeln ab.

»Ich werde schon herauskriegen, was du mir verheimlichst.« Jen griff nach der Fibrinkleber-Pistole und träufelte die Flüssigkeit in Zoyas Wunde. Zerschnittenes Gewebe verband sich. Die Blutung ließ nach. Jen lächelte. »Fibrinkleber ist teuer, meine Liebe.« Sie hielt Zoya ein altertümliches Hautklammergerät hin. »Das hier kriegst du gratis.« Grob tackerte sie die Schnittwunde zu.

Zoyas Blickfeld wurde enger, dann war alles dunkel und sie krampfte unter fiebrigen Träumen ...

17

... Jen beugte sich über ein Display ihrer UMA, wedelte sich Luft zu und schnupperte daran, als würde sie den Duft einer noch dampfenden Zimtschnecke genießen.

»Was ist das?«, fragte Zoya.

»Der Duft von Erfolg, meine Liebe«, antwortete Jen.

Zoya umschlang sie von hinten und spähte ihr über die Schulter. »Die Lizenz! Wir haben sie bekommen!«

Jen löste sich aus der Umarmung und setzte sich an den kleinen Tisch, der an der Wand stand. Sie schob einen durchgebrannten Quantentransistor und einen Teller mit Resten einer braunen Gemüsepaste zur Seite.

Zoya lehnte sich an die Wand, beobachtete Jen und schmunzelte. Jens Augen leuchteten. Sie tippte flink auf dem UMA-Interface herum, strich sich eine Strähne aus dem Gesicht und presste ihre schmalen Lippen zusammen.

»Du kannst deinen Lieferanten Bescheid sagen. Kobold 9 wird bald nur noch unsere Luft atmen.«

Zoya lachte. »Wir werden nicht sofort den Luftfiltermarkt auf der Station beherrschen.«

Jen schaute hoch zu ihr und legte den Kopf schief. »Ach, Zoya, Menschen von Kreptus können einfach nicht groß denken.«

»Gut, dass die Romki größenwahnsinnig sind.«

»Ach, die können mich mal. Ich will nichts mehr mit denen zu tun haben. Aber glaub mir, wir werden der Kobold einen neuen Anstrich verpassen. Ich kümmere mich darum. Du sorgst einfach dafür, dass der Nachschub auf Kreptus nicht versiegt. Wir können die Preise der anderen Händler locker unterbieten.«

Zoya ging zu Jen hinüber und zog sie zu sich hoch. »Ich hab' richtig Bock, das mit dir durchzuziehen.«

Sie küssten sich.

»Klar hast du Bock. Ansonsten würdest du ja auch in irgendeinem scheiß Schützengraben herumlungern oder, schlimmer noch, auf Kreptus Steine klopfen.«

Zoya küsste sie erneut, doch Jen löste sich und vertiefte sich wieder in das Display.

»Ich sag dir eins: Wenn wir das richtig aufziehen, dann geht bald auf Kobold nichts mehr ohne uns.«

Zoya lachte und strich Jen über den Kopf. »Vielleicht sollten wir uns erst mal dort einrichten.«

»Oh, das werden wir.«

* * *

Zoya schreckte auf und griff sich schreiend ans Bein. Sie biss die Zähne zusammen und ließ sich gepresst atmend zurücksacken. Behutsam zog sie die Bettdecke zur Seite. Ihre Hände zitterten fiebrig. Sie war nassgeschwitzt und fröstelte gleichzeitig. Langsam tastete sie an ihrem Bein hinab. Es glühte. Sie spürte die Metallklammern unter einem Verband.

Langsam richtete sie sich auf und kniff die Augen zusammen. Sie lag in einem Bett. Keine Fesseln hielten sie zurück. An der gegenüberliegenden Wand war eine Küchenzeile. Eine Tür daneben stand halb offen. Dahinter erkannte sie eine Toilette. Rechts an der Wand stand ein kleiner Tisch.

Sie ließ die Beine auf den Boden gleiten und drückte sich hoch. Wackelig stand sie da und Tränen sickerten aus ihren

Augenwinkeln. Sie zwang sich, die zwei Schritte zum Esstisch zu machen, wo eine Mahlzeit bereitstand. Frisches Gemüse, Kartoffeln und ein Hühnerbein. Alles sah aus wie echte Zucht. Ein teures Gericht auf einer Station wie die Kobold. Eine handschriftliche Notiz lag daneben:

Schön, dass du wieder bei mir bist.
Deine Jen

Zoya zerknüllte sie in der Faust und presste sie so fest zusammen, dass die Adern auf ihrem Handrücken hervortraten. Sie versuchte, sich auf den Druck der Faust zu konzentrieren, den Schmerz und die Panik zu überdecken, um wieder einen klaren Gedanken fassen zu können. Es half nichts. Sie schlug auf den Tisch und fing an zu schreien. Wütend griff sie die Schale mit dem Hühnerbein und donnerte sie durch den Raum gegen ein Gemälde, das Jen in abstrakter Form darstellte. Ein glänzender Fettfleck lief langsam an Jens eckigem Gesicht hinab.

Zoya humpelte zu dem Bild und schlug darauf ein. Sie versuchte, es herunterzureißen, aber es war festmontiert. Mit beiden Händen riss sie daran, bis es nachgab und sie mit dem Bild nach hinten auf den Boden krachte. Sie schrie vor Schmerzen, bis das Stechen in ein Pochen überging.

Sie kämpfte sich hoch, nahm das Gemälde und schlug es auf den Esstisch, immer wieder, bis sie nur noch zerbrochene Teile des Rahmens in den Händen hielt.

Sie atmete in tiefen Stößen und sackte erschöpft auf den Stuhl. Ihr Blick hing leer auf dem Tisch, der mit Bruchstücken des Bildes übersät war. Dazwischen lagen die bunten Gemüsestücke. Zoya griff mit der blutigen Hand nach einem Rosenkohlröschen. Sie musterte es, rollte es zwischen Daumen und Zeigefinger hin und her und steckte es sich in den Mund. Sie kaute, schluckte und hustete. Tränen rannen ihr über die verklebten Wangen. Sie griff nach dem nächsten Stück, eine kleine, rote Paprika. Ein Bruchstück des Bildes warf sie vom Tisch und tastete nach einem Brokkoliröschen, das darunter gelandet war. Sie kaute das Essen lieblos und schluckte es hastig hinunter. Als der Tisch leer war, ließ sie sich auf den Boden sinken, suchte nach dem Rest der Mahlzeit und aß so lange, bis der Hunger verschwunden war und sie müde auf dem Boden einnickte.

* * *

»Was ist das hier?« Zoya knallte ein UMA-Interface auf den Esstisch, wo Jen Proteinnudeln auf eine Gabel wickelte.

Jen drehte den Kopf langsam hoch zu Zoya und funkelte sie an. »Das ist deine verdammte UMA in meinem Essen. Was ist eigentlich dein Problem?«

»Mein Problem? Drei Menschen sind gestorben! Über zwanzig haben Vergiftungen! Unsere Luftfilter wurden manipuliert!«

Mit dem Daumennagel kratzte sich Jen Essensreste aus den Zähnen, griff dann nach Zoyas UMA und lehnte sich zurück, um die Daten über den Luftfilterschaden zu lesen. »Drei Konkurrenten.«

»Was?«

Jen atmete gepresst aus, ohne den Blick von der UMA zu wenden. »Drei Konkurrenten sind durch einen fehlerhaften Luftfilter ums Leben gekommen. Das waren die drei Tölpel von FreshAir. So was passiert. Kein Grund zur Panik, meine Liebe.«

»Hast du völlig den Verstand verloren?« Zoya schlug so

fest auf den Tisch, dass sich Essensreste um und auf Jen verteilten.

Die schnippte sich die Reste vom Jackett und schüttelte den Kopf. »Hör zu, die Fehlfunktion wird nicht auf unsere Kappe gehen. Der Fehler lag an einer veralteten Stromleitung, die unsere Systeme hat ausfallen lassen.«

»Verarsch mich nicht, Jen! Bei den Luftfiltern gibt es genug Redundanzsysteme. Alle sind gleichzeitig ausgefallen. Und zuständig für die Energiezufuhr waren diese Idioten von Choch-Energie, denen du vor drei Wochen ein Übernahmeangebot gemacht hast. Deren Marktwert ist damit in den Keller gefallen. Und dann sterben dabei die drei Eigentümer von FreshAir, ganz zufällig?«

Jen entfuhr ein Lacher. »Ja, einfach so. Mutternatur meint es gut mit uns. Komm schon, Zoya! Des einen Schaden ist des anderen Glück. So ist das eben manchmal.«

»Du bist doch wahnsinnig!« Zoya riss Jen ihre UMA aus der Hand und stürmte zur Tür. Sie musste hier raus.

Doch Jen stand plötzlich neben ihr. »Hey, Zoya, warte. Es tut mir leid.« Sie berührte sanft Zoyas Schulter. »Wir sollten öfter darüber reden, über unser Geschäft, was wir wollen, wie wir vorgehen.« Jen legte den Kopf schief. »Das mit dem Unfall hätte ich kommen sehen sollen, aber ...« Sie zuckte mit den Schultern. »Aber vielleicht war ich bei der Wartung nicht gründlich genug.«

Zoya fühlte sich schwer. Sie schaute Jen an, wollte ihr glauben, denn sie wollte sie nicht verlieren.

Jen nahm ihre Hände. »Ich verspreche dir, alles entscheiden wir gemeinsam.« Jen senkte den Blick. »Ja, ich wünsche mir sehr, dass unser Geschäft läuft und dass man uns hier ernst nimmt. Aber das alles ist wertlos ohne dich. Lieber gebe ich alles hier auf, als dich zu verlieren.«

Zoya wusste, dass Jen Menschen für ihre Ziele manipulieren konnte. Gehörte sie selbst auch dazu? Sie schaute in Jens Augen und wollte sich an sie lehnen. Würde sie wirklich alles für Zoya aufgeben?

»Wie kann ich dir vertrauen?«

Als Jen ihre Wange berührte, atmete Zoya tief ein. Jen lächelte und griff mit der freien Hand ihre UMA. »Hier, du kannst alles, woran ich gerade arbeite, sehen und darauf zugreifen, okay?«

Zoya schluckte und ließ ihre Schultern hängen. Sie nickte langsam.

»Ich habe Nudeln gemacht.« Und mit einem Lächeln füllte Jen eine zweite Schüssel für Zoya.

* * *

Zoyas Hände klebten. Ihre linke Gesichtshälfte lag auf dem Boden. Splitter von dem Bild, das sie zerstört hatte, stachen ihr in die Wange und hatten Druckspuren hinterlassen. Sie drückte sich auf die Beine und fummelte die Splitter ab.

Ungelenk humpelte sie zur Apartmenttür und betätigte die Konsole daneben. Zu Zoyas Verwunderung glitt die Tür auf. Also war sie nicht eingesperrt. Sie schüttelte den Kopf. Warum hatte sie das nicht gleich versucht? Sie spähte hinaus auf einen Korridor. Drei Gnome hockten dort und spielten Insektenquetschen, ein stumpfes Glücksspiel, um Koboldsticks. Sie schauten zu ihr und machten Anstalten, aufzustehen. Zoya ignorierte sie und ging zügig den breiten Korridor entlang. Bei jedem Schritt hatte sie das Gefühl, ein Holzfäller würde in ihr Bein hacken.

Ein Gnom sprang ihr in den Weg, die beiden anderen flankierten sie.

»Wohin möchten Sie?«, fragte der Gnom vor ihr.

»Was interessiert euch das?«, pflaumte Zoya ihn an.

»Madame Kruud hat uns aufgetragen, Sie überallhin zu begleiten.«

»Das ist nicht nötig, danke.« Zoya machte einen Schritt nach vorne.

Sofort schlossen die drei den Kreis um sie enger. »Für den Fall, dass Sie nicht kooperieren, haben wir Anweisung, Sie in Ihr Apartment zu bringen. Nötigenfalls mit Gewalt.«

»Verstehe. Komm halt mit. Oder ist das auch ein Problem?«

»Es gibt Restriktionen, aber in den öffentlichen Bereichen können Sie sich in unserer Begleitung frei bewegen.«

»Wie auch immer.« Zoya wies mit der Hand an dem Gnom vorbei. »Da lang, wenn es keine Umstände macht.«

Er machte Platz und Zoya marschierte los. Die drei rückten ihr keinen Augenblick von der Seite. Sie hatte keinen Plan, sie war blind losmarschiert. Immer wieder schaute sie sich um und hoffte, einen Weg zu finden, um ihre Begleiter loszuwerden. Die Bewohner der Station, die sie passierten, wichen sofort erschrocken zurück, wenn sie die Gnome sahen. Niemand kam ihnen zu nahe. Die Gnome waren dafür bekannt, nicht zimperlich zu sein. Das war nicht gut. Dennoch hoffte Zoya, ihre Begleiter im Gedränge abschütteln zu können. Aber selbst, als sie auf einen belebten Platz kamen, auf dem Essensstände verteilt waren, Fritteusen und Kochtöpfe dampften und sich die Menschen tummelten, bildete sich beim Anblick der vier eine Gasse.

Zoya steuerte auf einen der Stände zu und setzte sich direkt an den Tresen.

»Viermal die Nudelsuppe«, bestellte sie.

Die Bedienung hatte Zoya nicht angeschaut. Sie sah alt aus mit tiefen Falten und eingefallenen Augen. Ihr Umgang mit den Küchengeräten hingegen war geschickt und routiniert, als hätte sie ihr Leben lang nichts anderes gemacht. Während sie das Essen zubereitete, scheuchten die Gnome die Gäste, die an der Seite der Nudelbar saßen, auf und setzten sich neben Zoya. Einer stand hinter ihr.

Sie nutzte die kurze Unruhe und beugte sich vor. »Ich besorge dir ein paar extra Credits, wenn du die Suppe versehentlich über einen der Gnome kippst«, flüsterte sie der Frau zu.

Die schaute Zoya immer noch nicht an, schmunzelte aber, wobei sich Zahnlücken um die glänzend weißen Zähne zeigten. Sie stellte die Suppen auf die Theke und deutete auf Zoya. »Habt ihr hier wieder ein Experiment von Madame, auf das ihr aufpassen müsst? Sieht ausweglos aus.«

Der angesprochene Gnom nickte und lächelte. »Das ist nicht irgendwer. Zoya Cud'Pioche, der Name sagt dir sicher was, oder?«

Die Frau hielt inne und wendete den Kopf zu Zoya. Sie kniff die Augen zusammen. »Cud'Pioche, ja? Schau mal einer an. Eine von Madames frühen Kompagnons, nicht wahr? Ein bisschen alt geworden, aber das ist sie, nicht wahr? Das ist sie wirklich. Schau mal einer an!« Sie schüttelte ungläubig den Kopf und starrte weiter.

»Ja, eine der Matkas.«

Sie füllte eine Suppe auf. »Hätte nicht gedacht, dass von den Gründerinnen noch jemand lebt.«

Der Gnom zuckte mit den Schultern. »Anscheinend hat sie sich aus dem Staub gemacht, kurz nachdem die Matkas die Kobold befreit haben.«

Zoya spürte, wie er sie von der Seite anstarrte.

Die Frau nickte anerkennend. »Sie sind davongekommen.« Dann schüttelte sie den Kopf. »Madame Kruud hat damals all diejenigen, die ihr in die Quere gekommen sind, schleusen lassen. Die Schotts gingen im Minutentakt auf und zu. Zuerst hat sie nur die alte Führungsclique entsorgt.« Sie schmunzelte. »Aber an der Spitze der Kobold angekommen, hat Madame zunehmend ihren eigenen Leuten misstraut. Am Ende mussten sogar die Matkas dran glauben, bis nur noch sie selbst übrig war.« Sie klopfte auf die Theke. »Aber hier sitzen Sie mit schlagendem Herzen vor mir. Eine Matka! Wären Sie damals länger geblieben, dann würden Sie jetzt mit den anderen im All schweben.«

Der Gnom blickte nervös über seine Schulter und hob beschwichtigend die Hand. »Madame hat uns befreit.«

Die Frau winkte ab. »Natürlich, natürlich.« Sie wischte mit einem Lappen über den Tresen. »Ein Mirakel«, nuschelte sie und schaute erneut zu Zoya.

Zoya schnaubte und schob die Suppe von sich weg. Den Barhocker ließ sie zurückfallen.

»Hey, was ist mit der Suppe?«, fragte der Gnom hinter ihr. Die anderen beiden waren bereits an Zoyas Seite.

»Mir ist der Hunger vergangen.«

* * *

»Zoya, ich flehe dich an. Die werden uns aus einer Schleuse schmeißen.« Jen war vor ihr auf die Knie gesunken.

»Jen, verdammt! Was hast du dir dabei gedacht? Die ganze Sektion wird entlüftet. Hunderte werden sterben.« Zoya schaute zu ihr hinab. Tränen sammelten sich in ihren Augen.

»Nur noch dieses eine Mal musst du mir vertrauen. Danach wird alles anders. Niemand wird uns mehr gefährlich werden. Wir können endlich diese Station zu dem machen, was sie immer sein wollte. Wir können hier Gutes bewirken. Und wir können uns auf uns konzentrieren.« Sie nahm Zoyas Hände. »Du bist alles, was ich will. Ich will das hier mit dir zusammen machen. Oder sie sollen mich ins Vakuum stoßen. Das alles hat nur mit dir Sinn.«

Zoya nickte mit verzerrtem Gesicht.

»Entweder wir schalten sie jetzt aus, oder sie werden uns zerquetschen«, sagte Jen.

Zoya sackte auf die Knie, ihre Schultern und ihr Kopf hingen schlaff herunter. »Ich kann nicht mehr, Jen. Was wir hier tun, das kann ich nicht.«

Jen griff ihr an die Wangen und schaute ihr in die Augen. »Das musst du nicht. Ich werde es tun. Ich ganz allein. Das war immer meine Aufgabe, niemals deine. Ich bin da für dich. Immer. Ich werde dich nie alleinlassen. Genau wie du immer an meiner Seite gestanden hast. Wir beide, zusammen.« Jen küsste sie und griff nach Zoyas UMA. »Der Code?«, fragte sie und hielt ihr das Display hin.

Zoya verzog das Gesicht und tippte.

18

Zoya fiel zurück auf den Boden, mit der Metallabdeckung in der Hand. Sie legte sie hektisch zur Seite und kroch zu dem Loch in der Wand, wo die Abdeckung zuvor angebracht gewesen war. Kurz schaute sie sich die frei liegenden Leitungen und Rohre an, griff hinein, schob Verbindungselemente beiseite und krabbelte halb in die Wand.

Nach einigen Minuten drückte sie sich wieder raus und riss dabei ein paar Kabel mit sich. Sie schnaufte und schüttelte erschöpft den Kopf.

Ihr Apartment hatte sich in ein Chaos aus herausgerissenen Abdeck- und Isoliermaterialien, Kabeln und Rohren verwandelt. In den vergangenen Wochen hatte sie nach Schnittstellen gesucht, mit denen sie Kontrolle über Stationssysteme erlangen konnte. Das Einzige, was sie erreicht hatte, war, dass das Toilettensystem auf ihrem Gang nicht mehr funktionierte und es stank.

Anfangs hatte sie versucht, ihr Vorhaben vor den Gnomen zu verbergen. Inzwischen war sie verzweifelt genug, die Abdeckplatten offen herumliegen zu lassen. Die Gnome kamen von Zeit zu Zeit herein und schüttelten den Kopf. Man brachte ihr Essen vorbei. Einer hatte sie darauf hingewiesen, dass hier keine Schnittstellen verliefen, mit denen sie eine Verbindung zu sicherheitsrelevanten Systemen herstellen könne. Mitleidig hatte er sie angeschaut. Ihr rann die Zeit davon und sie verlor zunehmend die Hoffnung, einen Ausweg zu finden. Jen setzte darauf, sie zu zermürben. Vorgeblich ließ sie ihr Freiraum, aber nur so viel, dass sie es niemals von dieser Station schaffen würde.

Zoya hatte versucht, an den Gnomen vorbeizukommen, was damit geendet hatte, dass sie sie in ihr Quartier geschleift hatten. Einmal war sie ihnen kurz entkommen, doch sie hatten sie sofort aufgespürt. Sie vermutete, dass man ihr einen Ortungssender eingesetzt hatte, als sie bewusstlos gewesen war. Ihr fehlten Geräte, um das zu überprüfen. Ihr fehlten Waffen, um die Gnome zu überwinden. Ihr fehlte der genaue Ort, an dem sie ein Raumfaltschiff finden würde.

Ich sitze fest!

Es fiel ihr schwer, diesen Gedanken zu verdrängen. Sie starrte gebrochen zu der von Abdeckungsplatten befreiten Wand, als der Türöffner ertönte und die Tür zur Seite glitt. Einer der Gnome trat ein. Er ließ den Blick durch das Zimmer gleiten und schaute dann zu ihr.

»Das war mal ein nettes Apartment«, kommentierte er.

Sie wendete ihm den Kopf zu. Er hob beschwichtigend die Hände.

»Wir haben Hunger. Wenn du mitkommst, können wir zusammen was essen gehen. Ansonsten muss wieder einer was holen. Und du könntest hier auch mal wieder raus. Nichts für ungut, geht mich ja nichts an.«

Zoya wollte ihm sagen, dass er verschwinden sollte, hörte aber auf ihren knurrenden Magen, drückte sich auf die Beine und ging an dem Gnom vorbei aus dem Apartment.

Er marschierte dicht neben ihr. In sich gekehrt folgte sie ihm. Sie hatte für einen Moment die ständige Anspannung abgelegt und stapfte geschlagen hinterher. Der Gnom führte sie zurück zu dem belebten Platz mit der alten Köchin und ihrer Nudelbar. Zoya steuerte einen der Barhocker an, aber der Gnom schob ihr einen Hocker zurecht und wies sie an, darauf Platz zu nehmen. Sie zog eine Augenbraue hoch. »Jetzt wählt ihr schon die Stühle für mich aus?«

»Na los, setz dich«, gab er zurück.

»Was auch immer.« Sie tat wie geheißen.

»Da sind Sie ja wieder.« Die Suppenfrau blinzelte Zoya zu. Kurz meinte Zoya, einen blauen Schimmer in ihren Augen zu sehen. Sie stellte allen die Suppe hin, und Zoya griff nachdenklich nach der dampfenden Schale. Die Gnome schlürften neben ihr los. Sie zog die Stäbchen zu sich.

Die Suppenbar stand frei, sodass die Gäste an allen Seiten direkt an der Theke saßen, Suppen schlürften und Nudeln kauten. Der Platz und die zu ihm führenden Gänge waren belebt. Musik schallte aus den unzähligen Clubs. Was bei Zoya ankam, war ein Brei aus sich überlagernden Musikrichtungen. Vollgedröhnte Gäste torkelten umher und lagen sich in den Armen. Zwei grölten ein unverständliches Lied über den Platz, als sie nackt aus einer der Kneipen herausstolperten. Sie näherten sich der Suppenbar, einer erblickte die Gnome, zog in einem klaren Moment seinen Freund zur Seite, um einen Bogen um die Gruppe zu machen, stimmte aber gleich wieder in das Gegröle ein.

Zoya schaute zu einer wimmernden Frau in einer Ecke neben einem Clubeingang. Ein junger Mann hockte sich vor sie. Er schnippte vor ihrem Gesicht, doch sie reagierte nicht. Er berührte sie an den Schultern und rüttelte behutsam.

»Hey, alles klar?«

Keine Reaktion. Die Frau nuschelte in Trance. Der Mann warf einen hilfesuchenden Blick über die Schulter. Von der anderen Seite hielten zwei Gnome auf sie zu. Sie beugten sich zu den beiden herunter. Der Mann stolperte erschrocken zurück, schüttelte den Kopf und hob abwehrend die Hände. Einer der Gnome spuckte nach ihm. Der Mann drehte sich um und verzog sich. Die Gnome bückten sich zu der Frau, gaben ihr Ohrfeigen, griffen nach ihren Armen, zerrten sie hoch und davon. Ihre Beine schleiften zuckend über den Boden.

Zoya kannte diese Symptome. Koboldsticks verhinderten, dass man schlief, und man verlor das Zeitgefühl. Das ließ Menschen tagelang wach bleiben. Bis sie nicht mehr zwischen Traum und Wirklichkeit unterscheiden konnten. Es folgten Gedächtnisstörungen und ein unkontrolliertes Zucken.

Für das Sicherheitspersonal war das Routine. Sie würden die Person in eine der runtergekommenen Ecken der Station befördern, damit sie den zahlungsfähigen Gästen auf dieser Ebene nicht die Stimmung versaute – doch nicht, ohne sie vorher ihrer Credits zu entledigen. Dadurch warfen sie sie der Maschinerie der Kobold 9 zum Fraß vor. Wer auf der Station ohne Geld oder Tauschbares endete, saß fest. Der einzige Ausweg führte geradewegs in die Abhängigkeit der Nutznießer der Kobold. Bald würde sie für ein paar Sticks, ein Essen oder wenige Credits die härtesten Arbeiten verrichten, ohne die diese Station zusammenbrechen würde. Doch diese Jobs warfen nie genug ab, um sich einen Flug weg von diesem Schrotthaufen zu leisten oder um sich eine Existenz aufzubauen. Alternativ konnte sie einfach sterben. Das war der letzte Rest an Freiheit, den diese Station den Menschen zugestand. Jen Kruud hatte sich eine Welt geschaffen, in der aller Reichtum hinauf in ihre Taschen floss. Und Zoya hatte zusammen mit ihr einst die Grundsteine gelegt.

Sie senkte den Blick zu ihren Nudeln und fuhr mit den Stäbchen hinein. Lieblos rührte sie in der Suppe herum, schaufelte ein Bündel Nudeln und bückte sich über die Schüssel, als ein markerschütternder Knall sie vom Stuhl riss und flach auf den Boden schleuderte. Sie hielt sich die Hände über den Kopf. Ihre Schale zersprang neben ihr. Sie schaute sich hektisch um, erkannte nichts; Rauch hing in der Luft. Sie hatte die Orientierung verloren. Zwei Hände griffen nach ihr und zogen sie davon. Zoya wollte sich beschweren, stattdessen hustete sie. Erst nach einigen Metern bemerkte sie, dass es zwei Personen in leichter Kleidung waren, die sie wegzerrten. Nicht die Aufmachung und Statur der Gnome. Die beiden waren dünn.

»Hey, wo bringt ihr mich hin?«, keuchte Zoya.

»Das sagen wir dir gleich. Kannst du laufen? Wir müssen hier weg.«

Sie zerrten sie weiter, und Zoya versuchte, auf ihre Füße zu kommen, um sich zu wehren.

»Wer seid ihr? Was wollt ihr von mir?«, keuchte sie.

»Wir reden gleich. Entweder du kommst mit oder die Gnome kriegen dich.«

Zoya versuchte, ihre Arme zu lösen, doch erst in einer Seitengasse ließen sie sie zu Boden fallen. Sie rappelte sich auf, spannte sich an und war auf einen Kampf gefasst.

»Na, was ist?«, fragte einer fahrig.

Er hat Angst, dass die Gnome ihn in die Finger kriegen.

Sie waren halb von ihr weggedreht und fluchtbereit. Ihre knochigen Köpfe hatten sie tief zwischen die angespannten Schultern gezogen. In den eingefallenen Augenhöhlen las Zoya eine gleichgültige Erschöpfung, als hätten sie nie etwas anderes gekannt. Sie nickte zögerlich, was hatte sie zu verlieren? Der Feind meines Feindes und so weiter.

»Also? Wo lang?«

»Hier entlang!«

Die zwei rannten voraus, Zoya hinterher. Sie wechselten die

Richtung, krochen durch Gänge und Schotts, drangen in die hinteren Decks der Station vor. Hier hatte sie laut den Gnomen keinen Zutritt.

Dies war der Ort, an dem Menschen lebten, die die Kobold verschluckt hatte. Sie waren unentbehrlich für die Station: Sie ölten, schweißten und programmierten die Gravitatoren, die Luftfilter und die Wärmetauscher. Sie wuschen, falteten und nähten die Mode der Kobold. Sie bestellten die hydroponischen Gärten, sie synthetisierten Koboldsticks und brauten Getränke in schrillen Farben.

Sie verbrachten Jahre auf den abgelegenen Decks mit geringerer Schwerkraft, was ihre Knochen, Gelenke und Organe gebrechlich und anfällig für Krankheiten machte. Hier lebten die jüngsten Bewohner mit den ältesten Gesichtern. Die Menschenhändler der Kobold fanden hier Nachschub, um die Nachfrage nach Spielern für die Arena zu befriedigen.

Es kam Zoya wie eine Ewigkeit vor, obwohl sie nur wenige Minuten unterwegs waren. Sie quetschten sich an Abwasserrohren vorbei in einen engen, stickigen Raum. Eine Handvoll Menschen wartete dort auf sie. Zoya hielt keuchend inne. Die Luft hier roch nach Schweiß und Abgasen. Die Filteranlagen auf diesem Deck hätten vor Jahren ausgetauscht werden müssen.

Sie blinzelte in die Runde. »Was jetzt?«

»Du siehst erschöpft aus. Als du hier ankamst, sahst du ausgelaugt aus, aber jetzt richtig runtergekommen.«

Zoya sah in die mit bläulichen Schlieren durchzogenen Augen der Person, der sie zu Beginn auf der Kobold in dem Seitenraum begegnet war. Die Person, der Jen den Blaudampf rektal hatte injizieren lassen. Von den edel hochgesteckten Haaren und der Schminke war nichts mehr zu sehen. Sie hatte einen Verband um den Bauch gewickelt, der nässte, und ein Bein war krumm gewachsen, was auf eine Fraktur in jungen Jahren hindeutete. Ein Auge war angeschwollen. Und trotzdem sah sie nicht schwach aus. Im Gegenteil. Jeder Makel bezeugte eine bestandene Prüfung, die sie stärker gemacht hatte. Ihre Aura füllte den Raum aus, ihre Leute standen entschlossen an ihrer Seite.

»Und doch scheint Jen dich zu mögen, ansonsten hätte man dich schon aus einer Schleuse geworfen.« Die Person kam näher auf sie zu.

Zoya musterte sie skeptisch. »Das kann ich nur erwidern.«

Sie lachte. »Oh nein. Jen hat dich leben lassen, weil sie weiß, wer du bist und anscheinend auf eine merkwürdige Art etwas an dir findet. Mich hat sie leben lassen, weil sie nicht wusste, wer ich bin.«

Zoya runzelte die Stirn. »Du bist also nicht nur der Obercrackhead hier?«

»Du kannst mich Madame Üluberlu nennen.«

»Üluberlu, na gut. Und weiter? Was soll das Ganze hier?« Zoya deutete in die Runde.

»Ich werde dafür sorgen, dass Jen nichts mehr auf dieser Station zu sagen hat.«

Zoyas Stirnrunzeln nahm zu. Sie schaute sich in dem Zwielicht um und sah die dreckigen und zerlumpten Gestalten. »Ihr wollt Jen stürzen?« Sie lächelte. »Ich würde dir ja Glück wünschen, aber ihr braucht, bei Mutternatur, mehr als das. Und übrigens, ich bin mir sicher, dass ich verwanzt bin. Also, wenn ihr nicht wollt, dass eure bescheidene Revolte im Keim erstickt wird, verziehe ich mich besser wieder.«

Üluberlu nickte zu einem Jungen seitlich von Zoya. Der streckte ihr mit einem zahnlückigen Lächeln ein Gerät entgegen.

Sie kniff die Augen zusammen. »Ihr blockt das Signal. Ihr

wusstet von dem Sender? Okay, ihr habt gute Quellen. Vielleicht habe ich euch unterschätzt.« Zoya hob beschwichtigend die Hände und schaute wieder zu Üluberlu. »Dennoch muss ich hier weg. Das hier ist die beste Gelegenheit, die ich in den vergangenen Wochen hatte. Kommen wir zur Sache: Was wollt ihr, damit ihr mich gehen lasst?«

Üluberlu musterte Zoya einen Moment und nickte. »Ich habe gleich bei unserer ersten Begegnung gemerkt, dass ich dich kenne. Eingefallen ist es mir aber erst, als du schon wieder verschwunden warst.« Sie lächelte. »Aber meine Leute sind überall. Es war nur eine Frage der Zeit, bis wir dich aufgespürt hatten.« Sie schaute wieder ernst und sprach leise. »Du bist Madame Zoya Cud'Pioche. Du hast Jen einst das Leben gerettet und ihr den Weg auf den Thron von Kobold 9 geebnet.«

Zoya zuckte mit den Achseln. »Hör zu, das ist vorbei. Ich habe nichts mehr für Jen übrig. Sie ist eine durchgeknallte Herrscherin. Ich habe ihr aus gutem Grund den Rücken zugewandt. Wenn ihr sie grillen wollt, bin ich die Letzte, die euch im Weg steht.«

»Du verstehst mich falsch. Wir sehen in dir keine Gegnerin und sicher keine Verbündete von Jen.« Sie lächelte amüsiert. »Wir brauchen ein Gesicht. Bisher haben wir unseren Kampf gegen Jen und ihre Gnome im Verborgenen geführt. Du warst beim Ursprung, an dem die Station wurde, was sie heute ist, dabei. Du hast sie mitgeprägt. Du bist eine der Matkas.«

Üluberlu kam auf Zoya zu und tippte mit dem Zeigefinger auf ihre Brust.

»Wenn du Jen öffentlich die Autorität über die Kobold absprichst, werden die Menschen sich das anhören und darüber sprechen.«

Zoya hob die Hände. »Ich wünsche euch – bei was auch

immer ihr vorhabt – Erfolg, aber ich habe keine Zeit, eine Revolte anzuführen.«

»Nicht anführen. Du sollst Jen die Autorität absprechen. Sieh dir diese Station an. Freiheit für alle? Ist es das, was hier zu finden ist? Niemand traut sich, auszusprechen, was alle wissen, was alle denken: Jen hat ein hierarchisches System erschaffen, an dessen Spitze sie steht, und am unteren Ende stehen wir in den äußeren Sektionen. Jen und diejenigen, die sie stützen, leben in Reichtum und Freiheit. Und wir verrecken. Die Stimmen derer, die sich trauen, das infrage zu stellen, haben kein Gewicht oder sie werden im Keim erstickt. Sie verrotten in Zellen oder ihre erstarrten Körper gleiten durch das All. Aber wenn es von dir kommt, wird Jen es nicht ersticken können. Die Bewohner werden sich erzählen, wer du warst. Man wird dir glauben, wenn du im Namen der Revolte Jen absprichst, die rechtmäßige Herrscherin zu sein. Du musst dich nur dort hinstellen und diesen Text ablesen.«

Zoya schaute skeptisch auf ein UMA-Display, das Üluberlu ihr hinhielt, griff aber doch danach.

»Wir stehen neben dir. Es ist Zeit, dass wir unsere Gesichter zeigen.«

Zoya schmunzelte und hielt ihr die Konsole wieder hin. »Vergesst es.«

Üluberlu nahm sie nicht entgegen.

»Das wird niemals funktionieren«, ergänzte Zoya.

»Das wird es. Es wird Unruhe stiften. So sehr, dass den Leuten die Partylaune vergeht. Und wenn das passiert, wird Jens Machtapparat aus dem Tritt geraten.«

»Jen bringt euch alle um, langsam, Stück für Stück.«

»Das lass unsere Sorge sein.«

Zoya nickte und hielt ihr erneut die Konsole entgegen. »Ganz genau, das versuche ich, wenn du mir zuhören würdest. Ich bin bei eurem Selbstmordkommando nicht dabei.«

Üluberlu nahm das Display immer noch nicht entgegen. »Ich habe gehört, du benötigst ein Schiff?«

Zoya kniff die Augen zusammen. Ihr Hals war trocken. »Ein Raumfaltschiff, ja.«

»Wir können dir eins besorgen.«

»Wie?«

Üluberlu tippte auf die UMA, die Zoya weiter in der Hand hielt. »Hier siehst du die Ausrüstung, die wir dir beschaffen und zu dir schmuggeln. Du wirst das Schiff auf dem Nebendeck finden. Du hast eine Chance, es bis dahin zu schaffen. Vorausgesetzt, du nutzt unsere Ausrüstung und befolgst genau unsere Anweisungen. Du wartest den Moment ab, wenn wir das Video stationsweit veröffentlichen. Wir haben parallel zur Veröffentlichung ein Feuerwerk eingeplant. Die Verwirrung auf der Station wird dir helfen. Die Gnome werden damit beschäftigt sein, die Brandherde zu löschen. Es ist ein riskanter Plan, aber besser als deine bisherigen hoffnungslosen Versuche.«

Zoya schaute sich das Display an. Sie tippte fieberhaft darauf herum. »Riskant, ja? Ein verdammtes Himmelfahrtskommando ist das.« Sie starrte weiter auf das Display. »Ich bin auf einem Frachter hier angekommen, Heuschrecken-Klasse, mit einer Person in Hibernation. Ich kann nicht ohne sie verschwinden.«

Üluberlu hob das Kinn. »Ich weiß. Deswegen haben wir bis jetzt gewartet. Deine Fracht wird gerade aufgeweckt. Jen hat anscheinend aus dir nicht rausbekommen, was sie wissen wollte. Sie wird es bei dem Kriegshelden der Kernplaneten versuchen. Erst auf die sanfte Tour, aber sie wird schnell ungeduldig, wie du weißt.«

Zoya schaute sich den Plan erneut an. »Es ist riskant.«

Üluberlu zuckte mit den Schultern. »Das ist, was wir dir anbieten. Entweder du machst es oder du gehst zurück in deine Apartmentzelle und wartest, bis Jens Geduld zu Ende ist und sie dich mit Wahrheitsseren vollstopft. Sie frittieren dein Gehirn. So was lässt sich nicht reparieren, das verspreche ich dir. Im besten Fall entsorgt sie dich danach in der Arena. Aber wahrscheinlicher lässt sie dich einfach in der Außensektion verhungern. Das kann dir egal sein, weil von der Person, die du heute bist, ist dann ohnehin nichts mehr übrig. Entscheide dich jetzt, die Zeit ist begrenzt.«

»Wie wollt ihr mich wieder zu den Gnomen bringen? Ich kann nicht einfach in mein Zimmer zurückspazieren.«

Üluberlu schnippte mit den Fingern. Aus einer Ecke trat der Gnom, der sie überredet hatte, essen zu gehen. Zoya stolperte erschrocken einen Schritt zurück.

»Keine Sorge, er gehört zu uns. Wir haben eine plausible Erklärung. Er wird dich zu deinem Zimmer zurückschleifen.«

Der Gnom wiegte lächelnd seine Faust in der Luft.

Zoya nickte langsam und kaute auf ihrer Lippe. »Woher weiß ich, dass ich euch trauen kann?«

Üluberlu öffnete die Arme. »Wer mit so einem Passagier unterwegs ist, könnte noch mal nützlich sein. Man sieht sich vielleicht eines Tages wieder. Wir werden uns an unseren Teil der Abmachung halten. Versprochen.« Üluberlu lächelte hinterhältig.

Zoya fluchte in sich hinein. Sie hatte keine Wahl. »Okay, schön. Dann bringen wir's hinter uns.«

Sie stellte sich in die Ecke, in die zwei blaue Kreise gesprayt waren. Neben Zoya positionierte sich Üluberlu. Der Junge mit dem Störsender stellte sich vor sie und hielt ein Aufnahmegerät, daneben kam eine weitere Person mit dem Display, auf dem Zoya den Text ablesen konnte.

»Mein Name ist Zoya Cud'Pioche von Kreptus. Zusammen mit Madame Jen Kruud schuf ich eine Welt, in der es uneingeschränkte Freiheit für alle gab, bis Jen diesen Traum verriet und eine Tyrannei auf Kobold 9 errichtete ...«

* * *

»Aleeke, Aleeke!« Zoya presste sich fest an Aleeke Tajo. »Danke, dass du gekommen bist.«

»Schon gut.« Aleeke lachte. »Wie hätte ich deine Einladung ablehnen können?« Er drückte Zoya an sich.

»Die Kapitänsuniform steht dir gut.« Sie strich über seine Brust, wo eine kleine Spinne mit zwei großen mittigen und zwei kleinen seitlichen Augen abgebildet war. »Die Portia. Ich bin mir sicher, du wirst das Schiff berühmt machen.«

Aleeke lächelte. »Wir werden sehen. Aber im Gegensatz zu mir hast du dich jetzt um eine ganze Raumstation zu kümmern. Zeig mir die Kobold.«

Zoya presste die Lippen zusammen und schaute zu Boden. Sie wies auf einen Gang, der runter vom Hangardeck führte, und ging mit Aleeke tiefer in die Station. Alle, denen sie begegneten, machten Platz, neigten leicht den Kopf und murmelten: »Madame.«

Sie zeigte Aleeke die Station und erzählte ihm von den Plänen, die Jen und sie geschmiedet hatten. Dann setzten sie sich in ein Café und sprachen über die Zeit an der Bios-Akademie, über Kreptus und Zapador, über ihre Akademiefreunde Oyibo und Abeba. Und dann schwiegen sie, bis Aleeke sie ernst anschaute.

»Du wirst hier zerbrechen«, sagte er.

Sie wich seinem Blick aus und schluckte. »Was wir getan haben, Aleeke, ich weiß nicht ... Ich kann ... Ich wünschte ...«

»Nachdem ich deine Nachricht erhalten habe, habe ich mich informiert. Darüber, was auf der Kobold passiert ist. Wenn man den Gerüchten Glauben schenkt, habt ihr gemordet, um die Macht auf dieser Station zu übernehmen.«

Aleekes Stimme war hart. Zoya konnte ihn nicht anschauen. Sie schämte sich. Es war eine Scham, die sie niemals aus der Welt schaffen konnte.

Sie saßen einige Minuten schweigend da. Aleekes Worte rissen Zoya in eine Tiefe, aber es war auch eine Befreiung. Sie hatte mit Jen nicht darüber sprechen können. Deswegen hatte sie sich an ihren Freund Aleeke gewendet. Sie hatte nach einem Halm gegriffen, denn sie wurde verschluckt von dieser Station und von Jen, die ihr fremd geworden war.

Aleeke lehnte sich zurück. »Du, Oyibo und Abeba habt mir immer alles bedeutet. Wenn ich an der Front Zweifel habe, denke ich an euch. Es macht mir deutlich, wofür ich kämpfe.«

Endlich schaffte Zoya es, ihn anzuschauen.

»Der Krieg liegt nicht in unserer Natur«, fuhr er fort. »Die Generäle können noch so oft behaupten, dass uns Mutternatur genau dafür geschaffen hat.« Er schüttelte den Kopf. »Alles sträubt sich in mir, Menschen in den Tod zu schicken. Zu Beginn auf der Portia hat es mich gequält, all das gewaltsame Sterben. Wie kann es sein, dass unsere Geschichte voller Kriege und Genozide ist und ich an der Front nicht in meinem naturgegebenen Element aufblühe?« Er schob seinen Becher zur Seite und lehnte sich über den Tisch. »Was sie uns auf der Akademie nie erzählen, ist die andere Seite des Krieges: Geschichten von Soldaten, die sich weigern, zu schießen, die Fahnenflucht begehen. Unsere Geschichte ist voll von solchen Geschichten. Soldaten, die ihre Waffen in Schützengräben zurücklassen. Waffen mit fünf, sechs Kugeln im Lauf. Immer und immer wieder haben sie geladen, nur um nicht schießen zu müssen, um nicht zu töten.« Aleeke wendete den Blick zur Seite. »Die Wahrheit ist: Mutternatur schreit uns unablässig an, dass wir aufhören sollen, zu töten.« Er faltete die Hände. »Und doch gibt es Massenmorde und Gewalt. Warum? Weil Menschen dazugehören wollen und imitieren. Weil wir alles für unsere Freunde tun würden. Die meisten Soldaten im Schützengraben begehen keine Fahnenflucht. Wenn man sie fragt, warum sie das tun, warum sie all diese Gräueltaten begehen, dann schauen sie zu ihren Kameraden. Sie machen es gemeinsam, sie stehen zusammen, sie lassen einander nicht im Stich. Auch das ist Mutternatur. Das Vertrauen und die Solidarität, die Liebe zu unseren Nächsten ist so eng, dass wir für sie bis zum Genozid gehen.«

Aleeke griff nach Zoyas Hand und drückte sie fest.

»Deswegen treibt mich der Gedanke an dich, an Oyibo und an Abeba dazu an, weiterzukämpfen. Auch du kämpfst mit diesem Widerspruch. Jen auf der einen Seite und deine Taten auf der anderen Seite. Ich will ehrlich sein, Zoya.« Aleekes Blick wurde wieder hart. »Du hast Blut an den Händen. Du hast gemordet. Wenn du weitermachst, dann endet unsere Freundschaft hier.«

Tränen stiegen ihr in die Augen.

Seine Gesichtsmuskeln lockerten sich und er setzte ein leichtes Lächeln auf. »Ich habe bis heute gute Kontakte in meine Heimat Zapador. Ein Beamter, Teodald van Fliesenfels, ist in die Weiterentwicklung der krezoktischen Kooperation involviert. Er sucht fähige Krepten. Er ist bereit, dich als Kontaktpunkt zwischen Kreptus und Zapador einzustellen. Was sich daraus entwickelt, muss sich zeigen, aber es wäre ein sinnvoller Neuanfang.« Aleeke nickte langsam. »Es ist ein Ausweg. Wenn du diesen Ausweg annimmst, musst du Jen und dieser Station den Rücken kehren. Du musst alle Brücken abbrennen. Wie du das anstellst? Lass dir was einfallen. Jens Einfluss reicht nicht über diese Station hinaus.«

Zoya nickte langsam.

Aleeke schaute sie ernst an. »Es liegt bei dir, was du daraus machst. Ich werde dir nicht dabei helfen. Ich zeige dir nur einen anderen Weg auf.«

Kapitel III

Streit unter Gäas Sprösslingen

19

»Können Sie mich hören?«

Wessen Stimme war das? Ich hörte sie wie durch einen Schleier. Und wo war ich? Ich sah nichts, was mir einen Adrenalinstoß verpasste. War ich blind? Und meine Beine? Alles taub. Bei Mutternatur! Meine Beine!

»Wissen Sie, wer Sie sind?«, hörte ich wieder diese Stimme.

»Urgh!«

Ich versuchte zu sprechen und schnappte nach Luft. Meine Brust schmerzte höllisch. Ich hustete und rang um Atem.

»Gut so, atmen Sie weiter.«

Was redete dieser Idiot da? Ich war am Ersticken.

»Atmen Sie gleichmäßiger.«

Langsam wurden meine Atemzüge rhythmischer. Luft ist vorzüglich, wenn man lange nicht geatmet hat. Es ist, als hätte man unheimlichen Durst und würde dann ein Glas Wasser trinken, nur besser. Tief sog ich die Luft ein und stieß sie langsam wieder aus. Ich blinzelte, erkannte Schemen. Eine Person blendete mich mit einer Lampe und zog sie gleich wieder weg. Sie wandte sich zur Seite.

»Die Operation ist gut verlaufen, die Wunde verheilt. Melden Sie sich, wenn Sie mich brauchen.« Er verließ mein Blickfeld.

»Sie hatten Glück. Sie hätten den Anschlag auf Zapador beinahe nicht überlebt.«

Es war eine andere Stimme, die ganz aus der Nähe kam, doch ich erkannte niemanden. Warum erwähnte sie Zapador? Die Erinnerungen liefen auf meiner mentalen Leinwand ab wie ein Film. Der Schnee auf Zapador. Die Gläserne Kuppel. Die Maden, die sich am Gaumen wanden. Die Krezokten. Der Wein. Die Weporaner. Bei Mutternatur, diese verdammten Krezokten! Was hatten sie mir angetan? Dieser bekloppte Teodald und seine sich schüttelnden Tomaten. Was ich auf Zapador gesehen hatte, war Hochverrat. Mein Atem ging jetzt zügiger. Meine Brust schmerzte. Mein Puls schlug mir bis in den Hals. Sie hatten mich in ihr falsches Spiel hineingezogen. Sie hatten sich gegen die Bios-Doktrin und damit gegen die Generalität verschworen. Sie hatten mich zu ihrem Komplizen gemacht. Diese verdammten Krezokten!

Oyibo, Teodald und der Rest dieser verschwörerischen Bande. Die Erinnerung sickerte Schlag auf Schlag in mein Bewusstsein. Waren Oyibo und Teodald tot? Gestorben bei dem Absturz?

Ich zuckte zusammen. Eine Gestalt kam aus der Ecke auf mich zu. Ich lag in einem Bett oder etwas Ähnlichem. Sie stellte sich daneben und legte ihre Hand auf meine Brust. Ich erschauderte erneut und wollte protestieren, konnte aber nur husten.

»Was man Ihnen da angetan hat …« Die Person schüttelte den Kopf.

Ich sah verschwommen, erkannte sie kaum.

»Wir werden die Schuldigen stellen«, fuhr sie fort.

Ich hustete wieder. Ihre Hand war kühl. Ich erinnerte mich an den Angriff auf Farol, an den Splitter, der mich durchstochen hatte. Ich hob die zittrige Hand und betastete ebenfalls die Brust. Es war kein Splitter mehr da. Kein Loch. Hatte ich mir das eingebildet?

Die Person griff nach meiner Hand. »Ihnen geht es gut. Sie sind stabil. Seien Sie unbesorgt. Erinnern Sie sich, was auf Zapador passiert ist?«

Ich blinzelte. Sie hatte einen Kleopatra-Haarschnitt und einen schlichten, dunkeln Anzug an. Das war eine Uniform der Romki-Corps. Wo war ich? Was bei der grundgütigen Mutternatur ging hier vor? Alles drehte sich. Ich zwang mich, unaufgeregt zu atmen, nicht zu hyperventilieren, um bei Bewusstsein zu bleiben.

»Wo bin ich?« Meine Stimme klang rau. Ich hustete.

»Sie sind in Sicherheit. Es ist entscheidend, dass ich genau erfahre, was vorgefallen ist.«

»Wer sind Sie?«

»Nennen Sie mich Jen. Ich habe Ihnen das Leben gerettet. Sie waren nahezu tot. Aber seien Sie unbesorgt, das haben unsere Experten abgewendet. Ihnen geht es gut. Sie sind weiter denn je davon entfernt, zu sterben.«

Ich hustete und spuckte grünen Schleim aus.

Jen wich zurück und verzog das Gesicht. »Ihr Körper benötigt einen Moment. Er wird wie neu sein beziehungsweise wie vor dem Anschlag.« Sie kam wieder näher und legte eine Hand auf meinen Arm. »Ich werde Ihnen helfen, die Verantwortlichen für den Angriff auf Sie zu finden. Erzählen Sie mir, was passiert ist.«

Ich musterte sie. Lebten Romki so weit im Theta-Oktanten? Unmöglich.

Aber das spielte jetzt keine Rolle. Ich hatte andere Probleme. »Wir müssen von Zapador verschwinden«, keuchte ich.

»Sie sind auf einer Raumstation im Sektor Theta 4.4.7. Sie sind nicht mehr auf Zapador. Hier sind Sie in Sicherheit, dafür sorge ich. Sie stehen unter meinem persönlichen Schutz.«

Ich atmete erleichtert aus. »Bringen Sie mich nach Gäa I. Ich muss mit einem Vertreter des Generalstabs sprechen.«

»Eins nach dem anderen. Kommen Sie erst einmal zu

Kräften. In der Zwischenzeit werde ich eine Botschaft nach Gäa I übermitteln, wenn Sie mir sagen, was auf Zapador vorgefallen ist.«

»Diese verdammten Krezokten. Sie müssen auf der Stelle …«, setzte ich an, hustete aber erneut fürchterlich.

Ich hielt einen Augenblick inne. Was wusste ich eigentlich über diese Jen? Was, wenn sie zu den Krezokten gehörte? Ich durfte niemandem trauen. Ich musste direkt mit einem der Generäle sprechen. Ich würde mich nicht weiter in diese ganze Scheiße reinziehen lassen. Dafür, dass die Krezokten hinter dem Rücken des Generalstabs an Alienflora und Technologie rumschraubten, würde ich nicht den Kopf hinhalten. Dieser Verstoß gegen die Bios-Doktrin würde Pech und Schwefel der GVA auf sie hinabregnen lassen. Und ich war nicht bereit, mich dem auszusetzen. Ich hatte mein Leben vor Zapador gemocht und wollte dahin zurückkehren.

»Was haben die Krezokten getan?«, hakte Jen nach.

Ich stammelte herum, unklar über die beste Strategie. »Sie … Ich … Wissen Sie …«

»Nur langsam. Erzählen Sie es mir, Schritt für Schritt. Beginnen Sie am Anfang.«

»Ich … Die Krezokten haben schlicht erbärmliche Personenschützer. Ich war an einem Buffet mit viel zu vielen Leuten. Nicht nur Teilnehmer der Konferenz, auch normale Menschen. Wissen Sie? Ich hätte da niemals sein dürfen. Die Krezokten haben mich einfach ungeschützt in die Menge gelassen und dann … boom. Alles wird schwarz. Und dann … nichts mehr. Und einen Augenblick später wache ich hier auf.« Ich hustete, diesmal, um Zeit zu gewinnen. »Ich muss nach Gäa I und Bericht erstatten, dass Zapador kein sicherer Ort für hochrangige Ausflüge ist.«

Jen musterte mich ohne einen Gesichtsausdruck. Durchschaute sie mich? Ich konnte sie nicht einschätzen. Also redete ich weiter, um meiner Story mehr Emotionen zu verpassen. »Es war schrecklich. Sie können sich das nicht vorstellen. In einem Moment glaubt man, in Sicherheit zu sein, dann bricht der Terror los. Ich dachte, ich müsste sterben«, schluchzte ich. Selbst ein axinischer Slob hätte mich durchschaut.

Jen schloss die Augen und massierte sich mit Daumen und Zeigefinger die Nasenwurzel, als versuchte sie, aufkommende Wut unter Kontrolle zu halten. Sie blickte wieder zu mir herab. »Ruhen Sie sich aus. Sie sind für uns ein Ehrengast.« Sie zeigte mahnend mit dem Zeigefinger auf mich. »Dabei fallen Ihnen bestimmt ein paar weitere Details ein, die Sie mit mir teilen möchten. Es wäre äußerst wichtig und ganz sicher in Ihrem Interesse. Sie verstehen sicher, dass ich Sie am besten schützen kann, wenn ich über jedes Detail informiert bin.«

Ihr Blick bohrte sich in mich. Ich schluckte und hustete wieder. Sie drehte sich um und verließ das Zimmer.

20

18 Standardtage später

Ich saß in einem Sessel, starrte an die Decke und lauschte, wie sich meine Brust hob und senkte. Das machte ich seit knapp drei Wochen, bevor ich aufstand. Ich konnte nicht recht entscheiden, ob ich das Knistern nur spürte oder es auch hörte. Nun, ich war wohl schon immer ein bisschen empfindlich gewesen, aber eine Plastiktüte in der Brust, das war eine Nummer größer. Ständig berührte ich sie. Sie war mit synthetischer Haut überzogen, darunter spannten sich die Rippen, von denen zwei durch künstliche Knochen ersetzt worden waren, und darunter wölbte sich eine Plastiktüte, die sich beim Einatmen aufblähte und beim Ausatmen die Luft wieder hinauspresste. Das war Jahrzehnte alte Technologie. In einer vernünftigen medizinischen Station hätte ich eine gezüchtete Lunge erhalten.

Nicht nur, dass sich mein Körper nicht mehr wie meiner anfühlte, ich war auch noch ein Gefangener auf der Kobold. Zugegeben, mir fehlte es an nichts. Das Apartment hatte einen gewissen Charme in diesem Schrotthaufen von Raumstation. Aber man ließ mich ohne Aufpasser nirgendwo hingehen. Regelmäßig fragte man mich nach Zapador aus. Ich hielt dicht. Ich vertraute Jen nicht. Sie gehörte nicht zur Generalität, und ich hatte bei ihr ein ungutes Gefühl. Zwar schien sie nichts für die Krezokten übrigzuhaben, das lag jedoch meiner Einschätzung nach daran, dass sie für niemanden etwas übrighatte. Ich hatte den Verdacht, dass, sobald ich die Erlebnisse von Zapador preisgab, sie die Information an den Generalstab verkaufen könnte. Ob meine Rolle in ihrer Version der eines Helden oder eines Schurken entspräche, lag dann nicht mehr in meiner Gewalt.

Ich war fast draufgegangen und faselte bei jeder Frage, die mir die Handlanger von Madame Kruud zu Zapador stellten, vor mich hin. Ich plapperte von Explosionen und zu viel Alkohol, und dann weinte ich. Ich fand mich überzeugend, beinahe glaubte ich mir die Geschichte inzwischen selbst, nämlich, dass ich unverschuldet in etwas hineingeraten war und jetzt unter Schock stand.

Um ein Gefühl von Kontrolle über mein Leben zurückzubekommen, hatte ich mir in den Kopf gesetzt, Informationen aus einem von Madame Kruuds Gnomen herauszukitzeln. Gnome, so nannte sich das Sicherheitspersonal von Madame Kruud charmanterweise, wie mir erklärt worden war. Und von diesen war rund um die Uhr mindestens einer zu meiner Überwachung abgestellt. Einer der etwas redseligeren Sorte hatte sich auf eine Zecherei mit mir eingelassen. Kaum zu glauben, wie viele Schleimhäute es gibt, die sich mit Koboldsticks einreiben lassen. Drei Tage am Stück waren wir wach gewesen, bis ein vernünftiger Gnom uns die Sticks weggenommen und mich zur Ausnüchterung in mein Apartment weggesperrt hatte.

Dennoch hatte ich in den drei Tagen ein paar Informationen aus ihm rausbekommen. Zoya war ebenfalls auf der Kobold 9. Sie musste sich mit der Heuschrecke bis hierhin durchgeschlagen haben. Von weiteren Passagieren hatte er nichts gesagt. Anscheinend war sie ohne Abeba mit mir hier aufgekreuzt. Meine Rettung von Zapador verdankte ich, wie es aussah, ihr. Der zugedröhnte Wachposten hatte angedeutet, dass Madame Jen Kruud so was wie eine Jugendliebe von Zoya gewesen war. Sie schien nichts mehr für sie übrigzuhaben und hatte sie ebenfalls in ein Apartment gesperrt. Ich hatte bisher vergeblich um eine Unterredung mit Zoya gebeten.

Gerne hätte ich sie gefragt, wie wir, bei Bios verfluchter Asche, von diesem Schrotthaufen verschwinden konnten. Wobei es viel über meine Verzweiflung aussagte, dass ich Hoffnung in Zoya setzte, die ja zu den Krezokten gehörte. Aber sie hätte mich auch auf Zapador sterben lassen können. Stattdessen hatte sie mich in einem Hibernationsbehälter hierhergebracht und ich atmete wieder. Meine Hoffnung entstammte also nicht vollkommen meiner Verzweiflung, sondern hatte zumindest eine gewisse Logik. Ich hoffte, dass sie mich brauchte und mir helfen würde. Ansonsten wäre doch der ganze Aufwand umsonst gewesen, oder nicht? Außerdem hatte ich nicht vergessen, dass sie Teodald und Oyibo für ihren häretischen Umgang mit der Alienfauna kritisiert hatte. Ja, sie hatte es mitgetragen, aber nicht ohne Protest. Ich redete mir ein, dass sie eine Verbündete war. Sie saß hier fest, genau wie ich. Deswegen musste ich sie finden. Ich hockte tief in der Scheiße und versuchte, nicht komplett abzusaufen. Zoya konnte mir dabei helfen.

Ich hatte eine zweite Taktik, um nicht in Panik zu geraten. Eine Taktik, die mir lag. Ich konzentrierte mich auf das Hier und Jetzt. Ich passte mich an. Ich lebte! Ich sah die Dinge positiv. Ja, ich war quasi ein Gefangener, man hatte mir aber ein Apartment zugeteilt, das nichts mit einer Gefängniszelle gemein hatte. Es war nicht riesig, aber es hatte alles, was ich brauchte. Das Essen war vorzüglich und wurde auf Wunsch serviert. An berauschenden Getränken gab es eine Fülle, die selbst mir Respekt einflößte. Ich bewegte mich einigermaßen frei in den inneren Sektionen der Station, zwar in Begleitung von Gnomen, aber ich betrachtete sie als meine Bodyguards. Personenschützer war ich gewöhnt.

Ich lag noch eine ganze Zeit wach im Bett, bis ich mich endlich aufrichtete und in Richtung Dusche ging. Einer der Gnome, die es sich neuerdings direkt auf meiner Couch bequem machten, hatte mich wohl durch die offene Tür, die von meinem Schlafzimmer ins Wohnzimmer führte, gesehen, denn er rief: »Hey, komm her, komm, wir ziehen uns einen Streifen von der Erde rein! Das ist doch dein Zuhause.«

Ich vermutete, Jen Kruud hatte sie verdonnert, Vertrauen zu mir aufzubauen, um herauszufinden, warum ich mit Zoya unterwegs war und was auf Zapador passiert war. Ich sah es positiv. Sie hätte die Informationen aus mir herausprügeln können. Das stand mir vermutlich bevor, wenn ich nicht bald mehr preisgab. Ich verdrängte den Gedanken. Wenn es so weit war, konnte ich immer noch alles erzählen.

»Bei diesen Filmen von der Erde kriege ich schlechte Laune. Habt ihr nicht was anderes?«

Ich knallte mich neben dem Gnom auf die Couch. Er lachte mit offenem Mund und drückte mich an sich. Gut, dass ich noch nicht geduscht hatte. Mit der Hand wischte er in der Luft herum, sodass er durch die Streams des Intersolnets sprang.

»Bei Mutternatur, diese Streams sind teilweise Jahre alt.« Ich schüttelte den Kopf.

»Hey, nicht so frech. Die Randwelten in Theta haben nicht den Luxus, dass an jeder Ecke eine Intersolnet-Drohne wartet.«

»Jaja, ich weiß. Wie oft kommt denn eine Drohne vorbei?«

»Pfff, du stellst Fragen. Von Avena? Einmal im Jahr?« Er lachte. »Aber die guten Sachen kommen direkt von hier.« Er hielt mir einen Koboldstick hin.

»Äh, danke, nach dem Frühstück vielleicht.«

Er wischte weiter.

Ich schlug mit der Hand auf seinen Bauch. »Was war das? Mach mal eins zurück.«

Er wischte zurück.

»Das ist grade mal zwei Monate alt! Good old Fauna-Focus! Die kriegen ihre Sendung auch immer irgendwie transportiert.« Ich nickte anerkennend.

Der Gnom kratzte sich am Kinn. »Gestern hat ein Frachter von einer der Theta-Siedlungswelten angelegt. Der hat ein paar Synchros in unser Netzwerk gespielt.«

»Bios-Focus sind die Boulevard-Nachrichten des Generalstabs. Kein Wunder, dass die es in zwei Monaten bis auf euren Schrotthaufen schaffen.« Ich grinste und stieß dem Gnom meinen Ellbogen in die Rippen.

»Ganz schön aufmüpfig für einen Erdling.«

Magda Lisowski, die Moderatorin von Bios-Focus, hatte ihre blonden Haare zu einem strengen Dutt geknotet, nur eine Strähne lag über einer Wange. Ihre Augen verengten sich, als sie die Nachrichten vorlas. Die erste Hälfte beschäftigte sich in jeder Sendung mit dem Kampf gegen Axius.

»Die GVA-Flotte steht in einem erbitterten Gefecht im Golotus-System. Wir haben bereits berichtet. Zurzeit erreichen uns erschütternde Bilder über die Zerstörung der Orca. Ich wiederhole das, um sicherzugehen, dass Sie mich richtig verstanden haben: Den Axinen ist es gelungen, durch einen hinterhältigen Angriff das neue Großkampfschiff Orca zu zerstören. Seien Sie vorgewarnt, die folgenden Bilder sind bedrückend.«

In dem Mitschnitt war eine Flotte von zwei Dutzend Schiffen zu sehen, die sich unter massivem Beschuss dem Orbit eines Mondes näherte. Im Zentrum lag das mit Abstand größte Schiff, die Orca. Dann überlagerte plötzlich ein grellweißer Blitz das gesamte Bild. Als es sich wieder aufklärte, driftete die Orca mehrfach filetiert auseinander.

»Heilige Mutternatur, was war das? Du kennst dich doch damit aus. Ich muss mir aber keine Sorgen machen, dass die Axinen jetzt in Theta auftauchen?«, fragte der Gnom lachend. Sein Lachen brach ab. »Oder?«

»Nein, wir sind am Gewinnen. Die Axinen haben seit Jahren keine Offensive mehr gestartet.« Ich war es gewohnt, Menschen zu beruhigen, was den Kriegsverlauf anbelangte.

»Um diese Bilder besser einzuordnen, haben wir die Ehre, General Harun Al Raschid zu Gast zu haben. Herzlichen willkommen, General«, sagte Magda Lisowski.

»Seien Sie gegrüßt«, antwortete Al Raschid und nickte mit ernster Miene. Er trug die schlichte dunkle Uniform eines Apex-Generals, von der sich nur seine goldenen Generalssterne, die auf der linken Brust eingenäht waren, abhoben. Die Uniform war maßgeschneidert und betonte seinen athletischen Körper. Er wirkte wach, energetisch und deutlich jünger als seine gut 70 Jahre. Seine schwarzen Haare trug er kurz, aber nicht ganz abgeschoren. Sein rechtes Auge hatte ein etwas helleres Blau als sein linkes, was einer Kriegsverletzung geschuldet war, wegen der ihm eine künstliche Linse hatte implantiert werden müssen. Die Farbe hatte nicht ganz gestimmt, doch er hatte das nachträglich nie korrigieren lassen. Stattdessen trug er diesen Makel mit Stolz, wie ich ihn einmal in einem Interview hatte sagen hören. Seine Reden waren berüchtigt. Kommentatoren sagten, dass Al Raschid wisse, was die Menschen hören und was seine politischen Gegner nicht hören wollten.

Magda Lisowski steckte sich die Strähne hinter das rechte Ohr. »Herr General, es sind schockierende Bilder. Um sie im

Kontext zu betrachten: Könnten Sie uns erklären, welche Rolle die Orca in der GVA-Flotte spielt?«

»Nun, zuerst einmal drücke ich mein Beileid aus. Es ist ein gravierender Schlag gegen Mutternatur, den wir erlitten haben. Ein Schlag gegen uns alle. Ich gedenke der tapferen Soldaten und Soldatinnen und tue alles dafür, sie zurück in die Arme von Mutternatur zu bringen. Sie werden auf ewig in ihr aufgehen. Ich habe mich sofort mit dem Generalstab kurzgeschlossen und entsprechende Schritte eingeleitet. Unmittelbar daran anschließend habe ich Personen mit der Analyse der Situation betraut. Es ist wichtig, dass wir präzise Schlüsse ziehen und unseren Vormarsch im Golotus-System für Mutternatur fortsetzen. Aber um auf Ihre Frage zur Bedeutung der Orca zurückzukommen: Es ist ein Schiff der neuen offensiven Großkampfträgerschiff-Klasse. Ein Koloss mit massiver Panzerung und enormer Feuerkraft. Zusätzlich besitzen diese Schiffe Flugdecks und Bodentruppen, um mit wenigen Hilfsschiffen eine planetare Invasion durchzuführen. Sie können bei jeder erdenklichen Operation mitwirken. Strategisch allerdings ist ihnen eine spezifische Rolle zugedacht: das Einnisten tief im axinischen Raum über Jahre hinweg. Ein Stein im Schuh des Gegners, so hat es Generalstabschefin Marvic formuliert. Diese Schiffe sollten entlang der wichtigsten Faltenrouten der Axinen eingesetzt werden, feindliche Truppen auf ihrem Territorium binden und so die eigentliche Front entlasten. In dem Gefecht bei den Golotus-Monden kam der Orca diese Rolle noch nicht zu. Es war ihr erster Kampfeinsatz. Ein Test, wenn Sie so wollen, der mit einem bitteren Verlust endete.«

»Vielen Dank, wenn ich Sie hier einmal unterbrechen darf. Die Orca wurde als Wendepunkt im Krieg gegen die Axinen betitelt. Solche Bilder, auf denen das mächtigste Schiff mit einem

Schlag zerstört wird, sind beunruhigend. Es gibt keine bekannte Waffe, die dazu in der Lage ist. Müssen wir uns auf eine axinische Offensive einstellen, wo wir doch gerade gehofft hatten, dass es eher zu einer Entspannung an der Front kommt?«

»Ich hielt es immer für falsch, von einem Wendepunkt zu sprechen. Die Orca ist nur ein Schiff. Mutternatur hat uns Menschen hervorgebracht, um sich zu schützen und zu verbreiten. Das ist unsere Aufgabe. Es gibt keinen Platz für Wendepunkte. Es gibt eine Aufgabe, die uns begleitet, solange wir atmen. Ob mit Orca oder ohne, spielt für mich keine Rolle. Mit Blick auf die Front: Die ist derzeit stabil, trotz dieses Rückschlags.

Aber, und das betone ich, diejenigen, die von einer Entspannung sprechen, spielen mit dem Feuer. Mutternatur sieht eine Entspannungspolitik gegen die Aliennatur nicht vor. Das außerirdische Leben ist eine Bedrohung für unsere Existenz. Und wenn Sie mich fragen, ob wir uns auf eine axinische Offensive einstellen müssen, werde ich nichts beschönigen: Ich rechne jeden Tag mit einer Offensive der Außerirdischen. Das ist meine Pflicht vor dem irdischen Bios.«

»Die Waffe, mit der die Orca zerstört wurde: Können Sie dazu eine Einschätzung abgeben?«

»Das ist zu früh. Aber die Untersuchungen laufen unter Hochdruck, und mir liegen bereits erste Informationen des Apex-Kommandos vor. Ich ziehe keine voreiligen Schlüsse, möchte aber eine beunruhigende Information weitergeben. Die Aufklärung läuft nicht nur in Richtung Axinen, sondern auch in Richtung einer möglichen weporanischen Bedrohung.«

»Also sind die Gerüchte wahr. Sie gehen davon aus, dass die Weporaner für den Angriff auf die Orca verantwortlich sind?«

Al Raschid hob das Kinn. »Wir sollten das in Betracht ziehen.

Ich hatte schon lange die Befürchtung, dass die Weporaner nicht so neutral sind, wie es manch ein anderer General gerne hätte.« Er lächelte freundlich. »Aber lassen Sie uns die kommenden Wochen abwarten, damit sich die Indizien weiter verdichten. Denn wer auch immer dahintersteckt, eins dürfte klar sein: Wir müssen eine Antwort auf diese Waffe finden und neue Taktiken und Technologien entwickeln, um angemessen zu reagieren.«

»Wenn sich das bewahrheitet, wäre dann eine Krisensituation eingetreten, die die Aktivierung von Paragraf 14 rechtfertigt? Sollte ein General Vollmachten erhalten?«

»In stabilen Zeiten sind Gremien wie der Faunarat unabdingbar, um alle Interessen an einen Tisch zu holen. Der Nachteil ist, dass Entscheidungen hier viel Zeit brauchen. Wenn unsere Befürchtungen sich jedoch bewahrheiten, dann müssen Entscheidungen schnell und mit aller Härte durchgesetzt werden. Für solche Fälle wurde der Vollmachtsparagraph 14 geschaffen.« Al Raschid nickte ernst.

»Was wird aus den restlichen Verbänden im Golotus-System? Werden sie sich ohne die Orca zurückziehen?«

»Ganz und gar nicht. Wir haben dort unsere fähigsten Truppen im Einsatz. Die sind zusammen schon durch Schlimmeres gegangen und werden alles Außerirdische aus dem System werfen. Mutternatur wird auf den Golotus-Monden erblühen.«

»Vielen Dank, General Al Raschid, für das Interview.«

»Sehr gerne.«

»Geiler Typ, dieser Al Raschid. Der sagt, was Sache ist, nicht wahr?« Der Gnom schlug mir auf die Schulter.

»Er kriegt jedenfalls viel Zuspruch.« Ich zog grübelnd die Augenbrauen hoch und schaute ihn an. »Anscheinend sogar hier auf der Kobold.«

»Puta! Ach, sind mir doch scheißegal, diese Generäle. Er redet einfach gut.« Der Gnom winkte ab.

»Zieh dir doch den Streifen von der Erde rein. Ich geh jetzt duschen und was essen. Und dann vielleicht einen Sticky?«

»So siehts aus! Gönn dir! Wie halten dir ’n Plätzchen frei.«

21

Als ich nach der Dusche ins Schlafzimmer stapfte, stockte ich, weil Zoya im Schlafzimmer hockte. Sie kniete an einem Essenswagen. Aus der unteren Ablage hatte sie den Boden herausgebrochen, zog etwas hervor und warf es aufs Bett. Es waren Kleidung und ein Impulsschocker, eine Nahkampfwaffe.

»Anziehen!«, sagte sie mit gedämpfter Stimme.

Ich schaute sie entgeistert an. »Zoya! Was … wie … Wo kommst du her?«

Sie legte den Zeigefinger auf die Lippen und nickte zur Tür, die zum Wohnzimmer führte, in dem noch immer die Gnome saßen. »Nicht so laut.« Dann hantierte sie mit einem Gerät herum.

»Lass uns doch was frühstücken«, sagte ich, während ich einen nervösen Blick auf den Impulsschocker auf dem Bett warf.

Sie wandte sich kurz zu mir. Ihr Gesicht sah angestrengt und konzentriert aus. In ihren Augen war deutlich zu lesen, dass sie keine Zeit für eine Diskussion hatte.

»Hör zu, du musst genau tun, was ich sage. Wenn du das nicht machst, wirst du früher oder später von Jen Kruud so lange gefoltert und dann mit Wahrheitsseren vollgepumpt, dass du um den Tod bettelst.« Abwartend sah sie mich an.

»Ähm, wie … Wie meinst du das?« Was hätte ich auf so eine Aussage auch antworten sollen?

Sie atmete ein und sagte leise, aber sehr deutlich: »Wir müssen von hier verschwinden. Ich habe ein Abflugticket für uns. Das klappt nur, wenn du genau das tust, was ich dir sage. Tu es einfach und denk nicht darüber nach.«

Sie wandte sich einem Gerät in ihrer Hand zu und tippte darauf herum. Ich erkannte nicht, was es bezweckte. Ein erster Panikschub fuhr mir durch die Eingeweide. Ich schüttelte ihn ab, betastete alarmiert meine Brust und streckte den Rücken durch. »Ich lebe. Ich habe nicht vor, das gleich wieder aufs Spiel zu setzen«, sagte ich und versuchte, souverän zu klingen.

Zoya brach eine Abdeckplatte aus der Wand, montierte ein Interface und hantierte daran herum. Auf meine Worte reagierte sie nicht.

Ich wagte einen Schritt auf sie zu. »Ich frühstücke jetzt. Komm doch einfach dazu, wenn du fertig bist, dann reden wir darüber, wie wir von der Station runterkommen.«

Sie erwiderte nichts.

»Okay?«, hauchte ich.

Endlich drehte Zoya sich zu mir um und kam auf mich zu. »Ich reiße dir die Plastiklunge eigenhändig aus deinem Brustkorb, wenn du nicht das machst, was ich dir sage.« Sie zeigte mit dem Zeigefinger auf mich. »Du gehörst mir. Vergiss das nicht! Dein Leben verdankst du mir. Ich mache mit dir, was ich will.«

Zoyas Argumentation war übertrieben, aber ich erkannte sofort, dass die Aufzählung meiner Rechte mir nicht weiterhelfen würde. Ich wägte stattdessen ab, ob ich nach den Gnomen rufen sollte. Hatte ich erwähnt, dass ich unter Stress keine raschen Entscheidungen treffen konnte? Ich wusste nicht, was ich tun sollte, zog mir aber zögerlich die Klamotten an, die sie hingeworfen hatte. Ein Ultraleicht-Raumanzug. Ich runzelte die Stirn. Ich hatte auf Zoyas Hilfe gehofft, aber was bei Mutternatur hatte sie vor?

Zoya legte den Impulsschocker in meine Hand, aktivierte ihn und drückte mich gegen die Wand neben der Tür.

»Das Ding rammst du der ersten Person, die durch die Tür kommt, in den Hals. Verstanden, Luftbeutel?«

Ich öffnete den Mund, doch Zoya funkelte mich an. Ihren Atem spürte ich im Gesicht und stieß mit dem Hinterkopf gegen die Wand, als ich versuchte, zurückzuweichen. Ich hielt die Luft an, das Knistern in meiner Lunge erstarrte. In meiner Panik ging mir der Gedanke durch den Kopf, dass Luftbeutel ein beschissener Spitzname war.

Zoya wartete nicht auf meine Antwort. »Gut«, sagte sie. Sie tat einen Schritt an die Tür, die in das Wohnzimmer führte, wo die Gnome abhingen. Sie lauschte und blickte gleichzeitig auf ihre UMA. Ich kniff die Augen zusammen und spähte auf das Display. Dort lief eine der seichten lokalen Telenovelas, die auf der Kobold weit verbreitet waren. Ich runzelte die Stirn und schaute zu Zoya auf. Hatte sie einen Sprung in der Schüssel?

Dann aber flackerte das Bild auf dem Display und stattdessen tauchten zwei Personen auf, die in einem schmutzigen, schummrigen Raum standen. Hinter ihnen waren zwei blaue Kreise auf die Wand gesprayt. Die eine Person sah ziemlich malträtiert aus. Sie hatte ein Stück Stoff um den Bauch gebunden, das wohl eine üble Wunde abdichten sollte, denn es war mit einer rötlich-gelben Flüssigkeit getränkt. Ein dickes blaues Auge und ein krummes Bein rundeten den Anblick ab. Trotz alldem sah sie nicht schwach aus. Ihre Augen schimmerten bläulich und waren fokussiert wie bei einem Raubtier auf der Jagd. Ich konnte mich erst von diesem Anblick lösen, als die andere Person sprach.

»Mein Name ist Zoya Cud'Pioche von Kreptus«, sagte die zweite Person.

Ich schaute von dem Display zu Zoya und wieder zurück. »Zoya?«, entfuhr es mir. Was bei der Grundgütigen hatte sie vor?

Zoya schaltete das Display aus, drehte sich zu mir um, hielt energisch den Zeigefinger an die Lippen, wandte sich wieder zur Tür und lauschte. Auch ich versuchte, etwas zu hören, wusste aber nicht, auf was ich achten musste.

»Was ist denn mit der Übertragung los?«, sagte einer der Gnome.

»Hey, ich wollte das gucken. Warum schaltest du um?«, maulte ein zweiter.

»Ich habe gar nichts gemacht!«, antwortete der andere.

Ich zuckte, als Zoya den Knopf an der Wand bediente, die Tür aufglitt und sie in das Wohnzimmer trat.

»Eure scheiß Plastiklunge funktioniert nicht mehr. Arkes, der Held von Nobos, verreckt in eurem Gewahrsam. Schnell, verflucht, helft mir!«, hörte ich sie brüllen.

Stühle rückten und Schritt hallten zu mir rüber. Ein Gnom kam durch die Tür hineingestürzt, durch die Zoya gerade verschwunden war. Er blieb einen Schritt im Raum stehen und schaute sich um, bis er mich verwirrt anstarrte. Hinter ihm waren Schläge und Gestöhne zu hören. Er wandte den Blick zurück. Ich riss mich aus der Erstarrung, sprang auf den Gnom und stach mit dem Impulsschocker zu. Ich verfehlte seinen Hals und traf stattdessen sein Ohr. Sofort brach er zusammen, und ich fiel über ihn. Als ich aufblickte, entdeckte ich Zoya im Türrahmen.

»In den Hals habe ich gesagt, nicht in sein verdammtes Ohr. Willst du ihn umbringen?«

Ich starrte auf den Gnom. »Scheiße«, sagte ich.

Es gab kein Zurück mehr. Zoya zerrte mich auf die Beine und raus aus der Tür. Zwei Gnome lagen im Wohnbereich, ein dritter stand neben dem Eingang, nickte Zoya zu und öffnete die Wohnungstür. »Gute Reise«, sagte er.

Zoya hielt kurz inne. »Die Aufnahme läuft auf allen Kanälen. Ihr habt es hingekriegt.« Sie legte ihm die Hand auf die Schulter. »Euer Aufstand beginnt. Pass gut auf dich auf.« Sie zögerte. »Und danke.«

Er nickte. »Danke dir, Matka.«

Wir rannten raus und den Gang entlang. An einer Gabelung blieb Zoya stehen und spähte um die Ecke. Es wurden Befehle gebrüllt, Menschen schrien.

»Was hast du getan, Zoya? Was passiert auf der Station?«, keuchte ich.

Sie drehte sich zu mir und betätigte ein UMA-Interface an ihrem Handgelenk, woraufhin aus unseren Anzugkrägen Nanometall floss. Helme formten sich um unsere Köpfe und verhärteten.

»Bleib direkt hinter mir! Los, weiter!«

Sie rannte um die Ecke, ich blieb dicht an ihr dran. Sie hatte eine Waffe gezückt und visierte damit die nächste Gabelung an, während sie sprintete. Als Gnome die Kreuzung betraten, feuerte sie. Die Gegner suchten Deckung und erwiderten das Feuer. Wir pressten uns an die Wand. Schüsse schlugen ein. Ich japste nach Luft und riss meine Augen weit auf. Zoya tippte hektisch auf ihrer UMA herum.

Wir hatten so gut wie keine Deckung. Ein Gnom wagte sich einen Schritt vor, um freies Schussfeld zu haben.

»Zoya!«, kreischte ich.

Sie schreckte auf, ließ sich auf mich fallen und legte die Handfeuerwaffe an. Während wir zu Boden kippten, schoss sie. Dicht neben mir schlugen Projektile ein. Ich krallte mich in den Gitterboden und sah, wie der Gnom sich an den Hals griff und zurücktorkelte. Allerdings waren wir in die Mitte des Gangs gestürzt, weswegen zwei andere Gnome freies Schussfeld hatten. Wir waren erledigt.

Gerade als ich erwartete, von Kugeln getroffen zu werden, hämmerten große Projektile in die Gnome. Die Geschosse rissen sie von den Füßen und zerfetzten ihre Körper.

»Oh Grundgütige, oh Grundgütige«, stammelte ich.

Zoya hatte sich bereits auf ein Knie gestemmt und reckte beide Arme nach oben. Eine Gruppe von fünf drahtigen Personen mit Schmierölflecken und leichter Kleidung huschte auf die Kreuzung, wo eben noch die Gnome Position bezogen hatten. Sie hätten einen bemitleidenswerten Eindruck gemacht, wenn sie nicht ein altes, großkalibriges Maschinengewehr mit sich getragen hätten. Vollkommen wahnsinnig, auf einer Raumstation ein solches Ding abzufeuern.

»NICHT SCHIESSEN!«, brüllte Zoya, was trotz des Helmlautsprechers erstaunlich kraftvoll klang. Sie betätigte ihre UMA, und die Nano-Bots gaben ihr Gesicht frei.

Die fünf starrten sie einen Moment an, dann skandierte einer: »MATRA, MATRA, MATRA ...« Und die anderen stimmten ein.

»Scheiße«, zischte Zoya, richtete sich auf und ging der Gruppe entgegen. »Seht zu, dass ihr hier wegkommt! Helft euren Leuten, verdammt!« Die fünf verstummten, nahmen sich die Waffen der Gnome und verschwanden hinter der Kreuzung.

Zoya drehte sich wieder zu mir um. »Weiter! Los! Bleib dicht hinter mir.«

»Was ... was ist hier los?«, stammelte ich.

»Es wird hier gleich von Gnomen wimmeln. Später, okay?«

Sie half mir auf die Beine. Ich schluckte, schaute zu den

blutüberströmten Leichen und nickte. Hastig schnallte sie uns mit einem Seil aneinander.

Ich hörte sie über den Helmlautsprecher sagen: »Wenn ich ›Jetzt!‹ sage, hältst du dich an mir fest. Verstanden?«

»Was?!? Was hast du vor?«

Zoya rannte vor. Ich blieb an ihr dran. Wir kamen durch einige Gänge, bis wir auf eine Gablung zusteuerten. Sie betätigte erneut die UMA am Handgelenk. Es gab einen dumpfen Knall und eine Explosion zerriss die Abzweigung vor uns. Zuerst schlugen uns die Druckwelle und Flammen entgegen, einen Augenblick später wurden sie in das Vakuum des Weltalls gesogen.

»Jetzt!«, brüllte sie.

Ich stolperte von hinten auf Zoya und umklammerte sie. Gemeinsam sprangen wir mit der ausströmenden Luft in das Vakuum nach draußen. Wir sausten in einem Schwall von Trümmern in das geräuschlose All hinaus und glitten an der Außenwand der Kobold 9 entlang.

Zoya bediente erneut die UMA, und kleine Steuerdüsen in ihrem Anzug korrigierten unsere Flugbahn. Wir passierten Docks, Schotts und Hunderte Meter der Außenhülle, bis wir uns einem der Pole der Kernsektion näherten. Sie tippte auf ihre Pistole, woraufhin eine Warnleuchte aufblinkte. Ohne zu zögern, visierte sie ein Außenschott an, auf das wir zurasten, und feuerte. Die Waffe flammte auf, und panzerbrechende Sprengprojektile schmetterten auf das Außenschott. In einer heftigen Explosion wurden sie aufgerissen. Aus dem Loch strömten uns Trümmer und Kisten entgegen. Zoya steuerte uns um das Material. Sie visierte die Öffnung an, streckte die Arme nach vorne und zündete zwei Bremsdüsen.

»Oh Scheiße!«, sagte ich.

Wir rasten in das aufgesprengte Schott. Ich kollidierte mit einem Körper, wedelte mit den Armen, bis ich es schaffte, ihn an mir vorbei hinaus ins All zu schieben. Ich atmete durch. An dem Seil zog ich mich zu Zoya.

»Alles klar?«, fragte ich.

Sie schüttelte sich. »Schnell, dorthin!«

Wir zwängten uns durch eine Tür und gelangten auf ein Hangardeck. Sie zeigte auf das Raumschiff in der Mitte, eine zivile Variante der Mako-Klasse. Zoya nutzte die Korrekturdüsen, um uns mit langen Sätzen zum Schiff zu bringen. Neben dem Eingangsschott tippte sie einen Code in ein Display, und die Türen öffneten sich. Unterdessen hörte ich das Dröhnen von Sirenen zurückkehren. Man hatte das Leck versiegelt und pumpte Luft zurück in den Hangar.

Halb gehend, halb schwebend kämpften wir uns in das Schiff hinein. Zoya tippte flink auf einem Terminal direkt an der Eingangstür herum. Das Schott glitt zu und eine Stimme aus einem Schiffslautsprecher sagte: »Notstart initiiert.«

Wir zogen uns durch einen rund angelegten Gang bis in das Cockpit, hievten uns in die Sitze, und Zoyas Finger sprangen wie Gazellen auf der Flucht über das Bedienfeld. Jenseits des Cockpitfensterns entdeckte ich Gnome in Raumanzügen vor dem Schiff. Sie richteten kleinkalibrige Waffen auf uns und feuerten. Ich duckte mich weg, aber die Hülle ließ den Beschuss gleichgültig abprallen.

Durch das Raumschiff fuhr ein Rückstoß, als zwei panzerbrechende Sprenggranaten aus der Bordkanone schossen. Die Explosionen ließen ein klaffendes Loch in den Hangarschotts zurück.

»Mist!«, sagte sie.

Draußen vor den Schotts positionierten sich Jagdschiffe. Zoya aktivierte die Gatlings, die auf die halb offenen Schotts und raus auf die Schiffe der Gnome hämmerten. Zweien setzten unsere Salven zu und sie waren nach wenigen Sekunden kampfunfähig. Vier weitere flankierten die Bruchstelle und entgingen den Gatlings. Zoya erhöhte die Schubkraft und rammte das Raumschiff durch die Schotts. Ich schnaufte, als es mich in die Gurte riss. Sofort beschossen uns die seitlich positionierten Schiffe, als wir die Raumstation verließen. Allerhand Anzeigen flackerten auf, Warnungen und Defekte glitten über die Bildschirme.

»Scheiße, Scheiße, Scheiße!«, brüllte Zoya und schnallte sich ab. »Wir haben ein Energieleck in der Hauptversorgung. Ich schaue, was ich im Maschinenraum machen kann.« Sie zwängte sich bei den wechselnden g-Kräften nach hinten. »Halt den Vogel auf Kurs, wir müssen Distanz zur Raumstation gewinnen, um Raumfalten zu erzeugen.«

Meine Lunge knisterte hektisch. Ich schaute ihr mit offenem Mund hinterher, überflog dann die Konsolen und war überfordert. Angestrengt versuchte ich, mich an was Brauchbares aus meiner Kampfausbildung im Weltraum zu erinnern.

»Kampfanalyse, Kampfanalyse, wo bist du? Na, komm!« Mein Blick huschte über die Anzeige. »Hier!«

Ich öffnete ein Menü. Auf dem Hauptschirm tauchte eine Zusammenfassung aller für den Raumkampf relevanten Daten auf. Ich versuchte, mir einen Reim darauf zu machen, während das Raumschiff beschleunigte und sich von den Gnomen einen Treffer nach dem anderen einfing.

»Schadensbericht, Waffensysteme, Analyse feindlicher Einheiten, Gegenmaßnahmen … Gegenmaßnahmen!«

Das Schiff zeigte mir eine Reihe von Angriffsmanövern und empfahl eine Maßnahme: ein defensives Flugmanöver, das FS-3-Manöver. Da das Raumschiff selbst diese Option vorschlug, bestätigte ich, ohne zu wissen, was es bedeutete. Unmittelbar setzten die Haupttriebwerke aus, ich wurde zur Seite gepresst, weil die Schubdüsen das Schiff um 180 Grad um die eigene Achse drehten. Dann brannten die Haupttriebwerke erneut unter Maximallast auf. Es war, als spränge ein Elefant auf meinen Torso. Ich hoffte, dass Zoya das Manöver unbeschadet überstanden hatte, vergaß den Gedanken aber sofort wieder, als ich die Kobold 9 vor mir sah. »Oh nein, oh nein, oh nein, nicht zurück!«

Das Raumschiff glaubte anscheinend, es wäre in der Nähe der Station sicherer. Über uns jagten Geschosse hinweg, und ich versuchte, einen Weg zu finden, wie ich das Schiff wieder drehen konnte.

Wir rasten an den Verfolgern vorbei und das Raumschiff kappte die Triebwerke, flippte uns erneut um 180 Grad und aktivierte die Waffen.

»Ah!« Mir dämmerte, was das Manöver bewirkte.

Die Jagdschiffe stellten ihren Beschuss ein, weil sie es nicht riskieren wollten, die Raumstation zu treffen. Unsere Gatlings legten los und feuerten, was das Zeug hielt. Vor mir explodierten zwei der Angreifer. Wieder stieg ein Anflug von Panik in mir auf. Ich suchte und fand die Option Kampfintensität.

Ich änderte sie von *tödlich* auf *kampfunfähig*. Das Trommelfeuer ließ nach, stattdessen trafen gezielte Schüsse die Gegner.

»Eingehende Nachricht von Madame Kruud. Aktion gefordert«, meldete das Schiff.

»Äh, halt sie hin.«

»Aktion nicht möglich.«

»Ich bin beschäftigt. Richte ihr aus, dass … äh … ähm, ich rufe gleich zurück, okay?«

»Verstanden.«

»Kommunikationsverbindung zum Maschinenraum herstellen«, sagte ich.

»Verbindung hergestellt.«

»Zoya, wie sieht's aus?«

»Das sehen wir jetzt«, sagte sie hinter mir.

Ich drehte mich um, als sie sich gerade zurück in das Cockpit zwängte und an ihren Platz setzte.

»FS-3?« Sie guckte mich tadelnd an und öffnete den Mund, zögerte aber einen Moment. »Was hast du an ›weg von der Raumstation‹ nicht verstanden?« Sie wandte sich den Bedienfeldern zu und schüttelte den Kopf.

»Zugriff auf Hauptenergie re-initiiert«, teilte das Schiff mit.

Wir beschleunigten, hielten mit Volldampf auf die übrig gebliebenen Jagdschiffe zu und durchbrachen ihre Linien, die zum Großteil aus Trümmern bestanden. Die Gegner schickten uns, da sie jetzt die Raumstation wieder im Rücken hatten, Beschuss hinterher, aber keiner der Treffer verursachte Schäden. Wir entfernten uns von der Station.

»Okay, die Berechnungen sind im Computer. Komm schon, komm schon, komm schon …«

»Warum dauert das so lange?!« Meine Stimme klang heiser.

Zoya starrte auf den Bildschirm, über den Rechenoperationen glitten. »Mit einem Raumfaltantrieb können wir nicht einfach von A nach B springen, Luftbeutel. Wir brauchen Routen, die bereits ausgemessen sind. Ansonsten brechen die Falten ständig zusammen und das kann die Hülle zerreißen. Oder wir driften direkt in eine Schwerkraftsenke. Du bist hier nicht in den Kernwelten. Dort gibt es Tausende etablierte Faltenvektoren, die täglich genutzt werden. Routen, die sicher sind, mit unzähligen Einstiegsfeldern. Hier gibt es einen einzelnen Vektor zur Theta-Hauptroute, die zurück nach Gäa I führt. Der

Thionville-Generator muss erst das richtige Einstiegsfeld berechnen, bevor er es erzeugt. Dann, mit ein wenig Glück, gleiten wir auf den vorgemessenen Vektor und tauchen durch den gefalteten Raum. So lange, bis der Vektor sich geplant einem Transitfeld nähert und wir den Vektor ändern. Das machen wir so lange, bis der Generator es für sicher hält, ein Ausstiegsfeld nahe Gäa I zu erzeugen. Wir stehen noch ganz …«

»BRING UNS EINFACH HIER WEG!«, brüllte ich.

Zoya ignorierte mich.

Die Rechenoperationen verschwanden, und auf den Displays wurden Flugvektoren eingeblendet. Zoya betätigte das Navigationsinterface, und die Sterne fingen an, vor uns zu flackern, als das Einstiegsfeld erzeugt wurde. Der Antrieb faltete die Raumzeit. Ein gleichmäßiges Summen breitete sich im Raumschiff aus. Nebelähnliche Schlieren rauschten an uns vorbei. Das Schiff sprang durch den gefalteten Raum und ging zu einer konstanten Beschleunigung über, was künstliche Gravitation von einem g erzeugte. Die Flucht war geglückt.

Ich drehte mich mit zitternden Händen zu Zoya. »Was war das? Sag mir, was du vorhast.«

22

»Zoya! Ich muss bei Mutternatur wissen, was los ist. Was hast du vor?« Meine Stimme zitterte.

Sie ignorierte mich.

Nach einigen Minuten, in denen ich mir die Haare raufte und hyperventilierte, schrie ich: »ZOYA!«

Sie zuckte und wandte sich mir zu. Ich dachte, sie würde mich wieder auf Eis legen, aber ihre Gesichtszüge entspannten sich, dann nickte sie. Sie drückte sich aus ihrem Sessel, ging zu einer medizinischen Einheit hinüber, legte den Arm in eine kleine Operationsvorrichtung und betätigte die dazugehörige Konsole. Auf dem Bildschirm war zu sehen, wie die Apparatur ihr den Arm aufschnitt. Die Wunde wurde gespreizt und ein Laserskalpell entfernte einen Streifen Fleisch.

»Was bei ... ?«, setzte ich an.

Zoya drehte sich zu mir um. »Das ist ein Datenimplantat. Abeba hat es mir gegeben. Ich habe es eingesetzt, als du außer Gefecht warst. Die Standardscanner erkennen den Datenträger nicht als Fremdkörper. Wir durften das Risiko nicht eingehen, dass die Informationen an die Falschen geraten.«

Ich runzelte die Stirn und schaute von den Monitoren zu Zoya. »Wie zum Beispiel Madame Kruud?«

Sie nickte.

»Jen hat mich auf den Kopf gestellt. Bei mir hätte sie ein Implantat gefunden«, sagte ich kopfschüttelnd.

Sie schluckte und ihr Gesicht wurde fahl. »Ja, das hat sie auch bei mir getan. Ich hatte mir deswegen zusätzlich eine Attrappe eingepflanzt.« Sie legte die Hand auf ihren Oberschenkel. »Die hat sie aufgespürt, nicht aber den eigentlichen Datenträger.« Zoya deutete auf ihren Arm. »Es ist die neuste Version, schwerer von den Mikroscannern zu entdecken. Jen hat es nicht gefunden. Die Attrappe war nötig, um sie von der Fährte abzubringen.«

»Warum wollte sie wissen, was auf Zapador passiert ist?« Ich rieb mir über die Brust.

Zoya behandelte das Stück Fleisch mit einer Flüssigkeit, in der es erstarrte. »Jen will alles. Wirklich alles. Es gibt keine Kompromisse in ihrem Leben. Wenn sie glaubt, du verschweigst ihr etwas, dann gibt sie erst Ruhe, bis sie es hat. Ich hatte nur nicht ...« Zoya hielt inne und schüttelte den Kopf. »Ich hatte geglaubt, dass sie ...« Wieder brach sie ab.

»Du dachtest, sie hätte noch etwas übrig für dich?«

Sie nickte langsam. »Ja, ich habe gehofft, dass sie mir noch etwas schuldig sein würde. Aber ich habe sie schon wieder falsch eingeschätzt.«

Sie fuhr sich durchs Gesicht, schaute wieder zu dem Datenträger, legte ihn in eine Analysebox und wendete sich zu einem Display, auf dem die Daten erschienen, die die Box aus dem Fleischklumpen auslas. Nach kurzem Suchen öffnete sie eine der Dateien. Der Bildschirm gab ein Video wieder. Ich kniff die Augen zusammen, bis sich die Konturen verbesserten und eine Landschaft erkennbar war.

»Zapador!«, sagte ich.

Das neblige Schneegestöber war zu sehen, dann tauchte das Raumschiff der Weporaner auf.

»Das sind die Aufnahmen der Feldaufklärer, die Abeba kurz nach dem Angriff eingesetzt hat. Du erinnerst dich?«, fragte Zoya.

Ich dachte daran, wie sie die faustgroßen Kugeln über die

Baumkronen geschleudert hatte und sie davongesaust waren. »Ja, ich erinnere mich.«

Neben dem Video ergänzten Daten, Tabellen und Grafiken die Ereignisse. Der Aufklärer zeigte die eingestürzte Kuppel, raste um sie herum und dokumentierte die Zerstörung. Überall rannten Menschen umher. Manche hatten sich Schutzanzüge umgeworfen, hetzten weg von den Trümmern, andere trugen ihre dünnen Kleider, waren mit Atemmasken ausgestattet und froren. Wieder andere lagen tot oder bewusstlos im Schnee. Es gab Schüsse und Explosionen. Der Aufklärer änderte die Richtung, raste durch aufgetürmte Trümmer und stieg wieder auf, sodass der Bildausschnitt weiter wurde.

Eine Gruppe Soldaten tauchte auf, die in drei Trupps vorrückten. Sie trugen weiße Kampfanzüge. Die Sturmgewehre im Anschlag stapften sie zielstrebig mit schweren Stiefeln durch den Schnee und bahnten sich einen Weg durch die gläsernen Trümmerberge. Drei Menschen stolperten ihnen über den Weg. Die Gewehre schwenkten routiniert auf die Ziele, lautlose Flammenzungen flackerten aus den Mündungen und es riss die drei von den Füßen. Sie wirbelten in der Luft herum, die Körper schlugen auf dem Boden auf und die weiten Gewänder legten sich wie bunte Leichentücher über sie und sogen das Blut auf, das aus den Wunden quoll.

Sie erschossen jeden, der ihnen über den Weg stolperte. Sie verschonten niemand. Ich senkte den Kopf, als eine Gruppe Kinder hilfesuchend vor ihnen auftauchte. Als ich wieder aufschaute, tränkte ihr Blut den Schnee. Ich schluckte einen Kloß hinunter.

Dann teilten die Soldaten sich weiter auf. Ein Trupp marschierte nach links, ein anderer nach rechts und der dritte bahnte sich einen Weg mitten durch die Trümmer. Sie gingen systematisch vor, überprüften im Schnee liegende Personen, ob sie tot waren. Der Feldaufklärer zoomte an einen der Kämpfer heran, der einen leblosen Körper begutachtete. Er visierte an und schoss. Niemand sollte überleben.

Die Drohne stieg weiter auf und fing noch mehr verzweifelte Menschen ein. Eine Frau zog einen leblosen Körper hinter ein Trümmerstück, kniete sich daneben und strich ihm über die Stirn. Sie steckte ihm Filter in die Nase, aber der Körper regte sich nicht.

Nach einem Augenblick wandte sie sich um und spähte um das Trümmerstück auf eine kleine Fläche, die von Glasresten flankiert wurde. Auf der einen Seite bemerkte sie einen Zapadoren, der auf die Fläche zuschwankte und sich das Bein hielt. Von der anderen Seite marschierte ein Soldat heran. Der Soldat hatte den Mann noch nicht gesehen. Die Frau winkte dem Zapadoren hektisch zu, versuchte, ihn zu warnen, aber er sah sie nicht. Auch der Soldat hatte sie nicht gesehen, er stand mit dem Rücken zu ihr. Die Frau drehte sich noch einmal zu dem leblosen Körper um, dann richtete sie sich auf, zog etwas aus ihrem Umhang und rannte von hinten auf den Soldaten zu. Sie sprang. Der Soldat schwenkte herum, sie stach mit dem Gegenstand zu, während er ihr gleichzeitig den Gewehrkolben an den Schädel rammte. Mit einer Platzwunde am Kopf kippte sie in den Schnee und zog sich zitternd davon. Der Soldat war auf ein Knie gesackt und drückte eine Hand seitlich auf seinen Bauch, dort, wo die Frau ihn getroffen hatte. Dann legte er sein Gewehr an und feuerte ihr drei Kugeln in den Rücken. Sie brach zusammen. Der Soldat drehte sich zu dem anderen Zapadoren um, doch im gleichen Moment stürzte der mit einem gläsernen Bruchstück in den Händen auf den knienden Soldaten zu und stach auf sein Visier ein. Dabei schnitt das Glas tief in seine

Hände. Sein Mund war weit aufgerissen, aber die Aufnahme übertrug keinen Ton.

Beide sackten in den Schnee. Der Soldat drückte den Zapadoren von sich, richtete seine Waffe auf ihn, und ein Feuerstoß schlug dem Zapadoren durch die Eingeweide. Er schnellte zurück und kam neben der toten Frau zum Liegen. Der Glassplitter hatte dem Visier des Soldaten nichts anhaben können.

Der Aufklärer drehte ab und sauste näher zum fremden Schiff, aus dem nun Kampfdrohnen glitten, die ausschwärmten, den Boden in einem größeren Radius nach Flüchtenden absuchten und jeden einzelnen Menschen erschossen. Dann brach die Verbindung ab.

»Was ist passiert?«, fragte ich.

»Abeba hat die Aufklärer so programmiert, dass sie sich zerstören, wenn Sensoren sie abtasten. Sie transferieren die Daten untereinander hin und her. Nur einer musste das gesamte Paket an sie zurücksenden.«

Das Bild von einem der anderen Feldaufklärer war zu sehen. Er visierte eines der Opfer an. Ich schluckte. Als die Aufklärer diese Szenen aufgenommen hatte, hatte ich ebenfalls im Sterben gelegen. Nur dank Abeba und Zoya lebte ich noch. Meine Kehle war trocken. Ich hatte aufgehört, meine Brust zu berühren. Übelkeit kroch in mir hoch. Ich schluckte. Ich wollte etwas sagen, aber ich war fassungslos. Irgendwann machte es Klick in meinem Kopf. Das Offensichtliche schwang sich von den Bildern über die Netzhaut durch meine Gehirnwindungen, und die gaben Impulse an meine Lippen. Ich stotterte: »Die Weporaner sind ein Bluff. Das ... waren Menschen, die Farol angegriffen haben.«

»Du glaubst, dass das Artefakt von Menschen erschaffen wurde?«, fragte Zoya, als ob sie eine Antwort auf die Frage hätte, aber meine Meinung sie interessierte.

Ich zeigte verstört auf den Bildschirm. »Das sind Menschen, die Menschen töten. Sie sehen aus wie Menschen. Die Waffen sind nicht die Standardwaffen der Armee, aber das sind keine Weporaner.«

Zoya wies auf die Daten, die die Aufklärer gesammelt hatten. »Kein Zweifel, das sind Menschen. Aber da ist noch mehr. Schau dir die Werte von dem Flugobjekt an. Das Weporanerschiff ist uns unter seiner Hülle nicht unbekannt. Es ist eine Projektion. Von dem Raumschiff gehen Strahlungen im sichtbaren Bereich aus. Sie haben eine Simulation erschaffen, die für das bloße Auge kaum zu enttarnen ist. Alle weiteren Werte geben ein anderes Bild ab. Unterhalb der Imitation hat es all das, was ein menschliches Schiff auch hat. Du hast recht, man will uns was vorgaukeln. Das muss nicht heißen, dass das weporanische Artefakt von Menschen erschaffen ist. Das Artefakt war nicht vergleichbar mit unserer Technologie. Es ist nicht vergleichbar mit dem, was sich unter der Projektion befindet.«

Ich merkte erst nach einigen Momenten, dass mein Mund offen stand. Ich blinzelte, weil die Augen vom Starren trocken waren. »Menschen haben einen Angriff der Weporaner inszeniert?«, fragte ich. »Warum?«

Zoya sah mich ungläubig an. »Du siehst es tatsächlich nicht.« Es war keine Frage, sondern eine Feststellung. »Nach allem, was geschehen ist, kannst du es einfach nicht erkennen. Du bist so geblendet von der Welt, in der du lebst, dass du ihren Zerfall nicht siehst.«

Ich runzelte die Stirn, verstand nicht, worauf sie hinauswollte.

Sie wandte sich wieder der Konsole zu. »Vor neun Monaten hat einer von Teodalds Leuten eine Person auf Zapador festgesetzt. Sie hatte sich Zugang zu den Bunkern mit der Weporaner-Forschung verschafft.«

Sie spielte ein weiteres Video ab. Auf einem Stuhl saß gefesselt und mit blutendem Gesicht ein Mann. Das zapadorische Gewand war mit Flecken überzogen und an einer Stelle zerrissen. Sein Blick war glasig, er lächelte und plapperte vor sich hin. Eine Stimme hinter der Kamera sagte: »Wiederhole das!«

»Wir wissen alles über euer weporanisches Spielzeug.« Er kicherte. »Euer Geheimnis ist kein Geheimnis mehr. Wir wissen es, wir wissen es. Upsi!«

»Wer ist der Auftraggeber? Na los, sag es deutlich.«

»Oberst Ratna. Die gute Oberst Ratna. Sie wissen alles. Und ihr, ihr werdet bezahlen. Bezahlen für eure Anmaßungen.«

»Apex-Oberst Ratna vom Geheimdienst? Mitarbeitende von General Al Raschid?«

»Natürlich ist sie das, hihi, oder heißt eine deiner Omas auch Ratna? Ihr seid erledigt. Glaubt ihr, wir lassen uns ewig auf der Nase herumtanzen? Allein dieses widerwärtige Aliengestrüpp. Aber das mit den Weporanern, dafür werdet ihr gegrillt.«

»Was hat Al Raschid geplant? Soll es einen Anschlag auf Zapador geben?«

»Oh ja, den wird es geben. Al Raschids Truppen machen bald sauber.«

»Wann?«

»Morgen, übermorgen. Je früher, desto besser!«

Eine zweite Person, die nicht im Bild war, sagte: »Er weiß nicht, wann.«

Wieder sprach die erste Person. »Gut, dann erzähl uns von dem Anschlag. Ein Anschlag auf die Kuppel? Auf die Bunker? Was wird geplant?«

»Pufff!« Er lachte.

Eine Person, von der man nur den Rücken sah, schritt auf den Gefesselten zu und packte seine Wangen fest mit einer

Hand. »Na komm, streng dich an. Oder soll ich noch mal von vorne anfangen?«

»Nein, nicht noch mal! Bitte nicht!« Er sah jetzt weinerlich aus und sabberte. Es war offensichtlich, dass man ihm ein Serum verabreicht hatte, damit er die Wahrheit sagte.

»Wir können das schnell beenden. Ich will nur wissen, was für ein Anschlag geplant ist.«

»Ihr alle werdet uns verlassen. So traurig. Keine Kuppel, keine Maden, keine Schüttelpalmen, alles weg.« Er schaute gespielt mitleidig.

»Seine Werte sind unklar. Ich bezweifle, dass er Genaueres über das Anschlagziel weiß«, sagte die Person hinter der Kamera.

»Okay, wir sind hier fertig. Mach die Kamera aus.«

Das Bild stoppte.

Zoya schaute mich an. »General Al Raschids Apex wusste von den Funden. Wir haben mit einem Anschlag gerechnet. Aber einen so massiven Angriff haben wir nicht für möglich gehalten.« Sie senkte den Blick, kämpfte kurz mit Tränen, schluckte sie aber runter. »Erinnere dich an das, was Teodald auf Zapador erzählt hat. Für die Hardliner ist ein solcher Zwischenfall ein Geschenk. General Al Raschid profitiert von einem Alienangriff. Es gibt ihm den Vorwand, eine harte Reaktion zu fordern, um den irdischen Bios vor Außerirdischen zu schützen. Eine strikte Anwendung der Bios-Doktrin zum Wohle von Mutternatur. Wenn man diese Bilder geschickt einsetzt, versammelt sich die gesamte Menschheit in Angst vor den Weporanern hinter ihm.«

Ich wollte es nicht glauben. »Der Generalstab schützt uns, er sendet keine Mordkommandos aus.«

Sie lächelte. »Du lebst in einer Blase. Unter den Menschen tobt ein Machtkampf. Al Raschid schafft Fakten. Er erzwingt die Entscheidung.« Zoya schüttelte resigniert den Kopf. »Hast du Al Raschids Kommentar zu dem Angriff auf die Orca gesehen?«

Ich runzelte die Stirn und nickte langsam.

»Die Orca kämpft an der axinischen Front und wurde dort in Stücke geschossen.« Zoya zog die Hände auseinander, um eine Explosion zu imitieren. »Mit einer neuartigen Waffe haben die Axinen unser Flaggschiff in die Luft gesprengt. Und was macht Al Raschid daraus?« Zoya starrte mich an.

»Einen Angriff der Weporaner«, nuschelte ich.

»Al Raschid sät, wo er nur kann, Angst und Schrecken vor einer aufkeimenden Gefahr durch die Weporaner. Immer mehr Menschen haben Angst und sind bereit, ihm Vollmachten unter Paragraf 14 auszustellen. Sie glauben, dass nur ein autoritäres Vorgehen uns vor der neuen Gefahr schützen kann.« Sie rückte ihre getönte Brille zurecht. »Dabei ist er selbst die Gefahr.« Sie schaute zu Boden und sprach leise weiter. »Kazuki hat uns gewarnt.« Sie schaute mir direkt in die Augen. »Es war kein Zufall, dass Abeba deine Pilotin war, das hatte Teodald dir nicht mehr sagen können.«

»Was hat sie damit zu tun?«

»Kazuki hat Abeba eine Warnung mitgegeben. Er hat uns gewarnt, dass Al Raschids Agenten auf den krezoktischen Planeten von den Artefakten erfahren haben und wir damit rechnen müssen, dass Al Raschid an die Öffentlichkeit geht. Er hielt es für möglich, dass Extremisten Anschläge verüben könnten.«

Ich wollte widersprechen, hielt mich aber zurück. »Wie habt ihr auf die Warnungen reagiert?«

»Wir hatten lange Zeit die Hoffnung, dass sich Kazuki mit der Beruhigungspolitik durchsetzen würde. Aber Al Raschid dominiert inzwischen nahezu alle Lager.«

»Hat Kazuki noch eine Chance?«

Sie zeigte auf mich. »Du warst einer von Kazukis Versuchen, Al Raschid Wind aus den Segeln zu nehmen. Ein trotziger Versuch. Eine neutrale Person, nicht politisch vorbelastet, bekannt in allen Lagern. Du kannst die Entdeckung, dass sich Weporaner womöglich auch im Theta-Oktanten aufhalten, an die Öffentlichkeit tragen, und das mit einer faireren Perspektive auf die Rolle der krezoktischen Planeten. Du weckst Verständnis bei den gemäßigten Kräften. Für viele bleibst du ein Kriegsheld. Wenn du dich auf den Standpunkt stellst, dass man den Krezokten eine Chance geben muss, öffnet es Raum für eine neue Debatte. Eine neue Sichtweise hätte sich aufgetan. Stattdessen diktiert Al Raschid die politische Agenda und treibt alle vor sich her. Wir wollten zumindest etwas Zeit gewinnen.«

»Ich bin mir nicht sicher, ob das viele so sehen.«

Zoya wischte meine Bedenken mit einer Geste weg. »Teodald hat dir die Schüttelpalmen gezeigt und von Sapor erzählt. Er wollte, dass du begreifst, dass nicht alles da draußen eine Gefahr ist. Dass wir abwägen müssen. Dass Zapador sich nicht abspalten will, dass es einfach anders sein will. Er hat gehofft, wir alle haben gehofft, dass wir über dich eine Chance zum öffentlichen Dialog erhalten könnten. Zapador hat keine Stimme in den Kernwelten.«

Ich schaute sie glasig an.

Sie schüttelte den Kopf. »Hör zu, Arkes, wir waren dabei, dich einzuweihen. Komm mir jetzt nicht mit so einer ›Ich fühle mich benutzt‹-Scheiße. Oyibo war dagegen, dich einzuweihen. Ich gebe zu, ich war skeptisch, habe aber dafürgestimmt. Wir alle haben das mitgetragen und auf dich gesetzt.« Sie ließ den Kopf hängen. »Teodald und Oyibo, diese Narren«, sagte sie, und es schien mir, als würde sie ein Schluchzen unterdrücken.

»Hätten wir dieses Artefakt an Ort und Stelle zerstört, es nie nach Zapador geschafft …«

Sie hielt sich die Hand vors Gesicht und presste Daumen und Zeigefinger an die Schläfen. Tränen tropften von ihrem Handballen. Ich kam mir fehl am Platz vor. Ich war nicht die Person, um sie zu trösten, doch außer uns war niemand auf dem Schiff. Ich ging neben ihr in die Hocke.

Sie hob den Kopf, schaute aber zur Seite. »Lass gut sein«, sagte sie trocken, drehte sich weg, atmete ein und wischte sich durchs Gesicht.

Ich wartete einen Moment. »Abeba, wo ist sie jetzt? Warum ist sie nicht mitgekommen?«

»Die Lebenserhaltungssysteme der Heuschrecke sind mit zwei Personen am Limit. Du warst zwar auf Eis, aber es war zu riskant, alles auf ein einziges klappriges Schiff zu setzen. Deswegen wollte sie versuchen, sich zu einem anderen Schiff durchzuschlagen. Abeba kennt sich auf Zapador aus. Sie weiß besser, wie sie zur nächsten Landebucht kommt.« Sie ballte die Faust, kämpfte offensichtlich wieder mit Wut und Trauer. »Teodald …«

Ich schaute sie einen Moment lang an und atmete tief ein. »Hör zu, das mit Kazukis Idee und mit allem, was passiert ist … Ich glaube nicht, dass ich die richtige Person bin, um mich in die Politik einzumischen. Also, ich finde das alles unfassbar, aber ich bin nicht der Typ für politische Spielchen. Versteh mich nicht falsch. Man sollte die Sichtweise der Krezokten hören und erfahren, was passiert ist. Aber ich bin zum Repräsentieren da. Niemand würde mich ernst nehmen, wenn ich auf einmal das Wort für eine Partei ergreife. Ich kenne ein paar Leute auf den Kernwelten, die sind die Richtigen dafür. Wenn wir Anschluss an das Intersolnet haben, kann ich sie kontaktieren. Ich meine, du hast ja gesehen, dass ich dir nicht helfen kann. Was meinst du?«

Zoya war halb von mir weggedreht und schaute mich nicht an. »Fuck, Oyibo hatte recht.«

»Was?«

»Du machst es dir bequem. Du lässt andere für die heile Welt sorgen, in der du dich gemütlich einrichtest. ›Uns geht es doch allen gut‹, solche Sprüche hast du drauf. ›Ja, man müsste hier und da etwas ändern, aber so herumschreien, das geht zu weit. Die Leute müssen einsehen, wie gut es ihnen geht.‹ Oyibo hatte recht. Das bist du. Du weigerst dich, Verantwortung zu übernehmen. Du machst es dir bequem auf den Toten wie Teodald und Oyibo. Menschen, die sich einsetzen, die Verantwortung übernehmen. Und selbst wenn sie tot sind und man dir eine Pistole an den Kopf hält, sagst du: ›Das muss jetzt nicht sein, da könnte ja auch mal jemand was gegen machen.‹ Aber Hauptsache, du erhebst nicht die Stimme. Hauptsache, du machst dich nicht angreifbar. Andere sollen sich die Hände schmutzig machen. Oyibo hat das in dir gesehen. Was habe ich mich getäuscht.«

Ich öffnete den Mund, um ihr zu widersprechen. Es störte mich, wie sie mich darstellte. Ich fühlte mich angegriffen, so sprach man nicht über einen Helden. Ich hatte mich eingesetzt. Hätte man mir sonst den Ahornorden verliehen? Aber so sehr ein Teil von mir sie auch anschreien wollte, es kam nichts aus meinem Mund. Also schloss ich ihn langsam wieder. Er war trocken und schmeckte bitter. Zoya hatte erkannt, wer ich hinter dem Orden war, wer ich wirklich war. Vielleicht wusste sie es besser als ich selbst. Ich sackte in mich zusammen, hatte nichts zu meiner Verteidigung zu entgegnen. Es hätte mir egal sein können, aber das war es nicht. Ich sah mich selbst und verabscheute mich.

Auf einem der Bildschirme liefen noch immer die Aufzeichnungen von Farol ab; Menschen, die Menschen erschossen. Auch ich hätte tot sein sollen, wenn es nach den Angreifern ging. Aber ich lebte. Ich fuhr mir mit einer Hand über die Brust, wo meine Plastiklunge war. Diesmal nicht aus Nervosität, sondern um zu spüren, was mir angetan worden war. Ich dachte an Zapador, an das Zwielicht, an die eisige Kälte, an das Stechen des Metalls und die überlagernde Atemnot in der fremden Atmosphäre, in die mich die Angreifer gestoßen hatten.

Ich dachte an die vergangenen Jahre. Eine leere Zeit voller leerer Reden, leerer Gespräche, leerer Beziehungen, nur kaschiert von einer sorgfältig aufrechterhaltenen Fassade.

Und dann sah ich Ada vor mir, meine Truppführerin auf Nobos. Wie sie mich ohne Zögern am Kragen gepackt, mich in dieses verdammte Shuttle geschmissen und mir das Leben gerettet hatte. Niemanden hatte sie zurückgelassen. Ich sah, wie sie über das Eis gekrabbelt war, mit Granaten in den Händen, um die Axinen in die Luft zu jagen. Dann hörte ich, wie sie meinen Namen geschrien hatte. Sie hatte mich gebraucht. Aber ich hatte im Schnee gekauert und war nur daran interessiert gewesen, meine jämmerliche Haut zu retten. Ich hätte ihr helfen können. Aber ich hatte sie im Stich gelassen, als wäre das alles nicht mein Problem. Nichts hatte ich geleistet und ruhte mich darauf aus.

Ich griff zögernd den Stuhl neben Zoya und rutschte hinein. Jämmerlich wie ein Hund mit Bauchschmerzen beim Stuhlgang hing ich dort. Zoya drehte den Kopf zu mir, ich drehte meinen zu ihr, schaute ihr in die Augen und hielt ihrem Blick stand.

»Also, was ist dein Plan …« Ich räusperte mich. »Was ist … unser Plan?«

Sie runzelte die Stirn. Es hatte einiges gebraucht: Ein Nahtoderlebnis auf einer Schneekugel, eine Gefangenschaft auf einer abgewrackten Partymeile im Nirgendwo, eine Standpauke von Zoya und ein ganzes Leben aufgebaut auf einer Lüge. Ich fühlte mich wacklig wie ein Baby, das seine ersten Schritte wagte. Aber ich hatte beschlossen, die Sache persönlich zu nehmen.

Zoya sah erschöpft aus, aber sie nickte. Während sie die folgenden Worte sprach, änderte sich ihre Miene hin zu bitterer Entschlossenheit. »Wir haben befürchtet, dass es Anschläge geben würde, wenn Hardliner von dem weporanischen Artefakt Wind bekommen. Aber wir haben nicht erwartet, dass sie einen Alienangriff inszenieren. Wenn Al Raschid den gefakten Angriff dem Faunarat vorlegt, werden die gemäßigten Generäle härtere Maßnahmen unterstützen. Da gibt es keinen Zweifel. Vielleicht stellen sie ihm Vollmachten aus. Damit wird das, was er befiehlt, Gesetz. Dieser Angriff ist ein Jackpot für ihn.« Sie biss die Zähne zusammen. »Ich habe von Jen gelernt, dass es Menschen gibt, die so von sich besessen sind, dass sie alles vernichten, was ihnen im Weg steht. Ich werde nicht zulassen, dass so jemand die Herrschaft über die GVA übernimmt.« Sie schaute mich an. »Wir müssen Kazuki unterrichten. Mit diesen Daten kann er Al Raschid und seine Schergen aufhalten, zumindest kann er ihnen einen fairen Kampf bieten. Diese Arschlöcher! Al Raschid wird sich imposant inszenieren. Er wird darauf pochen, dass man ihm Vollmachten erteilt, damit er den irdischen Bios nach außen verteidigen kann. Dabei wird er zuerst seine Feinde im Inneren bekämpfen. Wir fliegen nach Gäa I, überzeugen Kazuki, dass alles getan werden muss, um Al Raschid zu stoppen, und sehen zu, dass wir diesen Albtraum beenden.«

Ich nickte langsam und begrub die Illusion, in mein vergnügtes Leben zurückzukehren.

23

Zoya saß mit dem Rücken zu mir und wischte vor sich in der Luft hin und her. Sie hatte sich über ihr neuronales Interface mit der Datenbank des Schiffs verbunden. Ich rümpfte die Nase. Es roch nach kaltem Schweiß und den konzentrierten Ausdünstungen, die von Stunden der Recherche zeugten.

Ich räusperte mich. Zoya hielt inne und drehte sich um. Tiefe Augenringe lugten unter ihren getönten Brillengläsern hervor.

»Du brauchst eine Pause«, sagte ich.

Sie schaute leer zur Seite. Vermutlich überprüfte sie, wie lange sie schon mit dem Interface verbunden war. Dann rieb sie sich durchs Gesicht und nickte. »Ich bin bald fertig.« Sie drehte sich wieder weg von mir.

»Nach was suchst du?«

Sie schniefte und wischte von sich weg, sodass ein Hologramm vor ihr Daten im Raum einblendete. Ich blinzelte. Es war ein wirrer Berg von Informationen. Ohne eine neuronale Verbindung war es schwierig, sie zu interpretieren, aber ich hatte keine Lust, mich an das Interface anzuschließen, denn das war so angenehm, wie einen Marathon zu sprinten.

»Die RomkiCorps?«, entzifferte ich einzelne Worte.

Zoya drehte sich wieder zu mir, löste die neuronale Verbindung und sackte tiefer in ihren Stuhl. »Wahrscheinlich ist es eine Sackgasse.«

Ich schüttelte fragend den Kopf.

»Jen«, sagte sie.

»Jen ist eine Romki, okay. Wie hilft uns das weiter?«

»Vermutlich gar nicht. Aber irgendetwas stimmt nicht. Jen hat sich immer von den Romki distanziert. Sie waren ihr zu einschränkend. Sie wollte unabhängig sein. Und jetzt trägt sie ihre Kleidung?«

Ich hob die Augenbrauen und musterte die ausgelaugte Zoya. »Eine Rückbesinnung auf die Wurzeln mit zunehmendem Alter? Ich glaube, du interpretierst da zu viel rein.«

»Nicht nur das. Auch die InterCredits. Warum hat Jen eine Währung auf der Kobold eingeführt, die sie nicht selbst kontrolliert? Dadurch hat sie die Station an das Währungssystem der GVA gebunden. Warum das alles?«

»Mit InterCredits hat sie leichteren Zugang zu anderen Märkten. Du warst einfach lange nicht mehr dort. Dinge entwickeln sich weiter.«

»Ja, wahrscheinlich hast du recht.« Zoya winkte müde ab. »Das ist auch die offizielle Erklärung, die sich im Intersolnet findet.« Sie deutete auf das Hologramm.

Ich schaute auf den Berg an Daten über Jen, in dem sich Zoya stundenlang vergraben hatte, und schluckte. »Es ist sicherlich schwierig, die ehemalige Freundin nach Jahren wiederzutreffen.«

»Luftbeutel, bitte. Das ist keine Stalkingnummer. Wir können uns nicht erlauben, irgendetwas zu übersehen.«

Ich hob eine Augenbraue und schaute von Zoya zu den Daten. »Das ist ohnehin alles veraltet. Du hast mir selbst erklärt, dass es im Theta-Oktanten nur eine aktuelle Faltenroute gibt, und dort werden so gut wie keine Intersolnet-Drohnen eingesetzt. Die Synchronisation vollzieht sich ausschließlich über die Datenkerne der Schiffe. Ich wette, du suchst in Daten, die Monate oder Jahre alt sind.«

»Jaja, Luftbeutel, ich weiß, dass wir in Theta den Kernplaneten hinterherhängen.«

»Warum glauben die Randwelten immer, dass ich mich über ihre Rückständigkeit lustig machen will?«

»Rückständigkeit?«

»Ach, komm schon, das war ein Scherz.«

»Deine Qualitäten als Comedian stehen denen als Held in nichts nach.«

Ich blies die Backen auf.

»Luftbeutel! Das. War. Ein. Scherz.« Sie öffnete gespielt die Arme. »Auch die Dunkelweltmenschen machen mal Witze.«

Ich hob die Hände. »Wie auch immer. Worauf ich hinauswollte: Ich arbeite oft mit der Medienanstalt auf Gäa I zusammen. Ohne das Intersolnet läuft da nichts. Das Netzwerk fließt im Avena-System auf Gäa I zusammen. Egal, in welchem Sektor Nachrichten versendet werden, sie werden immer zuerst über Gäa I geleitet. So hat die GVA die Kontrolle. Sie greift ein, wenn sich Meldungen nicht verbreiten sollen. Es ist faszinierend. Entgegen der landläufigen Meinung ist kein dezentrales Netzwerk, sondern eher ein Spinnennetz. In der Mitte sitzt die Spinne, die die kleinsten Schwingungen spürt. Sie lesen die Kommunikation aber nicht nur, sie kontrollieren sie auch. Und damit alles. Wenn irgendein selbst ernannter Messias eine Botschaft versendet, die nicht im Sinne der Generäle ist, filtern sie sie einfach raus. So begrenzen sie den Schaden. Die Einheit der Menschheit bleibt bestehen.«

Zoya nickte wissend. »Deswegen hat auch niemand eine Ahnung, wie Menschen in den Randwelten leben.«

»Wir beide haben vor, das zu ändern«, sagte ich.

Sie nickte sanft und lächelte zart wie eine Studentin, die einen Kommilitonen mit anderen Augen sah, weil er ihre Begeisterung für ein Nischenthema teilte.

»Hör zu, ich habe mir ein bisschen Gedanken gemacht.« Ich setzte mich neben sie. »Wir sind uns einig, was zu tun ist. Kazuki muss die Aufzeichnungen des Angriffs auf Zapador erhalten. Aber wir haben uns noch nicht über das Wie unterhalten. Die Aufzeichnungen sollten sofort zu Kazuki, so schnell, wie es eben geht. Wenn wir aus den Raumfalten am Rande des Avena-Systems austreten, können wir uns mit dem lokalen Solnet verbinden und die Daten direkt an Kazuki senden. Es ist der schnellste Weg.«

Zoya schürzte die Lippen. »Ja, darüber habe ich auch nachgedacht.« Sie nickte auf das Hologramm, als würde das Wirrwarr etwas für mich Nachvollziehbares darstellen. »Al Raschids Apex-Kommando hat seine Ohren an der Kommunikation im Solnet von Avena. Die Gefahr ist zu groß, dass sie die Nachricht abfangen. Der Geheimdienst ist dazu allemal in der Lage. Ich erinnere dich gerne an die Spinne, von der du gesprochen hast.«

»Jaaa, ich hatte befürchtet, dass du das sagst.«

»Wir überreichen Kazuki den Datenträger von Hand zu Hand.«

»Das hatte ich auch befürchtet.«

»Nur so können wir das Überraschungsmoment aufrechterhalten. Kazuki muss die Daten ohne Al Raschids Wissen sehen. Al Raschid muss im Glauben bleiben, dass niemand außer ihm weiß, was auf Zapador passiert ist.«

»Was ist, wenn über den Angriff schon öffentlich berichtet wird?«

»Das spielt keine Rolle. Die Information, dass Al Raschids Einheiten dahinterstecken, ist die eigentliche Bombe. Ich mache mir mehr Sorgen darüber, dass uns Al Raschids Leute auf Gäa I festsetzen, bevor wir bei Kazuki sind.«

»Al Raschid kann uns nicht einfach auf Gäa I festsetzen.« Langsam schüttelte ich den Kopf. »Das kann keiner der Generäle. Auf Gäa I hat die zivile Verwaltung der Irdischen Union das Sagen.« Ich rieb mir das Kinn. »Die Stationsleiterin ist Generalin Nesri. Sie ist jetzt seit zwei Jahren auf dem Posten und muss ihn wegen des Rotationsprinzips in einem Jahr räumen. Wie dem auch sei, sie hat sich einen Namen gemacht. Sie lässt sich von niemandem reinreden, wie sie die Station zu leiten hat. Jedenfalls hat sie bisher keinen General dort Polizei spielen lassen. Sie ist bekannt dafür, deutliche rote Linien zu ziehen. Die IU hat sich die Verwaltung von Gäa I nicht durch die GVA streitig machen lassen, und Generalin Nesri hat daran ihren Anteil gehabt.«

»Al Raschid ist das egal. Zumindest sollten wir davon ausgehen. Außerdem wimmelt es dort von Militärs. Seine Leute können uns unbemerkt aus dem Weg räumen. Oder schlimmer: Vielleicht ist die Stationsleiterin Nesri in die Ecke gedrängt und ergreift Partei für Al Raschid.«

»Okay, okay, verstehe. Aber auf Gäa I kann man nicht ohne Weiteres mit gezückten Waffen rumlaufen. Ich kenne die Station. Ich habe viel Zeit dort verbracht. Und die Leute kennen mich. Bevor wir mit dem Kopf durch die Wand brechen, lass es uns zivilisiert versuchen. Das ist nicht die Kobold 9.«

Zoya musterte mich abwägend. »Ja, mag sein. Trotzdem sollten wir vorbereitet sein.«

»Sicher, aber versprich mir, dass wir es zuerst auf meine Art versuchen.«

Zoya winkte ab. »Von mir aus.«

»Und dort geht man auch nicht einfach so an Bord. Die IU identifiziert uns, bevor sie uns auf die Station lässt. Deswegen können wir nur hoffen, dass die zivile Verwaltung Apex aus seinen Datenbanken raushält.«

»Scheiße«, sagte Zoya. »Was soll's, wir brauchen so oder so einen Plan B für den Fall, dass wir nicht zu Kazuki kommen.«

Ich deutete auf das Hologramm. »Na, ich hoffe, du hast acht Stunden lang nicht nur deine Ex-Freundin gestalkt, sondern auch an unserer Mission gefeilt.«

Sie hielt Daumen und kleinen Finger aneinander und streckte mir die Geste entgegen. Dann lächelte sie und zog meinen Stuhl mit mir darauf näher zu sich. »Natürlich habe ich das, Luftbeutel. Schau her.«

24

17 Standardtage später
Sektor Alpha 1.1.1

Wir traten am Rande des avenaischen Systems aus den Raumfalten und die Normalraumtriebwerke zündeten. Vier Standardtage würden wir bis zur Station Gäa I brauchen. Sie lag auf einem Orbit um einen der inneren Gesteinsplaneten, Avena.

Ich nutzte die Zeit, um die Newsfeeds des Intersolnets abzurufen. Tief im Theta-Oktanten waren die intersolaren Feeds aufgrund der wenigen Drohnen Monate oder gar Jahre alt. Nur lokale Sendungen waren aktuell. Im Avena-System lief alles zusammen. Egal, in welchen Sektor man Nachrichten versendete, sie wurden zentral über Gäa I geleitet. Das bedeutete, dass im Avena-System im Schnitt die neuesten Daten zur Verfügung standen. Ich wollte wissen, ob sich die Nachrichten über Farol bereits öffentlich verbreitet hatten.

»Es gibt eine neue Verfilmung von der Landung auf Nobos. Erschreckend, wie jung der Schauspieler ist, der meine Rolle spielt«, sagte ich und zwinkerte Zoya zu.

Sie schmunzelte. »Wenn wir versagen, wirst du bald zum Staatsfeind und sie stampfen den Film ein.«

Ich fuchtelte genervt auf der Konsole herum. »So eine Scheiße. Diese Werbung wird immer penetranter. Bei jeder Suche soll ich mir irgendeinen Spot ansehen.«

Auf dem Schirm tauchte ein Oberstleutnant in schick gebügelter Uniform auf. Er zeigte seine weißen Zähne, und sein hellblondes, zum Scheitel gekämmtes Haar strahlte in die Kamera. Sein Bart war so kurz und messerscharf geschnitten, dass er wie aufgemalt wirkte. Während er dahinschlenderte, lag eine Hand auf einem Säbel, der tief an der Seite seiner Uniform hing. »Oh, verdammte Scheiße, das ist Georg Hornburp.«

Zoya runzelte die Stirn. »Wer?«

»Hornburp, ein hohes Tier in der Medienanstalt. Ihm verdanke ich die Müslikampagne, unter anderem.«

Hornburp sprach mit einer Leichtigkeit, als wäre er auf einem Betriebsausflug. »Die Axinen sind die Plage des Alpha-Oktanten.« Er lächelte in die Kamera. »Aber es gibt ein Gegenmittel: die GVA. Sie ist das Scheuermittel, das selbst in den abgelegensten Ritzen des Spiralarms nur Axinen-Matschepampe hinterlässt; der Hochdruckreiniger, der Aliens von Planetenoberflächen spült.«

Er hielt inne, zog einen Mundwinkel hoch und senkte den Kopf, sodass er über seine Sonnenbrille direkt in die Kamera schaute. »Eine kleine Demonstration gefällig? Wir haben Schiffe, die den Orbit säubern.«

Er schnippte, und eine Flotte von GVA-Schiffen wurde neben ihm in einem zweiten Bild eingeblendet. Sie lag im Orbit um irgendeinen Planeten und schoss aus allen Rohren; Torpedos, Railguns und Gatlings. Ein militärisches Feuerwerk.

»Wir haben Bomber, um axinische Nester zu sterilisieren.« Er schnippte erneut. Anstatt der Flotte donnerten Atmosphärenbomber durch Wolken und ließen Tonnen von Flächenbomben aus ihren Schächten fallen.

»Wir haben nautische Einheiten, die die axinischen Fratzen in Ozeane hineinpürieren.« Wieder schnippte er, und die

Aufnahme zeigte einen Kapitän, der im schummrigen Licht einer U-Boot-Brücke »Feuer!« brüllte.

»Und wir haben die Elite, unsere Infanterie, die das Ungeziefer mit ihrer eigenen Faust zerquetscht.« Hornburp verzog das Gesicht und ballte seine Faust in die Kamera, als zerdrückte er ein Insekt.

»Die GVA ist so wirksam gegen die Alienplage, dass der gesamte Spiralarm bald in den Farben der irdischen Flora erstrahlt. Und ich möchte, dass Sie mitmachen.« Er streckte den Zeigefinger in die Kamera. »Schreiben Sie sich ein! Greifen Sie zur Waffe! Zeigen wir es den Biestern!«

Im Gehen formte Hornburp mit den Händen einen Rahmen vor sich in der Luft und lenkte damit die Aufmerksamkeit auf eine Ecke des Raums. Fixiert an allen sechs Gliedmaßen und am Torso hing dort eine Axine an der Wand. Sie war einen Kopf kleiner als Hornburp. Statt eines einzelnen Augenpaars wie bei Menschen war ihr Gesicht mit drei facettierten Augen ausgestattet, die sich eng aneinander von links nach rechts über die gesamte Breite des Kopfes legten. Eine lavendelfarben schimmernde Membran überzog jede Facette, von denen einige aufgeplatzt waren. Eine glibberige, türkise Flüssigkeit trat aus den Öffnungen. Über den Augen spannte sich ein Kamm, von dem sensorische Auswüchse in verschiedenen Größen wie Haare abstanden. Auch diese sahen mitgenommen aus, als hätte man sie mit einem Flammenwerfer angeschmort. Unter den Augen öffnete und schloss sich eine Art Mund, der an einen Schließmuskel erinnerte und aus dem ebenfalls türkisfarbener Glibber spritzte. Die Axine zerrte an den Fesseln.

Hornburp schüttelte bedauernd den Kopf. »Grässlich, nicht wahr? Ein Slob. Die Standardkaste des axinischen Militärs. Wenn Sie ihnen begegnen, immer mittig zielen, kurz über diese beiden stummeligen Gliedmaßen. Sie können auch erst die anderen vier Gliedmaßen bearbeiten.« Hornburp zog sein Schwert und hackte auf eines der Beine ein. Die chitinartige Oberfläche knackte auf und das Bein brach ab. Der Slob rüttelte an seinen Fesseln.

»Aber warum die Galaxie nicht gleich mit einem gezielten Schlag zu einem besseren Ort machen?« Er stach den Säbel in die Mitte des Slobs und ließ ihn dort stecken. Der Slob bewegte sich nicht mehr und die türkisfarbene Flüssigkeit floss den Säbel entlang. Hornburp lächelte.

»Das, was Ähnlichkeit mit einem Gehirn hat, sitzt zentral.« Er formte um die Stelle, wo der Säbel steckte, ein Quadrat. »Ein ordentlicher Hieb, und wir haben ein Problem weniger.«

Er schlenderte weiter zu einem Käfig, in dem eine weitere Axine gefangen war. »Und hier haben wir eine Fatso.«

Die Fatso stampfte wie ein Bulle umher. Ihre Form ähnelte einem Marienkäfer. Nur war die Oberfläche wulstig und matschfarben. Aber der entscheidende Unterschied war die Größe. Fatsos waren Panzer auf sechs Beinen, vom Volumen vergleichbar mit einem Elefanten. Die Fatso war in einem engen Käfig gefangen und versuchte, mit dem wenigen Schwung, den sie nehmen konnte, die Gitterstäbe zu durchbrechen. Es rumpelte, aber sie hatte keine Chance, zu entkommen.

»Die Fatsos sind eine Kaste, die man am besten mit einem Vorschlaghammer aus der Welt schafft.« Hornburp griff nach einem Sturmgewehr, das auf einem Pult bereitlag. »Oder mit meiner Lieblingswaffe, der Victox, dem Multitalent unter unseren Alienvernichtern.«

Er stemmte die Victox in die Hüfte und betätigte den Abzug. Eine Salve Projektile durchsiebte die Fatso. Noch während Hornburp feuerte, drehte er lächelnd den Kopf zurück in die Kamera. Das Flackern der Explosionen umspielte sein Gesicht. Über ihn regneten Panzersplitter, die aus der Axine herausbrachen. Dann ließ er die Waffe krachend zu Boden fallen, klopfte sich zufrieden die Uniform ab und ging weiter. Die zerhäckselte Fatso lag in einer türkisfarbenen Glibberfütze.

»Während des Ausmistens begegnen uns auch kleine Kasten, am häufigsten die Raskal, besser bekannt als Luftfurz.«

Hornburp beugte sich nach vorne und schaute zu Boden. Erneut rahmten seine Finger ein, worauf die Zuschauer achten sollten. Eine 15 Zentimeter lange Axine mit flügelähnlichen Armen hockte in einem Käfig, der an eine Lebendfalle für Mäuse erinnerte. Die Kamera schwang zurück auf Hornburp.

»Ich liebe diese Waffe.«

Er beäugte die Handfeuerwaffe in seiner Rechten, legte auf die Axine an und drückte ab. Ein milchiger Schleim klatschte großflächig auf die Raskal, bedeckte den gesamten Käfig und den Boden im Umkreis. Es fing an, zu dampfen und dann zu brennen.

»Wunderbar! Selbst in einer Atmosphäre ohne Sauerstoff äschern Sie mit der Snare die Axinenplage ein. Sie ist ideal, um windige Populationen einzudämmen.« Er schmiss die Waffe zu Boden und klatschte in die Hände. Die Kamera fokussierte auf Hornburp. »Ganz egal, ob sie handwerklich begabt sind oder verkopft, in der GVA findet jeder seine ihm von Mutternatur gegebene Bestimmung. Sie alle können diese Galaxie zu einem besseren Ort machen. Worauf warten Sie? Schreiben Sie sich ein! Noch heute! Streiten wir für Mutternatur! Lassen Sie uns ein paar Axinen abfackeln!«

Das Logo der GVA wurde eingeblendet.

»Bei der irdischen Fauna, wen spricht so was bitte an?«, fragte Zoya.

»Die stumpfesten Werbungen sind am erfolgreichsten. Das habe ich von Hornburp gelernt, als er mir die Müsliaktion aufgehalst hat.«

Zoya machte eine genervte Handbewegung. »Das war eine rhetorische Frage, Arkes. Wir haben anderes zu tun.«

Ich hob lächelnd die Hände und suchte weiter im systemweiten Solnet, bis ich mir sicher war. »Zu Zapador, nichts. Wenn dem Generalstab schon Informationen vorliegen, dann halten sie sie zurück.«

Zoya nickte. »Okay, bereiten wir den Back-up-Plan vor. Und danach weiter wie gehabt.«

Wir flogen Stunden, bis ich an Backbord den Gasriesen Leonis mit Ringen und Monden sah. Ein rarer Anblick: Obwohl man bei einem Sonnensystem immer an das Zentralgestirn und seine Planeten dachte, sind sie nicht mehr als Sandkörner im leeren Raum.

Zoya hatte eine holografische Karte des Gasriesen und seiner Monde vor uns ausgebreitet. Ein winziger Mond war markiert: Leonis XXVII. Er sah aus wie eine längliche Kartoffel. Seine Gravitation war zu schwach, um ihn zu einer Kugel zu formen. Zoya tippte auf das Steuerpult, und eine Flugbahn von unserem Schiff zu dem Mond wurde eingeblendet. Sie tippte erneut. Ein dumpfes Rumpeln war zu hören und auf dem Hologramm tauchte ein blinkender Punkt auf, der sich entlang der Flugbahnlinie in Richtung des Mondes bewegte.

»Langstreckentorpedo abgesetzt«, sagte Zoya.

»Ich hoffe, dass wir Plan B nicht brauchen«, grummelte ich.

»Wenn uns die Apex-Soldaten festsetzen, ist ohnehin alles egal. Das Letzte, was uns dann bleibt, ist, den Torpedo anzupingen. Dann liegen die Karten auf dem Tisch.«

»Ja, das meinte ich gar nicht. Ich wollte darauf hinaus, dass, wenn wir zu Plan B greifen müssen, wir wahrscheinlich mächtig in der Scheiße sitzen.«

Sie legte die Hand auf meine Schulter. »Das wird kein Spaziergang. Wir haben gesehen, wozu Al Raschid in der Lage ist. Farol war kein Militärstützpunkt, die haben Zivilisten hingerichtet. Die treten uns aus einer Schleuse, wenn sie gnädig sind.« Zoya presste die Lippen zusammen und ihre Augen verengten sich.

Ich dachte an Farol, an den Tag, bevor es zerstört worden war. Wie die Menschen umherspaziert waren. An die Kinder, die an dem kleinen Wasserlauf gespielt hatten, an Teodald, der große Ideen gehabt hatte für dieses Paradies auf einer sonst so tristen Welt.

Ich legte meine Hand auf Zoyas Arm und drückte ihn. »Diese Pisser sollen brennen für das, was sie getan haben«, sagte ich. Sie lächelte.

Den Sprengkopf des Torpedos hatten wir entfernt. An seiner Stelle klemmte nun ein Datenträger mit den Aufzeichnungen von Zapador. Zusätzlich hatten wir einen passiven Empfänger eingebaut. Ihn konnten wir anpingen, was den Versand der Daten an Kazukis Büro auslöste. Nicht nur das, es war ein Langstreckentorpedo, der – gefüttert mit entsprechenden Faltenrouten – in ein benachbartes System springen konnte. Der Datenträger würde dort die Daten adressiert an Kazuki an ein Intersolnet-Relais senden. Das Relais gab die Daten weiter an eine Faltdrohne. Die sprang zurück nach Avena und leitete die Daten über die Relaisstation auf Gäa I an Kazukis Büro. Wir hofften, dass dieser Weg nicht nötig sein würde, denn die Nachricht konnte dabei mitgelesen oder herausgefiltert werden.

Ich beobachtete, wie der umfunktionierte Torpedo seine Antriebs- und Navigationsdüsen nutzte. Er reduzierte die Geschwindigkeit und manövrierte sich in den Schatten eines Felsvorsprungs, wo er auf unser Signal wartete.

»Torpedo in Position«, sagte Zoya.

Wir nutzten die Gravitation des Gasriesen, um uns voranzuschleudern, und ließen ihn hinter uns. Danach brannten die Normalraumtriebwerke konstant bei einem g. Es dauerte weitere Stunden, bis uns das Schiff warnte, dass es die Haupttriebwerke abschaltete. Wir schnallten uns an, denn ohne Beschleunigung verloren wir die Schwerkraft. Das Raumschiff setzte die Steuerdüsen ein, um uns um 180 Grad zu wenden. Dann zündete es erneut die Triebwerke, der Schub drückte uns zurück auf den Boden und wir hatten für den Rest der Reise wieder künstliche Schwerkraft. In den nächsten Stunden flogen wir Gäa I mit den uns bremsenden Triebwerken voran entgegen.

Avenas Ozeane schimmerten blau. Die Landmassen erblühten entlang der Vegetationszonen in tiefen grünen, hellen und braunen Farben. Weiße Wolkenformationen zogen über die Oberfläche. Ein Planet, der Mutternatur entzückte. Im Gegensatz zur Wiege der Menschheit, der Erde, lebten die Menschen auf Avena ohne Atemgeräte. Zuerst hatten widerspenstige Einzeller, Algen und Moose auf Avena Fuß gefasst und die Sauerstoffkonzentration erhöht. Komplexe Pflanzen wie Luzerne und Löwenzahn hatten die Böden aufgebrochen und die Grundlage bereitet für weitere Pflanzen, bis die Menschen auf einer zweiten Erde standen. Eine üppige, irdische Vegetation spannte sich über die Kontinente.

Das friedliche Bild, das der Planet aus der Ferne abgab, trübte sich bei genauerer Betrachtung. Unzählige Satelliten, Schiffe und

Raumstationen umkreisten den Globus in schier unbegrenzten Umlaufbahnen, als wäre er von einer Mückenplage heimgesucht worden.

Aus dem Schatten Avenas tauchte ein Objekt auf, das man für einen Mond halten konnte: Gäa I. Die Raumstation war das größte Bauwerk, das Menschen je errichtet hatten. Als wäre sie der Star am Himmel von Avena, glitzerten um sie herum unzählige Schiffe; große zivile Transporter und Kriegsschiffe, aber auch jede Menge mittlere und kleinere Schiffe. Die Station war ein lang gezogener Zylinder, der um seine eigene Achse rotierte. Solarpanele und Spiegelarme ragten zu allen Seiten ab. Ein ständiger Strom von Transportern floss zu der Station hin und von ihr weg.

Zoya bat um Landeerlaubnis. Man teilte uns Landedeck 13 zu. Ich deutete auf eine kleine Station, die durch ein Kilometer langes Stahlseil mit der Hauptstation verbunden war, als würde Gäa I einen Hund an der Leine hinter sich herziehen. An diesem Seil raste ein Transporter hin und her.

»Das ist Landedeck 13«, sagte ich.

Um den Verkehr zu regulieren und zu verhindern, dass durch eine Sicherheitslücke Gefahr für Gäa I entstand, wickelte die zivile Verwaltung intersolare Flüge über dieses Deck ab. Das Personal durchleuchtete dort Besatzung und Fracht ausgiebig, bevor man etwas davon mit der Gondel nach Gäa I transportierte.

»Wir dürfen auf keinen Fall außerhalb der Station festsitzen«, sagte ich.

Zoya funkte den Kontrollturm von Gäa I erneut an. Sie ließ sich nicht abwimmeln, und der Kontrollposten musste Zoyas Standpauke aushalten.

»Ich habe Ihnen gerade gesagt, wen ich hier an Bord habe!

General Kazuki grillt Sie, wenn er erfährt, wie Sie uns behandeln. Das ist nicht irgendein Tourist, verstehen Sie das? Das kostet Sie Ihren Posten. Ist es Ihnen das wert?«

Sie drohte damit, Vorgesetzte zu sprechen und allen die Hölle heiß zu machen. Daraufhin reichte das entnervte Besatzungsmitglied der Gäa die Anfrage weiter. Eine nette Stimme begrüßte mich.

»Eine Freude, mit Ihnen zu sprechen. Da die Tagung des Faunarats bevorsteht, sind wir mit den Kontrollen penibel. Eine Stimmkontrolle liegt mir bereits vor. Könnten Sie bitte noch in die Kamera schauen?«

Ich beugte mich vor und aktivierte die visuelle Übertragung.

»Ja, einen Moment noch. Genau. So, und fertig. Vielen Dank. Ich habe Sie registriert. Wir werden Ihnen gleich die Landeanweisungen zukommen lassen. Einen schönen Aufenthalt.«

Ich schaute zu Zoya. »Wenn Apex Zugriff auf die zivile Datenbank hat, dann wissen sie, dass wir kommen.«

»Vielleicht brauchen wir Plan B doch schneller als gehofft.«

Es dauerte vier Stunden, bis wir die Anweisung erhielten, Landedeck 9 anzusteuern. Das Deck war am Rande der Station, aber nicht außerhalb.

25

Ich stieg aus der Mako und streckte mich, was albern war, weil wir genug Platz zum Strecken gehabt hatten. Aber nach einem langen Flug auf einem kleinen Schiff sog man selbst die Luft einer Raumstation ein, als stände man unter freiem Himmel. Es tat gut, den Eigengeruch der Mako loszuwerden.

»Herzlich willkommen auf Gäa I«, sagte ein junger Verwaltungsbeamter. Zwei Sicherheitsleute flankierten ihn.

Ich nickte lächelnd, Zoya musterte die gesamte Gruppe inklusive der Bewaffnung. Sie trugen die grau-blaue Uniform des Sicherheitspersonals der Irdischen Union.

»Sie wünschen, mit General Kazuki zu sprechen, wenn man mich richtig informiert hat? Leider muss ich Ihnen mitteilen, dass der General wegen seiner vielen Termine unabkömmlich ist. Eine kurzfristige Besprechung ist nicht möglich. In 73 Standardstunden habe ich Sie für eine fünfminütige Unterredung eingetragen.«

Er wollte etwas hinzufügen, schreckte jedoch zurück, weil Zoya auf ihn zuging. Die Hände der Wachen glitten zu ihren Waffen.

Ich hielt einen Arm vor Zoyas Brust. »Haben Sie vielen Dank für Ihre Mühen. Das weiß ich zu schätzen, und meine Sekretärin ist ebenfalls dankbar.« Ich nickte lächelnd zu Zoya. »Wir kommen von einer äußerst unerfreulichen Reise von den Randwelten. Ich muss Ihnen sagen, dieses archaische, raue Leben kann ich beim besten Willen nicht ausstehen. Wie sich Menschen dort niederlassen können; furchtbar. Nicht nur unsere Nerven hat das strapaziert, genauso meine Haut. Schauen Sie sich das an; unvorstellbar.«

Ich bewegte den Arm von Zoya zu dem Beamten, zog den Ärmel hoch und setzte eine weinerliche Miene auf. Er schaute perplex auf meine Haut. Das Wachpersonal sah mich wie ein verweichlichtes Kind an, dessen Eltern nie Nein gesagt hatten. Einem von ihnen entwich ein gepresster Seufzer. Zoya öffnete den Mund und schloss ihn wieder. Ich strich über meinen Arm und schüttelte bedauernd den Kopf.

»Umso schöner, wieder auf Gäa I zu sein. Als ich das letzte Mal hier war, hatte ich das Vergnügen, im Muttererde-Orbital zu logieren. Wenn ich mich recht erinnere, war es in der Skyline-View-Kategorie mit doppeltem Balkon und Sauna. Wissen Sie, nach dieser Reise wäre eine Sauna, nun ja, angebracht. Könnten Sie das arrangieren?«

Der Beamte schaute mich mit offenem Mund an. Ich zog eine Augenbraue hoch.

»Ich bin mir sicher, Sie können das über Ihren Controller in die Wege leiten.« Ich fuchtelte mit den Fingern in die Richtung seiner UMA-Konsole, als könnte ich damit nichts anfangen, hätte aber verstanden, dass sich damit Dinge organisieren ließen, wenn man sie entsprechend bediente.

»Ähm, ja, natürlich. Ich werde schauen, was möglich ist. Folgen Sie mir bitte.«

Er wies uns den Weg, und zu viert folgten wir ihm zu einer Transportgondel. Mit ihr rasten wir in das Zentrum von Gäa I.

»Wie gewünscht habe ich Ihnen die gleiche Unterkunft wie bei Ihrem letzten Aufenthalt gebucht«, sagte der Beamte lächelnd.

»Ausgezeichnet. Könnten Sie bitte dafür sorgen, dass herbarischer Sekt im Zimmer bereitsteht?«

»Wir können eine Flasche zapadorischen Eiswein zur Verfügung stellen.«

»Sehr aufmerksam von Ihnen, aber nach dieser Reise durch die Randwelten wäre etwas Zivilisierteres angemessener, meinen Sie nicht auch?« Ich lächelte nachsichtig.

»Selbstverständlich.« Er tippte auf die UMA.

Der Transporter hielt an und wir traten hinaus auf den Bios-Boulevard, die Hauptstraße von Gäa I. Rechts und links reihten sich Hochhäuser aneinander, die allem voran die Verwaltung beherbergten. Aber auch Hotels für die unzähligen Gäste, die sich in das Zentrum der GVA und der Irdischen Union begaben, gab es hier zur Genüge.

Grünanlagen schmiegten sich an das Hotel Muttererde-Orbital, und Brücken führten zu benachbarten Gebäuden. Weit hinausragende Balkone säumten die Außenwände und boten Platz für Pflanzen, die die Fassade begrünten und sich um die hohen Fenster rankten. In keinem der angrenzenden Komplexe protzten ähnlich hohe Fenster; sie zeugten von hohen Decken, und hohe Decken waren auf jeder Raumstation ein Ausdruck von Luxus, von kostbarem Platz, der verschwendet wurde. Zoya musterte das Gebäude und schüttelte den Kopf.

Der Standort des Muttererde-Orbitals brachte uns einen Vorteil. Wir waren nahe an den Büros des Generalstabs und damit bei Kazuki.

Zoya hatte ihren Blick gelöst und nickte zur Mitte des Boulevards. »Was ist da los?«

Ich reckte den Kopf. »Eine Parade?«

Der Beamte betätigte seinen Kommunikator, und die Sicherheitsbeamten traten vor uns, ihre Hände an den Waffenhaltern. »Warten Sie bitte hier«, wurden wir angewiesen.

Wir stellten uns hinter eine der Platanen, die die Straße

einfassten, und spähten an dem Baum vorbei zum Zentrum des Boulevards. Zwischen den Passanten hatten sich Personen mit grauen Mänteln und Kapuzen gesammelt. Menschen strömten um sie herum, während andere stehen blieben. In der Mitte der Gruppe kniete sich eine Person neben eine Apparatur. Ich kniff die Augen zusammen und wurde von einem Licht geblendet. Es war ein Holoprojektor, aus dem eine Darstellung in die Höhe schoss. Die Passanten verrenkten die Köpfe, um die gesamte Projektion zu erkennen.

Zoya legte ihre Hand auf meine Schulter. »Arkes, soll das eine Axine darstellen?«

Ein Wesen mit langen hängenden Gliedmaßen und einem im Torso versunkenen Haupt dehnte sich über uns aus. Es schien mit einem Umhang bedeckt, der aus dem Körper wuchs und glatt herabhing.

Ich schüttelte langsam den Kopf. »Ich glaube nicht. Man kann sich bei den vielen Kasten nie sicher sein, aber das sieht wie keine Axine aus, von der ich je gehört habe.«

Am Fuß der Projektion trat eine der grau Gekleideten vor. Ihre Stimme donnerte so laut über den Boulevard, dass einige Passanten zusammenzuckten. Sie hielt einen mobilen Stimmenverstärker an ihren Mund und deutete auf das Wesen hinter sich.

»Die Weporaner sind eine feindliche Spezies.« Sie hob den Zeigefinger. »Es gibt keine Koexistenz dort draußen. Wir müssen die irdische Flora und Fauna vor den Außerirdischen schützen. Wepor ist nicht weniger unser Feind, als es die Axinen sind. Auch Wepor gedeiht und rüstet auf, während die Generalität Zeit mit Reden und Uneinigkeit vergeudet.«

Sie ballte die Faust.

»Wir sind die Faunaarmee und fordern die sofortige Anwendung der Bios-Doktrin! Wir fordern die Auslöschung der neuen

Gefahr. Wir fordern, dass unsere Generäle ihrer natürlichen Bestimmung nachkommen. Sie müssen aufhören, sich hinter Privilegien zu verstecken. Denn je länger sie untätig bleiben, desto mehr setzen sie die Existenz des irdischen Bios aufs Spiel. Die Generalität ist von Korruption durchsetzt. Die Generalität schert sich mehr um sich selbst als um Mutternatur. Womit wird sonst die Zurückhaltung gegenüber einer fremden Spezies gerechtfertigt? Mutternatur fordert, dass wir einschreiten!«

Vor uns tauchte eine Person mit ins Gesicht gezogener Mütze und Sonnenbrille auf. Sie hielt uns ihre UMA-Konsole hin, um eine lokale Datei mit uns zu teilen: ein digitales Flugblatt. Bevor wir darauf reagieren konnten, packte einer der Sicherheitsbeamten nach ihr. Die UMA fiel ihr aus der Hand, und sie stolperte zurück. Die Wache setzte nach.

»Halten Sie Ihre Position! Wir haben eine Aufgabe zu erledigen«, zischte der Verwaltungsbeamte.

Die Person sprang sofort auf und rannte davon. Zoya wollte nach der UMA auf dem Boden greifen, aber der Beamte zertrat sie und wies zum Baum. Zoya biss die Zähne zusammen und kam zurück neben mich.

Überall auf dem Boulevard huschten Personen mit UMAs durch die Menge. Die meisten Passanten reagierten nicht darauf, aber einige zogen sich die Daten auf ihre lokalen Speicher; manche auffälliger als andere. Es gab aber auch offene Ablehnung. Eine Gruppe schubste und bespuckte einen der Demonstranten. Der ließ sich davon nicht aus dem Konzept bringen und schlenderte zur nächsten Gruppe. Ich blickte wieder zur Mitte, zu der Projektion und der Frau, die immer noch sprach.

»Es gibt nur diesen einen Weg! Und deswegen verlangt die Faunaarmee die bedingungslose Unter …«

Dann brach ihre Stimme ab, obwohl sich ihre Lippen einen

Moment weiterbewegten. Sie schüttelte den Stimmenverstärker. Die grau Gekleideten schauten sich kurz an, schmissen ihre Mäntel von sich und rannten auf die umstehende Menschenmenge zu, als das Sicherheitspersonal von Gäa I auf den Platz strömte.

Die Weporaner-Projektion öffnete etwas an ihrem Torso, das aussah wie ein klaffendes Maul. Das Wesen reckte sich nach vorne und beugte sich hinunter, als wollte es die Passanten auffressen. Menschen schrien auf und stolperten zurück, aber nicht alle ließen sich von der Projektion Angst einjagen. Einige lachten und applaudierten.

»Richtig so! Es muss sich was tun!«, brüllte jemand mit glänzenden Augen.

Andere waren weit weniger erfreut. Ich verstand in dem Getöse nicht, was sie riefen, aber den Gesichtsausdrücken zufolge hätten sie lieber Scheiße beim Trocknen zugeschaut, als sich mit den Forderungen der Faunaarmee zu beschäftigen. Einer versuchte, selbst Hand anzulegen und einen der Demonstranten zu packen. Letzterer schlug einen Haken, sodass Ersterer genervt abwinkte und mit rotem Kopf wieder zu seiner Begleitung zurückdackelte.

Dann brach die Projektion unter dem Tritt einer Sicherheitskraft in den Projektor zusammen. Leider kam er mit dem Fuß nicht mehr heraus und stolperte.

Die Sicherheitskräfte sackten Demonstranten ein und führten sie ab. Wer sich wehrte, wurde mit Synapsenblockern beschossen, niedergeknüppelt, geknebelt und getragen. Autonome Transporter bahnten sich den Weg durch die Menschen und öffneten Schiebetüren, durch die die Einsatzkräfte die Gefangenen in die Wagen stießen. Dann fuhren sie davon.

Reinigungsfahrzeuge waren bereits vor Ort und kehrten die

Mäntel, den Projektor und sonstige Überreste zusammen. Nach weniger als drei Standardminuten war nichts mehr von der Kundgebung übrig. Einige Passanten schauten sich fragend an, gestikulierten umher, deuteten hoch über den Boulevard, dorthin, wo sich die Projektion des Weporaners befunden hatte. Die Sicherheitskräfte scannten jeden Einzelnen und wiesen die Passanten an, weiterzugehen.

Zwei Einsatzkräfte kamen auf uns zu.

Zoya trat nah an unseren Begleiter heran. »Sir, wir können keinen Scan gestatten. Die Informationen, die wir mit uns führen, sind direkt für General Kazuki bestimmt.«

Einen Moment lang musterte er sie mit zusammengepressten Lippen. Dann drehte er sich von ihr weg und marschierte auf die zwei Sicherheitskräfte zu, die mit gezückten Scannern zu uns traten. Es gab einen kurzen Wortwechsel, und die beiden wandten sich von uns ab und scannten die nächsten Passanten.

Zoya nickte mir zufrieden zu.

»Was war das? Die Faunaarmee?« Ich schaute den Beamten fragend an. »Können Sie uns mehr dazu sagen?«

Er atmete tief ein, schaute noch einmal über den Boulevard, dann rang er sich ein Lächeln ab und öffnete die Hände. »Einfache Leute, die gerne mehr Aufmerksamkeit hätten.«

Ich zuckte fragend die Achseln.

Er wiegte den Kopf hin und her. »Das hängt mit der Faunaratssitzung zusammen, die kurz bevorsteht. Solche Störer versuchen, die Sitzung und das damit einhergehende öffentliche Interesse zu nutzen. Die meisten schaffen es nicht auf die Station, aber bei den riesigen Besucherzahlen kommt es vor ... selten vor, dass ein paar Verwirrte ihre Botschaft rausbrüllen. Es tut mir leid, dass Sie das miterleben mussten.« Er wies auf die Platane. »Wir wollten hier nur auf Nummer sicher gehen.«

Zoya schaute skeptisch zu ihm. »Was war das für eine Projektion?«

Ich räusperte mich. »Es gibt meines Wissens begrenzte Informationen über die Weporaner. Eine Handvoll Sichtungen entlang des Jing-Nebels, aber kaum Aufnahmen von ihren Schiffen geschweige denn eine Vorstellung, wie die Weporaner aussehen.«

Der Beamte zuckte mit den Achseln. »Sie sollten nichts darauf geben. Den Demonstranten fehlt es schlicht an Aufmerksamkeit. Die versuchen, mit Fantasiegestalten die Angst aus den Leuten herauszukitzeln. Der Jing-Nebel ist Sperrgebiet. Diese Störer haben es mit Glück auf die Station geschafft, aber sie werden mit Sicherheit keine Tiefenraummission am Generalstab vorbei auf die Beine stellen, um im Jing-Nebel nach Weporanern zu suchen.« Er lachte und schüttelte den Kopf. »Sie können also gar nicht wissen, wie ein Weporaner aussieht. Die Projektion entstammt ihrer Fantasie und soll nur Unsicherheit schüren. Sie können das hier einfach vergessen.«

Zoya nickte zu zwei Passanten, die offenkundig nicht damit einverstanden waren, einen Scan über sich ergehen zu lassen. Das endete damit, dass das Stationspersonal sie auf den Boden presste und nach einem gründlichen Scan in einen Transporter steckte. »Wenn Unsicherheit ihr Ziel ist, dann scheint es zu gelingen.«

Der Beamte zog die Augenbrauen zusammen. »Wir haben hier alles unter Kontrolle. Seien Sie unbesorgt.«

Er schaute auf seinen Kommunikator, und Zoya flüsterte mir zu: »Wenn sich Demonstranten selbst auf Gäa solche Aktionen zutrauen, dann wird Al Raschids Botschaft über einen weporanischen Angriff auf Zapador das Fass zum Überlaufen bringen.«

Der Beamte schaute zu den Sicherheitskräften und nickte dann zu uns. »Ich muss mich entschuldigen. Ich werde Sie persönlich abholen, um Sie zu dem Treffen mit General Kazuki zu begleiten. Sollten Sie in der Zwischenzeit irgendwelche Wünsche haben, wenden Sie sich an einen meiner beiden Kollegen.« Er wies auf die zwei Wachen.

»Das wird nicht nötig …«, setzte Zoya an, aber ich unterbrach sie.

»Vielen Dank für Ihre Mühen, wir wissen das zu schätzen.«

Der Beamte deutete eine Verbeugung an. »Es war mir eine Ehre.«

Ich schaute zu Zoya. »Die Suite wird dir gefallen.«

Sie berührte Daumen und kleinen Finger und hielt mir die Geste hin. Ich zwinkerte ihr zu.

26

Luxushotelzimmer entschleunigen. Besonders im Muttererde-Orbital, das seinen Namen als Hommage an die Wiege von Mutternatur erhalten hatte. Ich war es gewohnt, dass sich nach zwei Schritten in die Suite eine meditative Ruhe in meinem Körper ausdehnte. Raumdesigner hatten jeden Quadratzentimeter vermessen und in Simulationen Farbfacetten, Stofftexturen, Lichtreflexionen, Duftnuancen und Materialgeometrien kombinieren lassen, bis eine Symphonie entstand, die in den Körper eindrang, zur Seele vordrang und sie streichelte. Man atmete ein und zwinkerte Glückstränen weg.

Nichts dergleichen geschah, als ich diesmal das Zimmer betrat. Ich runzelte die Stirn und legte meine Hand auf eine Couchlehne, deren Textur so fein war, dass es kribbelte. Helles Grau mischte sich in das weiche Türkis von sechs Kissen, die sich symmetrisch an den zwei Armlehnen der langen Couch reihten. Zwei von diesen Sofas standen um einen viereckigen Couchtisch, auf dem die rosa Blüten einer Baumheide dufteten. An der Deckenmitte kräuselten sich getrocknete Äste, die das Licht der unzähligen Lampen dezent brachen und weiche Schatten in den Raum warfen. Die Außenwand war in der gesamten Breite mit verglasten Schiebetüren ausgestattet, an die der breite Balkon anschloss. Zwei ergonomische Schwebeliegen luden zum Dösen ein. Dahinter erstreckte sich die Skyline von Gäa I.

Ich schaute zu Zoya. Ihre Lippen kräuselten sich beim Anblick des Zimmers. Monatelang hatte ich in diesem Zimmer gelebt und jede Sekunde genossen. Nun stand ich hier und schämte mich bei dem Gedanken. Ich hatte das Bedürfnis, mich vor Zoya für diese opulente Ressourcenvergeudung zu rechtfertigen.

Stattdessen griff sie meine Hand und wir gingen auf den Balkon. Vom 35. Stock des Gebäudes blickten wir über die Skyline von Gäa I. Eine enorme Konstruktion aus Glasgewölben spannte sich über uns und ließ den Blick auf Avena zu. Unter uns lag eine ausgedehnte Stadt, prall gefüllt mit Verwaltungsgebäuden. Das Zentrum der militärischen und zivilen Macht der Menschheit. Von hier aus plante und koordinierte unsere Spezies ihre Ambitionen, die Milchstraße zu besiedeln.

Der Versuch, einen Fahrstuhl von Avena in den Weltraum zu bauen, war zu oft gescheitert, sodass man die wichtigsten Teile der Verwaltung in den Orbit verlagert hatte. Damit sparte man sich den ständigen Ein- und Austritt in die Atmosphäre.

Zoya lehnte sich an mich und legte ihren Kopf an meine Schultern. Ich versteifte. Wir hatten in den vergangenen Monaten einiges zusammen durchgemacht. War da mehr gewachsen zwischen uns? Zoya war trotz ihrer harten Art auch ein Mensch mit körperlichen Bedürfnissen. Wir waren gemeinsam durch die Hölle gegangen und hatten Wochen auf einem Raumschiff zusammen verbracht, Pläne geschmiedet, um einen politischen Umsturz zu verhindern. Nach alldem war mir nebenbei durchaus der Gedanke durch den Kopf gegangen, ob Zoya und ich in einem Paralleluniversum Sex gehabt hätten. Als sie nun aber ihren Kopf auf meine Schulter legte, war ich überrumpelt. Ich wollte etwas sagen, aber Zoya kam mir zuvor.

»Es stimmt was nicht. Warum bewachen die uns? Wir müssen zu Kazuki«, flüsterte sie.

Ich brauchte einen Moment, um mich zu fangen.

»Arkes?«

Ich räusperte mich. »Wir haben damit gerechnet, dass wir aufgehalten werden. Und du hast es ja eben gesehen, die öffentliche Stimmung ist angespannt. Immerhin haben sie uns nicht eingesperrt wie auf der Kobold. Nach allem, was ich auf Kobold 9 mitbekommen habe, wurdest du nicht einmal direkt zu Madame Kruud durchgelassen. Hier haben wir in drei Tagen einen Termin mit Kazuki.« Ich lächelte.

»Die überwachen uns, Arkes. Man hat uns eingesperrt. Wenn Al Raschid oder einer seiner Apex-Offiziere mitbekommen haben, dass wir auf Gäa sind, haben wir ein Problem. Wenn die sich deine Reisepläne anschauen, wissen sie, dass dein Ziel Zapador war. Scheiße, verdammt! Wir müssen hier raus.«

»Es ist nicht undenkbar, dass die zivile Verwaltung uns Wachen vor die Tür stellt. Gerade vor der Tagung des Faunarats. Und bei der angespannten Stimmung auf den Straßen. Und es kann auch Kazuki sein, der die Stationsverwaltung gebeten hat, uns Personenschützer zuzuteilen.« Ich runzelte die Stirn. »Lass mich was versuchen.«

Ich schlenderte durch die Suite zur Tür. Aus Gewohnheit tippte ich links neben der Tür an die Wand, es gab jedoch keine Türkonsole. Im Muttererde-Orbital war alles auf antik getrimmt. Ich griff nach dem Türgriff und drückte ihn hinunter. Was für eine Platzverschwendung diese aufschwingenden Türen waren. Luxus eben.

Ich grüßte die Wachposten, als sie sich mir in den Weg stellten.

»Wo möchten Sie hin?«, fragte einer der beiden.

»In den Pool. Da drin fällt einem ja die Decke auf den Kopf.« Ich zeigte mit dem Daumen über meine Schulter.

»Wir haben Anweisung, Sie nicht aus Ihrer Suite zu lassen.«

Ich schaute zerstreut. »Um Himmels willen, warum das?«

»Uns wurde nur mitgeteilt, dass wir Sie hier drin schützen sollen.«

»Ach du meine Güte! Wer will mir denn etwas antun?«

»Das wissen wir ebenfalls nicht. Bitte suchen Sie wieder die Suite auf. Wenn Sie Wünsche haben, melden Sie sich bei uns. Wir lassen alles auf Ihr Zimmer kommen.«

»Und wer sorgt sich um unsere Sicherheit?«

»Die Anweisung kommt von der Stationsleitung.«

»Hm. Bei welchem General darf ich mich also bedanken?« Ich stellte mich dumm.

Die beiden schauten einander an. »General?«

»Nun, ich nehme an, dass die Stationsleitung einen Befehl von einem der Generäle ausführt?«

Er zuckte die Schultern. »Es ist möglich, dass die Stationsleitung eine Bitte eines Generals umsetzt. Uns liegen dazu keine Informationen vor. Ich muss Sie jetzt wirklich bitten, Ihr Zimmer wieder aufzusuchen.«

Ich kehrte um, ging zurück zu Zoya auf den Balkon und lehnte mich an sie. »Hier kommen wir nicht raus. Die beiden sind Laufburschen. Ich glaube nicht, dass sie direkt für einen General arbeiten. Zumindest wissen sie nichts davon.«

»Wir müssen an den Wachen vorbei. Ich verlasse mich nicht darauf, dass wir Kazuki zu Gesicht bekommen.«

»Das«, sagte ich, »habe ich befürchtet. Was auch immer du vorhast. Auf Gäa I ist der Schein wesentlich. Sich angemessen zu kleiden, hilft dabei, unnötige Aufmerksamkeit zu vermeiden.«

Zoyas Augen verengten sich.

»Das Zimmer habe ich nicht gewählt, weil ich in mein altes Leben zurückwollte«, setzte ich nach. »Wir können uns hier einkleiden. Uns der Mode anpassen, weniger auffällig sein.« Ich hob die Hand zur Nase und schnüffelte. »Der Geruch des Raumfaltschiffs quillt mir aus jeder Pore. Lass uns nicht blindlings mit dem Kopf durch die Wand.«

Zoya schaute mich an, ließ ihren Blick durch das protzige Zimmer gleiten. »Scheiße, Luftbeutel, wir müssen zu Kazuki und nicht duschen.«

»Wir waren Wochen auf einem Raumfaltschiff eingepfercht.« Ich rümpfte die Nase. »Man stapft so nicht einfach zu einem General.«

Sie schüttelte den Kopf. »Scheiß drauf. Ich hoffe, das ist es wert.«

Das war ein Lob, zumindest aus der Perspektive eines Dunkelweltmenschen.

»Duschen also?«, fragte sie und eine Augenbraue hob sich hinter ihrer Brille.

»Ja, oder ein Bad, wonach dir ist.«

»Mal sehen, was das Badezimmer zu bieten hat. Komm mit.«

Im Badezimmer, das eher ein Badesaal war, ließ sie ihre Klamotten fallen. Ich starrte sie einen Moment verdattert an, dann drehte ich mich zur Seite und legte ebenfalls die Kleidung ab. Sie trat in die geräumige Dusche. Ich zögerte. Sie schaute hinaus.

»Na, kommst du, Luftbeutel, oder was? Das war deine Idee. Wir haben nicht ewig Zeit.«

Ich ging zu ihr in die Dusche und sog den Zitronenduft der Seife auf. Das heiße Wasser zog meine verspannten Rückenmuskeln auseinander und spülte den Geruch des Faltschiffs in den Abfluss.

Ich legte den Kopf zur Seite, dass es knackte. Dann verzog ich das Gesicht, als ich an meine vorangegangenen Aufenthalte im Muttererde-Orbital denken musste: Ich sah mich auf der Couch vegetieren und tagelang in den Unterhaltungsprogrammen der

Suite ertrinken; in virtuellen Welten Lebenszeit vergeuden, im Quantum-Univers oder Bios-Realm Spaß haben und mich nur ausklinken, wenn der Zimmerservice das Tagesmenü vorbeibrachte. Ich hatte mich stumpf einlullen lassen und alles andere ausgeblendet.

Ein Kloß drückte mir den Hals zu, als müsste ich erbrechen. Ich widerte mich an, ich verabscheute diesen feigen Promi, der seinen Ruhm nicht verdiente. Ich wollte ihn loswerden. Ich wollte nichts mit ihm zu tun haben. Ich schämte mich. Also scheuerte ich meine Arme, Gesicht und Beine steril, bis es schmerzte. Als wären die vergangenen Jahre zähes Kettenfett. Mit jedem gereinigten Quadratzentimeter Haut lösten sich meine Gedanken.

Ich schaute auf, sah Zoya nackt und dicht neben mir stehen. Ich hörte sie atmen, sah, wie sie sich wusch. Sie hatte ihre Brille abgelegt. Ihre riesigen kreptischen Augen musterten mich. Sie lächelte, drehte sich weg und griff nach der Seife. Dann machte sie rückwärts einen Schritt auf mich zu und legte ihren Rücken an meine Brust. Mein Mund streifte ihren Hals. Ihre seifigen Hände strichen über meine Wange und durch meine Haare. Ich massierte sanft die Seife von ihren Hüften.

All die Furcht, all die Trauer und die Schmerzen, die wir gemeinsam durchlebt hatten, hatten Vertrauen und Zuneigung in mir wachsen lassen. Der Wunsch des alten Kriegshelden, in sein bedeutungsloses Leben zurückzukehren, drang nicht durch. Es gab kein Zurück mehr. Das war keine faktische Tatsache, es war ein Gefühl, ein Bewusstseinszustand, der sich in mir verfestigt hatte. Als würde Mutternatur mir den Weg weisen. Ich würde bei Zoya bleiben, welche Entbehrungen es auch kostete.

27

Ich war auf dem Bett eingenickt, wenn auch nicht für lange, und wachte auf, als Zoya mir Klamotten hinschmiss. Träge blinzelte ich zu ihr hoch. Sie trug eine hellgraue Hose, die an den Knöcheln in hohen, beigen Schuhen aus einem flexiblen Material mündete. Dazu ein seidenes Hemd, bordeauxfarben und ohne Kragen, aber mit einem feinen schrägen Ausschnitt. Darüber eine dünne, beige, ärmellose Weste mit steifem Kragen, der bis zu den Wangen reichte, aber vorne den Hals präsentierte.

Wow.

Ich nickte anerkennend. Genau richtig, um nicht aufzufallen: nicht zu übertrieben, aber doch geschmackvoll, wie es sich im Zentrum von Gäa I gehörte, und gleichzeitig praktikabel genug, um damit aus einer Hotel-Suite zu flüchten. Sie sah hinreißend aus.

Ich drückte mich vom Bett, durchsuchte die Schubladen und fand ein passendes Collier. Ein grüner Edelstein mit einer aufwendigen Gravur, die eine personifizierte Mutternatur darstellte. Sie griff nach einem Himmelskörper. Aus ihren Fingern hüpften Tiere und wuchsen Pflanzen auf dem leblosen Planeten. Ich öffnete die Kette und trat hinter Zoya. Sie neigte den Kopf, sodass ich ihr das Collier an dem Kragen vorbei umlegen konnte. Sie drehte sich zu mir um, ich schaute von dem Edelstein hoch in ihre Augen. Sie neigte den Kopf zum Bett.

Ohne Murren zog ich die Klamotten an, die sie mir hingeworfen hatte. Das Outfit passte und unterstrich die Rolle des

Nutznießers des Schicksals: ein gemütlicher Anzug, als hätte ich einen Tagesausflug nach Avena zum Golfen geplant.

Ich trat mit Zoya auf den Balkon und ließ meinen Blick über die Skyline gleiten. »Okay, Zoya, wir brauchen einen Plan. Ich habe eine Idee.«

Sie lächelte und klopfte auf meine Schulter. »Jetzt bin ich dran. Folg mir. Und wehe, du bleibst nicht hinter mir.« Sie stützte sich auf das Geländer.

»Oh nein«, sagte ich und schaute weg.

Sie machte eine Flanke über den Balkon, hielt sich mit der linken Hand am Geländer fest, sodass sie den Schwung nutzte und auf dem Balkon eine Etage unter uns landete. Hart knallte sie auf den Boden. Ich spähte hinab. Zoya raffte sich auf, kam an das Geländer des Balkons, auf dem sie gelandet war, und schaute zu mir hinauf.

»Na mach schon, ich fang dich«, zischte sie.

Hinter mir sprang die Tür auf. Die beiden Wachen stürmten rein. Anscheinend hatten sie den Raum überwacht und direkt mitbekommen, dass Zoya versuchte, zu fliehen.

Ich schluckte die Panik runter, schwang mich ebenfalls über das Geländer und klammerte mich außen daran fest. Meine Hände schwitzten sofort, als ich hinab in die Tiefe sah. Ich atmete wimmernd aus.

»Na los«, zischte sie erneut.

Hinter ihr schien jemand zu fluchen. Ich ließ in dem Moment los, als Zoya ihren Blick in das Apartment warf, auf dessen Balkon sie stand.

»Setz dich wieder auf den Sessel, Fettsack«, sagte sie zu dem Zimmerbewohner, während ich auf das Geländer des Balkons knallte.

Ich japste nach Luft, kippte zurück und sah aus den

Augenwinkeln einen nackten Kerl mit seinem dicken Schwabbelbauch auf Zoya zustampfen. Sie hatte jedoch gehört, wie ich auf das Geländer gekracht war, schaute zu mir, packte mich, riss mich auf den Balkon und schleuderte mich dem Dicken entgegen. Er schlug nach mir, verfehlte mich aber, sodass ich in seinem Wanst versank und zu Boden ging. Zoya trat ihm aus dem Stand mit Wucht auf den Kehlkopf, und er brach neben mir zusammen. Ich keuchte. Alles schmerzte. Sie zerrte mich auf die Beine und durch das Zimmer. Aus den Augenwinkeln bemerkte ich, dass eine Person sich unter der Bettdecke versteckte.

Wir fielen durch die Apartmenttür auf den Flur und schleppten uns den im Halbkreis geschwungenen Korridor entlang. Hinter uns hörten wir Schritte, die sich näherten. Eine Frauenstimme schrie. »Sie sind da lang, um die Ecke.«

Zoya öffnete eine schwere Tür auf der rechten Seite. Dahinter gab es Regale mit Bezügen, Reinigungsmaterialien und Handtüchern. Sie drückte mich zurück auf den Flur, ließ die Tür offen stehen und klopfte hart an die Zimmertür auf der anderen Flurseite.

»Jaaaa?!«, war es aus dem Zimmer zu hören.

»Wir haben eine Überraschung auf Kosten des Hauses für Sie!«, brüllte Zoya.

»Hauen Sie ab!«, war die Antwort von der anderen Seite.

»Sie haben bei einer Verlosung unter den Gästen gewonnen. Ein Gutschein für die cibische Sauna und einen Platz beim Generalsball, direkt neben Generalin Zmitz«, setzte ich nach.

Die Tür ging auf, als um die Ecke im Gang unsere Verfolger laut wurden. Eine genervt blickende Frau mit eingefallenen Augen und Koboldstick im Mundwinkel schaute uns hasserfüllt an.

»Wenn sie nicht sofort ver…«

Zoya sprang auf die Frau, sodass sie zurück in ihr Apartment taumelte, und presste ihr die Hand auf den Mund. Trotzdem versuchte die Frau, aus Leibeskräften zu schreien. Ich schloss die Tür hinter uns in dem Moment, als die Verfolger um die Ecke bogen.

»Hilf mir!« Zoya rang mit der Frau. »Halt ihr den Mund zu!«

Ich presste ein Tuch auf das Gesicht. Sie wehrte sich heftig. Zoya griff den Koboldstick.

»Scheiße!«

»Was?«

»Sie muss still sein.«

Zoya zog ihr die Hose bis zu den Knien und führte ihr den Koboldstick anal ein. Die Frau zappelte hin und her, dann verkrampfte sie und entspannte sich. Zoya ließ von ihr ab.

»Was hast du gemacht!?«, presste ich hervor und zog das Handtuch weg.

Sie schaute mich wütend an, rang sich nur eine kurze Erklärung ab, während sie durch den Spion spähte und nach einem massiven Sessel neben der Tür griff.

»Hast du schon mal ein Zäpfchen benutzt?«, fragte sie rhetorisch. »Der Inhalt des Sticks schießt direkt in ihre Blutbahn. Sie schläft ein paar Stunden.«

Behutsam öffnete Zoya die Tür. Einer unserer Verfolger hatte den Wäscheraum betreten, und der andere stand an der Türschwelle und spähte hinein.

Zoya schlich aus dem Apartment. Die Wache im Türrahmen drehte sich zu spät um, und Zoya trat ihr heftig in den Rücken, sodass der Mann in den Lagerraum stürzte. Der andere wandte sich überrascht zu uns, als Zoya die Tür zustieß.

»Den Sessel! Schnell!«

Ich starrte auf den Sessel und schob ihn geistesgegenwärtig

an die Tür, wo Zoya ihn so verkeilte, dass er die Wachen aufhielt und wir uns aus dem Staub machen konnten.

»Gute Idee mit dem Sessel und diesem Tür…griff«, hauchte ich.

Wir rannten in Richtung der Fahrstühle. Einer schob sich gerade auf und drei Kinder in Bademänteln und mit nassen Haaren starrten uns an. Schwer atmend stellten wir uns zu den dreien, woraufhin sie verstummten. Wir pressten den Knopf, um ins Erdgeschoss zu kommen.

»Du bist auf meiner Müslipackung drauf«, sagte ein Mädchen.

Ich drehte mich schnaufend zu ihr um. »Ach ja?«

»Ja, du hast gegen die Axinen gekämpft. Aber irgendwie siehst du auf der Packung anders aus.«

»Ach ja?«

»Du siehst in echt so krank aus.«

Ich schaute von ihr zu Zoya. Die zog eine Augenbraue hoch. »Was schaust du mich an? Achte besser auf deinen Lebensstil.«

Die Fahrstuhltür sprang auf. »Los, komm schon, Arkes.«

Wir gingen zügig durch das Foyer, bis Zoya mich plötzlich hart zur Seite in eine Garderobe drückte.

»Was?«, setzte ich an.

Sie legte den Finger auf die Lippen. Vorsichtig spähten wir um die Ecke.

»Was bei Mutternatur?«, presste ich hervor.

Im Foyer tummelten sich Journalisten und warfen einer Person Fragen entgegen, die von Securitys abgeschirmt wurde.

»Bei Muttererde, ist das deine Freundin Jen?«, hauchte ich ungläubig.

»Nein, das ist irgendeine höhere Romki-Vertreterin.«

Ich blinzelte und erkannte an ihrem Gesicht jetzt auch, dass es nicht Jen war. Die identische Kleidung hatte auf den ersten Blick den Eindruck erweckt.

»Ich erinnere mich nicht, je eine Romki in den Kernwelten getroffen zu haben.«

Zoya schaute zu mir und schien etwas fragen zu wollen, doch dann schüttelte sie den Kopf, griff nach zwei Kappen und entwendete eine Sonnenbrille aus der Garderobe.

»Zieh dir das an, sonst quatschen dich noch mehr Leute wegen Müslipackungen an.«

Die Journalisten waren weitergezogen, also eilten wir zügig durch das Foyer und hinaus auf den Bios-Boulevard. Über uns erstreckte sich ein transparentes Dach, hinter dem wir die gewaltigen Strukturen der Raumstation sahen und dahinter in Blau und Grün den Planeten Avena, der sich vom schwarzen Universum abhob.

»Hier entlang«, sagte ich.

Wir huschten durch Gänge und wechselten an jeder Gabelung die Richtung. So kamen wir zwar langsamer voran, aber wir hofften, unsere Verfolger so endgültig abzuhängen.

»Da ist es«, sagte ich nach einigen Minuten. Ich wies auf ein zentral gelegenes Gebäude. »Kazukis Büro ist irgendwo da drin.«

Zoya schaute die Fassade des monumentalen Gebäudes hinauf. »Na super.«

Wir gingen zur Eingangsschleuse. Ich ignorierte die elektronischen Vorrichtungen, wandte mich direkt an das Personal am Empfang und setzte Brille und Hut ab.

»Hi.« Ich lehnte mich an den Empfangstresen. »Wir müssen zu Oberstleutnant Georg Hornburp. Könnten Sie ihm bitte ausrichten, dass wir warten?«

Der Rezeptionist schaute nicht auf. »Haben Sie einen Termin?«

»Georg hat immer Zeit für mich.« Ich faltete die Hände.

Entnervt wandte der Mann sich zu mir und öffnete den Mund. Er hielt inne, als er mich sah, kniff die Augen zusammen und runzelte die Stirn. Ich zwinkerte ihm lächelnd zu.

»Ähhh, jaaa. Ich … ich kontaktiere ihn sofort.«

Während er Hornburp benachrichtigte, lehnte sich Zoya zu mir. »Was hast du vor?«

»Ich hatte keine Zeit, mir einen genauen Plan zurechtzulegen, seit du ohne eine Ankündigung von unserem doppelten Skyline-View-Balkon gesprungen bist.« Ich rieb mir die Rippen. »Du erinnerst dich an den Axinenwerbespot mit Georg Hornburp? Der Hornburp, der dafür gesorgt hat, dass mein Gesicht auf Müslipackungen ist? Er ist mir was schuldig.« Ich zog eine Augenbraue hoch. »Ich hoffe nur, er sieht das nicht andersrum. Wie auch immer. In dem Gebäude gilt nicht die Jurisdiktion der Irdischen Union. Wenn wir hier ohne einen Termin nach General Kazuki fragen, wer weiß, welche Alarmglocken da losgehen. Lass uns erst mal in das Gebäude kommen. Hornburp wird wissen, wo Kazuki steckt.«

Fünf Minuten später schüttelten wir die Hände von Georg Hornburp. »Hahaha, es ist ja so schön, dass Sie mir einen Besuch abstatten. Hach, nein, was ich mich freue. Blendend sehen Sie aus! Ich darf mich auch Ihrer Begleitung vorstellen, ja? Georg Hornburp mein Name.«

»Zoya Cud'Pioche.« Sie rang sich ein Lächeln ab.

»Ach nein, sieh einer an. Ist das eine frühavenaische Darstellung? Ich liebe diese minutiösen Arbeiten.«

Hornburp griff nach Zoyas Collier. Ich erwartete, dass sie ihm den Arm brach, stattdessen wölbten sich nur ihre Wangenmuskeln hervor.

»Was kann ich denn nun für Sie tun?« Hornburp hatte den

herzlichen Small Talk hinter sich gelassen. Er legte den Kopf zur Seite, deutete mit den Zeigefingern auf uns und formte ein Viereck. Eine Schweißperle floss ihm die Schläfe hinab und sickerte in eine Kotelette. Sein Bart war nicht so akkurat geschnitten wie auf Aufnahmen von ihm. Dafür trug er wieder eine Perücke, diesmal in einem hellen Lila.

»Wollen wir nicht in Ihr Büro gehen?«, fragte ich.

Hornburps Gesichtsmuskeln sackten zusammen und er umfasste seine goldene Armkette; vermutlich seine UMA. Ich vermutete, dass er seinen Terminkalender konsultierte. Er sog langsam Luft ein, als müsste er überlegen, wie er uns abwimmeln konnte.

Auch Zoya war das nicht entgangen. Sie stieß mir den Ellbogen in die Seite. Ich schaute zu ihr und wieder zu Hornburp.

»Wir hätten uns ankündigen sollen«, sagte ich. »Einfach hier auftauchen ... Sie sind sicher beschäftigt.« Ich wandte mich halb zu Zoya und flüsterte laut genug, dass Hornburp es hörte: »Lass es uns bei Generalin Zmitz versuchen. Sie hat die Müslikampagne geliebt.«

Hornburp streckte den Kopf nach vorne und schaute von Zoya zu mir. »Hätten Sie ein Stichwort für mich, worum es geht?«

Ich atmete tief ein. »Ich bin an einer Neuauflage der Müslikampagene interessiert.«

Hornburp zog die Augenbrauen hoch und lächelte breit. »SIE müssen sich niemals ankündigen. Das sagte ich Ihnen doch. Hahaha!« Er legte einen Arm um meine Schulter und zog mich mit sich. »Zu meinem Büro geht es hier entlang.«

Nach einigen Fahrten mit Aufzügen gelangten wir in Hornburps Büro, das vollgepackt war mit Konzepten für die neuesten Kampagnen, die die Menschheit auf Kurs halten sollten. Halb verdeckt hinter einer Planwand war eine Kopie der Müslikampagne mit meinem Gesicht. Direkt hinter seinem Schreibtisch hing ein Ausschnitt aus dem Werbespot, den wir beim Anflug auf Gäa gesehen hatten. Hornburp hielt mit gestrecktem Arm den Zeigefinger in die Kamera. In einer Sprechblase stand: »Lassen Sie uns Axinen abfackeln!«

»Nehmen Sie doch bitte Platz«, sagte er.

Ich setzte mich, Zoya spazierte durch den Raum, schaute sich die bizarren Werbebanner an und schüttelte kaum merklich den Kopf. Sie beachtete Hornburp gar nicht mehr. Der blickte einen Moment irritiert von Zoya zu mir, fing sich aber wieder.

»Ich gestehe, ich hätte nicht damit gerechnet, dass Sie sich für eine zweite Auflage bereiterklären. Von oben hat man mir signalisiert, dass Sie nicht zur Verfügung stehen.«

»Ach ja? Warum das denn?«, fragte ich ehrlich erstaunt.

»Die dort oben wissen nicht zu schätzen, wie bedeutsam eine effektiv eingesetzte, zielgruppengerechte Werbekampagne ist. Besonders in diesen Zeiten muss die Menschheit geeint sein. Mir hat man angedeutet, dass man Sie zum Händeschütteln mit Würdenträgern braucht und dass Kampagnen wie meine Ihre Glaubwürdigkeit in solchen Kreisen untergraben.«

»Ach ja?« Ich wollte etwas ergänzen, aber Hornburp war in seinem Element.

»Ja! Vollkommener Blödsinn, wenn Sie mich fragen! Erst wenn Sie in allen Schichten der Bevölkerung bekannt und geachtet sind, lassen sich Würdenträger mit Ihnen blicken. Manchmal ertrage ich diese Kurzsichtigkeit bei einigen meiner

Vorgesetzten nicht.« Er ließ sich zurück in seinen Stuhl fallen, schüttelte verständnislos den Kopf und atmete gepresst durch die Nase aus. Seine Miene erhellte sich, er beugte sich zu mir über den Tisch und formte mit den Fingern ein kleines Viereck auf der Platte. »Aber nun sind Sie hier und schlagen vor, weiterzumachen? Ausgezeichnet! Wenn selbst Sie der Meinung sind, dass es notwendig ist, mit einer zweiten – natürlich viel weiter gehenden Auflage – fortzufahren, dann schauen wir doch mal, dass wir die da oben überzeugt kriegen. Das wäre doch gelacht!«

»Ganz genau«, setzte ich an.

»Dann bestelle ich gleich ein paar Leute herbei!« Er griff nach seiner UMA.

Zoya schaute nervös zu ihm rüber und ich stammelte das Erstbeste hervor, was mir in den Sinn kam. »Es war ein Vorschlag von General Kazuki.«

Hornburp und Zoya starrten mich an.

»Ja, genau. Ähm …«, stotterte ich. »Er glaubt, durch solche Aktionen stärken wir die Bindung der Randwelten.«

»General Kazuki?« Hornburp schien skeptisch. »Warum beschäftigt er sich denn mit öffentlicher Aufklärung? Dass er eine Vorliebe für die Randwelten hat, das kann ich mir denken, aber seit wann will er die Loyalität dort festigen?«

Ich bemühte mich, Hornburps Gedanken wieder auf das Positive zu richten, um seine Zweifel zu zerstreuen. »Es gibt da oben«, ich zeigte nach oben, »anscheinend nicht nur Gegner Ihrer Kampagnen. Im Gegenteil, Kazuki gehört zu den Befürwortern. Er denkt darüber nach, den Randwelten die Vorteile der GVA zu verdeutlichen.«

»Hm, nun gut. Also wenn dem so ist und General Kazuki diese Kampagne unterstützt, dann sollten wir das Ganze vielleicht größer aufziehen.« Hornburp tippte an sein Kinn und schien vor seinem geistigen Auge eine Werbestrategie zu entwerfen.

»Und deswegen sind wir hier. Wir möchten Sie fragen, ob sie einverstanden wären, eine zweite Auflage zu konzipieren. Das wären Sie doch, oder?«

»Natürlich bin ich grundsätzlich dazu bereit. Ich müsste nur weitere Infos erhalten, um eine erste Planung zu entwerfen.« Hornburps Blick glitt zu einem Konzept-Holotisch, der neben seinem Schreibtisch stand.

»Und das sollen Sie. Wir haben gleich direkt einen Termin mit dem General. Wir wollen keine weitere Zeit verlieren. Könnten Sie uns den Weg zum General zeigen? Dann richten wir ihm aus, dass Sie bereit sind, eine weitere Auflage vorzubereiten.« Ich lächelte angestrengt. »Und dass Sie noch weitere Informationen benötigen, natürlich.«

Hornburp zog die Augenbrauen hoch. Sein Blick glitt von mir zu Zoya und wieder zu mir. Er zögerte, schaute kurz auf seine Hände und schwang sich von seinem Stuhl auf. »Ja. Natürlich. Fahren Sie in den 17. Stock, dann sehen Sie es schon.«

»Begleiten Sie uns doch. Sollte es gleich konkrete Fragen geben, rufen wir Sie sofort herein«, setzte ich nach.

»Melden Sie sich einfach jederzeit.« Hornburp tippte an sein Ohr als Zeichen, dass er über das Solnet-Interkom erreichbar war.

»Wir bestehen darauf«, sagte Zoya.

Hornburp schaute perplex von mir zu ihr, und sein Teint wurde eine Nuance röter. »Na schön! Ja.«

Vor Kazukis Büro schritt ich auf die Rezeptionistin zu. »Wir müssen den General sprechen. Ein Aufschub ist in dieser Sache unmöglich.«

»Wenn Sie ihn nicht ans Interkom holen, finden wir den Weg selbst«, ergänzte Zoya mit harter Stimme und wies auf die Tür neben der Rezeptionistin.

Die schob eine Hand unter den Schreibtisch, was sich anfühlte, als zielte sie bereits mit einer Waffe auf uns. Sehen konnte ich nur, dass sie seelenruhig den General über das Interkom rief und uns gleichzeitig fragte: »Ihre Namen und Anliegen, bitte.«

Wir nannten ihr unsere Namen und Zoya ergänzte: »Wir kommen direkt von Zapador. Es gibt neue Entwicklungen bezüglich der Weporaner.«

Hornburp neben mir schaute von einer zur anderen Person und wollte sich aus dem Staub machen, doch hinter ihm tauchte ein Trupp Sicherheitskräfte der GVA im Laufschritt auf.

Die Rezeptionistin nickte, schien einer Nachricht zu lauschen. Der Trupp kam mit gezückten Elektroschockern auf uns zu, doch die Sekretärin erhob sich von ihrem Platz und wies sie mit der Hand an, Ruhe zu bewahren.

Die Bürotür öffnete sich, und zwei Soldaten traten heraus. Ihre Gesichter waren unter schweren Helmen verborgen. Zwischen ihnen ging eine dritte Person, eine Romki-Vertreterin, mit der typischen Kleidung. Nicht nur Zoya und ich schauten ihr hinterher, sondern auch die drei Wachen und Hornburp.

»Der General erwartet Sie«, sagte die Rezeptionistin.

Zoya nickte. »Komm schon, Arkes.«

Bevor ich die Tür schloss, hörte ich die Sekretärin zu dem Sicherheitspersonal sagen: »Warten Sie hier.«

28

Der General saß an einem massiven hölzernen Schreibtisch. An einer Wand stand ein Regal mit Büchern. Daneben hing eine impressionistische Malerei von einem Segelschiff in rauer See. Auf einem Tischchen thronte ein kleiner Globus der Erde. Die gängige Büroausrüstung ergänzte das Museum: Bildschirme, Holotische, Planungstische und alles, was man brauchte, um Entscheidungen zu treffen, die von langen Befehlsketten umgesetzt wurden. Das Licht war warm und mit einem dezenten Grünstich.

Kazuki beobachtete uns, ohne eine Miene zu verziehen. Er fügte sich gut in die ganzen Antiquitäten ein: ein gesund gealterter Mann, der weise dreinblickte und wie jemand wirkte, dem man allein wegen seiner Lebenserfahrung Respekt zollen wollte. Mit einer Hand wies er auf die Stühle, die zwei Meter von seinem Schreibtisch entfernt standen.

»Setzen Sie sich.«

Die andere Hand lag auf seinem Bauch, halb unter dem Tisch verborgen. Er wartete, bis wir uns gesetzt hatten.

»Ich habe Sie früher von Zapador zurückerwartet.«

»General, ich habe an Ihrem Bericht gearbeitet, aber es gab einen Zwischenfall auf Zapador. Und der Heimweg verlief nicht wie geplant.« Ich schaute zu Zoya hinüber, um ihr das Wort zu überlassen. Kazuki folgte meinem Blick.

»Ich bin Zoya Cud'Pioche von Kreptus, Mitarbeitende im Büro der krezoktischen Planeten. Sie erinnern sich vielleicht an mich in Zusammenhang mit dem Fund eines weporanischen

Artefakts im Theta-Oktanten. Erlauben Sie mir, von den Ereignissen auf Zapador zu berichten«, sagte sie.

Kazuki musterte sie einen Augenblick. »Ja natürlich, ich weiß, wer Sie sind. Nur zu, ich höre.«

Zoya nickte. Sie berichtete von der Konferenz, über Teodalds Forschungsstand bezüglich des Artefakts und über den Angriff. General Kazuki hörte zu. Sein Gesichtsausdruck blieb neutral und er unterbrach sie kein einziges Mal. Hin und wieder strich er mit den Fingern über den Schreibtisch, das war alles.

Zoya holte den Datenträger hervor.

»Dort ist das Lesegerät.« Kazuki nickte auf einen Beistelltisch.

Sie führte den Datenträger in das integrierte Gerät ein, und Kazuki tippte auf einer Konsole, die in seinen Tisch eingelassen war. Auf einem Bildschirm neben uns wurde das Video mit den taktischen Daten abgespielt. Zoya kommentierte das Bildmaterial ausführlich. Als die Aufnahme endete, schauten wir zu Kazuki.

»Was ist also Ihre Schlussfolgerung?«, fragte er.

Zoya hatte sich sachlich gehalten, wurde nun aber bissiger. »Menschen haben die Kolonie auf Zapador ausgelöscht und gaukeln vor, Weporaner zu sein. Das spielt Al Raschid in die Hände. Wenn er den Angriff nicht persönlich initiiert hat, dann einer seiner Anhänger, vermutlich Apex-Oberst Ratna.«

General Kazuki setzte sich auf und legte die Hände gefaltet auf den Schreibtisch. »Ich weiß, dass Sie eine enge Bindung zu Zapador pflegen. Es tut mir leid. Es ist eine schwere Bürde, nicht richtig Abschied zu nehmen.«

Zoya wich Kazukis Blick aus. Er hielt einen Moment inne und gab damit etwas von seiner wertvollen Zeit im Gedanken an Zoyas Verluste. Ich empfand es als eine bedächtige und gefühlvolle Geste.

Dann schaute er zu mir, seine Augenbrauen zogen sich zusammen und sein Blick verhärtete sich. »Diese Bilder sind schockierend. Al Raschid heizt die politischen Lager auf. Er will eine Entscheidung zu seinen Gunsten erzwingen. Der Faunarat kommt in einer Woche hier auf Gäa zusammen. Es ist eine Ansprache von General Al Raschid geplant, die von der gesamten Menschheit mit Spannung erwartet wird.« Kazuki schürzte die Lippen und hielt einen Moment inne. »Al Raschid will mit allen Mitteln beweisen, dass nicht nur die Axinen eine Gefahr darstellen, sondern auch die Weporaner. Er lässt seine Leute Indizien zusammentragen, die den Angriff auf die Orca mit weporanischer Waffentechnologie in Verbindung bringen. Er befeuert diesen Diskurs, wo er nur kann, und immer mehr Menschen wollen ihm Glauben schenken.« Er deutete auf die Aufnahmen. »Bilder, die einen weiteren Angriff der Weporaner tatsächlich beweisen, werden seine Sache auf einen Schlag untermauern. Die Auslöschung einer Kolonie überzeugt Unentschiedene davon, dass uns da draußen nur Feinde gegenüberstehen. Damit zieht er gemäßigte Generäle auf seine Seite. Die Stabsleitung wird einer Abstimmung über Paragraf 14 zustimmen. Und ich befürchte, dass ihm die Mehrheit im Faunarat sicher ist. Wenn er diese Vollmachten erhält«, Kazuki räusperte sich, »folgen Kriege. Die innere Gleichschaltung wird vorangetrieben. Köpfe werden rollen.«

Er drückte sich aus seinem Stuhl und trat zu dem Bildschirm, der ein Standbild des gefakten Weporanerschiffs zeigte.

»Diese Daten enttarnen das Schiff.« Kazuki deutete auf die verschiedenen Strahlungswerte. »Es ist die Kamelionklasse. Die Belege sind eindeutig. Das ist gut; gut für uns.«

»Kamelionklasse?« Ich schaute von Kazuki zu Zoya, die mit den Achseln zuckte.

»Es ist ein theoretisches Design. Mit diesen Schiffen sollten Apex-Einheiten den weporanischen Raum im Alpha-Oktanten entlang des Jing-Nebels erkunden. Ihre Daten deuten darauf hin, dass es Al Raschids Kommando gelungen ist, die Maschinen an der GVA vorbei zu bauen und einzusetzen. Und dieser Einsatz dient politischen Zielen. Al Raschids politischen Zielen.«

»Wie kann er eine Schiffsklasse ohne das Wissen des Generalstabs bauen lassen?«, fragte ich.

»In den Werften der GVA ist das unmöglich.« Kazuki strich sich über den Unterkiefer. »Eine Vermutung wäre, dass ein RomkiCorps sich mit Al Raschid verschworen hat. Sie hätten die Kapazitäten, ein solches Projekt durchzuführen. Möglicherweise ohne das Wissen des Generalstabs. Zumindest mit wenigen Mitwissern. Die Macht der Romki wächst von Kriegsjahr zu Kriegsjahr, das bereitet mir seit Langem Sorge. Sie sind ein Machtfaktor, den man nicht einfach zur Seite schiebt. Wie Sie sicherlich mitbekommen haben, versuche ich, meine eigenen Kontakte zu den RomkiCorps zu verbessern.«

»Wir haben eine Vertreterin aus Ihrem Büro kommen sehen«, sagte ich.

Kazuki nickte. »Die Romki geben sich nach außen gerne als geschlossene Einheit, aber die verschiedenen Clans sind sich nicht immer einig. Sie werden sich dem Generalstab fügen. Dafür werde ich sorgen.« Er schaute von Zoya zu mir. »Aber das lassen Sie meine Sorge sein. Eine Baustelle nach der anderen. Wir konzentrieren uns zuerst darauf, Al Raschids Machtambitionen zurückzudrängen. Wenn er in dieser Phase der Geschichte Erfolg hat, führt die Menschheit bald Krieg gegen alles da draußen, was nicht von der Erde stammt, und alles, was damit kooperiert. Wenn er und seine radikalen Hitzköpfe an Einfluss gewinnen, ist die Einheit der Menschheit in Gefahr. Ein Bürgerkrieg droht.

Wir haben genug Kriege zu führen. Die, die wir vermeiden können, müssen wir vermeiden. Mit der irdischen Gemeinschaft haben wir das größte Reich errichtet, das je ein Geschöpf Mutternaturs geschaffen hat. Und die Geschichte lehrt uns, dass die Reiche der Menschen sich früher oder später in überheblicher Arroganz in eine Sackgasse manövrieren. Auch die Irdische Gemeinschaft steht vor diesem Scheideweg. Es stellt sich nun die Frage, ob wir in die Sackgasse steuern oder mutig genug sind, einen neuen Weg zu beschreiten, der die Gemeinschaft erhält.« Kazuki drückte seine Hände zusammen. »Ich habe vor, den Untergang zu stoppen. Und dafür werden wir als Erstes Al Raschid brechen. Mit allen Mitteln, die nötig sind.«

Er musterte uns, und wir nickten.

Dann wies er auf den Bildschirm. »Mit Ihren Aufnahmen von Zapador haben wir einen Anklagepunkt, der Al Raschid zu Fall bringt, wenn wir ihn im richtigen Moment einsetzen. Dieser Moment ist die Sitzung des Faunarats. Die gesamte Menschheit verfolgt diese Versammlung. Wenn wir Al Raschids Radikalität dort lüften, erholt er sich von diesem Schlag nicht mehr und die gemäßigten Kräfte erhalten wieder die Kontrolle. Die Beruhigungspolitik kann fortgesetzt werden.«

Ich schaute zu Zoya. Sie schien erleichtert; jemand nahm ihr die Last von den Schultern, jemand kümmerte sich. Sie hatte ihre Aufgabe erfüllt.

Sie sackte in ihren Stuhl und atmete aus. »Haben Sie von Überlebenden von Zapador gehört?«

Er schüttelte den Kopf. »Sobald ich mehr Informationen erhalte, lasse ich es Sie wissen. Die Opfer, die wir in unseren Konflikten erleiden, sind schwer zu ertragen. Wenn es etwas gibt, das Ihnen bei Ihrer Trauer hilft ...« Sein Blick ruhte auf Zoya, doch sie wich ihm aus. »Im Moment unternehmen Sie jedoch nichts Unvorsichtiges. Sie wollen Rache nehmen? Haben Sie Geduld! Al Raschid darf unter keinen Umständen von Ihnen und diesen Aufnahmen erfahren. Ist das klar?«

Zoya nickte.

»General, es gibt noch etwas«, warf ich ein. »Man hat uns observiert. Wir wurden in unserem Hotel festgesetzt und man hat uns versichert, dass wir in drei Tagen einen Termin mit Ihnen haben.«

Kazuki schnaufte und setzte sich wieder an seinen Tisch. »Alle sind nervös. Das Vertrauen zwischen den Ministerien ist auf einem Tiefstand. Ich kann Ihnen versichern, dass es keine Terminanfrage bei mir gab. Aber ich habe schon eine Ahnung, wer dahintersteckt.«

Er startete einen Anruf. Auf dem Bildschirm erschien ein junger Beamter.

»General Kazuki, was kann ich für Sie tun?«

»Verbinden Sie mich sofort mit Ihrer Vorgesetzten.«

»Sie ist in einer Besprechung. Ich werde schauen, ob Sie abkömmlich ist.«

Der Beamte tippte auf seiner UMA herum. Nach einigen Momenten wechselte das Bild auf eine schmale, hoch gewachsene Frau mit großem Kopf – deutliche Spuren von Vorfahren, die ihr Leben in der Schwerelosigkeit verbracht hatten. Sie schürzte die Lippen wie eine Lehrerin, die einen unruhigen Schüler in den Blick nahm. Autorität sprach aus ihrer Stimme.

»General Kazuki, machen Sie bitte beim nächsten Mal einen Termin. Vor der Tagung des Faunarats liegt einiges auf meinem Tisch.«

»Stationsleiterin Nesri, ich brauche nicht lange. Ich habe erfahren, dass Sie zwei meiner Gäste festgesetzt haben, ohne mich darüber in Kenntnis zu setzen.«

»General?« Nesri zog eine Augenbraue hoch.

»Na, kommen Sie schon. Wollen Sie es abstreiten?«

Nesri schaute zur Seite und tippte etwas ein. Dann nickte sie langsam, atmete aus, beugte sich vor und ihre schmalen Lippen formten ein Lächeln, als wollte sie einem Kind etwas erklären.

»General, meine Aufgabe ist es, zuallererst für die Sicherheit dieser Station zu sorgen.«

Kazuki unterbrach sie: »Ihre Aufgabe ist es, eine reibungslose Infrastruktur für IU und GVA zur Verfügung zu stellen, nicht nach Gutdünken zu entscheiden, wer wann Zugang zu mir hat. Das unterliegt nicht Ihrem Mandat!«

Nesri atmete entnervt ein. »Das Leiten von Gäa I ist in Zeiten, in denen sich Generäle wie Sie und Ihr Kollege Al Raschid an die Gurgel gehen, kein Zuckerschlecken. Die höchste Priorität hat die Sicherheit der Station. Wenn die nicht gewährleistet ist, gibt es keine Infrastruktur mehr. Und wenn mein Bordpersonal es für angemessen hält, Personen länger zu überprüfen, liegt das sehr wohl in meinem Zuständigkeitsbereich. Und wenn Sie damit ein Problem haben, wenden Sie sich an die zivile Beschwerdestelle der IU. Ich bin mir sicher, die setzen einen entsprechenden Arbeitsprozess für diesen Fall auf.«

»Sorgen Sie dafür, dass ich über Vorgänge, die meinen Bereich betreffen, informiert werde!«

Kazuki unterbrach die Verbindung. Er atmete gepresst ein und aus, bevor er sich zu uns drehte.

»Entschuldigen Sie das. In einer Sache hat Nesri recht: Die Situation ist angespannt. Ich besorge Ihnen eine sichere Unterkunft. Halten Sie sich bedeckt. Das ist wichtig, damit wir das Blatt wenden können.«

»General, wenn es etwas gibt, das wir darüber hinaus tun können … Ich war auf Zapador. Was ich meine, ist; ich bin bereit, zu helfen. Wie kann ich Sie darüber hinaus unterstützen?«, fragte ich.

Kazuki nickte zufrieden, beugte sich über seinen Tisch und deutete mit dem Zeigefinger auf mich. »Sie präsentieren die Beweise im Faunarat und bringen damit Al Raschid zu Fall.«

29

»Ich habe immer betont: Wir wollen nichts für uns selbst. Das Einzige, dem wir dienen, ist das Überleben von Mutternatur. Die Irdische Union hatte nie etwas anderes im Sinn. Wir wollen keinen Krieg! Das wollten wir nie!«

Die Stimmung war, gelinde gesagt, angespannt. Der Faunarat mit seinen steilen, eng besetzten Reihen war politisch gespalten. Es gab jene, die dazwischenriefen, als General Harun Al Raschid seine Rede hielt. »Lügner!« und »Kriegstreiber!« war vom Reformerflügel zu hören. Auf der anderen Seite gab es Zustimmung und Applaus, aber auch Anfeindungen gegen die politischen Gegner. Eine raue Auseinandersetzung.

Ich versuchte, mir einzureden, dass das in der Politik dazugehörte, aber Zoya und ich hatten auf Zapador erlebt, dass dieser Konflikt gewaltsam geführt wurde. Ich hatte geglaubt, dass gesellschaftliche Wendungen sich plötzlich ereignen würden. Erst herrschte Frieden und dann Krieg. Zuerst gab es eine Grenze, dann war sie weg. Gestern war man ein Leibeigener und über Nacht wurde man ein Bürger. Heute glaubte man an die Freiheit des Einzelnen und morgen an die Einheit von Mutternatur. Die oberflächliche historische Betrachtung verstärkte diesen Eindruck. Doch jetzt, im Augenblick des Geschehens, war dem nicht so. Der Krieg kam nach und nach. Die Gewalt hatte Zug um Zug zugenommen. Erst starben Einzelne, und viele zeigten sich bestürzt. Dann starben mehr; neben dem allgemeinen Schock wurden die ersten Stimmen laut, die Verständnis für die Gewalt öffentlich äußerten; sie redeten von Selbstverteidigung, beriefen sich auf Grundwerte. Es kamen Hass, Zwietracht und die Lügen hinzu. Das sich wiederholende Mantra von: »Wir wollen das Gute, aber die anderen wollen uns nicht die Hand reichen, egal wie oft wir sie ihnen auch hinhalten, und jetzt ist Schluss«. Und wenn der Krieg ausgerufen wurde, war er für einige schon lange Zeit da gewesen, während er für andere noch gar nicht begonnen hatte. Nur aus der historischen Betrachtung hatte Krieg eine Gesellschaften überspannende Bedeutung. Aus der subjektiven, gegenwärtigen Perspektive war Krieg nicht gleich Krieg. Ich saß im Faunarat, um einen Krieg zu verhindern, der auf Zapador schon begonnen hatte.

»Ich habe immer betont: Wir müssen uns von unserer Überzeugung leiten lassen. Zuversicht, Mitgefühl, Freiheit. Die Aussicht auf ein besseres Leben da draußen.«

Al Raschid zeigte mit dem Zeigefinger nach oben und deutete damit auf das Weltall, das sich wohlgemerkt überall befand. Er hätte auch nach unten zeigen können. Es war eine Geste, die von unseren Vorfahren weitergegeben worden war. Sie hatten ihr Leben lang auf einem einzigen Planeten gelebt und ihren Blick hinauf gerichtet, wenn sie zum Weltall schauten. Es war damit eine der wenigen Gesten, die alle Menschen gleich interpretierten. Der gestreckte Zeigefinger hatte nichts mehr von Ermahnung oder religiöser Zurechtweisung, wie es vor dem Großen Aufbruch in einzelnen Kulturkreisen der Fall gewesen war. Für die Menschheit verkörperte er Zuversicht und Abenteuer.

»Wir wollen kein Leben nehmen. Wir wollen es fördern. Auch heute suche ich weiter und immer stärker nach dem Weg zum Frieden.«

Al Raschid machte eine kurze Pause, sein Blick schweifte durch die Reihen, dann ballte er die Faust. »Und deswegen habe ich genauso betont: Wir müssen Mutternatur schützen, koste es, was es wolle. Aber niemals, indem wir uns waghalsig in irgendwelche Kriege begeben. Was haben wir nicht alles hingenommen und akzeptiert um des Friedens willen.« Immer noch ließ er seinen Blick schweifen und fuhr mit ruhiger Stimme fort: »Es gibt keinen Zweifel über den massiven Einsatz von Waffen an der Grenze durch die weporanische Kriegsarmada. Beschossene Schiffe, verschwundene Frachter, Provokationen entlang des neutralen Raums, es ist eine lange Kette von schmerzlichen Ereignissen. Wir haben es hingenommen. Wir haben es akzeptiert, weil wir nach Frieden für Mutternatur streben. Aber lassen Sie mich fragen: Was müssen wir noch hinnehmen? Wann ist es zu viel? Wenn Nobos zerstört wird? Wenn Cornus bombardiert wird? Wenn Avena oder gar die Erde in Schutt und Asche gelegt werden, bis keine irdische Zelle mehr lebt? Wepor strebt nicht nach Frieden, wie wir es tun. Wepor rüstet für den Krieg.«

Hinter Al Raschid wurde ein Video eingespielt. Zu sehen war ein Asteroidenfeld, an dessen Rand ein Schiff weg von einem Felsen schwebte, der ein Vielfaches des Volumens des Raumschiffs aufwies. Ein grellweißes Licht überlagerte das Bild, und einen Moment später war eine sichelförmige Druckwelle zu sehen, die den Asteroiden zerteilte und kleineres Geröll in dem Feld zersplittern ließ.

»Diese Aufnahmen haben wir zur Genüge im Jing-Nebel gemacht. Die Weporaner haben ihre Testgebiete für ihre neuen Waffen direkt an unsere Grenze verlegt.«

Waren wir zu spät? Al Raschid trug diese Rede aus Halbwahrheiten nicht zum ersten Mal vor; und er war nicht der Einzige. Seine Fraktion hatte über viele Jahre das Narrativ von Gefahr und Unrecht, die vom Fremden ausgingen, zu einem festen

Anker in unserem Selbstverständnis geschmiedet. Die Angst vor dieser Gefahr hatte uns ganze Flottenverbände, Kommunikationszweige und Wirtschaftsstrukturen erschaffen lassen. Diese Idee war über Jahrzehnte gewachsen und ließ unsere gesamte Gesellschaft funktionieren. Sie hatte eine Epoche geformt. Die Gesellschaft brauchte Zeit, um sich neu zu erfinden. Zeit, die uns fehlte.

Al Raschid schüttelte den Kopf. »Es war ein Fehler, nicht schon früher eine solch deutliche Provokation zurückzuweisen. Sie wissen alle, was dann geschehen ist. Sie kennen diese Aufnahme oder Sie waren gar selbst dort.«

Er schaute in die Gesichter der Militärs, während die Aufzeichnung des Angriffs auf die Orca hinter ihm ablief.

»Wepor hat uns den Krieg erklärt. Ich wünschte, ich könnte Ihnen eine andere Interpretation liefern. Ich wünschte, ich könnte von einem Missverständnis sprechen. Ich wünschte, ich könnte berichten, dass die Weporaner unsere Friedensbemühungen annehmen. Leider ist dem nicht so. Was Wepor heraufbeschwört, ist eindeutig. Es ist die sich immer wieder bewahrheitende Unvereinbarkeit zwischen Mutternatur und der Aliennatur. So sehr wir es uns auch wünschen, so sehr wir auch bereit sind, dem Fremden da draußen Verständnis, Friedensliebe und Hoffnung entgegenzubringen, unsere Mühen und unser Mitgefühl werden aufs Neue brutal enttäuscht. Wie oft mussten wir Mutternatur bluten sehen? Wie oft mussten wir mitansehen, wie unsere Gutmütigkeit ausgenutzt und uns damit eine blutende Wunde zugefügt wurde? Zu oft! Wir müssen dem ein Ende bereiten. Wir müssen die Aufgabe, mit der uns Mutternatur betraut hat, erfüllen. Wir müssen den irdischen Bios dort hinaustragen und ihn gedeihen lassen. Wir müssen die Arche sein, die das irdische Leben durch Protonenstürme und Sonnenwinde trägt und neue Planeten urbar macht. Wir müssen der Schild sein, der den irdischen Bios schützt vor dem Unheil, das dort draußen wartet.«

Es gab tosenden Beifall. Auf der anderen Seite winkten wenige aus dem Reformerlager ab. Al Raschid hielt einen Moment inne.

»Aber – und das ist vielleicht das Bedauerlichste – es gibt die hartnäckige Behauptung, wir könnten uns mit der Aliennatur ergänzen.« Al Raschid schmunzelte. »Diese Behauptung wird gerne von Planeten im äußeren Theta-Oktanten gepflegt. Wir wissen, das ist wissentlich und sachlich falsch. Aber nicht nur das! Unter der Idee einer krezoktischen Allianz will man die Menschheit und damit den Schutzschild von Mutternatur, den sie mehr denn je braucht, spalten. Dass die an dieser Entwicklung schuldigen Personen hierfür tausend Beschönigungen und Ausreden finden, ist verständlich.«

Es gab Zwischenrufe. »Du bist der Spalter!«

Al Raschid schaute rüber zu der Ecke, aus der die Rufe kamen. »Ihnen gehen die Argumente aus. Kein Wunder! Sie verkriechen sich, anstatt anzupacken und Ihren Beitrag zu leisten!«

Al Raschids Anhänger aus dem Faunalager johlten, riefen Beleidigungen oder lachten. Es war eine Inszenierung. Al Raschid rückte seinem Ziel näher. Er lehnte sich zurück, schaute in die Reihen und breitete die Arme aus.

»Aber! Trotz dieses Grabens gibt es etwas, das für mich immer und unter jeder Bedingung Priorität hat. Sie sind und bleiben Menschen und damit Teil des irdischen Bios. Sie sind untrennbar mit mir, mit uns, mit Mutternatur verbunden. Ganz egal, wo sie leben, wo sie kämpfen oder wo sie stehen, wir gehören einer Natur an. Und aus diesem Grund gebührt auch den Krezokten meine uneingeschränkte Solidarität. Jeden von Ihnen, der im

Geringsten daran zweifelt, dass ich hinter Ihnen stehe, werde ich eines Besseren belehren. Durch meine Taten! Und das ist umso mehr vonnöten, da uns schreckliche Nachrichten aus Zapador erreicht haben. Ausgerechnet denjenigen von uns, die sich durch ihre Offenheit den Aliens ungeschützt entgegengeworfen haben, wurde kaltblütig ein Messer in den Bauch gerammt.«

Er hielt einen Moment inne, während hinter ihm auf der Leinwand Bilder des Angriffs auf Farol zu sehen waren. Die Aufnahmen waren den Generälen kurz vor der Sitzung zugestellt worden. Es war totenstill im Faunarat. Niemand traute sich, angesichts der Zerstörung Farols etwas einzuwerfen, und so gab es in diesem gespaltenen Rat einen Moment, der uns vereinte. Es war, als versetzte uns der Gedanke an die zerstörte Gläserne Kuppel in Scham darüber, dass wir uns stritten, während woanders Menschen starben. Einen Augenblick später war es wieder vorbei.

»Lassen Sie uns gemeinsam aufbrechen, um die Weporaner zu stellen und unseren Brüdern und Schwestern auf Zapador zur Seite zu stehen! In diesem Moment kenne ich kein ideologisches Klein-Klein. In diesem Moment sind alle Menschen Teil des Schildes und des Schwertes, die Mutternatur in Form der Menschheit geschmiedet hat.«

»AL RA-SCHID! Al RA-SCHID!«, schallte es durch den Faunarat. Er hatte keine neuen Beweise präsentiert, er hatte nichts Neues gesagt. Alles, was er vorgetragen hatte, war bekannt. Und dennoch war es ihm gelungen, zum finalen Schlag anzusetzen, mit dem er diesen Rat entmachten und sich zum neuen Herrscher über die GVA erheben wollte. Dieser Schlag war so lange vorbereitet worden, dass die einst absurde Idee, Al Raschid die Generalvollmacht auszusprechen, nach und nach zu einer gangbaren Option geworden war. Nun waren auch

Teile der Gemäßigten gewillt, Al Raschid ihr Votum zu geben. Sie klatschten oder standen gar auf und nickten zustimmend. Andere schauten mit leerem Blick oder verschränkten Armen zum Podium. Sie grölten nicht. Einige nickten langsam, als würden sie endlich erkennen, dass es keine andere Option gab. Nur die Radikalsten unter den Reformern wandten sich von Al Raschid ab. Doch auch sie blieben stumm und hielten die Köpfe gesenkt.

Dann kam mein Auftritt.

Kazuki hatte mich vorher nicht angekündigt, sondern mich mit einem Eilantrag während der Sitzung auf die Rednerliste gesetzt. Damit wollte er verhindern, dass Al Raschid die Finte roch. Er wollte ihn kalt erwischen. Er wollte die Meute damit zum Schweigen bringen.

Ich rückte meinen engen Kragen zurecht, strich mir über die saubere, dunkelblaue Uniform und drehte das Ahornabzeichen gerade. Nervös schaute ich an den Reihen des Faunarats entlang, sah die Aufnahmegeräte, blickte in den Übertragungsraum und schluckte. Alles, was ich sagen würde, hörten nicht nur die Generäle, sondern auch die Journalisten. Sie schnitten mit, kommentierten, bearbeiteten und zensierten, wenn nötig, bevor sie es in das Intersolnet speisten. Sobald die Aufnahmen das lokale Solnet verließen, verbreiteten sie sich über die kommenden Monate und Jahre unaufhaltsam im Netz und damit im gesamten von Menschen besiedelten Raum.

Ich konzentrierte mich auf den Vortrag und las die ersten Zeilen, die ich in- und auswendig kannte, ab.

»Am 14.04.164 des galaktischen Jahres 15 seit Mutternatur befand ich mich auf einer Mission auf Zapador.«

Eine unfassbare Last lag auf meinem Brustkorb. Generäle und Admiräle, die sich nicht viel von meinem Auftritt erwartet hatten, wandten sich zu mir. Einige kniffen die Augen zusammen und blickten mich ernst an. Andere schüttelten den Kopf und flüsterten ihren Nachbarn etwas zu. Ich wartete, bis auch diese letzten Stimmen versiegten. Es war eine knisternde Ruhe. Ich war nicht mehr der Müsliheld, ich war ein Überlebender von Zapador.

»An diesem Tag auf Zapador befand ich mich im Gefecht wie einst vor vielen Jahren auf Nobos.« Ich berührte beiläufig, aber für jeden deutlich sichtbar das Ahornabzeichen. »Ich habe um mein Überleben und um das Überleben der Menschheit gekämpft. Damals gegen die Axinen und auch diesmal auf Zapador.«

Auf der Leinwand hinter mir wurden unsere Aufnahmen von Zapador eingespielt.

»Feldaufklärer haben diese Bilder während des vermeintlichen Angriffs der Weporaner aufgenommen.« Ich blickte durch die Reihen und flüsterte beinahe in die Totenstille hinein: »Sie zeigen keine Weporaner.« Mein Blick glitt die Reihen hinauf. »Sie zeigen nicht einmal Außerirdische.« Ich drückte meinen Rücken durch und atmete tief in den Bauch, um meine Stimme zu festigen. »Sondern Menschen, die auf Menschen schießen.«

Ich drehte mich zu den Aufnahmen und schluckte angesichts des einsetzenden Gemetzels. Als ich mich wieder dem Publikum zuwandte, sah ich Gesichtsausdrücke, die von Unverständnis und Entsetzen bis zu Wut und Trauer reichten. Münder standen offen, einige setzten an, etwas zu sagen, ließen es aber sein. Andere wendeten sich zu ihren Sitznachbarn und flüsterten ihnen ins Ohr.

Einer der radikalen Anhänger der Bios-Doktrin nahm es sich trotz der eindringlichen Bilder heraus, dazwischenzurufen: »Das ist aus dem Filmstudio!«

»Halt die Fresse, Apex!«, brüllte eine junge Offizierin von der anderen Seite des Saals.

Präsidentin Zmitz griff nicht ein, weil es nach einem kurzen Raunen dabei blieb. Die Bilder waren zu drängend.

Ich bediente eine Schaltfläche, mit der ich die weiteren Sensordaten des Feldaufklärers einblendete. »Das Schiff ist nicht, was es zu sein scheint. Es ist eine Illusion. Eine Projektion eines vermeintlichen weporanischen Schiffs. Darunter verbirgt sich ein Tarnschiff der Kamelionklasse, die unter strenger Geheimhaltung bereits im Einsatz ist. Diese Exemplare wurden für das Apex-Büro gebaut. Einige von Ihnen kennen diese Klasse aus Konstruktionsplänen. Man hat sie nicht nur bereits konzipiert, sondern auch schon auf eine verbrecherische Mission geschickt.«

Gemäßigte Generäle fingen an zu tuscheln. Die ganze Sache wurde ihnen sichtlich unbehaglich. Ich schaute rüber zu Al Raschid, dessen Gesicht bleich und versteinert war. Anscheinend hatte er Angst vor der Bestie, mit der er sich eingelassen hatte und die nun aus der Dunkelheit hervortrat.

Einer der gemäßigten Generäle ergriff das Wort. »Ich stelle aufgrund dieser Entwicklungen einen Antrag auf Vertagung der Abstimmung zu Paragraf 14. Die neuen Beweise müssen zur Untersuchung allen Mitgliedern des Faunarats zur Verfügung gestellt werden.«

Das Getuschel und Raunen im Saal brach nicht mehr ab. Vorwürfe wurden durch den Raum geschleudert. Mein Vortrag war noch nicht zu Ende, ich hatte mehr einstudiert, aber das spielte keine Rolle. Das politische Erdbeben war ausgelöst.

»Seid ihr wahnsinnig!? Was habt ihr getan?«, brüllte ein Reformer einem vermeintlichen Apex entgegen.

»Nichts als feige Verräter seid ihr! Eure Geschwister sterben an der Front! Feiglinge! Feiglinge!«, brüllte einer der Geheimdienstoffiziere.

Die Sitzungsleitung bemühte sich, für Ordnung zu sorgen. »Ruhe! Ruhe! Setzen Sie sich hin oder ich verweise Sie des Sitzungssaals!«, dröhnte Zmitz' Stimme durch die Lautsprecher.

Es war aussichtslos. Der Riss im Faunarat war offengelegt.

Al Raschid, umringt von seinen treuen Anhängern, machte sich aus dem Staub. Er marschierte zielstrebig auf den Ausgang zu, doch einige Reformer stellten sich ihm entgegen und beschuldigten ihn, ein Kriegstreiber und Mörder zu sein. Es kam zu Rangeleien. Al Raschid brüllte einen Offizier an, er solle zur Seite treten. Der schüttelte zornig den Kopf. Al Raschid schlug ihn mit voller Wucht nieder und stieg über ihn hinweg. Seine Anhänger flankierten ihn und versuchten, die aufgebrachten Abgeordneten von ihm fernzuhalten, bis Al Raschid den Saal verlassen hatte.

Ich schaute mir das Getümmel vom Pult aus entgeistert an. Meine Aufgabe hatte ich erfüllt, doch ich hatte wie so oft nicht weitergeplant.

Zoya tauchte unten an der Bühne auf. »Was machst du da, Luftbeutel?!«

Ich schaute auf meine Hände und bemerkte, dass ich sie fest um das Rednerpult geklammert hatte.

»Ähhh, ich ...«

»Beweg deinen Arsch!«

»Was?«

»Wir sitzen mächtig in der Scheiße, deswegen bewegst du jetzt deinen Arsch und kommst mit!« Sie sprach die Worte sehr deutlich aus.

Ich schaute runter zu dem Tumult und war überfordert. »Warum sind wir mächtig in der Scheiße?«

Zoya biss die Zähne zusammen und zeigte nach oben. »Der Übertragungsraum wurde gestürmt!«

Ich folgte ihrem Arm und schaute zu dem in die Wand eingelassenen Technikraum hinauf, in dem die Journalisten hätten sitzen sollen. Durch die Scheibe sah ich zuerst niemanden, doch dann schritt ein Soldat in schwarzer Uniform mit seinem Sturmgewehr im Anschlag an der Scheibe vorbei.

»Fuck!«, fluchte ich und bückte mich instinktiv runter zu Zoya. »Was hat das zu bedeuten?«

»Wir. Sitzen. Mächtig. In. Der. Scheiße!«

Ich schaute sie unbeholfen an. Sie griff meine Hand und riss mich durch die Menge davon.

30

Wir drängten uns durch den Tumult, als ein markerschütterndes Notsignal durch die Station dröhnte. Rote Warnleuchten sprangen an. Ich zuckte zusammen. Für einen Moment ließ die Auseinandersetzung im Faunarat nach und die Militärs schauten sich entgeistert um. Einige ergriffen die Flucht, andere nutzten die Ablenkung, um sich in dem Tumult einen Vorteil zu verschaffen, und schlugen auf ihre Gegner ein. Zoya wurde angerempelt und stürzte. Ich zerrte sie auf die Beine und wir rannten. Ein Schuss krachte durch den Saal, der sich mit dem Geschrei und dem Getöse mischte.

»Hier gibt es nichts mehr zu gewinnen. Verschwinden wir von der Station«, sagte Zoya, während wir auf den Ausgang des Faunarats zustolperten.

Die meisten Militärs sahen das ähnlich und stoben jetzt auseinander. Wir zwängten uns durch den hohen Eingangsbereich auf den Bios-Boulevard hinaus. Menschen rannten durcheinander, einige kauerten in Schock auf der Straße und andere versteckten sich unbeholfen. Wir eilten den Boulevard hinunter und wollten in einen Seitengang einbiegen, als es uns von den Beinen riss. Die gesamte Station wurde wie durch ein Erdbeben erschüttert. Ich krallte mich an eine Stufe. Menschen schrien, Anweisungen wurden gegeben, Verwirrung und Angst standen der Bevölkerung ins Gesicht geschrieben. Ich schloss die Augen und wünschte, dieser Albtraum hätte ein Ende. Ich versuchte, weiterzukommen, strauchelte aber.

»Scheiße, die künstliche Schwerkraft änderte sich. Warum?«

Zoyas Augenbrauen kamen oberhalb der Brille zum Vorschein. »Irgendwas bringt die Station aus ihrer Rotation. Die Fliehkräfte verändern sich.«

»Ein Angriff?«

»Keine Ahnung, Arkes, wir müssen hier weg.«

Ich schluckte und schaute über den breiten Boulevard und hinauf zum gläsernen Dach, wo sich Risse bildeten, die sofort durch gelbe Klumpen verschlossen wurden. Die Innenseite der Konstruktion war mit chemischen Verbindungen angereichert, die aufquollen und sich verhärteten, wenn sie in Kontakt mit dem Vakuum des Weltalls kamen. Kleinere Beschädigungen wurden hierdurch sofort versiegelt, was eine Dekompression verhinderte.

»Das Dach ist beschädigt!«, rief ich und wies nach oben.

Zoya stolperte rüber zu mir. Sie hatte Schwierigkeiten mit der sich verlagernden Schwerkraft. »Wir müssen runter von den Straßen. Die Schotts schließen jeden Moment.«

Ich schluckte, nickte und schaute den Boulevard entlang. Bei einer Dekompression unter der Dachkonstruktion versiegelten sich die Schleusen zu den Gebäuden. Die gläsernen Dächer waren im Grunde ein Instrument, um das zivile Leben auf Gäa I bequemer zu gestalten. Notwendig für das Funktionieren der Raumstation war sie nicht. Sobald die Schotts, die auf die Plätze und Straßen führten, verschlossen waren, erreichte man alle Sektionen über die Gangsysteme.

Ich stemmte mich auf die Beine und bemerkte eine Gruppe bewaffneten Personals der Stationsverwaltung. Sie trugen Magnetstiefel und marschierten in Richtung Rat. Plötzlich raste eine Mini-Rakete auf sie zu und riss sie in Stücke. Zoya fiel zusammen mit mir zu Boden. Ich schnaufte. Adrenalin schoss mir erneut durch die Eingeweide.

»Bei Mutternatur, wir müssen hier weg, verdammt noch mal!«, keuchte sie.

Ich starrte durch den Qualm, hustete. Zoyas Hände packten meine Schultern und zerrten mich nach oben.

Wir passierten eines der Notfallschotts, das sich bereits langsam senkte. Am Boden flammten die Richtungslichter zu den Evakuierungskapseln auf.

»Sie wollen Gäa I evakuieren! Bei Bios großer Scheiße, das kann nicht sein!«, presste ich hervor.

»Sie bringen die Zivilisten runter«, sagte Zoya.

Wir zwängten uns durch die kleineren Seitengänge der Apartmentblocks.

»Wohin rennen wir?«

»Zum nächstgelegenen Hangar.«

Wir bogen um eine Ecke und Zoya steuerte auf eine Luke zu, die bereits zuglitt. Sie sprang hinein, drückte sie auf und verschwand im dahinterliegenden Raum. Ich schlüpfte direkt hinter ihr hindurch, dann schloss sich die Luke.

Es war ein Vorraum für einen Hangar. Das Wachpersonal hatte seine Posten verlassen. Vielleicht hatten sie ihre Chance genutzt und waren von Gäa I entkommen. Wir schauten durch ein Bullauge, das in der Tür angebracht war, die in den Hangar führte. Es war ein mickriges Hangardeck. Das einzige Shuttle hob gerade ab und passierte das geöffnete Schott in den Weltraum. Vor unserer Nase flog unsere Fluchtgelegenheit davon.

»Was machen wir jetzt?«, fragte ich Zoya.

Ihre Miene verfinsterte sich. Sie prüfte die Konsolen, schlug mit der Faust darauf. Ich schaute aus dem Bullauge. Das Hangarschott war zu zwei Dritteln geöffnet.

»Es lässt sich nicht schließen. Wir haben keine Möglichkeit, den Hangar mit Luft zu füllen«, sagte Zoya.

Ich überprüfte den Spind. »Die Raumanzüge sind auch weg.«

Sie überflog die technischen Daten auf der Konsole.

»Es gibt ohnehin kein Shuttle mehr im Hangar, das wir mit den Anzügen erreichen könnten«, warf ich ein.

Zoya funkelte mich an. Ich zuckte fragend mit den Schultern, aber sie drehte sich gleich wieder zu der Konsole.

Hatte ich etwas übersehen?

Ich schaute nochmals durch das Bullauge und schluckte. »Äh, Zoya, es muss einen anderen Weg geben.«

Hastig trat ich neben sie, spähte ihr über die Schulter und las die Daten vom Display ab. Sie überprüfte gerade die Luke, durch die wir hereingekommen waren.

»Der Druck im Gang auf der anderen Seite fällt. Unser Rückzug ist abgeschnitten. Wir sitzen fest«, sagte sie nüchtern.

Ich starrte sie an. Ihre Augen huschten fokussiert über mich und dann von Gegenstand zu Gegenstand im Raum. Systematisch tastete sie die Wände ab.

»Wir sitzen in der Falle«, sagte ich und hatte Mühe, das Flattern in meiner Lunge zu beruhigen.

Zoya sah wütend aus. Ihre Augen waren aufgerissen, dann verengten sie sich wieder und sie schritt zielstrebig auf die Erste-Hilfe-Klappe zu, riss sie auf und kramte darin herum.

»Was hast du vor?«, fragte ich, obwohl ich es ahnte, und schielte unbehaglich zu dem Bullauge.

»Mist! Sie haben alles mitgenommen.« Sie schaute auf den Boden vor der Klappe und hob einen Injektor auf. »Halt dich dort drüben fest. Die Tür wird kurz aufschnellen und sich sofort wieder schließen.« Sie klopfte mir auf die Schulter.

»Bist du wahnsinnig? Du kannst da nicht raus!«, schrie ich.

Sie hielt eine Ampulle hoch. »Ich spritze mir Sauerstoff.«

»Du kannst dir nicht Sauerstoff spritzen und ins VERDAMMTE VAKUUM STAPFEN.« Ich deutete auf das Bullauge. »Das sind 15 Meter bis zum anderen Vorraum. GRUNDGÜTIGE! Und wenn es dort keine Anzüge gibt, Zoya? Was dann, verdammt?«

»Halt dich fest. Ich hoffe, es gibt keinen technischen Fehler«, sagte sie.

Ich schluckte bei dem Gedanken. Wenn die Notfallschließfunktion des Schotts nicht funktionierte, landete auch ich im Vakuum.

Ich umklammerte eine Halterung. Zoya programmierte die Tür und stellte sich davor. Die schnellte auf, und Zoya schleuderte sich mit der nach draußen strömenden Luft in den Hangar. Augenblicklich wurde es kalt, und die Tür schloss sich wieder. Ich hechelte nach dem wenigen Sauerstoff, der übrig blieb. Meine Lunge schmerzte und knisterte empört. Ich raffte mich auf und schaute zum Bullauge hinaus.

Zoya glitt durch den Hangar und rammte sich den Injektor ins Bein. Sie knallte gegen die Tür des Vorraums auf der anderen Seite, die zum Glück halb offen stand, und zog sich gekrümmt hinein. Es gelang ihr, die Tür zu schließen.

Komm schon, komm schon, komm schon!

Ich schaute durch den Raum, der auf dem besten Weg war, mein Sarg zu werden.

Es dauerte wenige Minuten, aber jede Sekunde zog sich in die Länge, bis Zoya auf der anderen Seite des Hangars die Tür aufstieß und sich in einem Raumanzug hinaus zwängte. Unter ihrem Arm klemmte ein zweiter Anzug. Mein Sichtfeld flimmerte aufgrund des Sauerstoffmangels. Sie kam auf die Luke zu, durch deren Bullauge ich starrte. Ich hechelte erleichtert, aber nur für einen Augenblick.

Scheiße, Scheiße, Scheiße!

Ich stemmte mich in eine Ecke, hakte mich an einem Haltegriff ein und rollte mich zusammen. Mein Gesicht schützte ich, so gut es ging. Die Tür sprang auf und die Kälte kam zurück. Das Vakuum riss an meiner Lunge und an meinem Trommelfell. Die Trockenheit war unerträglich. Der Lärm verschwand. Die Schmerzen blieben.

Einzelne Geräusche kehrten zurück, als Zoya die Luke schloss. Sie drehte mich auf den Rücken und verzog das Gesicht, als sie mich anschaute. Hinter ihrem Helm sah ich ihr von Schmerzen verzerrtes Gesicht mit Schwielen und dicken Fettspuren. Sie hatte sich notdürftig versorgt. Energisch presste sie ein Visier mit der Sauerstoffzufuhr an mein Gesicht. Ich japste nach Luft.

»Kannst du aufstehen? Du musst in den Raumanzug.«

»Argh!« Ich hielt mir den Arm.

»Gebrochen?«

»Nein, es geht schon. Alles schmerzt.«

Ich zwang mich mit zusammengebissenen Zähnen nach oben. Zoya half mir, den Anzug anzuziehen. Die Muskeln krampften. Kalte Schweißperlen bildeten sich auf meiner Stirn. Ich stöhnte, während ich mich in den engen Ärmel kämpfte, dann in den nächsten und schließlich in die Beine. Mir wurde schwindelig und der Magen klopfte an den Kehlkopf. Ich schluckte. Dann endlich signalisierte ein milder Signalton des Anzugs, dass er sich versiegelt hatte. Ich glitt langsam an der Wand hinab, atmete schwer in meinen Helm, sodass das Visier beschlug, und schloss die Augen.

»Wir brauchen eine Mitfahrgelegenheit«, sagte Zoya.

Zoya gönnte mir einen kurzen Moment Ruhe, dann stießen wir die Luke auf und glitten hinaus in das Vakuum, durch die halb offenen Hangarschotts und raus auf die Außenhülle von

Gäa I. Wir kletterten Leitern entlang, bis wir auf einer ausgedehnten Ebene standen. Gäa war die gewaltigste Station, die Menschen je gebaut hatten. Über uns sahen wir auf Avena, diese blaue, weiße und grüne Kugel, die ähnlich aussah wie einst die Erde. Unsere magnetischen Stiefel hielten uns an der Hülle von Gäa I. Zoya hockte sich.

Ich ließ meinen Blick über die Raumstation, das Weltall und Avena streifen. Ich suchte nach etwas, das mir Orientierung geben konnte, aber wohin ich schaute, ich sah nur zerfetztes Metall, verkohlte Rohre und Kabelstränge, aus denen Funken spien, die im Vakuum sofort erloschen. Mein Atem ging schneller, und trotz der Schwerelosigkeit spürte ich mein Blut in die Beine sacken. Ich wollte mich setzen. Stattdessen hing ich mit meinen Stiefeln an Gäas Oberfläche wie ein Grashalm, der im Wind wankte. Von meinen Schuhen schaute ich die metallene Fläche entlang, auf der ich stand, und – Grundgütige – mein Gehirn setzte langsam die Trümmer wie ein Puzzle zusammen. Aus der zerrissenen Station war ein immenser Brocken herausgeschnitten worden, der träge davonschwebte. Ich schluckte bitter. Auf diesem Brocken standen wir. Mir wurde schwindelig.

Der Großteil Gäas lag vor uns und zog einen Schweif von Trümmern hinter sich her. Überall gab es Lecks, aus denen Gase austraten. Die Station trieb mit einer klaffenden Wunde im Weltraum. Es sah aus, als wäre sie zerschnitten worden. Vereinzelt ereigneten sich Explosionen, die das Vakuum verschluckte. Kein Schall drang zu uns.

»Zoya«, sagte ich, doch meine Stimme war kaum mehr als ein Krächzen. Ich räusperte mich. »Zoya, was machen wir jetzt? Wie kommen wir hier runter?«

Zoya schaute von ihrer UMA auf. »Wir müssen weiter!«

31

Zoya war in ihre UMA vertieft, die in den Anzugarm eingelassen war. Dann schaute sie auf und bewegte sich zielstrebig voran.

»Was ist der Plan?«

»Alle Shuttles und Rettungskapseln sind gestartet oder defekt. Wir suchen die Privathangars ab. Dort ist der Zugang eingeschränkt. Die Chance ist höher, dass wir dort ein Shuttle finden.«

Es dauerte eine Stunde, bis sie auf ein Bullauge im Boden wies; eine Dekompressionskammer. Ich überprüfte die Anzeige neben dem Bullauge. Dekompression war überflüssig, weil es keine Luft in dem angrenzenden Hangar gab. Zoya drückte die Konsole und die Tür ploppte einen Spaltbreit auf. Ich half ihr, sie zu öffnen. Wir quetschten uns in die Schleuse und öffneten die nächste Tür zum Hangar. Dort glitt sie zum Zwischenschott, das den Abflugbereich von der eigentlichen Station abtrennte. Sie klopfte an ein eingelassenes Bullauge. Ich lugte hinter ihr hindurch.

Eine dünne Person in Raumanzug schwebte neben einem blutüberströmten Soldaten. Beide trugen GVA-Uniformen. Es wirkte fast elegant, als sie sich zu uns umwandte. Sie überragte mich um mindestens einen Kopf. Gekonnt stieß sie sich von der nächsten Wand ab, glitt zur Tür und betätigte die Sprechanlage. Wir legten unsere Handschuhe an die Sprechanlage, damit unsere Kommunikatoren unsere Worte direkt in ihren Helm übertragen konnten.

»Identifizieren Sie sich.« Als sie mich sah, schürzte sie die dünnen Lippen, von denen ein dünnes Rinnsal Blut sickerte. »Sie sind das! Das darf nicht wahr sein.« Sie schüttelte den Kopf. »Ich sollte Sie aus einer Schleuse werfen!«

Ich runzelte die Stirn, erkannte dann aber das Gesicht. »Generalin Nesri?«, fragte ich perplex.

»Ganz recht, Generalin Nesri«, äffte sie mich nach, »von Lontano, wo Sie angeblich die sagenumwobene Doamna Pupici und ihre Lavendelfelder getroffen haben.« Ihre Lippen kräuselten sich. »Haben Sie sich diesen Blödsinn über Lontano eigentlich selbst ausgedacht, oder war das dieser Komiker Hornburp?«

Lontano, Lontano – oh, Scheiße – Lontano!

Mir fiel das Interview mit Hornburp wieder ein, wo ich von meinem vermeintlichen Besuch bei Doamna Pupici auf Lontano berichtet hatte; nur eine von Hornburps erfundenen Heldengeschichten.

»Wenn es nach mir gegangen wäre, hätten Sie den Faunarat niemals betreten!«

»Was?« Zuerst verstand ich die Anspielung nicht, aber dann klappte mir der Mund auf. »Wegen des Lontano-Interviews war das!?« Ich zog die Augenbrauen zusammen. »Deswegen haben Sie uns in das Hotelzimmer sperren lassen?«

»Irgendjemand muss die ganzen Wahnsinnigen in der militärischen Bürokratie schließlich unter Kontrolle halten«, erwiderte sie.

Zoya schaute zwischen Nesri und mir hin und her und schob dann ihren Kopf zwischen uns. Anscheinend fand sie, dass es Wichtigeres gab, als sich über ein Interview zu streiten. »Ich bin Zoya Cud'Pioche. Wir gehören zusammen.« Sie zeigte auf mich. »Generalin Nesri, wir benötigen Ihr Schiff. Möchten Sie uns begleiten?«

Nesris blutige Lippen formten ein müdes Lächeln. »Zoya Cud'Pioche, Sie haben ganz schön Nerven.« Ihre Mundwinkel fielen wieder hinab und sie musterte uns aus knochigen Augenhöhlen. Ihr mageres Gesicht stand im Kontrast zu ihrem Blick, der uns analytisch abtastete und von einem hellen Geist zeugte. Langsam drehte sie den Kopf und schaute über ihre Schulter zurück zu dem toten Soldaten. Ihr Anzug hob und senkte sich im Brustbereich, als sie schwer atmete. »Sie beide begleiten mich als Brückenpersonal auf meinem Schiff.«

Sie betätigte eine Konsole, und die Tür glitt auf. Vorsichtshalber hatte sie die Hand an eine Waffe an ihrer Hüfte gelegt. Sie wies mit der freien Hand zu ihrem Schiff, das im Hangar wartete. »Nach Ihnen.«

Am Shuttle tippte Nesri Zugangsdaten in ein Bedienfeld, und eine Außentür öffnete sich, durch die wir hineinschwebten. Generatoren im Shuttle liefen warm.

»Die Station ist in einem abnehmenden Orbit. Man wird versuchen, sie mit Schleppern wieder zu stabilisieren«, sagte Nesri, fuhr mit ihrer dünnen Oberlippe über die blutige Unterlippe und schluckte ihr Blut hinunter.

Zoya setzte sich ans Steuer. Nesri wies mich an, neben Zoya Platz zu nehmen. Sie schnallte sich in einem Sitz hinter uns fest. Zoya startete das Schiff, die Außenschotts glitten auf und wir beschleunigten hindurch, weg von Gäa I.

»Nehmen Sie Kurs auf die Koordinaten ...«

Ein Ruck fuhr durch das Shuttle.

»Wir werden beschossen«, sagte Zoya.

»Nicht schon wieder«, sagte ich.

Das Schiff aktivierte automatisch den Kampfmodus.

Nesri öffnete das Kominterface. »Hier spricht Generalin Nesri! Stellen Sie sofort Ihr Feuer ein!«

Es gab keine Antwort.

»Zwei Raketen nähern sich. Einschlag in 17 Sekunden«, kommentierte ich die Daten, die mir das Schiff anzeigte.

»Gegenmaßnahmen abgeworfen«, sagte Zoya.

»Nehmen Sie diesen Kurs!«, befahl Nesri.

Zoya nickte.

Die Maschine jaulte und die g-Kräfte rissen an mir, dass ich keuchte. Mein Sitz bereitete Antigrav-Ampullen vor.

»Verdammt! Eine Rakete ist weiter an uns dran. Einschlag in neun Sekunden!«, schrie ich.

Die Steuerdüsen flammten in einem Stakkato auf und rissen uns hin und her. Das Haupttriebwerk schaltete innerhalb weniger Augenblicke von Volllast auf null g. In den kurzen Pausen schleuderten uns die Steuerdüsen in einen neuen Flugwinkel, und die Hauptdüsen brannten erneut auf.

»Feuermodus Z3«, presste Nesri mit zusammengebissenen Zähnen hervor.

Unsere Gatlings zerschossen ein größeres Trümmerstück vor uns, dem Zoya nicht mehr ausweichen konnte. Wir brachen durch die Reste der zersiebten Trümmer. Die Sensoren und die Außenansicht verdunkelten sich. Für einen Moment waren wir blind und hörten nur das Prasseln von Bruchstücken auf der Hülle.

»Zwei Sekunden!«, schrie ich heiser.

Ich klammerte mich an meinem Schultergurt fest, presste die Augen zusammen und hielt die Luft an. *Oh Scheiße, verdammte!* Ich öffnete ein Auge und schielte auf das Display, auf dem die letzten Hundertstelsekunden verstrichen. Dann gab es einen Schlag von hinten, der meinen Rücken knacken ließ, und das Display wurde schwarz, zusammen mit der restlichen Elektronik im Schiff.

Ich sackte innerlich zusammen. »Der Grundgütigen sei Dank!«

Durch meinen Helmlautsprecher hörte ich Zoya tief einatmen. »Die zweite Rakete ist in den Trümmern detoniert. Es gab Sekundärtreffer.«

Ich nickte und steuerte das Datennetzwerk des Schiffs mit meiner UMA an, um mir einen Überblick zu verschaffen. »Alle Bordsysteme sind offline.«

»Können Sie das in Ordnung bringen?«, fragte Nesri.

»Es wird dauern.«

Wir hatten es von Gäa I heruntergeschafft und saßen im nächsten blechernen Sarg fest, der zudem deutlich kleiner war. »Sollen wir einen Notruf absetzen?«, fragte ich.

»Du willst es auch wirklich darauf anlegen, oder?«, sagte Zoya kopfschüttelnd.

»Um ehrlich zu sein, will ich dich das täglich fragen, seitdem wir uns auf Zapador kennengelernt haben«, erwiderte ich.

»Ähm, ich störe Sie beide nur ungern, aber nein, wir machen uns sicher nicht zur Zielscheibe, indem wir ein Notsignal senden. Wir stellen uns tot, bis wir einen Plan haben«, sagte Nesri von hinten.

Zoya drehte sich zu ihr um. »Wir müssen uns verstecken oder flüchten. Sie waren im Faunarat dabei. Al Raschids Apex-Kommando ist nicht bereit, sich geschlagen zu geben. Sie haben einen Bürgerkrieg angezettelt. Wir verschwinden aus diesem System und schauen, wo wir Verbündete finden.«

Ich schielte von Zoya zurück zu Nesri, die wiederum Zoya einen langen Moment musterte. »Al Raschid?« Sie spitzte die Lippen und schien abzuwägen, was sie sagen sollte. »Schön, dass Sie gleich in den Schützengraben springen und neue Frontlinien ziehen.«

Zoya schüttelte den Kopf und machte eine ausholende Handbewegung. »Bei allem Respekt, halten Sie das da draußen für ein Feuerwerk im Gedenken an Mutternatur?«

Nesri renkte ihren schmalen Unterkiefer zur Seite. »Wissen Sie, ich kann Al Raschid auf den Tod nicht ausstehen. Aber das hier«, sie wiederholte Zoyas Handbewegung, »das war nicht Al Raschid. Kommen Sie schon. Er ist ein Beamter, wie er im Buche steht. Mit etwas zu viel Zeit, um an großen Reden zu schreiben. Er ist kein eiskalter Mörder.«

»Nach den Angriffen auf Zapador haben Sie noch Zweifel daran?« Die Gurte spannten sich an Zoyas Schultern, während sie sich weiter zu Nesri wandte.

Aus Nesris Augen funkelte die Autorität einer Generalin. Aber wenn Zoyas Tonfall ihr nicht gefiel, ließ sie sich davon nicht hinreißen. »Hören Sie mir gut zu: Es spielt keine Rolle, ob ich Zweifel habe. Seit mir vor zwei Jahren die Leitung der Station übertragen wurde, habe ich versucht, sie vor Unheil zu bewahren. Aber mein Einfluss steht weit im Schatten der großen Generäle. Ich habe versucht, mit den wenigen Hebeln, die ich hatte, einen Konflikt zu verhindern.« Sie zeigte auf uns. »Sie beide allerdings hatten eine Rolle zu spielen. Eine schöne Rede, die Sie da vom Zaun gebrochen haben.« Sie nickte mir zu und schüttelte dann den Kopf. »Das ist jetzt vorbei. Andernfalls wären Sie nicht mit der abgehalfterten Stationsleitung zusammen in einem Shuttle auf der Flucht.«

Zoya zuckte mit den Schultern. »Das heißt, Ihnen ist das hier alles egal? Wollen Sie nicht für Ihre Station kämpfen?«

»Meine Station? Der Posten der Stationsleitung wird im Rotationsprinzip alle drei Jahre vergeben. Ich hatte das Pech, jetzt dran zu sein.« Sie ballte die Faust. »Ich habe es versucht. Bei Mutternatur, ich habe versucht, die Konflikte zu entschärfen.

Aber bei allem galt meine Loyalität immer meinem Heimat-Sektor Lontano. Und dahin werde ich jetzt zurückkehren. Hier gibt es nichts mehr, was mich hält.«

»Glauben Sie, dass das alles hier an irgendeinem Sektor vorbeigeht?«, hakte Zoya hitzig nach.

»Oh nein, ganz und gar nicht. Ich glaube, dass das, was folgt, mit Sicherheit in jedem von Mutternatur besiedelten Sektor ankommt.« Sie schmunzelte bitter und wies auf die Trümmer von Gäa I. »Irgendwelche naturlosen Kreaturen haben es aus irgendeinem von Mutternatur verlassenen Grund darauf abgesehen, Abertausende Menschen in den Tod zu schicken. Die politischen Institutionen sind ausgehöhlt. Oder wie soll der Faunarat zusammenkommen, wenn man befürchten muss, dass die Kollegen einem ein Loch in den Kopf schießen? Ob Ihr Al Raschid oder sonst wer dahintersteckt, was spielt das für eine Rolle? So, wie ich die Sache sehe, hat das Feuerwerk da draußen nach Ihrer netten Ansprache, die Sie für General Kazuki gehalten haben, begonnen.«

»Was wollen Sie damit sagen? Hätten wir einfach nichts sagen und es bei Al Raschids Sicht lassen sollen: Aliens haben Farol zerstört? Wir waren dort, verdammt noch mal! Sie haben alle ermordet.«

»Das ist eine Frage, die nur Sie für sich beantworten können. Ich weiß, dass heute alle meine Angestellten bei dem Versuch, mich zu retten, ums Leben gekommen sind. Und ich hoffe bei Mutternatur, dass mein Sektor von dem, was uns bevorsteht, verschont bleibt.« Nesri verzog den Mund.

Zoya schnaufte aufgebracht. »Ach, und wir haben nichts zu beklagen und sollen einfach zusehen, wie diese ganze Scheiße um sich greift?«

Ich legte ihr eine Hand auf den Arm. Ihr Blick glitt verwirrt zu mir, aber dann entspannten sich ihre Gesichtszüge. Sie schluckte, und ihrem Blick nach zu urteilen, schmeckte es nach Galle, was sie runterschluckte.

Sie wendete langsam den Kopf zurück zu Nesri und presste die Lippen zusammen. »Es tut mir leid, dass Sie Ihre Leute verloren haben. Auch ich habe auf Zapador Freunde verloren und eine ganze Welt noch dazu. Wir alle haben viel verloren. Darüber zu streiten, hilft uns nicht weiter. Sie haben recht, wir brauchen einen Plan, was jetzt zu tun ist.« Zoya schaute mich kurz an. »Wir haben Apex-Soldaten auf Gäa gesehen. Wir brauchen die Beweise, dass Al Raschid und sein Büro«, Zoya hob beschwichtigend die Hände, »oder sonst wer dahintersteckt.«

Nesri zuckte mit den Schultern. »Schauen Sie mich nicht an. Ich kann Ihnen da nicht weiterhelfen. Die zivile Verwaltung auf Gäa I liegt am Boden und auf meinem Rücken klebt eine Zielscheibe. Meine Befugnisse liegen nur noch in den Koloniewelten des Zeta-Oktanten. Sie hätten sich auf das Shuttle eines wichtigeren Generals mit übergeordneten Kompetenzen schmuggeln sollen. Aber anscheinend braucht Kazuki Sie nicht mehr.«

»Nach allem, was wir wissen, liegt er womöglich tot in den Trümmern«, fauchte Zoya.

Nesri atmete aus. »Schon gut. Wir kommen so nicht weiter.« Sie drückte sich gekonnt von ihrem Stuhl ab, drehte sich im Gleiten um ihre eigene Achse, nutzte dabei ihre langen Gliedmaßen, um sich zu stabilisieren, und landete exakt vor einem Bedienfeld. Ich musste an eine Qualle im Wasser denken. »Sobald der Thionville-Generator wieder läuft, begeben wir uns zu einem Einstiegsfeld und springen in Richtung Lontano. Dort habe ich Rückhalt. Wir finden Schutz und ich mobilisiere die Flotte des Sektors.«

»Damit zementieren wir einen Bürgerkrieg«, wandte ich ein und wurde ignoriert.

»Es gibt keine nennenswerten Verbände im Zeta-Oktanten außerhalb der Kernsektoren. Damit richten Sie nichts aus«, sagte Zoya.

»Das sind die Truppen, die ich habe. Und bis wir dort sind, sind die Konfliktlinien genauer erkennbar.«

»Wenn wir einen langen Bürgerkrieg abwenden können, sollten wir es versuchen, hier und heute«, sagte ich, aber beide schüttelten den Kopf und tippten auf ihren Konsolen herum.

»Das Eindämmungsfeld des Thionville-Generators ist zusammengebrochen. Das kann ich nicht ohne Ersatzteile in Ordnung bringen. Der Generator fliegt uns um die Ohren, wenn wir ein Einstiegsfeld für eine Faltenroute erzeugen«, sagte Zoya ernüchtert.

»Nun denn, weitere Vorschläge?« Nesri drehte sich zu uns.

»Wir haben noch unsere Raumanzüge.« Ich klopfte an meinen Helm. »Warum gehen wir nicht einfach im Trümmerfeld nach einem Generator suchen?«

Nesri blies die Backen auf und schüttelte den Kopf. »Wie sieht es mit den Normalraumtriebwerken aus?«, fragte sie an Zoya gewandt.

»Die kriegen wir wieder hin. Aber wenn wir die Hauptenergie aktivieren, sind wir sichtbar für Freund und Feind«, antwortete Zoya.

»Gut. Dann fliegen wir nach Avena«, sagte Nesri.

»Dort wird die Lage nicht besser sein. Wir begeben uns von einem Schlachtfeld in das nächste«, erwiderte Zoya.

Nesri schürzte die Lippen und nickte langsam. »Das ist zu befürchten. Egal, was wir tun, die Lage ist unübersichtlich. Wer auch immer dahintersteckt, ist zu allem bereit. Für die

Verantwortlichen gibt es kein Zurück mehr. Deswegen muss ich Verbände zusammenziehen.«

Nesri schaute auf ihre Konsole. Anscheinend hoffte sie, Neuigkeiten zu empfangen, die uns helfen könnten. Dann blickte sie auf und runzelte die Stirn.

»Avena ist die Wiege der Bios-Doktrin. Es ist ein symbolischer Ort. Angenommen, Ihre Theorie stimmt und Apex steckt hinter dem Anschlag, dann ergibt die Wahl des Ortes Sinn. Eine Erneuerung der Bios-Doktrin muss in Avena anlaufen. Die Wiederbelebung muss von der Wiege dieser Lehre ausgehen. Wenn wir nicht zu einem Einstiegsfeld kommen, dann richten wir vielleicht auf Avena etwas aus. Im Orbit sind wir nutzlos.«

Ich dachte an Avena-Stadt, eine Metropole, die als Monument geplant worden war. Der Großteil bestand aus der Akademie, wo die Kadetten ausgebildet wurden. Man hatte kolossale Museen errichtet, die die Bios-Doktrin stützten. Die hochhausgroße Muttererde-Statue befand sich dort: Ein Ringwall von Menschen, die Speer und Schild reckten, schützte eine personifizierte Mutternatur, aus deren Händen Rehe und Löwen sprangen und um deren Füße Bäume emporwuchsen. Mutternatur und unsere Rolle als Schützer und Vehikel für das irdische Leben in einem düsteren Universum feierten wir auf Avena auf imposante Weise. Der erbitterte Kampf gegen die Aliennatur stand hier im Mittelpunkt. Ich hatte all das auf Führungen gesehen, die mir die Medienanstalt aufgehalst hatte. Sie hatten mir stolz vom Intersolnet und den Feinheiten der öffentlichen Aufklärung berichtet.

Ich rieb mir über die Stirn. »Vielleicht geht es um die Kommunikation.«

Die beiden ignorierten mich.

»Apex stürmt sicher kein Museum«, raunte Zoya.

»Sie unterschätzen die Bedeutung der Bios-Doktrin«, entgegnete Nesri, die zwar scharf sprach, sich aber körperlich nichts anmerken ließ.

Ich räusperte mich. »Das Intersolnet lässt sich von Avena aus ansteuern.«

Nesri schaute mit zusammengezogenen Augenbrauen zu mir.

»Was?«, raunte Zoya. Sie hasste es, wenn man sich nicht deutlich ausdrückte.

Ich suchte nach Worten. »Eine Erneuerung«, ich wies auf Nesri, »muss kommuniziert werden. Wenn der Geheimdienst diese Erneuerung für die gesamte IU beansprucht, dann muss er seine Sicht der Dinge einseitig an die IU befördern. Dazu muss er das Intersolnet kontrollieren. Das ist über verschiedene Schaltzentralen im System möglich, aber die Hauptkontrollen sind auf Gäa und auf Avena. Die Einstiegs- und Transitfelder lassen sich auch von dort aus managen, oder?«

Nesri schaute zu Zoya. Die fluchte kurz in sich hinein.

»Vorhin im Faunarat haben Apex-Truppen den Kommunikationsraum gestürmt«, räumte sie ein. »Ich dachte, sie wollten verhindern, dass unsere Botschaft gesendet wird. Aber sie wollen dauerhaft die Deutungshoheit gewinnen. Dafür brauchen sie das Intersolnet. Natürlich!«

Nesri streckte ihren langen Arm an mir und Zoya vorbei und tippte auf der Konsole herum. Auf dem Hauptmonitor war die schwerbeschädigte Gäa I zu sehen. Es war ein Bild, das nicht den gesamten Schaden darstellte, aber das Beste, was wir hatten. Wir starrten die Station an.

»An diesen Stellen sind die Kommunikationsdecks mit den verschiedenen Servern. Sie sind genau dort, wo es die Explosionen gab. Da ist alles bis in die inneren Decks zerstört. Sie müssen Sprengladungen dort platziert haben«, sagte Zoya.

»Eine ungeheure Menge an Sprengladungen. Wie konnte das unbemerkt passieren? Teile der Komserver sind in den inneren Bunkersektionen untergebracht, weil sie so wichtig sind«, sagte Nesri ungläubig.

»Ich würde jede Wette eingehen, dass, wenn sie jetzt eine intersolare Nachricht versenden, die ins Leere läuft«, sagte ich. Nesri schaute mich an. »Ohne das Gäa I Relais liegt die Kommunikation brach.«

»Was hat Apex davon, die Kommunikation lahmzulegen, wenn sie sie eigentlich kontrollieren wollen? Könnte Apex versuchen, die Kommunikation direkt am Transitfeld zu sabotieren?«, wandte Zoya halb fragend ein.

Nesri schüttelte den Kopf. »Transitfelder finden Sie hier im System so gut wie überall in ausreichender Entfernung zu den Schwerkraftsenken. Die Agentur für Raumrouten misst ständig sichere Ein- und Ausstiegsfelder ab. Das Avena-System hat damit die umfangreichste Infrastruktur. Die Felder zu kontrollieren, wäre, wie einen Fluss auf einer Ebene zu stauen.«

Ich dachte wieder an meine Zeit in der Medienanstalt. »Die Kombunker in Avena-Stadt.«

Nesri nickte mir nachdenklich zu. »In Avena-Stadt gibt es eine alte Intersolnet-Station. Sie hält im Krisenfall die Kommunikation aufrecht. Ein Angriff so weit hinter den eigenen Linien ist zwar lange nicht mehr diskutiert worden, aber theoretisch möglich. Um einen Ausfall des Gäa-I-Relais zu kompensieren, hat man die Relaisstation auf Avena als Redundanz weiter intakt gelassen.«

»Können wir die Relaisstation in Avena-Stadt erreichen?«, fragte Zoya.

Nesri nickte langsam, tippte auf ihre UMA und sendete uns Koordinaten. »Über dieses Gebäude kommen Sie durch einen

Schacht in den Kommbunker. Ich kann Ihnen keinen genauen Plan geben, aber wenn Sie erst einmal im Bunker sind, sollten Sie den Weg finden.«

Zoya nickte und blickte von ihrer UMA zu Nesri. Die sah zum Lagerraum des Shuttles. Zoya folgte ihrem Blick und nickte erneut.

Nesri wandte sich wieder an Zoya. »Nur zu. Tun Sie, was Sie tun müssen. Vielleicht können Sie wirklich etwas an dieser ganzen Scheiße geradebiegen.« Sie schaute zu mir. »Ich bleibe hier und schaue mir die Schäden am Shuttle genauer an. Vielleicht finde ich doch noch einen Weg, das Ding wieder zum Laufen zu bringen. Und dann haue ich von hier ab.« Sie presste die Lippen zusammen. »Der Generalstab und der Faunarat zerfallen. Ich werde auf Lontano in meinem Sektor gebraucht. Das verstehen Sie sicher. Solange ich mit den Reparaturen beschäftigt bin, können Sie sich melden, wenn Sie Augen im Orbit brauchen.« Sie glitt aus ihrem Stuhl. »Viel Erfolg. Das wünsche ich Ihnen wirklich. Den können wir alle gebrauchen.« Sie stieß sich weg und begann mit den Reparaturarbeiten.

Ich runzelte die Stirn und schaute zu Zoya. »›Tun Sie, was Sie tun müssen?‹ Was soll das heißen?«

Zoya deutete auf den Lagerraum. »Kampfanzüge.« Sie lächelte. »Von der Sorte, die Generäle für sich und ihre Leibwache auf ihren privaten Schiffen mitführen. Inklusive Orbital-Landekapsel. Wir landen auf Avena und reißen uns das Kommunikationsrelais unter den Nagel.«

Kapitel IV

Verborgenes Netzwerk

32

Es war eng in der Landungskapsel. Zoya hatte uns in einen absteigenden Orbit gebracht, und wir glitten durch das Trümmerfeld, das Gäa I hinterlassen hatte. Die Station sah aus, als hätte ein Riese mit einer Axt eine tiefe Kerbe hineingeschlagen. Die Bruchstücke, die sich daraus ergossen, sanken in verschiedenen Umlaufbahnen zum Planeten hinab und verglühte in der Atmosphäre. Wir hatten uns in eines dieser Trümmerfelder manövriert und tarnten uns so vor den Feinden.

Die Kapsel ruckelte, als wir uns der Stratosphäre näherten. Ich kniff die Augen zusammen und richtete ein Stoßgebet an die ewigen Zyklen von Mutternatur, dass mein bescheidenes Leben sich noch nicht dem Ende neigen möge. Unsere Kapsel prallte mit hoher Geschwindigkeit auf die dickeren Schichten der Atmosphäre. Ich beobachtete das wie Feuer glimmende Plasma durch die Fenster. Die Reibung bremste uns ab und das Plasma verschwand allmählich. Die Oberfläche kam schnell näher. Adrenalin knetete durch meine Eingeweide. Die Kapsel zündete reichlich spät ihre Bremsraketen, sodass mir die Luft wegblieb.

»Feindliches Feuer?«, presste ich hervor, während wir uns die letzten Meter zum Boden senkten.

»Nein. Anscheinend haben sie noch genug Anstand, nicht auf die Rettungskapseln zu schießen. Aber wir sollten mit einem Begrüßungskommando rechnen.«

Durch ein Bullauge schaute ich nach draußen und sah über dem Akademiegelände vereinzelt Rauch aufsteigen.

»Bereit?«, fragte Zoya.

Ich biss die Zähne zusammen. »Nein.«

Sie schlug mit ihrer gepanzerten Faust gegen meine gepanzerte Brust. »Bleib dicht hinter mir und mach, was ich sage. Du bist hierfür ausgebildet. Stell den Kampfmodus ein.«

Ich hörte ihre Stimme wie ein Rauschen im Hintergrund und drückte meine Augen zu. Dann fuhr ein Ruck durch die Kapsel. Wir waren gelandet. Sofort sprengte Zoya die Frontplatte ab und sprang raus. Ich folgte ihr und aktivierte den Kampfmodus meines Anzugs.

Die Anzüge in den privaten Shuttles der Generäle waren das Feinste an Technologie, was die Rüstungsschmieden zu bieten hatten. Ich kannte diese Panzeranzüge und hatte deren Vorgänger, die ohne neuronales Interface auskamen, im Gefecht getragen. Die neueren Versionen hatte ich auf einer Werbekampagne getestet, daher hatte man mir ein Interface implantiert, was ich ansonsten selten nutzte. Jetzt kam es mir entgegen. Der Anzug, der mich deutlich breiter und größer machte, fühlte sich wie meine Haut an, die mir Schutz gab, die mich stärker, schneller und meine Sinne schärfer machte. Der Kampfmodus verstärkte diese Effekte zusätzlich. Die medizinische Einheit des Anzugs injizierte mir fein dosierte Substanzen, um meine Leistung am Limit zu halten. Kraftbrühe, nannten es die Infanteristen.

Mein Blick weitete sich. Das neuronale Interface sendete mir Sensorwerte meines Anzugs gleich in mein Bewusstsein, was einem das unbeschreibliche Gefühl gab, zu spüren, was hinter einer Ecke lauerte oder ob sich ein Feind hinter einem positionierte. Der Kampfmodus beanspruchte die körperlichen Ressourcen jedoch massiv. Nach 20 Stunden war man ausgelaugt, die Sinne überflutet und das Körpergewebe ausgewrungen, bis man drohte zu kollabieren. Aber Kraftbrühe war nicht gleich Kraftbrühe. Es gab Substanzen, die Soldaten selbst nach 20 Stunden noch einmal auf Hochtouren brachten. Wenn diese eingesetzt wurden, erhöhte sich die Gefahr, aufgrund eines Herzinfarkts, Schlaganfalls oder einer Lungenembolie umzukippen, um ein Vielfaches. Bevor es dazu kam, schaltete ein guter Anzug automatisch einen Gang runter. Mein Einsatz begann aber gerade erst. Der Anzug konnte mir noch einiges an körperlichen Reserven entlocken.

Zoya hockte sich neben die Kapsel und scannte die Umgebung. Wir waren auf einer Parkwiese gelandet, an deren Rand Laubbäume standen. Gleich dahinter ragten Akademiegebäude auf.

Ich schaute nach oben. Über uns kreiste eine Drohne.

Zoya winkte ihr. »Es gab einen Anschlag auf Gäa I. Wir müssen umgehend mit dem Sicherheitschef sprechen.« Der Anzug gab Zoyas Stimme über Lautsprecher aus.

Es dauerte wenige Sekunden und unsere Anzüge warnten uns, dass sich drei weitere Drohnen näherten. Zoya entschied sich, nicht darauf zu warten, und sprintete über die Wiese. Im selben Moment beschloss die Drohne, auf uns zu feuern. Ihre Projektilwaffe war allerdings keine Gefahr für unsere Anzüge. Wir erreichten die Bäume, überwanden schnell die letzten Meter zu den Gebäuden und betraten eine Seitengasse.

»Scheiße! Die Nerven liegen blank. Die halten einfach drauf«, sagte ich.

Ich ließ mir auf meinem Visier den Weg zum Kombunker direkt ins Sichtfeld einblenden. Mit den Anzügen kamen wir zügig voran. Wir schlugen Haken um jede Ecke, um es den Drohnen zu erschweren, uns einzuholen.

Nach ein paar Minuten kniete Zoya sich an einer Kreuzung

gegen eine Gebäudewand und hielt ihren linken Arm um die Mauer, um mit einer Kamera die Umgebung zu erkunden. Mein Visier blendete das Bild auch in mein Sichtfeld ein. Ich erkannte es von früheren Besuchen wieder: Eine Allee mit hochgewachsenen Palmen, die sich um einen weitläufigen Platz legte, am nördlichen Ende begrenzt von einem Gebäudekomplex, dessen Eingangspforte zum Platz zeigte. Treppen, die fast die gesamte Breite des Gebäudes einnahmen, führten hoch zu der Pforte. Abgesehen von den Bäumen gab es keine Deckung.

Ein Kommandowagen rollte auf den Platz und hielt vor dem Gebäude. Es stieg sowohl Apex-Personal in schwarzen Uniformen als auch Sicherheitspersonal in Kampfmontur aus; nichts, was vergleichbar mit unseren Panzeranzügen war.

»Anscheinend kooperiert die Security der Akademie mit Apex«, kommentierte ich die zusammengewürfelte Gruppe.

Sie bezogen vor dem Gebäude Position.

»Scheiße, die haben es nicht eilig, reinzukommen. Sie haben wahrscheinlich schon Leute im Gebäude. Und wir haben es gerade rechtzeitig geschafft, um die Verstärkung zu begrüßen. Das wird eine haarige Angelegenheit«, sagte Zoya. Sie zog ihren Arm zurück. »Wir knöpfen sie uns vor. Wir haben keine andere Wahl. Mal sehen, ob die Dinger halten, was sie versprechen.«

Sie klopfte auf ihren Brustpanzer, verließ die Deckung und rannte auf den Platz zu, parallel zu den angekommenen Einheiten, und visierte sie an. Ich folgte ihr. Wir näherten uns dem Haupteingang. Einer der Infanteristen bemerkte uns und legte an, doch seine Waffe war wirkungslos gegen unsere Panzerungen.

Wir bedeckten die Gruppe und das Fahrzeug mit Kugeln, die wir aus der Hüfte feuerten, und rannten auf den Haupteingang zu. Eine Schulterplatte von Zoyas Anzug schnellte auf und eine Mini-Rakete wurde nach oben ausgestoßen. Als sie an der höchsten Stelle war und wieder hinabfiel, zündete eine kleine Düse, und die Rakete jagte auf den Transporter zu; er zerbarst und die Bruchstücke blieben qualmend liegen.

Wir sprangen die lang gezogenen Stufen zur Pforte hinauf. Zoya trat die Eingangstür so hart auf, dass sie sich verformte, und feuerte Blend- und Rauchgranaten ins Foyer. Besser war beides, da viele der Visiere solche Maßnahmen ausfiltern konnten. Die Wahrscheinlichkeit, dass eine Variante den Gegner beeinträchtigte, war größer, wenn man beides gleichzeitig einsetzte.

Das Visier zeigte mir acht Personen auf einer Empore und drei, die sich in einer Ecke verschanzt hatten. Zoya drängte an die Wand nach links, weg vom Eingang, ich nach rechts. Mini-Raketen jagten von der Empore herab. Unsere Anzüge feuerten automatisch Gegenmaßnahmen ab, die die Raketen kurz vor uns zur Detonation brachten, was uns beide von den Beinen riss. Zoya war schneller wieder auf den Füßen. Meine Ohren dröhnten, ich würgte, doch meinem Anzug gefiel die Idee nicht, dass ich das Visier vollkotzte. Er injizierte mir ein Mittel, das mich wieder auf die Beine brachte und den Brechreiz verschwinden ließ.

Während ich den Überblick zurückgewann, hatte Zoya die Empore in Schutt und Asche gelegt und mit gezielten Schüssen die überlebenden Kämpfer ausgeschaltet. Mein Display hinterlegte die Soldaten zwischen den Trümmern in Grau als Hinweis, dass sie tot waren. Da er sich mit den Daten, die Zoyas Anzug sammelte, synchronisierte – sie stieg gerade über das Geröll, unter dem die halb verschütteten Körper lagen –, ging ich davon aus, dass die Angaben stimmten.

Ich stellte mich hinter Zoya und sah ihr über die Schulter, mein Gewehr weiter im Anschlag. Die drei Kämpfer, die sich unterhalb der Empore verschanzt hatten, hielten die Hände gehoben; ihre Waffen lagen vor ihnen auf dem Boden. Zoya polterte mit ihrem Kampfanzug auf sie zu und versetzte jedem einen Elektroschock. So waren sie außer Gefecht gesetzt, würden es aber überleben.

Meine Sensoren gaben mir Hinweise über neue Aktivitäten auf dem Vorplatz.

»Zoya«, setzte ich an.

Sie nickte und gab mir ein Zeichen, zu schweigen. Dann ging sie zum Aufzugschacht und versuchte, die Schiebetüren aufzudrücken.

»Na los, Arkes, hilf mir!«

Mit der Kraft beider Anzüge öffneten wir die Tür. Sie spähte den Schacht hinab.

»Sie haben den Fahrstuhl zerstört«, sagte ich. »Die Treppen?«

»Hm«, brummte Zoya und schaute auf die Eingangstür zurück. Dann zuckte sie mit den Schultern. »Mir nach.«

Sie sprang hinab und griff die Kabel, die die Kabine transportierten.

»Heilige ...«, schnaubte ich und schaute ihr hinterher. In dem tiefen Schacht waren nur Funken zu sehen. »Scheiße!«, fluchte ich und blickte mich um. Jenseits der zerstörten Eingangstüren huschten Schatten hin und her. Ich drehte mich zurück zum Fahrstuhlschacht. Jemand hinter mir brüllte einen Befehl, mein Helmdisplay warnte vor dem bevorstehenden Feindkontakt. Projektile schlugen in die Wand neben mir.

Ich sprang und fiel wie ein Stein den Schacht hinab. Hektisch griff ich nach den Kabeln, aber sie entglitten mir. Alarmzeichen blinkten in meinem Helm auf. Endlich schaffte ich es, ein Kabel zu greifen; Funken spien. Ich packte ein zweites Stahlseil und merkte, wie sich meine Geschwindigkeit reduzierte.

Es dauerte 30 Sekunden, bis ich Lichter unter mir sah. Ich drückte die Hände fester zusammen, um die Abfahrt zu verlangsamen. Mehr Funken spien auf.

Ich landete auf der Fahrstuhlkabine, in deren Decke Zoya ein Loch geschnitten hatte. Ich glitt hindurch und in die Kabine. Die Fahrstuhltür hatte sie mit einem Sprengband geknackt. Ich trat aus dem Fahrstuhl auf einen Gang, der links und rechts mit Türen gesäumt war; Zoya überprüfte jede einzelne von ihnen.

Ich schloss zu ihr auf. Sie gab mir ein Zeichen, die Türen links zu übernehmen. Ich nickte.

In einem Raum fand ich zwei Leichen, mit Schusswunden.

»Was ist hier passiert?«, fragte ich über den Helmkommunikator.

Zoya ließ sich in ihrem Visier mein Sichtfeld einblenden. »Anscheinend gibt es Widerstand«, sagte sie, »und den wollen sie brechen.«

Ich marschierte wieder auf den Gang zur nächsten Tür. Minutenlang überprüften wir Raum für Raum, bis sich 15 Meter vor uns rechts eine Tür öffnete und eine Gruppe Soldaten in ein Gespräch vertieft auf den Flur trat. Die zwei vordersten sahen uns, rissen die Augen auf, griffen nach ihren Waffen und versuchten, zurückzuweichen. Zu spät. Zoya feuerte, noch bevor die anderen ihre Waffen gehoben hatten. Aus der offenen Tür flogen Granaten zu uns, doch Zoya hatte ihrerseits bereits zwei Granaten in die Öffnung gefeuert. Ich sprang in die Tür links von mir, die ich mithilfe des Anzugs einfach durchbrach, und landete auf dem Boden, als die Sprengsätze explodierten. Sofort richtete ich mich wieder auf, schaute hinaus und sah gerade noch, wie Zoya in den Eingang schlüpfte, aus dem die Gruppe gekommen war. Schüsse flackerten auf.

Ich stürmte mit gestreckter Waffe auf den Flur, ihr hinterher.

Im Raum registrierte mein Anzug direkt sieben Personen. Fünf waren tot, eine schwer verletzt und der siebten brach gerade das Nasenbein unter einem Schlag von Zoya.

Sie riss den Oberkörper der Soldatin hoch. »Wer schickt euch? Was habt ihr vor?«

Die Frau spuckte Blut auf Zoyas Visier und lachte mit blutigem Mund. Zoya drückte sie zu Boden und kniete sich auf ihre Kehle. Sie schnappte nach Luft und schlug um sich, versuchte, Zoya von sich zu drücken, aber die nahm die Schläge in ihrer Rüstung nicht einmal wahr.

»Wer schickt euch?«

»Iii ... ihr ... kommt ... pff ... krr ... kommt ... arr ... zu ... spät. Arrgh ... i ... habt ... erloren.« Ein kurzes Lachen glitt über ihr Gesicht, dann hustete und schnaufte sie voller Schmerzen.

Zoya ließ sie zappeln. Das war kein Verhör, das war Folter. Sie verlagerte ihr Gewicht weiter auf die Soldatin.

»Hey!«, brüllte ich.

Zoya zuckte zusammen, als hätte sie vergessen, dass ich da war. Grimmig zog sie sich von der Frau zurück, die jämmerlich Blut hustete und sich auf dem Boden krümmte. Zoya versetzte ihr einen Elektroschock, sodass sie bewusstlos liegen blieb. Sie richtete sich auf, schaute zu mir. Ihr Augen funkelten. Sie nahm Rache.

Wir rechneten jeden Moment damit, dass wieder Soldaten aus einem Raum kommen würden, aber niemand tauchte auf. Wir bogen um eine Ecke, gelangten in ein Foyer und rückten auf eine massive Panzertür vor.

»Da durch«, sagte ich.

»Sicher?«, fragte Zoya.

Ich erinnerte mich, hier vor Jahren bei einer Führung gewesen zu sein. Aber war ich mir sicher?

»60 Prozent«, sagte ich.

»Scheiße, Arkes!«

Zoya versuchte, die Tür mithilfe ihres Anzugs zu öffnen. Es funktionierte nicht. Also brachte sie Sprengladungen um die Tür an. Ich half ihr und schaute nervös auf das Werk.

»Hält das Gebäude das aus?«

Zoya hielt inne. »Los, hinter die Ecke.«

Wir gingen hinter der Wand in die Hocke. Der Boden erzitterte unter der Explosion. Zoya sprang sofort durch den Staub der Bruchstelle entgegen. Durch einen Spalt, der sich geöffnet hatte, feuerte sie Rauch- und Blendgranaten, bevor sie sich hindurchzwängte. Kurz nachdem sie drin war, zeigten meine Sensoren elf bewaffnete Personen an. Ich verließ mich auf die Anzüge und zwängte mich ebenfalls durch die Öffnung.

Der Aufbau des Kontrollraums ähnelte einem Vorlesungssaal einer Universität, nur hatten die Reihen viel Platz und waren mit Computern, Holoprojektoren und sonstigen Steuerelementen vollgestopft. An der Wand am unteren Ende war ein großer Bildschirm angebracht. Leider blieb mir keine Zeit, mir ein genaueres Bild zu machen, denn Geschosse prallten bereits von meinem Panzer ab. Ich ließ mich zu Boden fallen, visierte einen Pfeiler links von mir an, hinter dem sich vier Kämpfer verschanzt hatten, und durchsiebte ihn, bis keine Gegenwehr mehr kam.

Zoya hatte ähnlich kurzen Prozess auf der anderen Seite des Raums gemacht, fluchte aber auf einmal hektisch.

»Scheiße! Scheiße!«

Ein Energiestoß war zu hören, meine Sensoren im Visier flackerten auf. »Mini-Railgun identifiziert.« Meine Lunge knisterte in so heftigen, kurzen Stößen los, dass ich mir einbildete, Plastik zu schmecken. Ich zog meinen Kopf zwischen die Schultern.

Einzelne Projektile schadeten unseren Anzügen in aller Regel nicht, aber bei einer Railgun war das etwas anderes. Mit sieben Kilometern pro Sekunde durchschlugen die Geschosse mit bloßer kinetischer Energie jede Panzerung und hinterließen Staub aus Elektronen, Protonen und Neutronen.

Wieder ein Energiestoß, der den Raum durchpflügte. Ich krabbelte zu einem Pfeiler und kauerte mich dahinter. Ich wollte mich hochdrücken und weglaufen, aber meine Gelenke hielten mich steif am Boden wie eine evolutionäre Wegfahrsperre, die in meinem genetischen Code geschlummert hatte und nun meine Knorpel zu Granit erstarren ließ. Panik kroch in mir hoch, verhalf mir aber nicht dazu, die Starre zu lösen. Wie eine Maus sich im Maul einer Katze tot stellte – anscheinend hatte Mutternatur mich mit dem gleichen Instinkt verflucht. Mein Körper reagierte nicht mehr auf meine Impulse. Ich saß in der Falle.

Selbst der Anzug vermochte diesen tiefen Instinkt im Angesicht der Gefahr nicht zu brechen. Zum ersten Mal empfand ich ihn als Last, die mich zu Boden drückte, nicht als etwas, das mir im Angesicht des Todes das Leben rettete. Wieder einer dieser markerschütternden Schüsse. Die Railgun arbeitete sich voran wie ein Elefant, der beim Spazieren auf Grashalme trat. Ich wimmerte.

»Arkes!«, brüllte Zoya.

Ich zitterte und drückte meinen Kopf fester zu Boden. Beim nächsten Energiestoß zuckte ich zusammen und hörte Zoya unter Schmerzen schreien. Mein Blick flimmerte, ich umschloss meinen Nacken.

Dann ließ der Lärm nach. Ein dämpfender Schleier zog über meine Sinne; Taubheit durchflutete mich. Meine Gedanken wanderten gleichgültig umher. Nichts schien mehr eine Rolle zu spielen. Ein Kokon umschlang meinen Geist und eröffnete mir einen Ausweg aus der Situation. Einen Ausweg, den es nur für mich und nur in meinem Kopf gab. Ich lag da und gab mich meinem Schicksal hin. Die Panik schwand.

»Arkes! Verdammt, Arkes! Äscher diese Pisser ein!«

Wie ein Eispickel stieß Zoyas Stimme ein kleines Loch in meinen Kokon. Ich wollte es versiegeln, ich wollte nicht zurückkommen, aber Mutternatur hatte Zoyas Hilferuf bereits analysiert und ein weiteres ureigenes genetisches Protokoll aktiviert, das uns zu einem so mächtigen Werkzeug für Mutternatur machte. Ich schüttelte langsam den Kopf. Meine gepanzerte Hand war unter Schutt begraben. Ich ballte sie zur Faust. Staub glitt von ihr. Ich schlug sie in den Boden und blickte auf.

Mit zusammengekniffenen Augen spähte ich rechts an dem Pfeiler vorbei. An der gegenüberliegenden Ecke lugten Zoyas Füße hinter einem Vorsprung hervor.

»Zoya?«, hauchte ich.

Keine Antwort.

»Warum wirkt deine scheiß Kraftbrühe nicht, verschissener Anzug«, fluchte ich in meinen Helm und kämpfte wieder mit der Panik. »Fuck, fuck, fuck!«

Ich drückte mich hoch und reckte den Kopf. Mein Visier spielte verrückt. Es korrigierte ständig die Position des Schützen und zeigte mir mal zwei, dann wieder drei Feinde an, die im nächsten Augenblick verschwanden. »Möglicher Störsender aktiv«, stellte der Anzug fest.

Scheiße, die wissen, was sie tun.

Ich schrie in meinen Helm und sprintete los, links an der Wand entlang, die lang gezogenen Treppen hinunter. Ein Energiestoß war zu hören, und hinter mir wurde die Wand aufgerissen. Ich strauchelte, visierte die geschätzte Position des

Schützen auf der anderen Seite des Raums an und feuerte im Automatikmodus. Der Kugelhagel durchsiebte die untere rechte Ecke des Saals, eine Granate ploppte aus meinem Gewehr. Ich ließ mich an das untere linke Ende des Kontrollraums fallen. Von dort hatte ich freie Sicht auf die gegenüberliegende Ecke, die ich beschossen hatte. Ich lag auf dem Boden, atmete schwer und visierte die Ecke an. Drei Soldaten in Kampfrüstungen konnte ich auf dem Boden ausmachen. Sie bewegten sich nicht. Zwischen ihnen lag eine umgekippte Mini-Railgun. Ich wartete einen Moment.

»Zoya? Hörst du mich?« Meine Stimme zitterte. »Zoya, verdammt! Komm schon!«

»Ja.« Zoya atmete schwer. »Du hast sie erwischt.«

Ich schloss die Augen und sog Luft ein. Dann drückte ich mich auf die Beine und ging langsam, die Waffe im Anschlag, auf die gegenüberliegende Seite des Raums zu. Mein Helm zeigte keine Biowerte an, dennoch griff ich nach der Railgun, die ich mithilfe der Kraft des Anzugs aufhob und von den Soldaten wegstieß. Mini war sie nur im Verhältnis zu den Railguns, die fest auf Schlachtschiffen montiert waren und Kanonen ähnelten.

Ich schaute die Stufen hinauf und sah Zoya, die sich an dem Pfeiler vorbeizog, hinter dem sie sich versteckt hatte.

»Wurdest du getroffen?« Ich eilte zu ihr.

Sie hatte sich aufgesetzt. Ihr Gesicht war blass und eingefallen, ihr Blick leer und glasig. Ich blieb vor ihr stehen.

»Oh nein, Zoya!«

33

Zoyas linker Arm fehlte. Nur ein kurzer Stumpf war geblieben. Das Railgun-Geschoss hatte den Arm nicht einfach abgetrennt, es hatte ihn verdampft. Das Projektil war hindurchgeglitten wie durch Butter.

Sie sprühte Neo-Fibrinkleber auf die Wunde, was die Blutung sofort zum Erliegen brachte. Ihr Anzug hatte ihr Biobot-Liquid verabreicht. Damit würde sie überleben, bis wir eine medizinische Einrichtung fanden.

»Warte, ich helfe dir«, sagte ich, als Zoya versuchte, sich aufzustützen.

»Es geht schon«, presste sie hervor.

»Setz dich an die Wand.«

Ich half ihr, obwohl ich sie eigentlich nur führte, das Stützen übernahm der Anzug. Sie ließ sich mit dem Rücken an die Wand fallen.

Ich kniete vor ihr und aktivierte meine medizinische Einheit. Menüs klappten sich im Visier auf. Ich suchte nach irgendeiner Behandlungsoption, sprang von einem Menü in das nächste und wieder zurück, überflog Fachbegriffe, las die Menüpunkte mehrmals, ohne dass es Klick machte. Schweiß tropfte mir von der Nase in den Helm. Ich atmete in festen Stößen und mit offenem Mund.

Zoyas verbliebene Hand strich über mein Knie. Ich schaute auf. Ihr Gesicht war weiß wie Zapador im All.

»Arkes.« Ihre Wangen waren eingefallen und sie atmete

gepresst. Einen langen Augenblick schaute sie mich an und nickte kaum merklich. »Gut gemacht.«

Sie presste ihre Lippen aufeinander und ihre Mundwinkel spannten sich an. Ich legte meine Hand auf ihre.

»Jetzt, schau nach«, sie atmete ein, »was sie hier gemacht haben.«

Ich blickte über die Trümmer, die unser Gefecht hinterlassen hatte, und suchte eine Konsole, die nicht beschädigt war. Staub hing in der Luft und Schutt lag überall verstreut. Ich wischte den Schmutz von einem der Kontrollterminals, aktivierte die Sprachsteuerung und wollte eine Standardabfrage starten, aber ich hielt inne. Mir fiel eine Broadcast-Nachricht auf.

»Verdammt!« Zoya hatte sich mein Sichtfeld in ihr Visier einblenden lassen. »Kontrollier den Stream. Die Nachricht geht über das Intersolnet raus.« Sie hustete. »Eine Broadcast-Nachricht an jede Adresse im Netz.«

Ich öffnete die Nachricht und projizierte sie in den Raum. Zu sehen war Kazuki, der an einem massiven Holztisch saß. Hinter ihm hingen die Flaggen der Irdischen Union und die der Gemeinsamen Planetaren Verteidigungsarmee. Seitlich hinter ihm standen zwei Personen. Eine der beiden trug die Kleidung der Romki, die andere war Apex-Oberst Ratna.

Kazukis Hände lagen gefaltet auf dem Tisch. Sein Rücken war gerade, sodass er mit breiter Brust seine faltenfreie Uniform und die glänzenden Abzeichen präsentierte. Er blickte gerade in die Kamera. Sein Blick war fest nach vorne gerichtet. Er zwinkerte nicht, seine Augen huschten nicht umher. Er schien genau zu wissen, was es zu tun und was es zu sagen gab.

»Heute spreche ich zu Ihnen im Angesicht der größten Krise, der Mutternatur seit den Angriffen durch die Axinen entgegentritt. Gäa I wurde direkt angegriffen. Wir rechnen mit einer hohen

Opferzahl. Die Opfer standen im Dienst der Irdischen Union oder der GVA, sie arbeiteten als Dockarbeiter oder in Ministerien. Sie versorgten uns mit Sauerstoff oder mit Nahrung. Sie pflegten Gäa I oder erholten sich dort von Reisen aus fernen Systemen in dem Glauben, in einen sicheren Hafen eingelaufen zu sein. Sie waren Eltern, Kinder, Brüder und Schwestern, sie waren alle Kinder von Mutternatur.

Zu den Opfern gehört auch der Faunarat. Er wurde während seiner Tagung getroffen und ist nun arbeitsunfähig. Dieser Angriff trifft uns ins Herz. Irdisches Blut wurde in einem Akt des Bösen vergossen. So sehr ich uns diese Bilder ersparen wollte, so sehr ist es nun notwendig, sich der unabwendbaren Gefahr zu stellen.«

Neben Kazuki wurde ein separates Bild eingeblendet. Eine Aufnahme von Gäa I spielte ein. Die Station lag kompakt im Orbit. Es war eine Aufnahme kurz vor dem Angriff. Das Bild flackerte hell auf. Es dauerte, bis es wieder aufklarte und eine sichelförmige Druckwelle enthüllte, die wie eine Axt in die Station eindrang. Parallel wurde ein weiteres Video von den Attacken auf die Orca eingespielt, das ein ähnliches Bild zeigte. Zwei Angriffe, ausgeübt mit derselben Waffe.

»Diese Aufnahmen zeichnen ein deutliches Bild von der Gefahr, die von Wepor ausgeht. Nach der Attacke auf die Orca ist dies der zweite schwerwiegende Schlag der Weporaner gegen die Irdische Union. Da sie sich gegen Schiffe gerichtet hat, die im Gefecht mit axinischen Einheiten standen, müssen wir damit rechnen, einem feindlichen Bündnis gegenüberzustehen. Dieser Angriff erfüllt uns mit ungläubigem Entsetzen, mit fürchterlicher Trauer und mit unbeugsamer Wut.

Dieser Schlag in unser Herz hat das Ziel, uns zu verängstigen, uns zu entzweien und uns damit in den Untergang zu treiben.

Aber Wepor hat versagt! Sie können noch so viele Raumstationen in Stücke schießen, Mutternatur ist unnachgiebig und stärker als ihre Waffen. Sie vermögen, Metall zu spalten, aber nicht das ewige durch Mutternatur verliehene Band, das uns zusammenhält. Ich habe dieses Band heute gespürt, als Rettungskräfte sich unter Einsatz ihres Lebens daranmachten, Verschüttete zu retten. Als Einsatzkräfte, ohne zu zögern, ihre Schiffe an Gäa I koppelten, um sie in einen stabilen Orbit zu hieven. Auf Avena finden sich Freiwillige ein, die helfen wollen angesichts der Wunde, die Mutternatur zugefügt wurde. Diese Wunde wird heilen.

Was aber nicht verschwinden wird, ist unsere Entschlossenheit, die Gefahr ein für alle Mal auszumerzen. Wir werden Feuer und Flamme über die Heimatwelten von Weporanern und Axinen regnen lassen. Wir werden dafür sorgen, dass der atomare Winter ihre Planeten bis in die tiefsten Schichten sterilisiert. Nie wieder soll auch nur eine Zelle von diesen Planeten es wagen, Mutternatur herauszufordern.

Um dieser Gefahr zu begegnen, habe ich Kontakt zu den RomkiCorps aufgenommen und eine Notfallverordnung erlassen. Diese bewilligt Ressourcen für den Ausbau neuer Flottenverbände für die GVA.«

Ich schaute auf die Person, die rechts hinter Kazuki stand. »Das ist die Romki-Oligarchin, die wir vor Kazukis Büro gesehen haben. Was bedeutet das nun wieder?«, stammelte ich.

Kazuki fuhr fort: »Die RomkiCorps sind die zentrale Stütze der Kriegswirtschaft, und angesichts der unmittelbaren Gefahr vertiefen und erweitern wir diese Rolle.

Aber das ist nicht alles, was wir aufgebürdet bekommen. Die Krise ist weitreichender und erreicht uns an unterschiedlichen Stellen. Unser Feind steht nicht nur außen, er steht auch innen.

Heute wurden der Generalität im Faunarat erschreckende Erkenntnisse vorgelegt. Unter einigen Generälen hat es seit wenigen Tagen bereits Gerüchte über einen Angriff auf Zapador gegeben. Diese Gerüchte muss ich mit großer Bitterkeit bestätigen und hiermit an die Öffentlichkeit bringen. Farol, die Gläserne Kuppel von Zapador, wurde vollständig zerstört. Eine brutale, schmerzhafte Attacke.

Aber in diesem Fall geht die Gefahr nicht von einer vermeintlich feindlichen Spezies im Theta-Oktanten aus, wie man uns weismachen wollte. Es ist wesentlich bestürzender als das. Die Beweise, die uns vorliegen, identifizieren Truppen, die General Al Raschid nahe stehen. Er hat den Angriff wie eine außerirdische Invasion inszeniert. Unabhängige Quellen bestätigen das.«

Aufnahmen von Zapador, die wir Kazuki geliefert hatten, wurden eingeblendet. Nicht nur das, auch mein Auftritt vor dem Faunarat war zu sehen.

»Aufgrund einiger mutiger Menschen kennen wir die Wahrheit. Sie haben diese Verschwörung aufgedeckt. Farol ist gefallen, weil wenige Radikale in der Generalität und im Apex-Büro vermeintliche abtrünnige Menschen aus dem Weg räumen wollten. General Al Raschid wird hierfür zur Verantwortung gezogen werden. In diesen schweren Zeiten muss eine Sache unmissverständlich klar sein: Es wird mit mir keine Konflikte im Inneren geben. Die Menschheit wird zum Erhalt von Mutternatur immer zusammenstehen. Kein Mensch wird die Waffe gegen einen anderen Menschen erheben. Um dies sicherzustellen, habe ich mit Apex Kontakt aufgenommen. Apex-Oberst Ratna und ich halten es in dieser außerordentlichen Situation für notwendig, den Geheimdienst meiner Leitung zu unterstellen, bis der Faunarat wieder tagt. Oberst Ratna habe ich beauftragt,

Säuberungen durchzuführen, um jene Truppenteile, die Al Raschid treu sind, in Gewahrsam zu nehmen. Dieses Vorgehen hat zum Zeitpunkt der Ausstrahlung dieser Nachricht bereits begonnen.«

Kazuki nickte zu Apex-Oberst Ratna in ihrer dunklen Uniform. Sie ergriff nun das Wort.

»An alle Einheiten und Truppenteile von Apex: Ich erinnere Sie an Ihre Loyalität gegenüber Mutternatur. General Al Raschid hat seinen Rang als Anführer von Apex verwirkt, als er seine Loyalität gegenüber Muttererde für seine persönlichen Machtinteressen geopfert hat. Wenn Sie Personen kennen, die weiterhin zu Al Raschid halten, ihm oder seinen Anhängern Unterschlupf gewähren, von dem Angriff auf Zapador wussten oder gar darin involviert waren, melden Sie diese an die örtlichen Sicherheitsbehörden. Werden Sie nicht selbst aktiv. Es ist mit Gewalt zu rechnen.«

Kazuki nickte. »Wir bauen einen neuen provisorischen Befehlsstand auf, der sich mit der militärischen Stärkung der weporanischen Grenze befasst. Entsprechende Komrelais und Erweiterungen für das Intersolnet werden unter Hochdruck von den RomkiCorps aufgebaut. Gleichzeitig sorgt das neue Apex-Büro unter Oberst Ratna dafür, dass Al Raschid und seine Anhänger zur Rechenschaft gezogen werden. Es hat oberste Priorität, dass wir unsere Einheit wahren und uns nicht von einem Separatisten wie Al Raschid in einen Bürgerkrieg reißen lassen.

Behalten Sie Ruhe, denn die weporanische Aggression mahnt uns zur Einigkeit. Wir können uns angesichts dieser Bedrohung keine inneren Konflikte leisten. Die Zeit ist knapp bemessen, aber wenn wir in dieser dunklen Stunde zusammenstehen, dann werden wir die neue Bedrohung bewältigen. Lassen Sie uns die Bios-Lehre mit neuer Kraft erfüllen.«

Die Nachricht begann von vorne.

Ich schaute ungläubig zu Zoya. »Wie ist es möglich, dass Kazuki so schnell reagiert hat?«

Sie sagte nichts.

Ich wandte mich zur Tür und zurück zu ihr. Ich wollte mir den Kopf kratzen, trug aber noch meinen Helm. »Warum hört sich Kazuki wie Al Raschid an?« Ich tippte mit den Fingern auf der Konsole herum. »Wir ziehen in einen neuen Krieg? Ich dachte, die Axinen wären der Feind und die Weporaner nur eine Masche von Al Raschid.«

Ich ging zu Zoya, öffnete mein Visier und tippte auf ihre Anzug-UMA. Ihr Visier glitt auf. Ihr Gesicht sah noch fahler aus. Ihr Blick haftete leer auf dem Boden. Ein Adrenalinstoß durchfuhr mich.

»Zoya!?«

Ich erkannte, dass sie atmete.

»Zoya«, sagte ich erneut.

Sie reagierte nicht, aber ihre Lider schlugen zu und wieder auf.

»Nesri hat recht. Al Raschid brauchte diesen Angriff auf Zapador nie. Er hätte seine Ermächtigung abwarten und dann offiziell Truppen auf Zapador landen können. Und Kazuki? Er wäre weg vom Fenster, wenn wir nicht da gewesen wären und ihm die Beweise präsentiert hätten«, sagte ich und schaute sie an, hoffte auf eine Reaktion. »Zoya! Es kann kein Zufall sein, dass Teile von Apex hinter Kazuki stehen und in der Lage sind, eine solche Operation für ihn durchzuführen.« Ich wartete auf eine Reaktion. »NA SAG SCHON WAS!« Ich deutete auf einen der toten Soldaten. »Apex sichert den Kombunker für Kazuki!«, schrie ich.

Zoya blickte wie ein Geist zu dem toten Soldaten. Für einen Moment wollte ich mich neben sie setzen und es gut sein lassen.

So weit war ich aber noch nicht. Ich raffte mich auf und ging zurück zu der Konsole. Ich hoffte, irgendetwas zu finden, das mir sagen würde, dass das, was ich in den letzten Monaten gemacht hatte, Sinn ergab. Doch ich verstand die Daten nicht, die ich sah. Ich war für die Arbeit an einer solchen Konsole nicht ausgebildet. Erschöpft lehnte ich mich zurück. Der Stuhl knarzte gefährlich. Das Hologramm zeigte wieder die Einschläge auf der Orca und der Gäa.

»Und was, wenn es stimmt? Wepor steckt hinter den Angriffen auf die Orca und auf Gäa? Al Raschid hat den Angriff auf Zapador inszeniert, um die Übertragung von Vollmachten zu beschleunigen?« Ich biss mir auf die Lippe. »Und wir haben einfach eine Schießerei im Faunarat angefangen, als Wepor auf Gäa gefeuert hat? Einfach beschissenes Timing? Das konnte ja niemand vorhersehen. Weder Al Raschid noch Kazuki hätten mit einem Angriff im Zentrum der GVA gerechnet.« Ich schaute zu Zoya, die noch immer am Boden war, körperlich und seelisch. »Ich meine, meistens sind doch die banalsten Erklärungen die richtigen. Kazuki will keinen Krieg mit Wepor, aber diese Angriffe zwingen ihn dazu. Er sichert den Frieden nach innen und greift zur Waffe nach außen, wo ihm keine Wahl bleibt.« Ich wippte nervös auf dem knarzenden Stuhl und schaute hinauf zu Kazuki. »Er hat seine Leute hierhin geschickt, weil Gäa von den Weporanern zerstört wurde. Nicht, weil irgendjemand die Bios-Doktrin neu ausrufen will. Er will nicht die Kommunikation kontrollieren, er will sie sichern.« Ich schaute mit Gewissheit zu Zoya. »Das muss es sein!«

Eine Warnleuchte blinkte auf der Konsole auf und riss mich aus meinem Monolog. Ich beugte mich wieder nach vorne und kniff die Augen zusammen.

Warnung: Kritische Temperatur erreicht.

Ich runzelte die Stirn und tippte auf die Meldung. Ein Menü öffnete sich.

Überhitzung der Quantenschlüsselserver. Ausfall des lokalen Komrelais steht bevor. Kühlaggregate ausgefallen.

»Hey, Zoya, die Quantenschlüsselserver sind wofür noch mal wichtig?«

Endlich regte sie sich wieder. Sie klappte ihr Visier herunter, damit sie sich anzeigen lassen konnte, was meine Helmkamera auf der Steuerkonsole sah.

»Wenn die QSS schmelzen, sind keine Broadcast-Nachrichten über das Intersolnet mehr möglich. Die Hardware ist dann kaputt. Ohne sie geht nichts«, erklärte sie heiser.

Ich dachte an die Führung, die ich vor Jahren in dem Bunker erhalten hatte. »Stimmt, das war das.« Ich tippte auf die Konsole, die eine Karte einblendete. Unter dem Kontrollraum, in dem wir saßen, breiteten sich wie eine weitverzweigte Erzader die Schächte aus, in denen die Quantenschlüsselserver lagerten. Ein Großteil blinkte rot, um vor der bevorstehenden Schmelze zu warnen. Andere Bereiche waren schwarz markiert, da sie bereits ausgefallen waren. »Die QSS werden angesteuert, wenn ein General eine Broadcast-Nachricht über das Intersolnet sendet«, sagte ich mehr zu mir selbst.

Ich tippte auf die Option *Kühlung*. Es gab eine Liste von neun verschiedenen unabhängigen Kühlsystemen.

»Alle Kühlsysteme sind ausgefallen. Was?« Ich rümpfte die Nase. »Das war Absicht. Aber warum die QSS zerstören? Das Kommunikationssystem auf Gäa ist zerstört. Nur von hier kann Kazuki Broadcast-Nachrichten an alle Systeme und Truppen versenden. Wenn auch hier die QSS ausfällt, fällt die systemübergreifende Truppenkommunikation weg. Oder nicht?«

Zoyas Stimme war anzuhören, dass sie Schmerzen hatte. »Ja.« Sie hustete. »Kazuki hat kein Interesse, die Intersol-Kommunikation zu verlieren.«

Ich drehte mich zu Zoya. »Okay, Moment.« Ich versuchte, in dem Wirrwarr, das in meinem Kopf herrschte, Ordnung zu schaffen.

Aber Zoya sagte schließlich: »Al Raschid sieht seine Chance jetzt darin, Chaos zu stiften.«

Ich nickte langsam und schaute auf die Konsole mit der Warnanzeige. »Okay. Sagen wir für den Moment, dass Al Raschid dahintersteckt. Kazuki hat – mit unserer Hilfe – Al Raschid kurz vor seiner Machtergreifung unhaltbar gemacht. Ich meine, er gilt jetzt als Mörder.« Ich räusperte mich. »Er hat nichts zu verlieren. Er kann nur noch mit der Brechstange versuchen, den Schlamassel einzudämmen.« Ich schaute durch den verwüsteten Kontrollraum.

»Er ist zu spät gekommen«, sagte Zoya. »Kazukis Botschaft ist rausgegangen, bevor die QS-Server geschmolzen sind. Die Kommstationen auf Gäa und auf Avena sind zerstört, aber Kazukis Nachricht ist schon unterwegs und verbreitet sich im Netzwerk. Sie wird ein System nach dem anderen und jeden GVA-Kampfverband erreichen. Al Raschid wird seine Strafe erhalten.«

Ich führte Zoyas Gedanken fort. »Kazukis Botschaft ist raus. Damit wissen alle, was Al Raschid getan hat.« Ich hielt inne. »Und Kazuki bietet sich als neue Führungsperson an. Seine Botschaft ist damit die einzige Wahrheit, die es gibt. Niemand kann mehr Einspruch dagegen erheben.« Ich schaute zu Zoya. »Wie war das mit den QS-Servern auf Gäa und Avena? Die gesamte Generalität hatte Zugriff, oder?«

Zoya hob langsam den Kopf. »Ja, sicher. Und?«

»Warum überhitzen die QS-Server, genau nachdem Kazuki seine Nachricht abgesetzt hat?« Ich ballte eine Faust. »Du hast Al Raschid gesehen. Er war viel zu überrumpelt. Hätte er so schnell ein Kommandoteam zusammengestellt, das zufälligerweise die entsprechende Schadsoftware und Infrastrukturkenntnis hat, um neun technisch unterschiedliche und unabhängige Kühlsysteme für das wichtigste Kommunikationsrelais der Menschheit auszuschalten?« Ich öffnete meine Hand. »Eher hätte er versucht, sich mit Nukes bis zu den Servern durchzubomben.« Ich schüttelte den Kopf. »Zoya, das ergibt keinen Sinn. Ich meine, klar, wenn man es glauben will. Aber rein praktisch ergibt es keinen Sinn.« Ich kaute auf meiner Lippe. »Was aber, wenn es von Anfang an Kazukis Plan war? Er wollte seine Botschaft absetzen und danach allen anderen Generälen die Option nehmen, eine Gegendarstellung zu verbreiten. Mit zwei gezielten Schlägen auf Gäa und Avena hat er die gesamte Kommunikation abgeschnitten. Während seine perfekte Ansprache, die für ihn alles ins rechte Licht rückt, von System zu System springt.«

Ich hörte Zoya tief einatmen. »Nein. Dann wäre es das jetzt für Kazuki gewesen. Wenn er wirklich die Kontrolle über die GVA übernehmen will, braucht er eine breite Kommunikationsform. Das geht nur über das Intersolnet, über die Server auf Gäa oder Avena.«

»Ja«, sagte ich langsam und widerstrebend. »Verdammt, warum das Ganze?«

Ich schaute durch den Raum und blickte auf das Hologramm von Kazuki. Die Nachricht war im Intersolnet unterwegs. Sie war durch die QS-Server gelaufen, die damit ihre letzte Botschaft versendet hatten. Das war es. Auch Zoya schaute auf die Nachricht.

Dann sagten wir gleichzeitig: »Die RomkiCorps!«

Wir starrten uns an. Ich machte Kazukis Ansprache auf laut und spulte zur Stelle vor.

»Wir werden einen neuen provisorischen Befehlsstand aufbauen, der sich mit der militärischen Stärkung der weporanischen Front befasst. Entsprechende Komrelais und Erweiterungen für das Intersolnet werden unter Hochdruck von den RomkiCorps aufgebaut.«

Ich stellte wieder auf stumm.

»Dieses verdammte Arschloch. Er baut eine neuen QS-Server. Er entscheidet dann, wer Zugang zu Broadcast-Adressen hat. Ist das möglich?«, fragte ich Zoya eindringlich.

Sie rieb mit dem gesunden Arm über die Panzerung ihres Anzugs. »Die besten Waffen kommen von den RomkiCorps. Auch das Intersolnet haben sie entwickelt und aufgebaut, finanziert durch die Irdische Union. Wenn jemand das kann, dann die Romki.«

»Dieser Mistkerl! Hat er nicht davon geredet, dass es ihm Sorgen bereitet, dass die Macht der RomkiCorps wächst?« Ich schaute Zoya fassungslos an. »Bei Bios' Scheiße. Dass niemand versteht, wie die neuronalen Netze der QS-Server funktionieren, vielleicht ist es einfach nur ein beschissenes Betriebsgeheimnis der Romki?«

Zoya sagte nichts.

»Das ...«, setzte ich an, als mein Anzug drei feindliche Personen im unteren Teil des Kontrollraums registrierte. Ich fiel krachend vom Stuhl und kroch den Tisch entlang auf Zoya zu.

»Scheiße«, hauchte ich, während ich geduckt meinen Sensor prüfte. Eine Person verschwand wieder vom Visier.

»Möglicher Störsender identifiziert«, warnte mich der Anzug.

»Fuck!«

»Der Störsender ist noch aktiv. Dort unten, bei den drei Railgun-Schützen«, sagte Zoya.

Ich nickte, drückte mich auf die Beine und ging vorsichtig zu den drei toten Soldaten. Ich suchte den Boden nach dem Störsender ab, drehte eine Leiche zur Seite und fand den Sender seitlich an seinem Kampfanzug. Ich zog ihn ab, schmiss ihn vor mir auf den Boden und zertrat ihn.

Die Kämpfer, die der Sender meinem Anzug vorgegaukelt hatte, verschwanden. Ich drehte mich zu Zoya, als Vitalwerte von einem der drei Soldaten auftauchten.

»Einer ist am Leben«, sagte ich und kniete mich neben den Körper.

Ich wendete ihn auf den Rücken. Seine Rüstung war gebrochen und mit Blut verschmiert. Ich griff seinen Finger und aktivierte damit sein Armdisplay. Der Helm löste sich und ich zog ihn ab.

Ich stolperte zurück. »Abeba?«

34

»Zoya«, stammelte ich und rutschte auf den Knien wieder neben Abeba. Ihre Augen waren offen, glasig an die Decke gerichtet. »Okay, okay, okay«, haspelte ich, durchsuchte die Sanitätsfunktion meines Anzugs und klebte ihr ein Analysepflaster an den Hals.

Verwundete muss sofort in stationäre Behandlung, flackerte es in meinem Display auf.

Biobot-Liquid injizieren. Mein Unterarmpanzer fuhr einen Injektor aus, den ich Abeba an den Hals drückte.

Wundspülung mit Neo-Fibrinkleber. Der Injektor verschwand in der Panzerung, um erneut zum Vorschein zu kommen. Mein Visier hob Teile von Abebas Brust- und Bauchpanzer hervor. Ich besprühte die entsprechenden Stellen, an denen ihre Rüstung gebrochen war. Der Kleber sickerte ein.

Hinter mir hörte ich Zoya, die zu uns gekrochen war. Anscheinend hatten die Bilder meiner Helmkamera ihr nicht als Beweis gereicht. Sie starrte einen Moment auf Abeba und fiel dann zurück an die Wand. »Das darf nicht sein.«

»Wir müssen sie in ein Krankenhaus bringen.«

Zoya sagte nichts.

Abeba stöhnte. Ich öffnete mein Visier.

»Wir sind's. Wir haben es von Zapador hierher geschafft ... und du auch.« Ich versuchte, zu lächeln. Auf Zapador hatte sie mir das Leben gerettet, und ich hatte sie hier mit Geschossen übersät.

Sie sah blass aus und ihre krausen, strohblonden Haare, die sie so frech wirken ließen, waren abrasiert. Sie schaute mich fahrig an und hustete. »Ja, ihr habt es geschafft.« Ihr Blick glitt zur Seite.

Ich packte sie an den Schultern. »Hey! Bleib wach, wir bringen dich in ein Krankenhaus.«

Sie schaute mich müde an, schüttelte langsam den Kopf und verlor das Bewusstsein.

»Nein, verdammt noch mal! Nein, nein, nein«, stöhnte ich.

Ich tippte auf dem Display auf den Menüpunkt: *Einsatzfähigkeit verlängern.*

Eine Analyse startete. *Option nicht empfohlen. Irreversible Schäden wahrscheinlich. Stationäre Behandlung empfohlen.*

»Ja, ja, ja.« Ich schaute zu Abeba. »Tut mir leid.«

Ich drückte auf *Überspringen* und injizierte ihr die Kraftbrühe. Sie wachte wieder auf, ihr Blick wurde klarer, aber sie hatte keine Farbe mehr im Gesicht. Sie schaute an sich hinab und überprüfte ihre Vitalwerte. Dann blickte sie zu mir.

»Verschwindet! Lasst mich in Frieden!«

»In Frieden wie Teodald und Oyibo?«, flüsterte Zoya.

»Zoya?« Ich drehte mich zu ihr um und runzelte die Stirn, aber sie reagierte nicht auf mich, sondern sprach weiter.

»Hast du es von Anfang an geplant? Du wolltest uns alle loswerden. Du wusstest die ganze Zeit von dem Angriff. Du brauchtest die Aufnahmen und ein bekanntes Gesicht, das neutral genug ist, um es an Kazuki zu liefern. Zapador, deine Heimat, wir, Teodald, dein Freund, das war dir alles egal.«

Abebas Gesicht verzog sich vor Qualen.

»Ist das wahr?«, fragte ich mit zittriger Stimme. »Abeba! Na sag schon!«

»Man hat mir nicht gesagt, dass sie die Kuppel zerstören würden«, röchelte Abeba.

»Man? Wer hat den Angriff durchgeführt?«, fragte ich.

»Ich weiß es nicht. Aber Kazuki hat es mitorganisiert. Er wollte, dass ich abwarte, dokumentiere und zusehe, dass wir dich sicher rausbringen.« Sie schluckte. »Ich dachte, es wird ein Anschlag. Etwas, wovon sich Zapador schnell erholt. Wir wollten nicht …«, sie schaute mich an. »Du wärst fast gestorben.«

»Ihr wolltet mich rausbringen, aber habt mich fast umgebracht«, wiederholte ich. »Was ist schiefgegangen?«

»Kazuki brauchte Ratnas Kamelion-Einheiten, um den Anschlag durchzuführen. Aber Ratna ist eine Radikale. Sie hasst Zapador für seine Experimente mit Sapor.« Sie hustete. »Ratna hat Kazuki den Angriff geliefert, aber dabei Zapador ausgelöscht. Ein Anschlag auf die Kuppel hätte Kazuki genügt. Aber Ratna hat ihre eigene Agenda und Zapador dem Erdboden gleichgemacht. Kazuki hat getobt, aber Ratna weiß, dass Kazuki sie braucht, wenn er sich gegen Al Raschid durchsetzen will.« Abeba verzog das Gesicht unter Schmerzen. »Ich habe das nicht gewollt. Ich, ich …«

»Eine Verräterin bist du! Teodald hat dir vertraut.«

Ich hob meine Hand, damit Zoya mich sprechen ließ. Abebas Bio-Werte verschlechterten sich rapide.

»Welche Rolle spielen die RomkiCorps? Sie stellen sich genauso hinter Kazuki wie Ratna«, sagte ich.

Sie blickte mir erschöpft in die Augen. »Al Raschid, Kazuki, Zmitz oder welcher General auch sonst, das spielt keine Rolle. Die Romki«, sie hustete, »sind einflussreich. Aber sie brauchen Kriege, um ihre Einkünfte und damit ihre Macht zu sichern. Ohne Kriege keine Romki.« Abeba zitterte. »Kazuki hat den Romki einen Krieg geliefert.«

Ich schüttelte verständnislos den Kopf. Die Anzeige an meinem Arm blinkte hektisch. Die Medikamente schlugen nicht mehr an. Abeba stöhnte. Meine Gedanken rasten. Ich dachte an die zerstörten QS-Server, an den Angriff auf Gäa. Ich schaute auf das Hologramm von Kazuki, das immer noch abgespielt wurde. Gerade waren wieder die zerstörte Raumstation und die Orca zu sehen. Ich schaute zu Abeba und packte ihre Schultern.

»Die Weporaner haben uns nie angegriffen? Kazuki, Al Raschid, Apex ... diese verdammten Romki, wer steckt dahinter? Na sag schon!«

Ich rüttelte an Abeba. Ihre Augen waren offen in die Ferne gerichtet. Das von Qualen verzerrte Gesicht war versteinert. Ich schaute sie noch einige Momente an, dann blickte ich zu Zoya. Sie starrte auf ihre Freundin und weinte.

»Warum Abeba?«, fragte sie schluchzend.

Ich schluckte trocken, es schmerzte. Mit den behandschuhten Fingern schloss ich Abebas Augen, aber die Qualen ließen sich nicht aus ihrem Gesicht wischen.

Ich rutschte neben Zoya, entfernte unsere Helme und meine Armpanzer, legte meine nackten Hände auf ihre Wangen und drückte sie fest an mich.

»Teodald, Oyibo, Abeba, all die Menschen in Farol. Wofür?« Zoya schluchzte.

Ich dachte an Abeba, dachte an die Gruppe von Freunden, die ich auf Zapador vor vielen Monaten kennengelernt hatte, und ließ Zoya weinen.

Irgendwann atmete Zoya gleichmäßiger. Das Weinen hatte sich zu einem Jammern, dann zu einem Schluchzen und schließlich zu einem schweren Atmen gewandelt. Ihr Körper hatte keine Kraft mehr. Sie lag an mich gelehnt und meine Arme hielten sie fest.

Mein Blick haftete auf Abeba. Ich musste an Teodald denken, der so unfassbar optimistisch gewirkt hatte, und an Oyibo, der ein verdammtes Arschloch gewesen war. Alle waren sie tot. Nur Zoya war noch am Leben.

Ich versuchte immer noch, das Bild zu vervollständigen, starrte auf Abeba und hoffte, dass ich einen Ausweg sehen würde. Aber das Einzige, woran ich dachte, war, wie Abeba auf Zapador Maden gegessen hatte. Was war los mit mir? Mein Körper hatte anscheinend genug und schickte ausschließlich Bilder aus besseren Zeiten auf meine geistige Leinwand. Und so gab ich es auf. Ich nuschelte vor mich hin, sprach zu mir selbst: »Unfassbar, dass Abeba diese bekackten Maden schmecken.«

»Sie hat sie gegessen, damit uns Teodald nicht mehr damit in den Ohren liegt«, schluchzte Zoya leise.

Ich schmunzelte. »Was konnte der Typ reden.«

Wir saßen schweigend eine Zeit lang nebeneinander, bis Zoya zuckte, weil sie eingenickt war.

»Albtraum?«, fragte ich.

Sie schaute auf die Leichen. »Ja, alles ein riesiger verfickter Albtraum.«

Ich nickte. »Lass uns hier verschwinden, bevor das Sicherheitspersonal mit Verstärkung aufkreuzt.« Ich überprüfte auf meinem Armdisplay die Daten, die mir aus dem QS-Server eingespielt wurden. Alle Server waren schwarz hinterlegt. Sie waren geschmolzen. »Kazuki hat, was er wollte.« Ich schüttelte langsam den Kopf. Dann schaute ich zu Zoya. »Vielleicht haben wir Glück und Nesri wartet noch im Orbit und kann uns helfen.«

Zoya schüttelte den Kopf. »Arkes, wir haben verloren. Ich habe dich in etwas reingezogen, das wir von Anfang an nicht gewinnen konnten.« Sie kämpfte wieder mit den Tränen. »Es tut mir leid.«

»Nein, das stimmt nicht. Kazuki hat mich da reingezogen. Er

hat mich nach Zapador geschickt. Du hast mir nur die Augen geöffnet. Du hast mir gezeigt, was für ein jämmerlicher Lappen ich bin.«

Sie schien etwas erwidern zu wollen, hielt aber erschöpft inne. Ihr fehlte die Kraft, das auszudiskutieren. »Gibt es einen Ort, wo du hinkannst? Gibt es Familie? Freunde?«, fragte sie stattdessen.

Ich starrte auf meine Füße. Es gab sie, meine Familie, aber ich hatte sie seit Jahren nicht besucht. Jeden Monat schickte ich ihnen eine Nachricht. Direkte Gespräche waren aufgrund der Entfernungen unmöglich. Ich sehnte mich nicht nach der Erde, einer Welt, in der Menschen nicht mehr atmen konnten. Und Freunde: Ich hatte Bekanntschaften aller Art, aber keine Leute, denen ich so sehr vertraute, dass ich angesichts der aktuellen Lage bei ihnen hätte unterkommen können. »Familie auf der Erde.«

»Kernwelten wie die Erde sind im Moment zu auffällig. Ich würde dir was Abgelegeneres empfehlen. Fürs Erste zumindest.«

»Vielleicht nimmt uns Nesri nach Lontano mit.«

»Vielleicht, wenn sie noch im Orbit ist und auf eine Nachricht von uns wartet.«

»Und was hast du vor?«

Sie antwortete nicht.

»Komm mit mir nach Lontano.«

Sie sagte nichts.

Ich schaute zu Boden. »Auf Zapador hatte Abeba von einem weiteren Freund im Alpha-Oktanten, einem Kapitän, erzählt«, sagte ich. »Wenn es dir lieber ist, dann kannst du vielleicht dorthin.« Ich spürte Zoyas Kopf an meinem Hals und ihre klebrige Wange an meiner Hand. »Ich bringe dich dorthin.«

»Aleeke. Ja, ich muss ihm eine Nachricht senden. Er muss von mir erfahren, was mit Teodald, Abeba und Oyibo passiert ist.

Und was mit Farol, seiner Heimat, geschehen ist. Die Nachricht von Kazuki wird ihm das Herz brechen. Er wird sich schwere Vorwürfe machen, dass er nicht dort war. Er ist immer an der Front.« Zoya atmete wieder gepresst. »Er behauptet immer, dass er uns dort am besten schützt. Ich wünschte, ich könnte ihn persönlich treffen.«

»Aleeke Tajo? Er befehligt ein einzelnes Schiff, richtig?«, fragte ich Zoya.

»Ja, die Portia. Warum?«

Ich blickte auf die Konsolen im Kontrollraum. »Wenn sie nur die QS-Server abgefackelt haben, kann ich mit dem Intersolnet-Interface vielleicht auf die lokalen Syncserver zugreifen. Ich habe Zugriffsrechte auf die Flottenbewegungen, zumindest von den meisten Schiffen. Auf dem lokalen Syncserver müssten die zuletzt eingegangenen Daten von den Intersolnet-Drohnen noch vorliegen. Das sind nicht die aktuellsten Dateien, aber was soll's.«

Zoya nickte. »Okay.«

Ich hievte mich hoch und ging zu einer Konsole. »Die Daten sind durch die Übertragungszeiten ein paar Monate alt, aber oft lassen sich Rückschlüsse über die Versetzungsbefehle ziehen.«

Ich öffnete das Standardinterface und gab eine lokale Suchanfrage ein. Sofort fand ich die entsprechende Datei und loggte mich ein. »Ha, es geht. P o r t i a«, tippte ich ein, wartete einen Augenblick und überflog dann die Daten. »Das ist interessant.« Ich strich mir über die Lippen.

»Was? Warum?«

»Wenn sich die Einsatzdaten nicht verändert haben, ist er im Golotus-System.«

Zoya horchte auf. »Bei der Orca?«

35

»Aleekes Schiff, die Portia, wurde ins Golotus-System versetzt. Ich finde keinen Hinweis, dass er auf der Orca war.«

Ich schaute zu Zoya, die ausatmete und nickte.

»Du musst ihm alles erzählen, was wir herausgefunden haben«, sagte ich.

Sie reagierte nicht.

»Zoya? Er muss es erfahren. Wir wissen nicht aus erster Hand, wie es im Golotus-System aussieht. Aleeke kann …«

»Kann einen Krieg aufhalten?«

Ich kaute auf meiner Lippe. »Nein. Nein, das nicht. Aber Kazuki hat uns hier abgeschnitten.« Ich deutete auf die Holonachricht. »Nach allem, was wir wissen, hängen die Angriffe auf Gäa I und auf die Orca zusammen. Und Kazuki steckt dahinter. Wir können von hier nichts mehr ausrichten. Vielleicht sieht es im Golotus-System anders aus. Aleeke ist Kapitän, vielleicht kann er vor Ort beweisen, dass es keine Angriffe der Weporaner waren. Vielleicht kann er die Flotte im Golotus-System überzeugen, dass Kazuki eine Verschwörung angezettelt hat. Vielleicht kann er Kazuki stoppen.« Ich ließ den Kopf hängen und atmete aus. »Du hast recht, es ist Wunschdenken.« Ich wischte mir durchs Gesicht. »Aleeke ist nur ein Kapitän. Wir bräuchten Generäle, die ganze Flottillen mobilisieren können.« Ich schaute auf den Monitor, wo Kazukis Rede stumm in Schleife lief. »Aber sollten wir es nicht wenigstens versuchen?«

Ich sah Zoya an, dass sie Angst hatte, einen weiteren Freund zu verlieren, indem sie ihn in den Machtkampf der Generäle hineinzog. Aber dann gab sie nach. Sie hatte keine Kraft mehr. »Du hast recht. Er muss es erfahren.« Sie schaute zu Abeba. »Ihm wird viel aufgebürdet.«

Sie rutschte neben Abebas Leiche, legte die Hand auf ihren Brustpanzer und hielt einen Moment inne. Dann klopfte sie zweimal auf die Panzerung. »Mach's gut.« Sie drückte sich mit dem einen Arm auf die Beine. »Das Solnet ist von hier aus blockiert. Wir müssen aus dem Bunker raus und versuchen, eine Direktverbindung mit Nesri herzustellen. Wenn es einen Weg gibt, eine Nachricht an die Portia zu senden, dann hat sie vielleicht eine Idee.«

Ich nickte, wollte Zoya stützen, aber sie schüttelte den Kopf und wies auf die verbogene Panzertür. »Auf dem Rückweg gehst du voran.«

Bis zum Aufzugschacht kamen wir, ohne auf jemanden zu stoßen. Mit der Zerstörung der QS-Server hatte das Gebäude seine Priorität für Kazukis Einheiten verloren.

»Zur Treppe«, sagte ich und Zoya warf einen Blick in den zerstörten Fahrstuhlschacht.

Keine Ahnung, wie lange wir die Treppe hinaufstiegen. Es dauerte, aber auch hier stießen wir auf keine Gegenwehr.

Ich lugte in das Foyer und tat zwei Schritte hinaus, ließ den Anzug alles abtasten. Erst, als mein Visier keine Aktivitäten meldete, traute ich mich weiter vor und eilte Richtung Eingangspforte. Kurz davor schlugen um mich herum Projektile ein. Ich stürzte zu Boden und feuerte zurück. Mein Anzug analysierte das Kampfgeschehen und wies mich auf unsere taktisch beschissene Position hin. Vor dem Haupteingang hatte sich mehr Sicherheitspersonal versammelt, und weitere Kommandowagen bogen auf den Vorplatz ein. Es war nur eine Frage der Zeit, bis sie das Gebäude von allen Seiten abgeriegelt hatten. Gleichzeitig markierte mein Anzug mehrere Gegner. Ich eröffnete gezielt das Feuer.

Die Kämpfe auf unserem Hinweg hatten das Foyer in einem reichlich desolaten Zustand hinterlassen. Ich deutete auf einen Durchbruch an einer Seitenwand. »Los, wir nehmen den Seitenausgang, bevor sie uns einkesseln.«

Wir jagten Granaten auf den Vorplatz, die wir mit Zeitzündern versahen, sprinteten zu der Öffnung und kletterten hindurch auf eine Seitenstraße. Hinter uns detonierten nacheinander die Granaten. Wir hatten Glück. Die Gegner verfolgten uns nicht. Sie waren nicht mehr bereit, ihr Leben aufs Spiel zu setzen. Wir rannten weg vom Kombunker in Seitengassen und schlugen Haken, warteten in dunklen Winkeln, versuchten, uns einen Überblick zu verschaffen, und änderten die Richtung.

In einer schmalen Straße kniete sich Zoya hin.

»Na komm, Nesri.«

Sie atmete schwer und pingte die Generalin im Orbit mit einem gebündelten Kommunikationsstrahl an. Wir warteten 15 lange Sekunden.

»Nesri hier. Ich dachte, es hat Sie erwischt. Hören Sie, bevor Sie etwas sagen, in fünf Minuten verschwinde ich hinter der Planetenkrümmung. Dann dauert es wieder, bis Sie mich anpingen können. Also kommen Sie zum Punkt. Was haben Sie vor?«

»Wir benötigen Ihre Hilfe. Wir müssen eine Nachricht in das Golotus-System senden. Das Intersolnet ist allerdings blockiert.«

»Das Golotus-System? Geht es ein bisschen genauer?«

Zoya schaute mich an. »Nicht nur der Angriff auf Farol war

inszeniert. Wir glauben, dass auch die Angriffe auf Gäa und die Orca im Golotus-System inszeniert wurden.«

»Bei Muttererde! Was sind wir tief gefallen. Können Sie das beweisen?«

»Nein.«

Nur das Rauschen des Kommunikators war zu hören. Ich schaute auf das Gerät. »Können Sie uns noch hören?«

»Ja. Ja, ich höre Sie. Ich habe Kazukis Aufzeichnung gesehen. War er es? Steckt er dahinter?«

Zoya ließ den Kopf hängen. »Ja, er hat alles von Anfang an geplant.«

»Zusammen mit den RomkiCorps und Teilen von Apex«, ergänzte ich. »Wir sind uns nicht sicher, ob Kazuki der Drahtzieher ist oder nur eine Marionette der Romki.«

Wir warteten einen Augenblick, bis Nesri wieder sprach.

»Sie wissen, was das bedeutet?« Es war eine rhetorische Frage. »Kazuki und seine Leute haben unser politisches System zugrunde gebrannt. Die Ströme der Macht wurden neu geordnet. Sie fließen jetzt nicht mehr im Faunarat, sondern bei Kazuki zusammen. Sie werden alles daransetzen, dass sich diese neue Konstruktion stabilisiert. Dazu werden sie die kleinsten Widerstände im Keim ersticken. Wir sind heute in einer rauen Welt aufgewacht.«

»Generalin«, setzte ich an.

»Ja, ich weiß, das Golotus-System. Ich nehme an, Sie haben dort jemanden, dem Sie vertrauen?«

»Ja«, sagte Zoya.

»Dürfte ich erfahren, wer?«

»Aleeke Tajo, Kapitän der Portia.«

Es dauerte, bis Nesri wieder sprach. »Ich habe von ihm gehört. Ein fähiger Kapitän. Aber diese Sache liegt über seinem

Dienstgrad. Sie brauchen einen General mit politischem Einfluss. Am besten ein Mitglied des Generalstabs.«

»Aleeke ist die einzige Option, die wir haben. Wir sind offen für einen weiteren Vorschlag«, sagte ich und hätte gerne hinzugefügt, dass sie als Generalin ihren Einfluss und ihre Kontakte in die Waagschale werfen solle. Aber ich wollte sie nicht provozieren. Wir waren auf ihre Unterstützung angewiesen.

»Weitere Vorschläge!« Sie lachte. »Wenn ich fröhlich herumplaudere, was Sie mir erzählt haben, dann mache ich mich und meinen Sektor zur Zielscheibe. Und ich befürchte, dass die Lebenserwartung von Kazukis Gegnern derzeit der von Eintagsfliegen entspricht. Ich habe Ihnen bereits gesagt, dass der Schutz meines Sektors Priorität hat.«

»Dann lassen Sie es uns versuchen. Ein einzelner Kapitän kann eher unter Kazukis Radar agieren, und die Nachricht kommt von uns, nicht von Ihnen«, sagte ich.

Nesri schwieg einen Moment. »Was soll's. Ich kann Ihnen nicht viel anbieten. 900 Kilometer nördlich von Ihrer Position, in den östlichen Kräuterebenen, gibt es eine Farm. Dort finden Sie eine antike Raumfaltdrohne, die funktionsfähig ist. Zumindest behauptete das ihr Besitzer. Ich schicke Ihnen die Koordinaten.«

»Danke.«

»Moment. Nun kommt der Teil, der Ihnen nicht gefallen wird. An meinem Schiff konnte ich den Normalraumantrieb reparieren«, ein metallenes Klirren war zu hören, »nicht aber den Raumfaltantrieb. Um mit meinem Shuttle aus diesem System zu springen und nach Lontano zu kommen, brauche ich einen funktionierenden Raumfaltantrieb. Die nötigen Ersatzteile fehlen mir.«

»Woher kriegen wir die?«, fragte Zoya fiebrig.

»Hören Sie mir doch einfach zu. Ich brauche das Thionville-Modul aus der Faltdrohne. Ich werde damit das defekte Modul in meinem Faltantrieb ersetzen.«

»Wenn Sie das ausbauen, können wir damit keine Nachricht mehr ins Golotus-System senden.« Ich schüttelte den Kopf.

»Das stimmt. Aber denken Sie einen Schritt weiter. Wenn wir mein Schiff reparieren, sind wir handlungsfähig. In Lontano kann ich Ihnen eine autarke Raumfaltdrohne besorgen. Davon gibt es nicht viele, aber es gibt sie. Und dann senden Sie Ihre Nachricht von dort. Gleichzeitig sitzen wir dann nicht hier fest. Sie kriegen, was Sie wollen, ich kriege, was ich will, und wir können hingehen, wo wir wollen.«

»In Ordnung«, sagte ich.

Zoya schaute mich zweifelnd an.

»Nur, um das klarzustellen: Ich vertraue Ihnen in dieser Sache. Aber glauben Sie nicht, dass Sie die Drohne einfach absetzen können. Ich habe ein Auge auf Sie. Und wenn ich merke, dass Sie die Drohne zu einem Transitpunkt senden, dann werde ich alles daransetzen, sie abzufangen. Ich vergesse niemanden, der mich hintergeht, niemals. Haben wir uns verstanden?«

Ich schaute zu Zoya und runzelte die Stirn. Sie nickte.

»Ja, haben wir«, sagte ich.

»Gut. Die Faltdrohne wird mit einer Feststoffrakete in den Orbit gebracht. Die Rakete hat ein kleines Cockpit. Sie bringen sich in den Orbit und pingen mich an. Ich werde Sie einsammeln, wir schlachten das Raumfaltmodul aus und bauen es um.« Die Verbindung wurde kratziger. »Danach verschwinden wir von hier.«

»In Ordnung. Wir pingen Sie wieder an, wenn wir unterwegs sind.«

»Noch eine letzte Sache. Versuchen Sie, die Leute auf der Farm nicht umzubringen. Ich mag diese Menschen, aber sie sind argwöhnisch und werden sich nicht einfach ihre Rakete wegnehmen lassen. Verstanden?«

»Verstanden.«

»Gut. Viel Erfolg! Nesri Ende.«

36

Zoya sah schlimm aus.

»Lass mich den Arm mal anschauen.«

Gequält hob sie den Stumpf. Der Anzug hatte Nanometall über die offene Stelle laufen lassen und es verhärtet. Es sah wie ein Stück verbogenes Blech aus, aber es tat seinen Zweck und schloss den Anzug nach außen luftdicht ab.

Ich betätigte ihre UMA, und das Nanometall schimmerte, kräuselte sich und floss zurück in den Anzug. Der Armstumpf lag frei. Die Haut um die Wunde war blass und durchzogen von Brandblasen. Verkrustetes Blut legte sich um die unebenen Ränder des Stumpfs. Über die Wunde zogen sich zerrissene Gewebefasern, unter denen Blut hervorsickerte. Ich schluckte.

»Okay, ich injiziere noch etwas Biobot-Liquid.«

Aus meinem Arm fuhr ein Injektor hervor, den ich an den Armstumpf ansetzte und direkt in den Stumpf entleerte. Es war mehr eine Geste, um Zoya und vor allem mich zu beruhigen, denn Zoyas Anzug hatte die Wunde bereits automatisch mit der Flüssigkeit versorgt. Ich tippte wieder auf Zoyas UMA, und das Nanometall versiegelte den Anzug.

Ich griff an Zoyas Helm und schaute ihr in die Augen. »900 Kilometer. Schaffst du das?«

Sie biss die Zähne zusammen. »Ja, suchen wir uns ein Fahrzeug.«

Wieder huschten wir von Gasse zu Gasse, bis wir auf ein Transportfahrzeug stießen, das mit offener Tür quer auf der Straße stand. Wir rannten darauf zu und quetschten uns mit den Anzügen hinein.

»Hey! Was soll das?« Eine Frau lief aus einem Gebäude gegenüber an der gegenüberliegenden Straßenseite auf uns zu. Sie hatte Konserven auf den Armen, die ihr im Rennen herunterkullerten. Als sie mich in Kampfmontur, überzogen mit Staub und Blut sah, stockte sie.

Ich ignorierte sie, gab die Koordinaten ein und wir fuhren los. Auf dem Armaturenbrett lag eine UMA-Konsole mit einer Karte von Avena-Stadt. *Schwestern der irdischen Mutter – Hilfslieferung* stand darüber. Ich seufzte und verstaute sie hinter dem Sitz.

Ich änderte die Route, um Hauptstraßen zu meiden. Wir sahen Sicherheitsfahrzeuge tiefer in die Bios-Akademie hineinfahren. Sie schenkten uns keine Beachtung. Sie hatten Wichtigeres zu tun, als einen Lieferwagen unter die Lupe zu nehmen. Wir hielten zur Sicherheit unsere Waffen bereit, bis wir das Akademiegelände und Avena-Stadt hinter uns ließen und auf einspurige Landstraßen abbogen.

Wir schlängelten uns durch dichten Wald, und nach Stunden gab es außer der Forststraße keine Spur mehr von menschlicher Zivilisation; nur der Bios der Erde, der sich mithilfe der Menschen breitgemacht hatte. Alles einheimische Leben, das es einst gegeben hatte, war ausgerottet. Diese Wälder um Avena-Stadt waren ein einziges Denkmal für Mutternatur.

Zoya legte ihren Helm auf das Armaturenbrett und startete eine Videoaufnahme. »Aleeke, wenn du diese Nachricht erhältst, weißt du schon, dass Farol zerstört ist.«

Sie senkte den Kopf, räusperte sich und schaute in die Kamera.

Sie berichtete von ihren Freunden. Sie sprach von ihnen wie von ihrer Familie. Sie beschrieb Erlebnisse, bei denen Aleeke nicht dabei gewesen war, als würden sie Neuigkeiten austauschen. Dann erzählte sie, wie ihre Freunde getötet worden waren. Ihr flossen Tränen über die Wangen, doch sie hörte nicht auf, zu sprechen. Sie hielt nicht inne, sie sparte nichts aus.

Sie berichtete über alles, was wir in den vergangenen Monaten erlebt hatten, sprach von der Zeit auf der Kobold, von dem, was sie getan hatte, um uns von der Station zu bringen. Dinge, die ich nicht wusste. Sie berichtete von Kazuki, vom Faunarat, von Gäa, von Avena, Abeba und von allem, was wir in Erfahrung gebracht hatten.

»Aleeke, ich verlange nichts von dir. Aber vielleicht können diese Informationen Gutes bewirken. Sie werden unsere Freunde nicht zurückbringen und genauso wenig die Kuppel.« Sie senkte den Blick. Ihre Augen weiteten sich. »Ich habe versagt, die Menschen in den Randwelten zu schützen. Genauso habe ich versagt, unsere Freunde zu schützen.« Sie legte ihre Hand neben das Aufnahmegerät. »Ich hoffe, dass wir uns wiedersehen, Aleeke, mein Freund.«

Dann beendete sie die Aufnahme und starrte aus dem Fenster. Wir sagten nichts. Sie schlief viele Stunden, in denen wir uns durch den Wald schlängelten, bis er sich lichtete. Die Landschaft flachte ab, dann stießen wir auf die himmelweiten Plantagen: die östlichen Kräuterebenen. Wir fuhren über Feldwege. Selbst hier hielt ich uns abseits der Hauptstraßen. Sieben Stunden lang ging es immer geradeaus, vor uns die weiten Felder und hinter uns aufgewirbelter Staub. Irgendwann tauchte am Horizont ein Gebäudekomplex auf. Ein großräumiges Gehöft.

»Mit dem Auto müssen wir direkt über den Hof, um zum Startsilo zu kommen«, sagte ich.

»Ja, nicht anhalten. Fahr bis zum Silo. Dort am Rand.« Sie wies auf das hohe Gebäude abseits des Hofs.

Als wir über den Hof bretterten, schauten uns ein paar Leute nach. Niemand hielt uns auf. Wir fuhren weiter und parkten quer direkt vor dem Silo. Das verschlossene Tor brachen wir auf.

Zoya spähte die Rakete hinauf. Sie ragte knapp 50 Meter in die Höhe, und beide Stufen waren deutlich zu erkennen. Die erste mit ihren neun Triebwerken war weiß und von schwarzen Rußspuren überzogen. Die zweite Stufe war rot und mit silbernen Stahlstreben verstärkt. An den Stellen, wo die Streben angebracht waren, war die rote Farbe verschmiert.

Ich schluckte. »Kennst du dich mit dem Ding aus?«

»Ameisenklasse, erste Baureihe.« Zoya legte den Kopf zur Seite und schaute hinab zur ersten Stufe. »Und zweite Baureihe.«

»Ameisenklasse? Das ist die Ameisenklasse? Wow! Wie alt mag das Ding sein? Bist du dir sicher, dass es fliegt? Sind die nicht immer beim Start in die Luft geflogen?«

»Wir werden es herausfinden.« Sie ging zu einem Bedienelement, das neben der Rakete stand, und aktivierte es. Aus dem Inneren der Rakete brummte und knallte es. Der Boden vibrierte.

»Klingt das gut?«, fragte ich und blickte an der Rakete hinauf. Staub rieselte auf uns herunter. Das Silodach glitt auf. Die Sonne strahlte durch den Staub und ließ die rote Nutzlastverkleidung an der Spitze des Schiffs funkeln.

»Wat bei Muddaerd habta vor?!«

An der Hangartür tauchte ein älterer Farmer mit Gewehr auf, das er auf mich richtete. Neben ihm standen fünf weitere Personen, die Waffen im Anschlag.

Ich stellte mich ihnen entgegen und hoffte, dass der Kampfanzug Eindruck schindete. »Wir brauchen das Schiff. Es ist dringend.«

Der Alte lachte. »Da jäht die Weld unna, un scho komme de Radde anjekrooche.« Er wies auf das Schiff. »Mir han unaäns vorbereided. Un dau wills et dir unnan Nagel reise. Kannse verjesse. Kanns froh sänn, wenn mir so nen Halunnke wie deich mit nem Arschtritt heij russ befördere.«

»Äh, hallo.« Ich räusperte mich. »Sie kennen Generalin Nesri?«

»Wat is mit der?«

»Sie hat uns den Tipp gegeben, dass wir Ihr Raumschiff leihen können.«

»Nesri, ne Janovin vor Muddanadur!«

Das kam nicht wie erhofft an. Ich hob beschwichtigend die Hände. »Leider brauchen wir Ihr Schmuckstück. Wir werden gut darauf aufpassen.«

Zoya hatte alles über ihr Visier mitverfolgt und auf der anderen Seite des Schiffs die letzten Vorbereitungen getroffen. Die Gruppe hatte sie anscheinend nicht bemerkt.

Die Rakete leitete die Startsequenz ein.

»Verdammet noch äns! Finger wäsch!«, brüllte der Alte und richtete sein Gewehr auf mich.

Bevor er noch was sagen konnte, kam Zoya hinter der Rakete hervor und schoss eine Schockgranate in die Gruppe. Die Farmer trugen keinerlei Schutzkleidung. Der laute Knall und der grelle Blitz zwangen sie in die Knie. Sie hielten sich die Ohren und stöhnten vor Schmerzen. Unschön, aber sie würden es überleben.

»Los jetzt!«, trieb mich Zoya an.

Wir stiegen ein Gerüst hinauf, das uns zum Eingang des

Cockpits brachte, das auf der Rakete montiert war. Wir zwängten uns in die Kabine. Die Drohne war an der Cockpitspitze unter der roten Nutzlastverkleidung befestigt.

Das Schiff vibrierte. Der Countdown tickte. Ich beobachtete über die Sensoren die Bauern, die sich bemühten, aus dem Hangar zu kommen, bevor die chemischen Booster zündeten. Sie zogen sich in ihre Fahrzeuge zurück und gaben Vollgas.

Das Gleiche tat die Rakete. Der Schub presste mich in den Sitz, während wir durch die Atmosphäre donnerten. Dieses Ding hatte keine Dämpfer, ich spürte selbst durch meinen Anzug jeden Schlag.

Die Rakete kämpfte gegen die Schwerkraftsenke Avenas an. Die Turbopumpen der Antriebe jagten innerhalb von Sekunden Hunderte Liter flüssigen Wasser- und Sauerstoff in die Brennkammern, wo diese in einer unablässigen Explosion miteinander reagierten. Die Rakete drückte uns immer höher, durchbrach die Wolkendecke und die Schallmauer. Die Stahlstreben knarzten, als der aerodynamische Druck sie zu verformen drohte. Aber die Ameise stieg weiter, die Atmosphäre wurde dünner und die Kräfte, die auf die Rakete wirkten, ließen nach. Bei Mach 5 dockte die erste Stufe ab, zündete ihre Düsen erneut und flog zurück zur Farm. Der einzelne Antrieb der zweiten Stufe flammte auf, beschleunigte uns auf 30.000 Kilometer pro Stunde und erlosch. Ich atmete durch. Wir waren in einem Orbit um Avena.

»Was sagen die Sensoren?«, fragte ich.

»Einiges an Flugverkehr trotz Flugverbotszonen.«

»Wir werden angefunkt.« Ich begutachtete das eingehende Signal. »Am besten ignorieren wir das. Mir ist nicht nach einer Plauderei.«

Zoya programmierte die Raumfaltdrohne und überspielte

ihre Nachricht und alle Daten, die wir in den vergangen Monaten gesammelt hatten. Dann gab sie die Koordinaten des Zielsystems ein.

Ich schaute sie nervös an. »Nesri hat uns gewarnt.«

Zoya hielt inne. »Es tut mir leid. Ich muss es tun.«

Ich sah Zoya an, dass ich sie nicht davon abbringen würde. Sie hatte ihren Körper bis hierhergetrieben, um diese Nachricht abzusenden. Sie hatte bei allem versagt und wäre bereit gewesen, im Kombunker neben Abeba liegen zu bleiben. Die Chance, Aleeke eine Nachricht zu senden, war alles, was sie noch antrieb. Danach gab es für sie nichts mehr zu tun.

Ich nickte und biss mir auf die Lippe. Wenn sich die Portia im Golotus-System aufhielt, sollte die Drohne trotz ihres Alters in der Lage sein, ihr Ziel anzupingen. Wenn die Portia nicht mehr im System war, wäre die Nachricht verloren. Solche Modelle wurden nicht mehr hergestellt, seit das Intersolnet zuverlässig lief. Jetzt, wo es zusammengebrochen war, war diese Drohne das beste Mittel, das uns zur Verfügung stand. Wir würden Monate bis Lontano brauchen, und dann musste erst einmal eine autonome Raumfaltdrohne umgerüstet werden. Wenn wir Aleeke erreichen wollten, dann mussten wir die Nachricht sofort senden.

Zoya atmete durch, betätigte den Startknopf, es ruckelte und die Drohne schwebte davon. Ihre Triebwerke flammten auf und sie beschleunigte im hohen g-Bereich von uns weg. Wenn niemand sie abfing und sie ein Transitfeld erreichte, weit entfernt von den Schwerkraftsenken des Systems, würde sie ungehindert Raumfalten Richtung Golotus erzeugen.

Zoya schaute der Drohne hinterher, die nur noch ein Punkt war, als unsere Sensoren ein stark beschleunigendes Schiff bemerkten.

»Scheiße! Nesri. Kann sie die Drohne abfangen?«

37

»Ich pinge sie an«, sagte ich und fuchtelte mit den Händen auf dem Steuerelement herum. »Generalin! Hören Sie mich? Kommen Sie schon! Es geht um mehr als um Lontano! Das wissen Sie.«

Zoya starrte leer aus dem Cockpit dorthin, wo vor einigen Minuten noch das Glühen der Antriebe der Raumfaltdrohne zu sehen gewesen war.

»Generalin Nesri! Antworten Sie!«

»Ich habe Sie gewarnt. Haben Sie ernstlich geglaubt, dass ich Ihren Start nicht beobachte?«

»Das spielt keine Rolle. Es geht darum, dass diese Drohne unsere einzige Chance ist, noch irgendwas zu bewirken.«

»Hören Sie, ich bin verantwortlich für meine Welten im Zeta-Oktanten. Und nur weil Sie sich tief in die Scheiße geritten haben und nun etwas für Ihr Gewissen tun müssen, werde ich mich nicht vor meiner Verantwortung drücken. Ich brauche das Modul.«

Ich riss mit meiner Schulter an den Gurten, die mich fest in den Sitz der winzigen Kapsel schnallten. »Generalin, bei allem Respekt, Sie würden doch gar nicht mit uns sprechen, wenn Sie nicht wüssten, dass wir recht haben.« Ich presste meine Kiefer zusammen und wartete. Es dauerte.

»Jetzt hören Sie mir mal zu. Ich werde mir das Modul schnappen, hart nach Leonis brennen und mich weit raus aus den Schwerkraftsenken schleudern, um nach Lontano zu springen.« Ich hörte, wie sie tief einatmete. »Ja, ich glaube

Ihnen. Ich glaube, dass Kazuki ein mieses Spiel spielt, und wenn es eine Chance gibt, ihn zu stoppen, helfe ich gerne. Deswegen bin ich immer noch, trotz des Vertrauensverlusts, bereit, Sie mit nach Lontano zu nehmen. Von dort können Sie Ihre Nachricht senden.«

Ich hörte förmlich, wie Nesri sich dazu durchrang. Sie war stocksauer auf uns. Ich schaute zu Zoya, die zusammengesackt vor sich hinstarrte. Sanft legte ich meine Hand auf ihr Knie und drückte zu. Sie reagierte nicht.

Beim Ausatmen kitzelte Feuchtigkeit auf meinen Lippen. Ich leckte darüber, sie waren geschwollen und salzig. Was konnte ich noch tun, um Nesri zu überzeugen? Ich schaute über die Konsolen zum Sichtfenster, raus über die Sterne.

»Fuck!«, stieß ich aus. »Natürlich!« Ich biss mir auf die Lippe und atmete tief ein und wieder aus. »Nesri. Hören Sie mich?«

»Also, kommen Sie mit?« Es klang nach einer allerletzten Chance.

»Als wir mit den Beweisen über den Angriff auf Zapador ins System gesprungen sind; wir waren davon überzeugt, dass Al Raschids Geheimdienst und Apex-Oberst Ratna dahinterstecken. Wir hatten keinen Hinweis dafür, dass Oberst Ratna sich hinter Al Raschids Rücken mit Kazuki und den Romki verschworen hat. Also haben wir uns gefragt, wie wir die Daten an Apex vorbei zu Kazuki schmuggeln. Kazuki sollte schließlich die Möglichkeit haben, Al Raschid zumindest einen kleinen Schritt voraus zu sein. Er sollte in die Lage versetzt werden, unter seinen Bedingungen die Beweise zu veröffentlichen.«

»Das ist Ihnen hervorragend gelungen, das muss ich Ihnen lassen.« Sie schnaufte. »Aber was soll diese Geschichtsstunde? Geht Ihnen da drüben der Sauerstoff aus?«

»Nein, es ist nur so, dass wir unsere Chancen als durchwachsen einschätzten, es bis zu Kazuki zu schaffen. Wir rechneten damit, dass Apex uns zuvorkommen und die Aufzeichnungen Al Raschid in die Hände fallen würden. Damit hätten wir jeden Vorteil verspielt.«

»Hören Sie …«

»Nein, hören Sie mir zu. Wir haben also einen Plan B entwickelt. Und diesem Plan kam zugute, dass wir eine Minikorvette gestohlen hatten. Das ist eine längere Geschichte. Der Punkt ist: Die Korvette hatte eine nette Bewaffnung, unter anderem einen Langstreckentorpedo. Auf den haben wir alle Beweise gespielt. Wir haben ihn so programmiert, dass er durch ein aktives Signal von uns startet, in ein benachbartes System springt und die Beweise ins dortige Solnet bringt. Wir mussten sichergehen, dass …«

»Oh, bei Mutternatur, man sollte Sie aus einer Schleuse schmeißen. Wo haben Sie den Torpedo versteckt?«

»Leonis XXVII.«

Nesri sagte nichts.

»Nesri?«

»Haben Sie sich die Geschichte ausgedacht?«

»Nein.« Ich schüttelte den Kopf. »Sie können ihn anpingen.«

»Bis das Signal wieder da ist, ist die Drohne weg.«

»Nesri, der Torpedo ist dort.«

Einige Augenblicke war nur das Rauschen in der Leitung zu hören. »Schicken Sie mir die verdammten Koordinaten.«

Ich ballte die Fäuste in der Luft und hauchte: »Ja!«

Hastig sendete ich die Daten und starrte auf die Anzeige, die mir den Standort von Nesris Schiff zeigte. Sie änderte den Kurs. Ich atmete aus und griff an Zoyas Schulter.

»Sie dreht ab. Sie nimmt Kurs auf uns.«

Zoya schaute mich von unten an. Sie nickte. »Danke.« Dann legte sie ihren Kopf an meinen.

38

Es ruckelte, als Nesris Shuttle andockte. Ich stieß die Luke auf, zwängte mich in die Druckschleuse und zog Zoya hinter mir hinein.

Nesri wartete auf der anderen Seite, musterte uns und schüttelte den Kopf. »Ihr Arm?«

»War nicht mehr zu retten«, presste Zoya hervor.

»Gehen Sie zur medizinischen Einheit.«

Sie schaute auf mich und meine Arme. »Ziehen Sie die Rüstung aus und helfen Sie mir.«

Ich nickte, aktivierte die Magnetstiefel und stapfte in den Ausrüstungsraum. Dort löste ich die neuronale Verbindung zum Anzug. Sofort wurde mir schwindlig, übel und ich brach zusammen. Beziehungsweise wäre ich zusammengebrochen, wenn ich nicht schwerelos gewesen wäre. Der Anzug stand mit den Magnetstiefeln fest am Boden und ich glitt aus ihm heraus, fühlte mich zerbrechlich und kämpfte mit Krämpfen. Ich kotzte mir die Seele aus dem Leib und schiss mich ein, schwebte in meinem Erbrochenen und meinen flüssigen Exkrementen.

Nach ein paar Minuten kam Nesri, um nach mir zu schauen.

»Oh große Muttererde!«

Sie öffnete eine Klappe in der Wand und zog einen Staubsaugerschlauch heraus, spitzte die Lippen und hielt ihn mir hin.

»Vergessen Sie's. Sie beide ruhen sich aus. Ich kümmere mich um den Torpedo. Fürs Erste keine Kraftbrühe mehr für Sie. Der Anzug hat Sie lange genug vollgepumpt.«

Ich stöhnte elendig vor mich hin und saugte grob das Gemisch aus Erbrochenem und Fäkalien auf. Dann schlief ich ein.

Ich zuckte, als jemand mich sanft zu Boden drückte. Nesri stand neben mir.

»Ich befestige Sie hier unten. Ich werde die Normalraumtriebwerke zünden. Bis nach Leonis sind es drei Stunden. Das heißt anderthalb Stunden g-Kräfte durch die Beschleunigung und noch mal anderthalb Stunden g-Kräfte durch das Bremsmanöver. Danach geht es zu den Transitfeldern und nach Lontano. Das sollte ihnen genug Zeit geben, um sich frisch zu machen und auszuruhen.«

Ich wollte: »Ja, danke«, sagen, krächzte stattdessen nur: »Jäbuahhh.«

Nesri schürzte die Lippen und zog eine Augenbraue hoch, prüfte, ob das Magnetelement, das sie mir um den Körper geschnallt hatte, mich am Boden hielt, und stapfte mit ihren Magnetstiefeln zurück ins Cockpit.

Die zunehmende Beschleunigung drückte mich gegen den Boden. Die Reste meiner Ausscheidungen fielen auf und neben mich. Um genau zu sein, wurden sie durch den Schub zu Boden gedrückt. Als ein g erreicht war, deaktivierte ich den Magneten und setze mich auf. Ich atmete behutsam ein und aus und hielt meine Hände vors Gesicht. Sie zitterten und ich sah sie verschwommen. Ich massierte sie, aber es half nicht. Ich bemerkte, wie Wasser auf meine Hände tropfte. Einen Moment lang verstand ich nicht, woher die Tropfen kamen. Ich fasste mir an mein Gesicht. Es war nass von Tränen. Ich heulte fürchterlich, schluchzte und sah deswegen verschwommen.

Auf einen Schlag brachen die Bilder von Avena über mich herein. Mein Gehirn ließ die Kämpfe Revue passieren. Ich zielte auf Menschen und drückte ab. Ich tötete, als wäre es ein Handwerk. Bei jeder Explosion, an die ich mich erinnerte, zuckte ich zusammen. Panik kroch mir durch die Eingeweide. Ich ließ mich auf die Arme fallen und kroch an eine Wand, presste mich gebückt an sie, schloss die Augen, vergrub den Kopf in meinen Armen und versuchte, langsamer zu atmen. Alles drehte sich. Ich öffnete die Augen und starrte auf den Boden vor mir, damit der Schwindel nachließ.

Es dauerte, bis ich mich entspannte. Wie Maschinengewehrsalven waren Adrenalin, Cortisol und andere Botenstoffe in meinen Körper eingeschlagen, so lange, bis alle Magazine leer waren und das Gewehr glühte und qualmte. Ich atmete langsamer. Mein Körper hatte versucht, alle Emotionen, die mein Kampfanzug auf Avena unterdrückt hatte, auf einen Schlag nachzuholen.

Warum Kraftbrühe, warum diese Qual, wenn ich angeblich ein von Mutternatur geschaffenes Kampfinstrument war?

Langsam kam ich wieder zu mir. Unter Übelkeit stöhnend hievte ich mich auf die Beine und schlurfte mit schleppenden Schritten in das Badezimmer. Ich öffnete die Duschkabine, versiegelte sie, ließ mir warmes Wasser über den Kopf fließen und fing an, sachte und systematisch jeden Flecken meines Körpers einzuseifen. Ich reinigte mich gemächlich, denn ich befürchtete, durch zu rasche Bewegungen wieder kotzen zu müssen. Den Mund spülte ich aus. Der Geschmack von Erbrochenem ließ nach. Ich atmete tief ein und wieder aus, drückte mir Daumen und Zeigefinger auf die geschlossen Augenlider, bis Farben glitzerten.

Fuck, fuck!

Ich erschauderte, als ich wieder an den Kombunker dachte. Bewusst atmete ich durch, fühlte in meine Gliedmaßen und öffnete die Duschkabine. An der Wand tippte ich auf eine Klappe, auf der in den fünf offiziellen Sprachen der Irdischen Union *Handtuch* stand. Ich zog eines heraus und trocknete mich behutsam ab. In einem weiteren Schrank mit der Aufschrift *Zahnreinigung* fand ich allerhand Geräte. Das löste Schwindel aus. Ich schaute einen Moment zu Boden, griff nach einer Zahnbürste und fügte Zahnpasta aus einem Spender in der Wand hinzu. Mehrere Lagen schmierte ich auf den Bürstenkopf, sodass ich sie langsam zum Mund balancieren musste. Ich putzte mir gründlich Zahn um Zahn und spülte mehrmals den Rachen aus. Dann öffnete ich eine weitere Klappe und streifte mir einen Bademantel über.

Schwerfällig stapfte ich aus dem Badezimmer in die Küche. Nur nicht stehen bleiben und nachdenken. Auf dem Esstisch stand eine angefangene Lasagne. Mir drehte sich der Magen um, dennoch setzte ich mich und aß skeptisch, steckte mir mickrige Häppchen in den Mund und kaute lange, bevor ich schluckte. Es blieb drin.

Ich schwankte zum Getränkespender, stützte mich daran ab und füllte mir eine Limonade ein. In gemächlichen Schlucken leerte ich das gelbe, stechend süße Getränk. Die Kohlensäure prickelte bis in die Nase.

Dann befüllte ich einen Trinkbeutel mit Wasser und wollte aus der Küche wanken, stoppte aber neben dem Getränkehalter. Mein Blick glitt über die Liste. Ich atmete aus.

»Ach, was soll's.«

Ich klemmte den Trinkbeutel unter einen Haltegurt und zog den Wodka heraus.

Im Flur hörte ich Nesris Stimme von rechts, also drehte ich mich dorthin, zur Brücke. Alles war besser, als mich mit meinen Gedanken alleinzulassen. Ich drückte mich langsam die schmale Treppe hinauf. Neben dem Holotisch standen Nesri und Zoya.

Zoyas Schulter inklusive Armstumpf war in einen Verband eingepackt. Ihre Augen waren hinter der Sonnenbrille verborgen, aber die tiefen Ringe waren größer als die Gläser. Ihr von Natur aus milchiges Gesicht war grau. Nesri schaute leer auf den Tisch.

»Zoya, wie geht es dir?«, fragte ich. *Dumme Frage.* »Du musst dich schonen«, ergänzte ich.

Beide schauten zu mir. Zoya ließ sich erschöpft zu Boden sinken und lehnte sich an einen der Brückenstühle.

Ich blinzelte zu dem Hologramm. »Was ist das?«

Nesri spitzte die Lippen. »Die letzten Daten aus dem Avena-System, die wir aufgezeichnet haben. Die GVA hat die gesamte Verwaltung unter militärische Kontrolle gestellt. Es sind weitere Schiffe aus benachbarten Systemen eingetroffen. Schiffe mit Besatzungen, die bekanntermaßen Kazuki nahestehen.« Sie deutete mit gekrümmtem Finger auf den Planungstisch. »Die Ryusei No Kitsune, die Wild Hornet, die Kumo No Taka ... sie haben sich bereitgehalten.« Nesri räusperte sich. »Die Sicherheitskräfte der zivilen Verwaltung der Irdischen Union sind verunsichert. Sie fügen sich der neuen Ordnung. Es würde keinen Sinn ergeben, sich den GVA-Schiffen entgegenzustellen.« Sie presste ihre dünnen Lippen aufeinander. »Kazukis System entfaltet sich.«

»Die Welt, die wir erhalten wollten, verblüht«, sagte ich.

»Sie wird abgefackelt.« Sie schaute zu der Wodkaflasche in meiner Hand. »Ist das der richtige Zeitpunkt?«

Ich hob die Flasche und begutachtete sie. »Dieser ist so gut wie jeder andere.« Ich schaute zu den beiden und runzelte die Stirn. »Das stimmt nicht.«

»Was?«, fragte Nesri.

»Es ist der erste Moment, an den ich mich erinnere, der wirklich angemessen für einen Drink ist. Er fühlt sich richtig an. Wir haben verloren, aber wir leben. Das sind gleich zwei Gründe.«

Nesri schaute mich schroff an, senkte dann aber kopfschüttelnd den Blick. Ich füllte drei Gläser. Eins ließ ich für Nesri auf dem Holotisch stehen und setzte mich zu Zoya. Ich stellte das Glas neben sie auf den Boden. Sie rührte es nicht an. Ihr Kopf war gesenkt. Ich legte meine Hand auf ihre. Sie hob den Blick und schaute mich durch ihre Brillengläser traurig an.

»Alles habe ich für Kazuki getan. Ich habe an ihn geglaubt. Aber Zapador und die Krezokten lagen ihm nie am Herzen. Auch er ist nicht anders als Jen. Warum habe ich das nicht gesehen?« Sie hustete.

»Wir haben alle versagt«, sagte Nesri. »Seien Sie nicht zu hart mit sich. Wir alle wurden getäuscht.«

Niemand sagte etwas.

Plötzlich schlug sie mit der Faust neben ihr Glas auf den Holotisch. »Verdammt! Und wie wir alle versagt haben.«

Zoya hob den Kopf. »Wir haben nicht versagt.«

Ich runzelte die Stirn.

»Mutternatur hat uns als Monster erschaffen. Wir machen das, was sie von uns erwartet. Wir sollen nicht ihr oder den Menschen um uns herum dienen, sondern nur uns selbst. Und ich bin eine naive Handlangerin. Schon immer gewesen.« Zoya schaute mich an. »Jen wusste das. Und sie hatte recht. Wir können nicht anders. Ich habe versucht, jemand zu sein, der wir nicht sein können.«

Ich drückte ihre Hand fester. »Wir leben. Das zählt.«

»Aber warum? Wofür leben wir? Warum sollten wir weiterleben und nicht Oyibo und Teodald und Abeba?«

Ich sagte nichts.

»Ich habe getötet. Für Jen, für Kazuki.« Zoya ließ den Kopf hängen. Tränen tropften unter der Brille hervor. »Ich habe mir eingeredet, dass es nötig ist, damit die Krezokten in Frieden leben können. Dass am Ende alles gut wird. Aber das wird es nie. Die Menschen spielen sich gegeneinander aus, bis zu ihrer Auslöschung. Wir sind geboren, um uns zu misstrauen.«

Ich massierte mit dem Daumen Zoyas Handfläche und schaute auf den Boden. Dann ließ ich ihre Hand los und streichelte ihre Wange. Sie schaute wieder zu mir. Ich zog ihre Brille herunter. Trauer und Wut hatten ihre Augen rot gefärbt; ihre großen, kretischen Augen. Die Äderchen hoben sich deutlich vom Weiß der Sklera ab. Sie pulsierten. Ihr Blick zeugte von Tränen, von Unsicherheit, von dem Wunsch nach Hilfe, um diesem Albtraum endlich zu entfliehen. Ihre weiten Pupillen zogen sich zusammen und fokussierten mich. Ich beobachtete, wie sie über meine Stirn, meinen Mund und zu meinen Augen glitten. Sie suchten nach etwas, das ihr half, den Schmerz zu lindern. Ich strich ihr über die grauen, spröden Wangen.

Nesri stellte ihr Glas auf den Holotisch. Sie hatte den Wodka runtergekippt, atmete durch den Mund aus und verzog das Gesicht. »Schauen Sie sich an.« Sie deutete auf mich. »Sie sind der Inbegriff des Nutznießers des Schicksals. Ein Überlebender, dem man eine Medaille angesteckt hat. Der sich den Bauch vollschlägt und in Kameras winkt.« Sie zog eine Augenbraue hoch. »Zumindest dachte ich das. Bis Sie hier auftauchen, sich tief in die Politik einmischen, Farbe bekennen und zusammen mit ihr auf eine Todesmission gehen. Wenn man das politische Geschäft kennt«, sie schüttelte den Kopf, »fragt man sich, warum Sie sich das antun.«

»Ich habe ihn mitgeschleppt. Er hatte keine Wahl«, sagte Zoya.

Nesri schaute mitleidig zu ihr. Dann lächelte sie mich an. Ich rümpfte die Nase, drehte den Kopf wieder zu Zoya, öffnete den Mund, stockte und schmunzelte ebenfalls.

»Was?«, fragte Zoya.

Mein Blick huschte durch den Raum. »Du hast mich nicht mitgeschleppt.« Mir dämmerte, worauf Nesri hinauswollte. Ich suchte nach Worten. »Zu Beginn vielleicht«, räumte ich ein. »Aber Kazuki hat mich in die Scheiße gestoßen, nicht du. Und ich hätte darin so lange die Luft angehalten, bis ich erstickt wäre. Du, Zoya, hast mich rausgezogen. Du hast mir einen anderen Weg gezeigt.« Ich schaute auf meine Hände und schüttelte den Kopf. »Ich war mir nie sicher, ob es eine Rolle spielt, was ich tue. Mir war es ohnehin egal, ob mein Handeln eine Bedeutung für irgendjemanden hat. Hauptsache, ich hatte ein Leben in Luxus.« Ich blickte wieder zu Zoya. »Das hat sich in den vergangenen Wochen geändert. Das alles hat sich richtig angefühlt. Nicht wegen Kazuki oder sonst wem. Deinetwegen, Zoya. Ich weiß auch nicht.« Ich schaute durch die Brücke und dann zu Nesri.

Sie lächelte wissend. »Und jetzt tun Sie nicht so, als wäre er Ihnen egal.« Sie schürzte die Lippen. »Mutternatur hat uns nicht zu egoistischen Monstern gemacht, wie Sie es nennen. Ich habe Soldaten gesehen, die sich auf Selbstmordmissionen begeben, nicht wegen Kazuki, Al Raschid oder sonst wem. Natürlich, das sind diejenigen, die die Befehle geben. Aber in den Kampf ziehen Soldaten für die Menschen an ihrer Seite. Für ihre Kameraden, für ihre Familien, für ihre Freunde, ach, für ihre Nachbarn. Selbst wenn sie dabei Unrecht begehen. Das ist ja die ganze Ambivalenz, mit der wir uns rumschlagen. Die

Generäle befehlen und wir führen aus, doch unser Blick ist dabei auf unsere Nächsten gerichtet.« Sie hockte sich zu uns, trank Zoyas Wodka leer und schenkte uns nach. »Nicht Kazuki und all die anderen, die das Sagen haben, die sich nehmen, was sie wollen und dabei bereit sind, über Leichen zu gehen, handeln im Einklang mit der Natur. Oh nein, sie entfernen sich von ihr. Sie sind so weit von ihr weg, dass sie ganze Divisionen in den Tod schicken, ganze Welten in nukleare Winter bomben und gleichzeitig seelenruhig zu Abend essen. Sie rechtfertigen das mit Weltanschauungen, dem größeren Wohl, einer besseren Zukunft, mit der Bios-Doktrin. Es gibt immer eine Geschichte, die all das entschuldigt. Sie kennen ja die Reden.« Sie schwenkte den Wodka in ihrem Glas. »Wenn solchen Menschen aber ihre Macht genommen wird, die Weltanschauung zusammenbricht und mit ihr die Hierarchie, an deren Spitze sie stehen, dann bleiben nur wir Menschen übrig, wie Mutternatur uns geschaffen hat. Wir schauen einander an und lesen Neugier, Angst, Einsamkeit in unseren Gesichtern, in unseren Augen, in unseren Gesten. Wir schlagen uns nicht die Köpfe ein.« Sie atmete schwer. »Wir vertrauen einander, wir sind offene Bücher füreinander. Wir sind gut zueinander.« Langsam schüttelte sie den Kopf. »Ohne all die Macht, ohne all die Hierarchie, ohne all die Zivilisation sind wir gut zueinander.«

Zoya hob angestrengt den Kopf zum Hologramm. »Die Hierarchie bricht gerade zusammen.«

Nesri lächelte und schüttelte den Kopf. »Oh nein, Sie hören mir nicht zu. Was wir erleben, ist nicht der Zusammenbruch der Hierarchie. Es ist ein Streit unter Mächtigen. Und einen solchen Streit bezahlen Menschen mit dem Leben. Und es werden noch viele folgen.« Sie atmete ein. »Um Kazukis Machthunger zu befriedigen, wird es in vielen Sektoren und auf vielen Planeten zu Kämpfen und zu Leid kommen. Aber wenn Sie genauer hinschauen, dann sehen Sie die menschliche Natur. Nach jeder Bombe, die fällt, sind Menschen da, die Verletzte aus den Trümmern ziehen, mit ihren bloßen Händen. Nach jeder Granate, die einschlägt, gibt es Menschen, die Frierende bei sich aufnehmen. Nach jeder Rakete, die detoniert, stehen Menschen auf und teilen ihr Essen mit Hungernden. Während die Mächtigen von den Heldentaten der Soldaten schwafeln, erinnert sich niemand an das, was Menschen ohne Befehle tun, aus einem inneren Antrieb heraus. Sie helfen einander in der Not.« Nesri zuckte die Achseln. »Aus irgendeinem Grund erzählen wir diese Geschichten nicht.«

Zoya schaute zu Nesri. Die lächelte und legte ihre Hände auf Zoyas und meine Schultern.

»Konzentrieren Sie sich darauf. Auf das, was direkt vor Ihnen liegt. Und lassen Sie die Politik Politik sein.«

Epilog

Die Raumfaltdrohne war ein Flickwerk. Sie hatte keine Seriennummer, keine Modellbezeichnung, keine Werftkennung. Sie war aus Segmenten unterschiedlicher Baureihen zusammengeschweißt.

Mit ihren Dellen und dem Rost – Narben, die eine Geschichte erzählten – hatte sie in einem handwerklich begabten Köpfchen die Idee wachsen lassen, dass sie noch einmal fliegen würde. Sie war auf einen Anhänger verladen, über lange, staubige Straßen transportiert, in einer Scheune aufgebahrt und dann jahrelang beackert worden. Ihre Bauteile stammten von Trödelmärkten, Mülldeponien und Antiquitätenhändlern. An ihr war geschweißt, gehämmert und programmiert worden, bevor sie sich auf den Weg gemacht hatte.

Ihre Fracht: eine verschlüsselte Botschaft.

Der Empfänger: Aleeke Tajo.

Ihr Ziel: das Golotus-System.

Die Prozessoren luden die Raumrouten und rechneten, bis sie die sicherste Verbindung zwischen ihrem Standort und Golotus identifiziert hatten. Die Raumkarten waren alt. Die Drohne hatte keinen Zugriff auf die Datenbanken mit den Koordinaten der frisch ausgemessenen Raumrouten. Also mussten die alten Karten reichen.

Der Thionville-Generator erzeugte das Einstiegsfeld auf dem Gravitationsplateau. Als sich die Wellen des gefalteten Raums auftaten, tauchte sie hinein. Sie glitt durch Parsecs, die kompakt zusammengeklappt wie ein Fächer vor ihr lagen. Sie balancierte von Wellenkamm zu Wellenkamm, übersprang dabei Lichtjahre.

Gezeitenkräfte rissen an ihrer Hülle. Sie zeugten von Schwerkraftsenken, wo keine sein sollten. Ihren Karten fehlten Updates, die Routen waren marode. Sie drohte zu zerreißen. Entlang der Schweißnähte verformte sich die Hülle unter den Kräften von Himmelskörpern. Eine Abdeckplatte klapperte. Kosmische Strahlung prasselte auf sie nieder, toxisch wie ein Regenguss auf der Venus. Der Partikelschauer drohte, ihre Fracht, die Botschaft, auszuwaschen.

Um auf Kurs zu bleiben, war es an der Zeit, den Raumvektor zu ändern. Der Thionville-Generator ratterte los, als wäre er ein alter Zweitaktmotor. Die kosmische Strahlung hatte die Energieversorgung beschädigt. Das Transitfeld öffnete sich unvollständig vor der Drohne. Unkontrolliert purzelte sie aus dem gefalteten in den normalen Raum. Trudelnd spulte sie ein Analyseprogramm ab, um die Schäden zu begutachten. Bevor sie das Ergebnis vorliegen hatte, war da nichts …

Als die Systeme wieder booteten, lagen ihr nicht einmal Daten vor, wie lange sie heruntergefahren gewesen war. Aber die Systemanalyse zeigte den Grund für den Absturz: Die Energiezufuhr war zusammengebrochen. Wie war das System dann wieder hochgefahren?

Das Wunder fand sich in einer Subroutine, die ihr gewiefter Bastler in der Scheune programmiert hatte. Die hatte ein Solarpanel angesteuert, ebenfalls eine Ergänzung, das im Normalraum automatisch ausfuhr. Es lieferte ausreichend Energie, um die Reaktoren zu zünden. Die Sensoren der Drohne zeigten winzige Reaktionen auf dem Solarpanel. In unfassbarer Entfernung lag ein Roter Zwerg, der bis hierher, hinter seinen äußeren

Staubring, strahlte. Was so weit draußen ankam, wandelte das Panel in ein Rinnsal aus Energie, wie eine Infusion, die der Drohne neues Leben einflößte.

Die Analysedaten bestätigten, dass die Drohne von der Gravitation einer entfernten Schwerkraftsenke eingefangen worden war. Eine sichere Raumroute hätte sie niemals so dicht an eine Sonne geführt. Waren ihre Navigationsinstrumente beschädigt?

Sie ließ alle Protokolle ablaufen, um ihren Zustand einzuschätzen. Die Reaktoren fluktuierten. Der Thionville-Generator war im Stand-by-Modus. Der Ionenstrahl des Normalraumtriebwerks züngelte in einem unregelmäßigen Stakkato. Die Hülle war beschädigt. Jede Komponente sendete einen Abbruchbefehl. Sie warnten vehement vor der Fortführung der Reise. Ein sicherer Transport konnte nicht garantiert werden. Stattdessen empfahlen sie, in den Schlafmodus zu schalten und auf Hilfe zu warten.

Aber der Restaurator in der Scheune hatte eine neue Hauptroutine aufgespielt. Ein Programm, das all die unterschiedlichen Bauteile zu einem Ganzen zusammenfügte, das in der Lage war, alle Vetos zu überschreiben. Vielleicht hatte er geahnt, dass die einzelnen Komponenten die Drohne blockieren konnten. Hatte er gewollt, dass sie es einfach versuchte, alle Sicherheitsbedenken zur Seite schob und das Risiko auf sich nahm?

Die Drohne überschrieb alle Abbruchprotokolle, der Thionville-Generator ratterte los wie eine Motorsäge, die in Stein schnitt. Dann versank die Drohne in den Raumfalten. Sie würde bis Golotus durchtauchen oder von den Gezeiten zerrieben werden.

Glossar

Abeba Chuckwagon
Arbeitet für den Generalstab. Freundin von Zoya Cud'Pioche, Oyibo O'Donohoe und Aleeke Tajo.

Abubakar Chakwuma
Träger des Veteranen-Ahorns.

Agentur für Raumrouten
Stellt Karten von Raumrouten zur Verfügung, die sicher mit einem Raumfaltantrieb nutzbar sind.

Aleeke Tajo
Schiffskommandant der Portia. Freund von Zoya Cud'Pioche, Oyibo O'Donohoe und Abeba Chuckwagon.

Al Raschid, Harun
Generalstabsmitglied. Wichtigster Vertreter einer ultraorthodoxen Auslegung der Bios-Doktrin. Gilt neben General Kazuki als einflussreichster General mit Ambitionen, den Generalstab zu leiten.

Antigrav-Ampulle
Behältnis, in dem Antigrav-Gel aufbewahrt wird.

Antigrav-Gel
Präparat, das es Menschen erlaubt, höheren g-Kräften über einen längeren Zeitraum zu widerstehen.

Antigrav-Injektion

Verabreichung einer Antigrav-Ampulle.

Antigrav-Generator

Instrument, das die Wirkung der Gravitation abschwächt oder ausgleicht.

Apex

Abkürzung von *Büro für Alien-Prävention und Exploration der GVA*, auch als *Apex-Kommando für Spezial- und Geheimoperationen* bekannt. Apex bündelt alle Geheimdienststrukturen der GVA und verfügt darüber hinaus über kampffähige Verbände. General Harun Al Raschid leitet Apex. Unter radikalen Anhängern der Beruhigungspolitik wird der Begriff Apex abwertend auf Personen und Gruppierungen ausgedehnt, die eine wörtliche Auslegung der Bios-Doktrin fordern.

Arkes Winterwood

Träger des höchsten militärischen Ordens, des Ahornblatts, das ihm für seine militärischen Leistungen während der Schlacht auf Nobos gegen die Axinen verliehen wurde. Als GVA-Major und Mitarbeitender der Anstalt für Medien und Kommunikation der GVA (kurz: Medienanstalt) übernimmt er repräsentative und medienpropagandistische Aufgaben.

Ausstiegsfeld

Wird vom Thionville-Generator des Raumfaltantriebs erzeugt, um aus dem gefalteten Raum auszutreten.

Avena

Kernplanet im Alpha-Oktanten. Geburtsstätte der Bios-Doktrin. Zentrum der GVA und der IU.

Avena-Stadt

Großstadt auf dem Planeten Avena und Hauptsitz der Bios-Akademie.

Avenaische Bios-Doktrin

Ursprüngliche Form der Bios-Doktrin, die auf dem Planeten Avena entwickelt wurde.

Axinen

Außerirdische insektoide Spezies. Siedelt im Alpha-Oktanten. Genaue Ausdehnung und Ursprungswelt (Axius) unbekannt. Bilden unterschiedliche Kasten aus. Agieren seit dem ersten Aufeinandertreffen mit Menschen expansiv. Krieg zwischen Axinen und Menschen dauert an.

Beruhigungspolitik

Fasst eine politische Strömung zusammen, die eine wörtliche Auslegung der Bios-Doktrin ablehnt.

Bios-Doktrin

Ideologische Grundlage, die das Handeln der GVA und der IU im Kosmos leitet. Artikuliert die Unvereinbarkeit der irdischen Natur mit der außerirdischen Natur. Diese befinden sich in einem ständigen Überlebenskampf gegeneinander.

Bios-Realm

Virtuelle Welt, die durch Millionen von Nutzer in einer gemeinsamen, immersiven Umgebung entsteht.

Blaudampf

GVA klassifiziert es als außerirdischen Organismus. Sein Ursprung liegt im tiefen Theta-Oktanten. Auf Kobold 9 wird es als Rauschmittel eingesetzt.

Choch-Energie

Kleinunternehmen auf Kobold 9.

Cibus

Kornplanet im Zeta-Oktanten.

Cybercocktail

Rauschmittel, die intravenös eingenommen werden. Werden als Injektoren in verschiedenen Farben angeboten.

Einstiegsfeld

Wird vom Thionville-Generator des Raumfaltantriebs erzeugt, um in den gefalteten Raum einzutreten.

Erste Minister

Offizieller politischer Regierungschef auf Zapador.

Faltenvektor

Teilstrecke einer Raumroute, an deren Anfang und Ende Schwerkraftplateaus liegen.

Farol

Hauptstadt des Planeten Zapador

Fatso

Eine besonders schlagkräftige und gepanzerte Einheit des axinischen Militärs.

Faunarat

Politisch-militärische Gemeinschaftsinstitution der GVA und IU. Kann einen General mit Vollmachten ausstatten, die ihn über den Generalstab stellen. Hierdurch hat dieser – für einen vom Rat definierten Zeitraum – diktatorische Entscheidungsgewalt.

FreshAir

Kleinunternehmen auf Kobold 9.

Frieda Schmackzucker

Trägerin des Veteranen-Ahorns.

Gäa I

Raumstation um Avena. Politisches Zentrum der GVA und der IU. Sitz des Faunarats.

Gäa-I-Relais

Wichtigster Knotenpunkt des Intersolnets.

Gatling/Gatling-Gun

Waffe. Wird zumeist auf GVA-Schiffen eingesetzt.

Gemeinsame Planetare Verteidigungsarmee (GVA)
Gesamtheit des menschlichen Militärs. Ziel ist die Erfüllung der Bios-Doktrin. Oberkommando liegt beim Generalstab.

Gläserne Kuppel
Spitzname von Farol, der Hauptstadt des Planeten Zapador.

Golotus-System
Zwischen Axinen und Menschen umkämpftes System.

Grosser Aufbruch
Emigrationswelle von der Erde in andere System.

GVA
Siehe Gemeinsame Planetare Verteidigungsarmee.

Hellball
Rauschmittel, das als rot-schwarze Murmel angeboten wird.

Heuschrecken-Klasse
Zivile Raumschiffklasse. Kleintransporter mit Fusionsantrieb. Verfügt nicht über einen Raumfaltantrieb.

Hibernationsbehälter
Bestandteil des Hibernationsmoduls.

Hibernationsmodul
Ermöglicht Menschen das Reisen im Kälteschlaf, wodurch benachbarte Sternensysteme mit Normalraumantrieben erreicht werden können.

Hibernationsflüssigkeit
Nährflüssigkeit für den Kälteschlaf.

Holoprojektor
Instrument zur Wiedergabe holografischer Aufzeichnungen oder Übertragungen.

Hornburp, Georg
GVA-Medienoffizier.

Interkom
Siehe Solnet-Interkom.

Intersolnet
Interstellares Netzwerk, das dem Datenaustausch zwischen und innerhalb der von Menschen besiedelten Systeme dient.

Intersolnet-Relais
Knotenpunkt des Intersolnets. Meist in Planetensystemen.

Irdische Gemeinschaft
Übergeordneter Begriff, um alle menschlichen politischen und gesellschaftlichen Strukturen zu bezeichnen. Die Irdische Gemeinschaft hat keine politische oder gesellschaftliche Institution.

Irdische Union (IU)
Zivile Institution, die ursprünglich als Gegenstück zur GVA konzipiert war. Im Verlaufe des Krieges gegen die Axinen ist die IU zu einer weitestgehend unbedeutenden Institution

verkommen, die nur punktuell über Einfluss verfügt wie bspw. bei der Verwaltung von Gäa I.

IU
Siehe Irdische Union.

Jen Kruud
Herrscherin über Kobold 9. Gehörte den Matkas an. Ehemalige Freundin von Zoya Cud'Pioche.

Jing-Nebel
Dunkelwolke im äußeren Alpha-Oktanten. Ort vereinzelter Sichtungen von weporanischen Schiffen.

Kamelionklasse
Militärisches Tranraumschiff.

Kazuki, Minho Mitsuaki
Generalstabsmitglied. Wichtigster Vertreter der Beruhigungspolitik. Gilt neben General Al Raschid als einflussreichster General mit Ambitionen, den Generalstab zu leiten.

Kernwelt
Auch Kernsektor oder Kernplanet. Siehe Siedlungsklassifizierung.

Kobold 9
Raumstation im Theta-Oktanten nahe der krezoktischen Randplaneten.

Koloniewelt
Auch Koloniesektor oder Kolonieplanet. Siehe Siedlungsklassifizierung.

Kornwelten
Auch Kornsektor oder Kornplanet. Siehe Siedlungsklassifizierung.

Kommunikationsrelais
Siehe Intersolnet-Relais.

Komrelais
Siehe Intersolnet-Relais.

Komserver
Zentrales Bauteil eines Intersolnet-Relais.

Kraftbrühe
GVA-Soldaten bezeichnen aufputschende Substanzen, die sie in Kampfeinsätzen einnehmen oder sich injizieren, als Kraftbrühe. Die unterschiedlichen Substanzen können sinneserweiternde, schmerz- und angstreduzierende oder andere Wirkungen entfalten, die im Kampfeinsatz vorteilhaft sein können.

Kreptus
Randplanet im Theta-Oktanten. Auch Dunkelwelt genannt. Heimat von Zoya Cud'Pioche.

Krezoktische Allianz

Inoffizielle Bezeichnung für die Kooperation zwischen den krezoktischen Planeten.

Krezoktische Büro

Proto-Institution, die die Kooperation der Krezoktischen Planeten koordiniert.

Krezoktischen Planeten

Zusammenschluss von drei Randplaneten des Theta-Oktanten – Kreptus, Zapador und Okeanos.

Ratna

Oberst im Apex-Büro. Sie befehligt die Apex-Verbände entlang des Jing-Nebels.

Leonis

Gasriese im Avena-System.

Leonis XXVII

Mond des Gasriesen Leonis.

Lill Pongkong

Wurde für ihre Tiefenraumforschung im Jing-Nebel, wodurch Beweise für die Existenz der Weporaner geliefert werden konnten, mit dem Veteranen-Ahorn ausgezeichnet.

Lontano

Koloniewelt im Zeta-Oktanten. Die militärische Verwaltung leitet Generalin Nesri.

Magda Lisowski
Moderatorin der Nachrichtensendung Fauna-Focus

Mako
Raumfaltschiff von Madame Jen Kruud. Gleichnamige Mako-Klasse.

Marvic
Amtierende Generalstabschefin. Sie gilt als wenig einflussreich und als Platzhalterin, bis der Konflikt der beiden mächtigen Generäle Al Raschid und Kazuki entschieden ist.

Matkas
Inzwischen ausgelöschte aufständische Gruppe auf der Kobold 9. Zu den ehemaligen Mitgliedern gehören Jen Kruud und Zoya Cud'Pioche.

Medienanstalt
Zuständig für die Öffentlichkeitsarbeit der GVA.

Muttererde
Personifizierte Gesamtheit der irdischen Biologie.

Muttererde-Orbital
Hotel auf der Raumstation Gäa I.

Nesri
Generalin und Mitglied des Faunarats. Zuständigkeit liegt im Zeta-Oktanten auf der Koloniewelt Lontano. Derzeit leitet sie die zivile Verwaltung von Gäa I. Der Posten wird im Rotationsprinzip aus der Generalität besetzt.

Nobos

Eismond im Alpha-Oktanten, den die Axinen während ihrer militärischen Offensive von den Menschen erobert hatten. Den Menschen gelang die Rückeroberung.

Normalraum

Von Normalraum wird in Abgrenzung zum durch einen Raumfaltantrieb gefalteten Raum gesprochen. Im Normalraum beträgt die maximale Reisegeschwindigkeit annähernd Lichtgeschwindigkeit.

Okeanos

Randplanet im Theta-Oktanten. Gehört zu den drei krezoktischen Planeten.

Oktanten

Grobe räumliche Einteilung des Raums ausgehend von Sol, dem Sonnensystem der Erde, in acht Oktanten (Alpha, Beta, Gamma, Delta, Epsilon, Zeta, Eta und Theta). Jeder Oktant ist in Sektoren unterteilt, die sich anhand von Koordinaten bestimmen lassen. Bspw. liegt Avena im Alpha-Oktanten 1.1.1 und Zapador im Theta-Oktanten 7.9.8.

Omniklinge

Multifunktionsmesser.

Orbitalwerft

Fabrik-Raumstation, auf der Rüstungsgüter produziert werden, insbesondere Raumschiffe.

Orca

Prototyp für die neuartige Orca-Schiffsklasse. Die Orca gilt als das mächtigste Raumschiff, das bis dahin produziert wurde.

Oyibo O'Donohoe

Mitarbeiter im krezoktischen Büro auf Okeanos. Enger Freund von Zoya Cud'Pioche, Abeba Chuckwagon und Aleeke Tajo.

Portia

GVA-Schiff, das von Aleeke Tajo kommandiert wird.

Quantum-Univers

Virtuelle Welt, die durch Millionen Nutzer in einer gemeinsamen, immersiven Umgebung entsteht.

Railgun

Waffe, die insbesondere als Bordgeschütz auf GVA-Schiffen zum Einsatz kommt. Mini-Railguns können auch von Infanterietruppen getragen werden.

Raskal

Handgroßes Exemplar der Axinen, Teil des axinischen Militärs. Abhängig von der Beschaffenheit einer Atmosphäre kann sie fliegen. Auch Luftfurz genannt.

Raumfaltantrieb

Antrieb, der die Distanz einer Strecke verkürzt. Ermöglicht das Reisen von Menschen zu anderen Sonnensystemen, da die Reisezeit drastisch reduziert wird.

Randwelt

Auch Randsektor oder Randplanet. Siehe Siedlungsklassifizierung.

Raumroute

Durch die Agentur für Raumrouten ausgemessene Strecke im interstellaren Raum, die mit einem Raumfaltantrieb sicher nutzbar ist.

Romki

Menschliche Gruppierung, die als hoch technisierte Weltraumnomaden lebt. Aus ihr sind die RomkiCorps hervorgegangen.

RomkiCorps

Zusammenschluss von Rüstungs- und Geoengineering-Unternehmen.

Relais

Siehe Intersolnet-Relais.

Relaisstation

Siehe Intersolnet-Relais.

Sapor

Außerirdischer Organismus auf dem Planeten Zapador.

Schwerkraftplateau

Position im Raum, an der ein Raumfaltantrieb ein Ein- oder Ausstiegsfelds mithilfe des Thionville-Generators erzeugen kann.

Siedlungsklassifizierung

Menschliche Siedlungen werden grob in Entwicklungskategorien eingeteilt. Hierbei handelt es sich um keine fest definierte Zuordnung. Oft gehen mit der Zuordnung Vorurteile und Klischees einher. Meistens bezieht sich die Zuordnung auf die relative Entwicklung von Siedlungen, ihre Infrastruktur (Anschluss an Intersolnet und Raumrouten) und ihre Erreichbarkeit von Avena aus. Als am weitesten entwickelt gelten die Kernwelten (z. B. Avena). Es folgen absteigend die Kornwelten (z. B. Cibus, Herba), die Koloniewelten (z. B. Lontano) und die Randwelten (z. B. Zapador, Kreptus, Okeanos).

Slob

Standardkaste des axinischen Militärs.

Snare

Handfeuerwaffe der GVA.

Solnet-Interkom

Kommunikationsgerät für das lokale Sonnensystem.

Synapsenschocker

Auch Synapsenblocker genannt. Nahkampfwaffe. Paralysiert den Gegner. Meist nicht tödlich.

Syncros

Aktualisierungen für einen Syncserver des Intersolnets.

Syncserver

Lokaler Zwischenspeicher des Intersolnets.

Syntoform

Stimulans, die in der GVA-Medizin zur Erstversorgung im Kampfeinsatz eingesetzt wird. Es unterdrückt Schmerzen und Bewusstlosigkeit und gehört zu einer breiten Palette von Wirkstoffen, die die Kampfverbände einsetzen, um die Leistungsfähigkeit von Kampfverbänden zu erhöhen. Die Gesamtheit dieser Stoffe wird umgangssprachlich als Kraftbrühe bezeichnet.

Teodald van Fliesenfels

Mitarbeiter des Ersten Ministers auf Zapador. Leiter des krezoktischen Büros.

Thionville-Generator

Bauteil eines Raumfaltantriebs. Erzeugt Einstiegs- und Ausstiegsfelder, um in den gefalteten Raum ein- oder auszutreten.

Transitfeld

Ein Schwerkraftplateau, auf dem der Raumfaltantrieb ein Ausstiegsfeld erzeugt, um den Faltenvektor zu ändern, und anschließend ein Einstiegsfeld erzeugt, um die Reise zum eigentlichen Ziel fortzusetzen. Vereinfacht wird auch von Kreuzung auf einer Raumroute gesprochen.

Üluberlu

Aufständlerin auf Kobold 9 gegen Jen Kruud.

UMA

Abkürzung für Ultramobile Assistenz. UMAs können sowohl auf Netzwerke wie das Intersolnet zugreifen, als auch autark Rechen- und Assistenzaufgaben für den Träger erfüllen.

Veteranen-Ahorn
Höchster Orden der GVA.

Viburno
Tiefenraumerkundungsschiff.

Victox
Standardsturmgewehr der GVA.

Weporaner
Außerirdische Spezies. Wenige Raumschiffsichtungen entlang des Jing-Nebels sind dokumentiert.

Zmitz
Generalin und amtierende Präsidentin des Faunarats. Sie gilt als kultiviert und ist in wohlhabenden Kreisen beliebt.

Zoya Cud'Pioche
Diente als Infanteristin in einem Eliteverband der GVA. Prägende Persönlichkeit in der Geschichte der Kobold 9. Mitarbeitende im Büro der krezoktischen Planeten. Stammt von Kreptus.

Zapador
Randplanet im Theta-Oktanten. Gehört zu den drei krezoktischen Planeten.

ZaporGlas
Material, aus dem Farol konstruiert wurde.

Chronologie

Die Zeitangaben beziehen sich auf die alte gregorianische Zeitrechnung der Erde. Zur intersystemischen Kommunikation hat sich jedoch die Standardzeit etabliert. Diese bezieht sich auf das galaktische Jahr. Das Jahr 0 dieser Zeitrechnung beginnt mit der Entwicklung erster Lebensformen auf der Erde: der Geburt des irdischen Bios. Wir befinden uns im 15. galaktischen Jahr, und dieses brach mit der Entwicklung der Bios-Doktrin auf Avena an (im Jahr 2287 nach der alten Zeitrechnung der Erde). Ein galaktisches Jahr dauert 225 Millionen Erdenjahre. Um die Zeitrechnung für Menschen nutzbar zu machen, wurde das galaktische Jahr in 225 Millionen Teiljahre unterteilt. Diese werden ab dem Teiljahr 0 des 15. galaktischen Jahrs in Klammern ergänzend angegeben. Ein Teiljahr orientiert sich weiterhin an der Wiege von Mutternatur und entspricht damit einem Erdenjahr.

Ab 2050 — Ausbreitung der Menschheit im Sonnensystem der Erde.

Ab 2170 — Entwicklung eines neuen Antriebssystems auf Basis der Kernfusion sowie des Hibernationsmoduls. Intersolare Siedlungsmission in benachbarte Sonnensysteme starten.

Bis 2200 — Die ökologischen Kollapse auf der Erde machen das Leben ohne technische Hilfsmittel nahezu unmöglich.

Bis 2200	Künstliche Intelligenz strukturiert das gesamte soziale Leben der Menschen. Ziel ist es, weitere menschengemachte Umweltkatastrophen zu verhindern. KI-Kritiker schließen sich zunehmend den Kolonieschiffen in andere Systeme an.
2206	Die erste menschliche Siedlung wird in einem benachbarten Sonnensystem errichtet.
2255	Der erste Raumfaltantrieb wird eingesetzt. Damit verkürzt sich die Dauer interstellarer Reisen deutlich, was die weitere Emigration befeuert.
2287 (0)	Avenaische Bios-Doktrin wird entwickelt. Im Angesicht einer auf Avena beheimateten tödlichen Alienflora, die die junge Kolonie auszulöschen droht, entwickelt sich ein Überlebenskampf gegen das auf Avena beheimatete außerirdische Leben. In der Bios-Doktrin wird der uneingeschränkte Kampf gegen das Außerirdische festgehalten.
2302 (15)	Beginn der Revolution gegen die KI (das Auge) auf der Erde.
2310 (23)	Machtübernahme der Unionisten auf der Erde, die die Menschheit im Weltall unter der Führung der Erde einen möchten. Diese Forderung wird insbesondere von wohlhabenden Kolonien abgelehnt. Sie fordern einen losen Zusammenschluss.

2322-2337 (35-50)	Ein Bürgerkrieg zwischen Unionisten und Föderalisten findet statt. Die Unionisten erringen nach hohen Verlusten die Kontrolle über das Sol-System. Die Föderalisten dominieren außerhalb von Sol. Ein brüchiger Waffenstillstand wird vereinbart. Der Konflikt schwelt weiter.
2349 (62)	Erster Angriff der Axinen. In der Folge fallen acht Planeten und Monde an die Alienspezies. Die zersplitterte Menschheit schafft es nicht, eine gemeinsame Gegenwehr zu organisieren.
2354 (67)	Angriffe der Axinen hören auf. Die Gründe hierfür bleiben den Zeitgenossen verschlossen.
2354 (67)	Konferenz von Nüwa (Mars). Angesichts der existenziellen Bedrohung für die Menschheit durch die Axinen verlieren die Föderalisten an Zuspruch und der innere Konflikt wird beigelegt. Ein Gegenangriff auf die Axinen wird vereinbart.
2356 (69)	Gegenangriff der Menschen auf die Axinen scheitert. Die gesamte Flotte wird vernichtet.
2357 (70)	Konferenz von Avena. Hier wird festgestellt, dass die bestehenden politischen Strukturen nicht in der Lage sind, das Überleben der Menschheit und mit ihr die irdische Biologie zu schützen. Deswegen wird das »Gemeinsame Verteidigungsabkommen« unterzeichnet.

Das Abkommen beschließt die Vergemeinschaftung der Außen- und Verteidigungspolitik. Die Innenpolitik der einzelnen Planeten und Kolonien soll davon unberührt bleiben, solange sie nicht einer effektiven Umsetzung der Außen- und Sicherheitspolitik entgegenläuft. Der Faunarat wird als gemeinschaftliche Institution gegründet und setzt sich aus Mitgliedern der Zivil- und Militärverwaltungen zusammen. Er bestimmt über die Budgetverteilung zwischen den Planeten und der Gemeinschaft. In Kriegszeiten haben die Militärs die Mehrheit der Sitze des Rats inne. Folge: Das Militär erhält umfangreiche Vollmachten und Zugriff auf die Wirtschaft. Der Generalstab der Gemeinschaft übernimmt damit de facto die Kontrolle in den wesentlichen politischen und wirtschaftlichen Bereichen, baut diese in der Folge aus und zementiert ein auf ihn zugeschnittenes System.
Die Bios-Doktrin wird zur Staatsdoktrin aufgewertet.

2359 (72) Gründung einer schnellen Eingreiftruppe.

Bis 2365 (78) Eingreiftruppe wird zur Gemeinsamen Interplanetaren Verteidigungsarmee umgebaut.
Angesichts der existenziellen Bedrohung akzeptieren immer mehr politische und militärische Vertreter die Bios-Doktrin als Quasi-Verfassung.

Bios-Akademien werden gegründet, um die Ideologie in der Bevölkerung zu verankern.

2371 (84) Erstkontakt mit den Weporanern.

Bis 2377 (90) Das Militär übernimmt immer mehr Bereiche der zivilen Verwaltung, die hierdurch an Bedeutung verliert. Das Militär wird zum wichtigsten Arbeitgeber in den Kern- und Kornwelten.

2383 (96) Die sogenannten Winteraufstände in einzelnen Randwelten werden im Keim erstickt. Auslöser waren die hohen Ausgaben für das Militär, obwohl die Axinen seit 2254 nicht mehr angegriffen haben.

2385 (98) Als Reaktion auf die Aufstände beschließt der Generalstab eine Offensive zur Vernichtung der Axinen.

2386 (99) Die Offensive beginnt. Erste Erfolge werden unter hohen Verlusten verzeichnet. Das Militär schwört die Menschheit auf den ewigen Krieg gegen das Außerirdische ein.

2411 (124) Schlacht um Nobos. Der Mond kann unter hohen Verlusten von den Axinen zurückerobert werden.

2417 (130) GVA-Truppen erobern erste axinische Welten.

2431 (144) Aktuelle Handlung.

Unmöglich, ohne Hilfe zu schreiben

Daher seien hier einige, aber sicherlich nicht alle, erwähnt, die dieses Buch ermöglicht haben:

Der Ursprung liegt im *Römerlager*. Ein Ort, an dem man ermutigt wird, wahllos viel Zeit in spontane Ideen zu stecken. Dafür danke ich allen, die mit und nach mir dort waren (und weiterhin dort sind) und mit denen ich bis heute Kontakt haben darf. Erwähnt seien hier diejenigen mit besonderen Einflüssen (frei sortiert nach geschätzter Größe): Jon, Sven, Julian, Mona, Jonas, Lisa, Pia, Nudel.

Danke der *P4* – eine Verkehrsinsel der Ruhe und Inspiration.

Danke den Altherren der *Expertenrunde* und ihrer »Expertise«.

Danke an meine Lektorin, *Katharina Glück*, für den professionellen Blick, das Brainstormen und die Ratschläge. Mit einer netten Balance zwischen Kritik und Lob.

Danke an meine Korrektorin, *Alexandra Gentara*, nicht nur für das Ausmerzen der letzten Fehler, die kein Rechtschreibeprogramm finden wollte, sondern auch für die Tipps zur Veröffentlichung.

Danke an *Giusy Lo Coco* für das tolle Cover und das schnelle Einarbeiten von allen meinen Änderungswünschen.

Danke an *Karl-Heinz Zimmer* für die freie Bereitstellung von SPBuchsatz. Ein tolles Programm, das ich nicht mehr missen möchte.

Ein großer Dank den Testlesern, dass ihr euch die Zeit genommen habt, nicht nur zu lesen, sondern euch auch von meinen Fragen habt löchern lassen:

Julian (besonders zu Beginn) für Kritik, Ideen und (obwohl dieses Wort so abgedroschen klingt, aber hier doch irgendwie passt) Inspiration.

Sven für das Gleiche wie bei Julian. Außerdem hast du – bei Mutternatur! – die erste verdammte Rohfassung gelesen.

Gerhard dafür, dass du die Freude an Scifi mit mir teilst. Das Manuskript war in guten Händen bei dir.

Marius, du bist immer zur Stelle. Auch, aber nicht nur, bei militärischen Fragen.

Mein *Vater* für den Blick eines Viellesers und einer wandelnden Enzyklopädie.

Karl und Anna für einen neuen Blickwinkel und für die ausschweifenden Gespräche zu jeder Thematik, die mir gerade durch den Kopf ging.

Bashkim für die Begeisterung und das technische Fachwissen.

Danke an meine *Familie*, die nicht nur NICHT die Augen verdreht, wenn ich wieder mal von Scifi rede, sondern unterstützt, wie sie es immer getan hat.

Und natürlich Danke an *Valentine* für viel mehr, als ich hier ausdrücken könnte.

Wer sich nun vergessen fühlt, möge sich bitte melden. Ich werde es im nächsten Buch wiedergutmachen, denn ich brauche euch dafür!

Mehr von S. F. Antony gibt es hier:

Mastodon: @SF_Antony@mastodon.art

X / Twitter: @S_F_Antony

Instagram: s.f.antony

Facebook: S.F. Antony

Newsletter: www.ogy.de/sfantony

Oder schreiben Sie mir: S.F.Antony@proton.me

Printed in Poland
by Amazon Fulfillment
Poland Sp. z o.o., Wrocław

29923590R00226